KING

Título original: *Daughter*

© 2014, Jane Shemilt
© 2023, de la traducción por Miguel Alpuente Civera
© 2024, de esta edición por Antonio Vallardi Editore S.u.r.l., Milán

Todos los derechos reservados

Primera edición en esta colección: junio de 2024
Cuarta edición en esta colección: mayo de 2026

Newton Compton Editores es un sello de Antonio Vallardi Editore S.u.r.l.
Pl. Urquinaona, 11, 3.° 1.ª izq. Barcelona, 08010 (España)
www.newtoncomptoneditores.com

Gruppo Editoriale Mauri Spagnol S.p.A.
www.maurispagnol.it

ISBN: 978-84-10080-47-8
Código IBIC: FA
DL: B 4.874-2024

Diseño y composición de interiores:
David Pablo

Impreso en mayo de 2026 en Puntoweb s.r.l., Ariccia (Roma), en Italia.

Jane Shemilt

Una familia casi perfecta

Traducción de Miguel Alpuente

Newton Compton Editores
Barcelona, 2025

PRIMERA PARTE

CAPÍTULO 1

Dorset 2010. Un año después

Los días se van acortando. La hierba está salpicada de manzanas con la pulpa picoteada por los cuervos. Hoy, mientras cargo troncos de la pila dispuesta bajo el voladizo, piso un globo blando que se deshace en una masa viscosa bajo mis pies.

Noviembre.

Tengo frío, siempre tengo frío, pero ella podría tener más. ¿Por qué debería vivir cómodamente? ¿Cómo podría?

Cuando anochece el perro se pone a temblar. Se oscurece la habitación. Enciendo la chimenea y las llamas me arrastran; los remordimientos empiezan a avivarse, sisean y queman en mi cabeza.

Ojalá. Ojalá hubiera escuchado. Ojalá hubiera sabido mirar. Ojalá pudiera empezar de nuevo, volver atrás exactamente un año.

En la mesa está el cuaderno con tapas de cuero que me dio Michael, y llevo un trozo mordido de lápiz rojo en el bolsillo del camisón. Él me dijo que dibujar el pasado me ayudaría. Las imágenes ya están en mi cabeza: un escalpelo sostenido por dedos temblorosos, una bailarina de plástico girando en incesantes círculos, un montón de anotaciones en perfecto orden sobre una mesita de noche, en la oscuridad.

Escribo el nombre de mi hija en la primera página en blanco y debajo bosquejo dos zapatos negros de tacón alto, caídos de lado, las largas tiras enmarañadas.

Naomi.

Se bamboleaba siguiendo la música de su iPod y al principio no se dio cuenta de que yo estaba allí. Llevaba la bufanda naranja enrollada al cuello, había libros tirados por todas partes. Cerré silenciosamente la puerta trasera y dejé caer mi bolsa al suelo; pesaba mucho por estar atiborrada con las notas clínicas, el estetoscopio, las jeringuillas, los viales y las cajas de medicamentos. Había sido un largo día: dos operaciones, las visitas a domicilio, el papeleo... Me recosté en la puerta de la cocina y miré a mi hija, pero en mi mente veía a otra chica: a Jade, tumbada en una cama, con moratones en los brazos.

Ese era el chile que yo tenía en el ojo: a los elefantes les echan un chorro de jugo de chile en el ojo para distraerlos mientras les curan la pata herida. Me lo dijo Theo una vez. Entonces no creí que pudiera funcionar, pero hubiera debido considerarlo una advertencia. Perder de vista lo que importa es más fácil de lo que pensamos.

Al ver a Naomi sonriendo para sí misma, me imaginé pintando la curva de sus mejillas. Les daría un matiz más claro en el contorno para mostrar la luz reflejada en su piel. Con cada paso, el flequillo rubio le saltaba en la frente. Cuando subía, se distinguían las perlas de sudor que brillaban en el nacimiento del cabello. Se había arremangado el jersey del uniforme; la pulsera de dijes se movía arriba y abajo en la suave piel del brazo, a punto de salirse. Me alegró ver que la llevaba; pensaba que la había perdido hacía muchos años.

–¡Mamá! No te había visto. ¿Qué opinas?

Se quitó los auriculares y me miró.

–Ojalá pudiera yo bailar así...

Me acerqué y la besé en el vello aterciopelado de la mejilla, aspirando su olor. Jabón de limón y sudor.

Apartó la cabeza, se giró con brusquedad y se agachó para recoger los libros, un movimiento lleno de esa gracia sutil y vivaz tan suya. Había impaciencia en su voz:

–No, me refiero a los zapatos. Míralos.

Debían de ser nuevos. Negros, de tacón muy alto y con tiras de cuero que le sujetaban los pies y se ceñían fuertemente a las delgadas piernas; no le iban nada. Por lo general, llevaba coloridas playeras de cuero o Converse.

—Son muy altos esos tacones, ¿no?

Hasta yo misma percibí la crítica en mi voz, así que me esforcé por reír.

—No se parecen demasiado a los que sueles…

—Pues no, ¿verdad? —dijo en tono triunfante—. No tienen nada que ver.

—Habrán costado un ojo de la cara. ¿No te habías gastado ya tu asignación?

—Son comodísimos. Y el número es perfecto —dijo como si no pudiera creer la suerte que había tenido.

—No puedes llevarlos para salir, cariño. Te aprietan demasiado.

—Admite que estás celosa. Te gustarían para ti.

Esbozó una media sonrisa que no le había visto antes.

—Naomi…

—Pues no puedes quedártelos. Estoy enamorada de ellos. Los adoro casi tanto como a Bertie.

Al decirlo, alargó el brazo para acariciar la cabeza del perro. Luego se dio la vuelta y, dando un gran bostezo, empezó a subir lentamente las escaleras, los zapatos golpeando cada escalón con un irritante ruido metálico, como si fueran pequeños martillos.

Se había escapado. Mi pregunta quedó en el aire, sin respuesta, flotando en la calidez de la cocina.

Me serví una copa del vino de Ted. Naomi no solía replicarme ni dejarme con la palabra en la boca. Embutí la bolsa y mis notas en un rincón del ropero y, bebiendo a sorbos el vino, empecé a ir de aquí para allá por la cocina, ordenando los trapos. Ella solía contármelo todo. Mientras colgaba su abrigo, la perspicacia del alcohol empezó a aclararme las ideas: todo esto era parte del mismo paquete y los pros y los contras ya estaban analizados desde hacía tiempo. Así de sencillo. Yo había podido dedicarme a lo que me gustaba y me ganaba bien la vida, pero eso implicaba pasar en casa menos tiempo que otras madres. La parte positiva era que así los niños tenían más espacio para sí mismos. Estaban creciendo de manera autónoma, justamente lo que siempre habíamos querido.

Saqué las patatas de la alacena. Tenían pequeñas costras de tierra, de modo que les di un rápido lavado bajo el grifo. Lo cierto era, pensé de nuevo, que no había podido mantener una verdadera conversación con Naomi desde hacía meses. Probablemente, Ted me diría que no me preocupara. Es una adolescente, añadiría, y está creciendo. El agua fría me heló las manos y cerré el grifo. ¿Creciendo o distanciándose? ¿Está preocupada o encerrada en sí misma? La pregunta me rondaba por la cabeza mientras buscaba el pelapatatas en el cajón. El verano anterior, había visto en mi consultorio a una adolescente ansiosa; se había cortado minuciosamente la delicada piel de las muñecas dejándola marcada con múltiples líneas rojas. Sacudí la cabeza para borrar la imagen. Naomi no estaba deprimida. Ahí estaba para demostrarlo esa nueva sonrisa suya como contrapunto a su impaciencia; o la participación en la obra de teatro, frente a sus silencios en casa. Si parecía preocupada era porque se estaba volviendo más adulta, más reflexiva. Actuar le había aportado madurez. El pasado verano había trabajado con Ted en su laboratorio y había descubierto que le interesaba la medicina. Mientras empezaba a pelar patatas, se me ocurrió que su recién adquirida confianza podría ser crucial para salir airosa en las entrevistas de selección universitaria. Quizá debería alegrarme y todo. Además, el papel protagonista en la obra del instituto aumentaría sus probabilidades de conseguir plaza en la facultad de medicina. A los entrevistadores les gustaban los jóvenes con otros intereses aparte de los académicos; estaba demostrado que compensaba el estrés de la carrera. En mi caso, lo que funcionaba era la pintura, que me ayudaba a diluir el estrés de la práctica médica. Al volver a abrir el grifo, la tierra marrón empezó a dar vueltas en el fregadero hasta desaparecer. Casi tenía acabado el retrato de Naomi y ahora sentía con urgencia su llamada. Siempre que pintaba entraba en otro mundo; las preocupaciones se desvanecían. Tenía el caballete arriba, en el desván, y deseaba poder escaparme allí más a menudo. Tiré las pieles de patata a la basura y saqué las salchichas de la nevera. El plato favorito de Theo, casi desde bebé, habían sido las salchichas con puré de patatas. Ya hablaría con Naomi mañana.

Más tarde, Ted telefoneó para decir que todavía tenía trabajo en el hospital y se retrasaría. Los gemelos volvieron a casa con un hambre voraz. Ed saludó con la mano sin decir palabra y se llevó un plato lleno de tostadas al piso de arriba. Oí cómo se cerraba la puerta de su cuarto y me lo imaginé poniendo música y dejándose caer en la cama, con una tostada en la mano y los ojos cerrados. Esa parte de mis diecisiete años sí la recordaba: lo que menos deseaba era que llamaran a mi puerta o, peor aún, que entraran y me hablaran. Theo, con su cara pálida acribillada de pecas, enumeró a gritos los triunfos del día mientras engullía una galleta tras otra, con aparente intención de vaciar la lata. Naomi volvió a aparecer y cruzó la cocina, el pelo mojado formando gruesas puntas que se le pegaban a la nuca. Le metí a toda prisa unos sándwiches en la mochila antes de que saliera de casa y luego me quedé en la puerta abierta durante unos minutos, escuchando cómo sus pasos se alejaban lentamente por la calle, cada vez más débiles. El teatro del instituto estaba a solo una calle, pero siempre llegaba tarde. Ahora ya no corría para ir a los sitios; la obra estaba minando su energía.

«Aunque solo tiene quince años, la María de Naomi Malcom es de una madurez insólita para su edad». «Naomi combina inocencia y sensualidad en su cautivadora interpretación de María: ha nacido una estrella». Esas críticas en la web del instituto bien valían el cansancio y el estrés que estaba soportando. Quedaban dos funciones más: el jueves y el viernes. Después todos volveríamos a la normalidad.

Dorset 2010. Un año después

Sé que hoy es viernes porque la pescadera viene a la casa de campo. Me acuclillo bajo las escaleras mientras su furgoneta se detiene fuera, una forma blanca difuminada por el cristal antiguo de la puerta. La mujer llama al timbre y espera, una figura rechoncha y confiada que mueve la cabeza arriba y abajo, escudriñando por las ventanas. Si me ve, tendré que abrir la puerta, formar palabras, sonreír. Nada de eso es posible hoy. Una araña pequeña corretea por mi mano. Agacho todavía más la cabeza, respiro el polvo de la alfombra y, tras unos momentos, la furgoneta se aleja traqueteando por la calle. Es un día para estar sola. Me oculto y espero a que pasen las horas. Los viernes todavía duelen.

Al cabo de un rato, me levanto y recojo el cuaderno que dejé en la chimenea ayer por la noche. Paso la página donde está el bosquejo de sus zapatos y, en la siguiente, dibujo los pequeños círculos entrelazados de un anillo de plata.

Bristol 2009. La noche de la desaparición

Me arrodillé en el suelo de la cocina y abrí mi bolsa para comprobar qué medicamentos quedaban y lo que podía necesitar. La tarea resultaba más sencilla fuera del consultorio; había menos interrupciones si sabía escoger el momento adecuado. Estaba revolviendo en las profundidades de los bolsillos de cuero y no me di cuenta de que ella había entrado silenciosamente en la cocina. Al pasar a mi lado, la bolsa que llevaba chocó contra mi hombro. Levanté la cabeza, con un dedo todavía en la lista; me estaba quedando sin paracetamol y sin petidina. Naomi me miró desde arriba, los ojos azules absortos en sus pensamientos. A pesar del grueso maquillaje que se había puesto para la función, se apreciaban marcas oscuras bajo los ojos. Parecía exhausta. No era momento de hacer las preguntas que me hubiera gustado hacer.

—Casi has acabado, cariño. Esta es la penúltima representación —dije en tono animado.

Las prendas de ropa se le salían de la bolsa de la compra; los tacones de los zapatos habían hecho pequeños agujeros en el plástico.

—Papá y yo estaremos allí mañana.

Me senté sobre los talones y levanté la cabeza para estudiar su cara. El lápiz de ojos negro hacía que pareciera mucho mayor de sus quince años.

—Estoy deseando ver si ha habido cambios desde la noche del estreno.

Me miró con ojos ausentes y entonces me dedicó su nueva sonrisa; solo levantaba una comisura, como si sonriera para sí misma.

–¿A qué hora volverás?

Dejé lo que estaba haciendo y, de mala gana, me puse de pie. Estaba visto que nunca podía acabar nada.

–Es jueves. Papá suele recogerte los jueves, ¿no?

–Ya le dije hace siglos que no valía la pena. Es más fácil volver andando con mis amigos. –Parecía aburrida de tener que repetirlo–. La cena acabará más o menos a medianoche. Ya me traerá Shan en coche.

–¿A medianoche?

¡Pero si ya estaba cansada! Muy a mi pesar, me di cuenta de que estaba levantando la voz.

–Mañana tienes otra función y luego la fiesta. Solo es una cena, así que a las diez y media.

–A esa hora casi no da tiempo a nada. ¿Por qué siempre tenemos que hacer las cosas de manera diferente a los demás?

Empezó a tamborilear con los dedos en la mesa; el pequeño anillo que le había regalado alguno de los chicos del instituto centelleaba bajo la luz.

–Entonces a las once.

Me miró fijamente.

–No soy un bebé. –El enfado que se percibía en su voz me pilló de sorpresa.

No podíamos pasarnos la noche discutiendo. Pronto subiría al escenario y necesitaba calmarse. Y yo tenía que acabar de ordenar los medicamentos antes de preparar la cena.

–A las once y media. Ni un segundo más.

Se encogió de hombros, dio media vuelta y se inclinó hacia Bertie, que estaba durmiendo en el suelo, completamente estirado contra la cocina. Le dio un beso al tiempo que le tiraba con cariño de las suaves orejas. Bertie apenas se movió, pero golpeó el suelo con la cola.

–Es viejo, cariño. Necesita dormir –dije mientras la tocaba en el brazo.

Se soltó con brusquedad, el rostro crispado.

—Tranquila, que todo va bien. Eres una triunfadora, no lo olvides. —Le di un corto abrazo, pero ella giró la cara—. Solo un día más.

Su móvil sonó, dio un paso atrás y respondió con la mano apoyada en el escurreplatos. Tenía los dedos largos, con pecas que llegaban hasta el segundo nudillo, muy pequeñas y de un tono dorado claro, como granitos de azúcar moreno. Las uñas estaban comidas, como las de una niña, y desentonaban con el bonito anillo. Tomé su mano entre las mías y se la besé con rapidez. Hablaba con Nikita; creo que ni notó el beso. Era aún tan joven que al tocar los nudillos con los labios me parecía estar besando pepitas. La llamada terminó, se dio la vuelta para irse y, ya en la puerta, me saludó apenas con la mano: su manera de hacer las paces por haberse mostrado tan irritable.

—Adiós, mamá —dijo.

Después, me quedé dormida sin querer. Sobre las once, encendí el hervidor para llenarle a Naomi su bolsa de agua caliente y me tumbé en el sofá a esperar; debí de caer dormida casi de inmediato. Cuando me desperté, me dolía el cuello y tenía un regusto desagradable en la boca. Me levanté, me puse el jersey y fui de nuevo a calentar el agua.

El hervidor estaba frío. Miré el reloj. Las dos de la madrugada. No la había oído llegar. Me sentí de pronto angustiada. Nunca había llegado tan tarde. ¿Qué habría pasado? La sangre me empezó a palpitar dolorosamente en los oídos, pero enseguida se impuso el sentido común. Sin duda, había entrado por la puerta principal y había subido directamente a acostarse. Por estar dormida en la cocina, en el piso de abajo, yo no podía haber oído la puerta al cerrarse. Se debía de haber quitado silenciosamente los zapatos en el porche delantero y había subido de puntillas las escaleras; sintiéndose culpable, habría pasado sigilosamente por delante de nuestra habitación para subir a la suya, en el segundo piso. Me desperecé mientras esperaba a que el agua hirviera; todavía estaba a tiempo de llevarle su bolsa de agua caliente. La envolvería y se la metería en la cama, junto al cuerpo. Tal vez sintiera la calidez, aunque estuviera medio dormida.

Subí las escaleras y crucé lentamente por delante de la habitación de los chicos. Ed emitió un repentino ronquido mientras yo pasaba y me sobresalté. Subí otro piso hasta el cuarto de Naomi. La puerta estaba entreabierta y entré sin hacer ruido. Estaba muy oscuro y el ambiente era sofocante, con un olor a champú de fresas y a alguna otra cosa, algo acre y con un trasfondo cítrico. Caminé a tientas hasta su cómoda, saqué una camisa y metí dentro la bolsa de agua caliente. Seguí con cuidado hasta la cama, casi tropezando con las prendas desparramadas. Tanteé con las manos para retirar la colcha, pero noté que estaba plana y sin arrugas.

La cama estaba vacía.

Encendí de golpe la luz. Medias que sobresalían de cajones abiertos, toallas y zapatos esparcidos por el suelo. Había un tanga sobre un sujetador rojo de encaje encima de la mesita de noche, otro sujetador negro de media copa en una silla. No reconocía ninguna de esas prendas; ¿o es que también se habían cambiado aquí sus amigas? Naomi solía ser muy ordenada. Había un frasco de base líquida de maquillaje volcado sobre el tocador y, en medio del pequeño charco beis, una barra de pintalabios. El jersey gris de su uniforme estaba en el suelo, con la camisa blanca todavía dentro.

La colcha se veía algo arrugada en el sitio donde Naomi se había sentado, pero la almohada estaba lisa.

Se me hizo un nudo en la boca del estómago. Apoyé la mano en la pared y su frialdad pareció subirme por el brazo hasta metérseme en el pecho. Y entonces, dos pisos más abajo, oí la puerta principal que se cerraba.

Gracias a Dios. Gracias, Dios mío.

Puse la bolsa de agua caliente bajo el edredón, lo suficientemente abajo como para calentar el lugar de los pies. Los tendría fríos con esos zapatos tan finos que llevaba. Bajé corriendo las escaleras, sin preocuparme del ruido. No me enfadaría, esta noche no. Le daría un beso, le cogería el abrigo y la enviaría arriba. Ya me enfadaría mañana. Aminoré el paso al bajar el último peldaño y entonces vi a Ted. Ted, no Naomi. Estaba de pie, mirándome. Llevaba puesto el abrigo y tenía el maletín a sus pies.

–No ha vuelto. –Estaba sin aliento; apenas me salían las palabras–. Creía que era ella la que había entrado.

–¿Qué?

Parecía agotado. Encorvaba los hombros y tenía las ojeras muy marcadas.

–Naomi todavía no ha vuelto a casa.

Me acerqué a él. Desprendía un ligero olor a quemado, probablemente por los fogonazos de calor de la diatermia con la que sellaban los vasos sanguíneos cortados. Debía venir directamente del quirófano.

Sus ojos, del mismo azul que los de Naomi, mostraban desconcierto.

–La obra terminaba a las nueve y media, ¿no? –Por su cara cruzó una expresión de pánico–. Dios mío, si hoy es jueves.

No se acordaba de que ella había cancelado esa obligación de recogerla los jueves. De todos modos, nunca estaba al tanto de lo que ocurría en la vida de los niños. Nunca preguntaba. Podía sentir cómo la rabia crecía en mi interior.

–Ahora vuelve a pie con los amigos. Ya te lo dije.

–Claro, claro. Me había olvidado. Bueno, menos mal.

Parecía aliviado.

–Pero esta noche era diferente.

¿Cómo podía estar tan tranquilo mientras mi corazón latía desbocado por el miedo?

–Iba a salir a cenar con el grupo del teatro.

–No sé si te sigo. –Se encogió de hombros–. Entonces se ha ido a cenar con sus compañeros. A lo mejor se lo estaban pasando tan bien que se han quedado más tiempo.

–Ted, son más de las dos…

Lo dije con la cara roja de pánico y de furia. ¿De verdad no se daba cuenta de que la situación era diferente, de que no era normal?

–¿Tan tarde? Madre mía, lo siento. La operación no se terminaba nunca. Esperaba que estuvieras ya dormida.

Extendió las manos en un gesto de disculpa.

–¿Dónde demonios está? –Lo miré fijamente, elevando cada vez más la voz–. Nunca ha hecho algo así, siempre me avisa, aunque solo vaya a llegar cinco minutos tarde.

A medida que hablaba, caí en la cuenta de que eso ya no ocurría desde hacía mucho tiempo, pero aun así nunca había llegado tan tarde.

–Hay un violador en Bristol, lo han dicho en las noticias...

–Cálmate, Jen. ¿Con quién está exactamente?

Me miró y pude percibir su reticencia. Él no quería que esto estuviera pasando; quería irse a la cama.

–Con sus amigos de la obra. Nikita, todo el mundo. Era solo una cena, no una fiesta.

–A lo mejor luego se han ido a una discoteca.

–No la dejarían entrar.

Naomi tenía las mejillas aún redondeadas, una cara de quince años, a veces incluso más joven, sobre todo cuando estaba cansada.

–No tiene la edad.

–Es lo que hacen todos. –Ted hablaba con lentitud por el cansancio. Recostó su alta silueta contra la pared del recibidor–. Tienen carnés de identidad falsos. Acuérdate de cuando Theo...

–Naomi no.

Entonces recordé los zapatos, la sonrisa. ¿Sería posible? ¿Una discoteca?

–Vamos a darle un poco más de tiempo –dijo Ted con tranquilidad–. Yo diría que es bastante normal andar por ahí a esta hora, si uno se lo está pasando bien. Vamos a esperar hasta las dos y media.

–¿Y luego qué?

–Lo más probable es que ya haya vuelto.

Se separó de la pared y, frotándose la cara con las manos, se encaminó al final del recibidor para bajar por las escaleras que llevaban a la cocina.

–Si no ha vuelto, llamaremos a Shan. Supongo que ya habrás telefoneado a Naomi, ¿no?

No lo había hecho. Dios sabe por qué. Ni siquiera había mirado si tenía mensajes. Eché mano al bolsillo en busca del móvil, pero no estaba allí.

–¿Dónde puñetas está mi móvil?

Aparté a Ted de un empujón y corrí escaleras abajo. Debía de habérseme caído y estaba en el sofá, medio escondido bajo un cojín aplastado. Me abalancé sobre él. No había mensajes. Pulsé su número.

–Ey, aquí Naomi. Lo siento, ahora estoy ocupada con algo superimportante. Pero… humm… si me dejas tu número te llamo luego. Prometido. Chaoo.

Negué con la cabeza, incapaz de articular palabra.

–Necesito un trago.

Ted se dirigió lentamente al mueble de las bebidas. Sirvió dos *whiskies* y me tendió uno. Sentí cómo el alcohol me quemaba en la garganta y recorría todo el esófago.

Las dos y cuarto. Quince minutos y llamaríamos a Shan.

No quería esperar. Quería salir de casa, bajar por la calle hasta el teatro, abrir de golpe las puertas y gritar su nombre en el aire polvoriento. Si no estaba allí, entonces empezaría a correr por la calle principal, dejaría atrás la universidad y entraría por las bravas en todas las discotecas, apartando a los porteros y gritando entre el montón de gente bailando…

–¿Hay algo de comer?

–¿Cómo?

–Jenny, he pasado toda la noche en el quirófano. No he podido cenar en la cantina. ¿Hay algo de comer?

Abrí la nevera y miré qué había. No era capaz de reconocer nada. Formas cuadradas y oblongas. Mis manos fueron a parar al queso y a la mantequilla. Los trozos de mantequilla fría rompían el pan de molde. Ted, en silencio, me lo quitó todo de las manos. Preparó un sándwich perfecto y retiró las cortezas con el cuchillo.

Mientras él comía, busqué el número de Nikita. Estaba en un pósit rosa pegado en el tablero de corcho de la alacena. Tampoco contestaba. El teléfono estaba en su bolso, que había metido bajo la mesa para poder bailar en la discoteca en la que de algún modo habían entrado. Todos los demás querían irse a casa, todos sus amigos estaban apoyados en la pared, bostezando, pero Naomi y Nikita seguían bailando juntas, divirtiéndose. Era imposible que nadie oyera el teléfono de Nikita sonando bajo la mesa. Shan también debía de estar despierta, esperando. Solo hacía un año que se había divorciado de Neil; para ella sería aún peor, estando sola.

Las dos y media.

Llamé a Shan y, mientras esperaba, recordé la punzada de celos que había sentido una semana antes, cuando ella me había dicho que Nikita todavía se lo contaba todo. Naomi había dejado de hacerlo. Ahora me alegraba de que Nikita todavía confiara en su madre. Shan sabría exactamente dónde podríamos recogerlas.

Una voz soñolienta farfulló algo al otro lado de la línea. Debía de haberse quedado dormida, como yo.

–Hola, Shan –dije tratando de sonar normal–. Siento mucho despertarte. ¿Tienes idea de dónde pueden estar? Ya las recogemos nosotros, es solo que… –Me detuve y traté de reír–. Naomi olvidó decirme dónde estaría.

–Espera un momento.

Me imaginé que se incorporaba, que se pasaba la mano por el pelo y que, con ojos entornados, miraba la hora en el reloj despertador de su mesita.

–¿Puedes repetírmelo?

Respiré hondo e intenté hablar despacio:

–Naomi aún no ha vuelto. Deben haber ido a algún sitio después de cenar. ¿Dijo Nikita dónde?

–La cena es mañana, Jen.

–No, eso es la fiesta.

–Las dos cosas son mañana. Nikita está aquí. Llegó agotada; lleva durmiendo desde que la recogí hace ya varias horas.

Repetí como una estúpida:

–¿Varias horas?

–La recogí nada más acabar la obra. –Hubo una breve pausa y luego dijo con calma–: No hubo ninguna cena.

–Pero Naomi dijo… –Tenía la boca seca–. Se llevó los zapatos nuevos. Dijo…

Hablaba como los niños cuando no les dan lo que quieren. Se había llevado los zapatos y la bolsa de ropa. ¿Cómo que no habían ido a cenar? Seguro que Shan se estaba equivocando; tal vez Nikita no estaba invitada. Hubo una pausa más larga.

–Le preguntaré a Nikita –dijo–. Te llamo enseguida.

Ante mí se acababa de cerrar una puerta con un leve clic. Al otro lado, había un lugar en el que los niños dormían a salvo, despatarrados sobre las sábanas; un lugar en el que no se telefoneaba a los amigos a las dos y media de la madrugada.

Sentí el frío y la dureza de las sillas de la cocina. La cara de Ted estaba blanca. No hacía más que doblarse los nudillos hasta que crujían. Quería que dejara de hacerlo, pero no me atrevía a abrir la boca porque tenía miedo de empezar a gritar. Me abalancé sobre el teléfono apenas sonó y, al principio, no dije nada.

–No ha habido ninguna cena, Jenny. –Shan jadeaba un poco al hablar–. Todo el mundo se fue a casa. Lo siento.

Un leve zumbido empezó a sonar en mi cabeza, llenando el silencio que siguió a esas palabras. Me sentía mareada, como si fuera a caer hacia delante o el mundo estuviera inclinándose hacia atrás. Me agarré con fuerza al borde de la mesa.

–¿Puedo hablar con Nikita?

En el brevísimo lapso de tiempo que siguió a mi pregunta, pude constatar lo lejos que estaba ya de esa puerta cerrada con un clic y del mundo que había tras ella. Shan respondió, titubeante:

–Se ha vuelto a dormir.

¿A dormir? ¿Y qué importancia tenía eso? Nikita estaba allí, a salvo. Nosotros no teníamos ni idea de dónde estaba nuestra hija. Una oleada de ira emergió por encima de mi miedo.

–Si Nikita sabe algo que nosotros no sepamos, lo que sea, y Naomi pudiera estar en peligro…

Se me cerró la garganta y Ted me quitó el teléfono.

–Hola, Shania. –Hubo una pausa–. Me doy cuenta de lo difícil que debe ser para Nikita…

Hablaba con calma, pero con un tono de autoridad. El mismo tono que usaba con los médicos residentes de su equipo cuando telefoneaban para pedirle consejo sobre un problema de neurocirugía.

–Si Naomi no vuelve pronto, vamos a tener que llamar a la policía. Cuanta más información nos puedas dar… –Otra pausa–. Gracias. Sí. Entonces nos vemos dentro de unos minutos.

Los chicos estaban durmiendo en sus respectivos cuartos. Me incliné hasta sentir la calidez que emanaba de sus cabezas, de su respiración. Theo se había hundido bajo el edredón; su pelo, que sobresalía en un penacho, se sentía áspero en mis labios. El negro flequillo de Ed estaba húmedo; incluso dormido, sus cejas descendían en picado como las alas de un mirlo. Al incorporarme, me vi reflejada en el espejo. Mi cara, iluminada por la farola que brillaba a través de la ventana, parecía la de alguien mucho más viejo. Tenía el pelo oscuro y amorfo. Lo peiné desganadamente con el cepillo de Ed.

Al pasar por delante del teatro del instituto, Ted detuvo el coche y salimos.

«No sé por qué. Todavía no sé por qué sentimos que debíamos echar un vistazo. ¿De verdad creíamos que estarías allí, hecha un ovillo y durmiendo en el escenario? ¿Que te despertaríamos y tú sonreirías, que te desperezarías y, somnolienta y agarrotada, te explicarías diciendo que habías tardado demasiado en cambiarte? ¿Que te rodearíamos con los brazos y te llevaríamos a casa?».

Las puertas acristaladas estaban cerradas. Oscilaron ligeramente cuando tiré del pomo. Una luz de noche iluminaba el vestíbulo y las botellas del bar brillaban perfectamente alineadas. Había un programa rasgado de color rojo y amarillo tirado en el suelo, justo al otro lado de la puerta. Podía distinguir las letras rojas de *West* y *Story* en líneas diferentes y un trozo de foto con una chica que revoleaba una falda azul.

Ted condujo con prudencia, aunque yo sabía que estaba cansado. Había pulsado el botón del salpicadero para calentar el respaldo de mi asiento, pero a mí el calor me hacía sudar y sentía unas náuseas que parecían emanar del propio tapizado de cuero. Lo miré mientras conducía. Era bueno en este tipo de situaciones. Sabía cómo parecer serio, pero no desesperado. Cuando la vida de Naomi peligró durante el parto, fue esa tranquilidad suya la que evitó que me invadiera el pánico. Había organizado la epidural para la cesárea y estaba presente cuando sacaron el cuerpecito ensangrentado. Pero ahora no quería pensar en eso. Giré rápidamente la cabeza hacia la ventanilla. Las calles estaban relucientes y vacías. Una fina lluvia empezaba a empañar las ventanas. ¿Qué ropa se había puesto? No podía recordarlo. ¿El impermeable? ¿Y llevaba bufanda? Examiné los árboles que flanqueaban la calle como si aquella franja de tela naranja fuera a estar allí, enredada en las negras ramas mojadas.

Ya en casa de Shania, Ted llamó a la puerta con firmeza. La noche era silenciosa y todo era quietud a nuestro alrededor. Si alguien hubiera pasado en coche, solo habría visto a una pareja como cualquier otra. Llevábamos abrigos buenos y zapatos limpios mientras esperábamos en silencio con la cabeza gacha bajo la lluvia. Nuestro aspecto debía de ser normal.

Shania apareció con una cara acorde a la situación. Parecía tranquila y seria al abrazarnos. En su casa hacía calor, la chimenea de gas llameaba en su ordenada sala de estar. Nikita estaba acurrucada en el sofá, con un cojín fuertemente apretado contra el pecho y las largas piernas, enfundadas en un pijama de conejitos, encogidas bajo el cuerpo. Le sonreí, pero sentía la boca rígida y me temblaban las comisuras. Shan tomó asiento a su lado en el sofá y nosotros nos sentamos enfrente. Ted me cogió la mano.

—Ted y Jenny quieren hacerte algunas preguntas sobre Naomi, cariño.

Shania rodeó con el brazo a Nikita, quien permanecía con la cabeza baja mientras se enroscaba un rizo de pelo oscuro en los dedos.

Me levanté para sentarme a su lado, pero ella se apartó un poco de mí. Intenté que hubiera dulzura en mi voz:

—¿Dónde está, Nik?

—No lo sé.

Bajó aún más la cabeza hasta hundirla en el cojín; la voz sonó amortiguada:

—No lo sé, no lo sé, no lo sé.

Shania me miró por encima de la cabeza de Nikita.

—Entonces empezaré yo —dijo Shan—. Voy a contarle a Jenny lo que me has dicho.

Nikita asintió y su madre siguió hablando:

—Naomi le contó a Nikita que iba a encontrarse con alguien después de la función, con un tío.

—¿Un tío? —irrumpió la voz de Ted mientras yo daba un grito ahogado—. ¿Qué tío?

En su boca, la palabra sonaba peligrosa. No un chico. Alguien mayor. Mi corazón empezó a golpear tan fuerte que tuve miedo de que Nikita lo oyera y no quisiera contarnos nada.

—Dijo… —empezó Nikita titubeante—. Dijo que había conocido a alguien. Y que le ponía un montón.

Descrucé las piernas y me giré para mirarla bien a la cara.

—¿Que le ponía un montón? ¿Naomi dijo eso?

—Es lo que queríais saber, ¿no? Vosotros me habéis preguntado.

La frente de Nikita se arrugó, sus ojos se llenaron de lágrimas.

—Claro que sí, no pasa nada —contesté.

Pero sí pasaba. Nunca la había oído usar ese lenguaje. Habíamos hablado de sexo, pero, por más que rebuscaba desesperadamente en mi memoria, era incapaz de recordar cuándo. Relaciones, sexo y anticonceptivos… A Naomi no parecía que le interesara. ¿O sí? ¿Me había perdido algo?

—¿Y él era…? ¿Y ella…? —comencé, tanteando a ciegas en un bosque de posibilidades—. ¿Y era alguien del instituto?

Nikita negó con la cabeza. Entonces habló Ted, con tono despreocupado e informal, como si el asunto no fuera importante:

—A ese tío, seguro que ya lo había visto antes, ¿no?

Los hombros de Nikita se relajaron un poco, dejó de enroscarse el pelo. La tranquilidad de Ted estaba haciendo efecto, pero me sentó muy mal que pudiera manejar la situación con tanta facilidad. Apenas podía reprimir el temblor en mi voz.

—Claro. Creo que alguna vez había venido al teatro. —Miró al suelo—. Al fondo de la sala, ya sabéis.

—¿Al fondo de la sala? —siguió Ted sin que pareciera apenas una pregunta.

—Sí. Donde espera la gente. Creo.

Levantó la vista. Sus ojos mostraban desgana.

—La verdad es que no me fijé.

—¿Qué aspecto tenía? —me apresuré a preguntar.

—No lo sé.

Nikita no me miró. Hubo una pausa.

–¿Puede que tuviera el pelo oscuro?

Se acercó más a Shan y cerró los ojos. Pensé que no iba a decirnos nada más, pero Ted ya estaba haciendo otra pregunta:

–¿Y esta noche? ¿Qué te contó de esta noche?

Hubo un silencio. Nikita se quedó completamente inmóvil. Entonces Shan se levantó.

–Está cansada –dijo con firmeza–. Necesita volver a la cama.

–Dínoslo, por favor, Nikita. –La toqué suavemente en el brazo, con prudencia–. Por favor te lo pido, si dijo algo, dínoslo.

Entonces me devolvió la mirada, sus ojos marrones muy abiertos por la sorpresa. La madre de su mejor amiga era para ella una figura ajetreada vagamente percibida en la distancia, alguien alegre, siempre yendo y viniendo con prisas. Una mujer que llevaba las riendas de su vida y de su familia. No era alguien que suplicara.

–Dijo… –Nikita se detuvo un segundo–. Dijo: «Deséame suerte».

CAPÍTULO 2

Dorset 2010. Un año después

El otoño se adentra en el invierno. Por la mañana, siento la frialdad del silencio contra mi rostro.

Escucho, pero no sé muy bien qué espero escuchar. A estas alturas, ya debería haber asumido la ausencia de los sonidos que daba por sentados: los pasos amortiguados de unos pies descalzos, la tetera hirviendo en la distancia, el murmullo de voces radiofónicas y el tintineo de las tacitas de porcelana contra el borde de la bañera. Los ruidos que hace una persona son tenues, cuidadosos, espaciados. Refluyen hacia el silencio. Abro la ventana y la suave respiración de las olas marinas penetra en la habitación como algo vivo.

Al pasar por delante de su dormitorio, toco la puerta. Eligió esa habitación cuando era pequeña. Lo cierto es que nunca llegó a ser su verdadero dormitorio, porque hasta hace unos meses esta había sido solo nuestra residencia de vacaciones, pero todos considerábamos que ese cuarto era el suyo. De niña le gustaba jugar a que la ventanita redonda situada bajo el techo de paja era un ojo de buey y su cama un barco. La policía se llevó el colchón y toda la ropa de cama. Siento la madera de la puerta en la yema de los dedos, fría y húmeda. Ted lavó la sangre del suelo; yo no he entrado desde que llegué.

El vacilante reflejo del marco de la ventana se quiebra alrededor de mis manos mientras estoy tumbada en el agua de la bañera. Cuando suena el timbre, salgo rápidamente, me enrollo una toalla y me pongo el camisón. En lo alto de la escalera, mis pasos se paralizan. Veo a un hombre de uniforme a través del vidrio de la puerta principal. Me late tan deprisa el corazón que siento un vahído y he de agarrarme a la barandilla. Este podría ser el momento en el que vienen a anunciarme que han encontrado algo en un campo embarrado: tal vez el tacón de un zapato, blando y podrido; el destello plateado de una pulsera de dijes; la blancura de un diente. No hay nada que puedan decirme en lo que yo no haya pensado, pero aun así me detengo como si me hubieran disparado. Entonces veo algo rojo en su chaqueta, una bolsa voluminosa. Alguien que trae una entrega especial. Cuando abro la puerta, me tiende el pedido: los pequeños pinceles de una tienda de arte de Bristol. En el felpudo ya hay una postal de una montaña galesa de la amplia colección de Ted. Su manera de mantenerse en contacto. Sin mensaje, como de costumbre. Me siento a la mesa de la cocina y mi corazón se calma. Tengo el cuaderno de dibujo delante. Lo cojo y paso a la siguiente página en blanco. Cuando la policía se detuvo ante la puerta y vi el blanco y el negro, las chaquetas acolchadas y las placas, su ausencia se hizo oficial. Todavía estaba oscuro, pero debía de ser casi por la mañana, quizá las cuatro o las cinco.

El lápiz tiene un tacto rugoso entre mis dedos; está mordido y puedo sentir la superficie astillada mientras dibujo una pequeña sudadera con capucha y sombreo los pliegues con cortas líneas grises.

Bristol 2009. La noche de la desaparición

El policía de la puerta tenía algo más de cincuenta años. Sus ojos, de color indefinido, se hundían en bolsas de carne flácida. Cualquiera que fuese su expresión natural, se escondía bajo un barniz de calma profesional, pero la fugacidad con la que me miró a la cara delató su desazón. Tras él había una mujer bajita, el pelo castaño recogido en una apretada trenza francesa, el pintalabios de un rojo impecable. Me pareció notar en ella una ira contenida. Tal vez había tenido que levantarse de la cama expresamente, ponerse el uniforme impecable y el grueso maquillaje.

–¿Doctora Malcom? –dijo el hombre con voz estudiadamente neutra.

En casa yo no me consideraba «doctora»; era la madre de mis hijos, la esposa de mi marido. Pero si este policía pensaba que yo, como él, era una profesional, tal vez se aplicara todavía más en su tarea.

–Sí.

Retrocedí para dejarlos pasar.

–Soy el agente Steve Wareham y esta es la agente Sue Dunning. Al quitarse el sombrero, apareció un leve cerco marcado alrededor del fino cabello gris. Me estrechó la mano y habló con voz serena. Lo sentía por nosotros, pero no del modo que yo temía. Lo que yo temía que dijera era que sentía nuestra pérdida. La mujer se mostraba más brusca. Saludó con la cabeza, pero después unió las manos por detrás de la espalda como si no quisiera tocarme; yo era de esas mujeres con un hijo que no va a volver a casa.

Los hice pasar a la cocina. Acabábamos de volver de la casa de Shan y necesitaba mirar el reloj. Hacía más de cuatro horas que Naomi debía haber vuelto y quería hablarles enseguida del hombre cuya sombra parecía cernerse sobre las luminosas paredes de la cocina. En mi interior, les estaba pidiendo a gritos que se dieran prisa. Salgan ustedes ya. Aún podrían alcanzarlos. Él la lleva en coche bajo la lluvia por una larga calle, está entrando en una casa, cierra la puerta, se vuelve a mirarla, ella está llorando. No, eso sí que no: ella nunca llora. Dense prisa.

Ted empezó a hablar; comenzó por el principio, tal como ellos deseaban. Querían saberlo todo y tardaron una hora. Preguntaron por su portátil, luego por su certificado de nacimiento y su pasaporte. Intentaron llamarla de nuevo al móvil, pero esta vez no hubo mensaje del contestador, ni siquiera tono de llamada. Sin batería. Solía ocurrir con el móvil de Naomi, así que no significaba nada. Cuando Steve Wareham me dijo que podrían haber rastreado la ubicación del teléfono si hubiera estado encendido, hube de reprimir una oleada de ira y de angustia.

Les di su fotografía escolar del último trimestre. La miré durante unos segundos. Se la habían hecho hacía solo unos pocos meses, pero parecía mucho más joven. Tenía la sensación de estar mirando a otra persona de sonrisa amplia, pelo lustroso recogido en una cola de caballo y cara radiante. Pensé en el charco de base de maquillaje alrededor del pequeño frasco. Aquel no era el aspecto que tenía antes de la función. ¿Tenía algún *hobby*? Podría ser. No lo sabía. Yo trabajaba durante todo el día. No podía saberlo todo. El agente arqueó fugazmente una ceja. ¿Qué instituto, qué médico, qué dentista? (¿Dentista? ¿Por el historial dental? Un breve espasmo de dolor en la cara de Ted delató que él había llegado a la misma conclusión). ¿Amigos del instituto? ¿Nombres? ¿Novios? Ningún novio, no. Alguien que esperaba en la parte de atrás del teatro. Tenía el pelo oscuro y a ella le ponía un montón. Es él quien la tiene. Podría estar haciéndole daño en este preciso momento; las manos apretando fuerte alrededor de su cuello. Quizá ahora la tira al suelo, le quita la ropa, la obliga a ponerse bajo su cuerpo mientras le tapa la boca con la mano para ahogar sus gritos. Me metí los dedos en la mía y me los mordí para no gritar.

Tomaron nota de todo.

La agente Sue Dunning me dio un formulario de personas desaparecidas para que lo rellenara. Dijo que era demasiado pronto para hablar de secuestro, que no había pruebas para eso. Me temblaban las manos, así que escribí despacio. Siguieron hablándome, haciendo preguntas. ¿Estatura? Un metro sesenta y siete, aproximadamente. ¿Peso? Cincuenta y un kilos. Sí, estaba delgada. No, no anoréxica, lo único que nunca paraba quieta; comía suficiente.

«¿Tienes hambre? En realidad, no cenaste, ¿verdad? En aquel momento no me preocupó, porque creía que ibas a cenar por ahí. Deberías habérmelo dicho, te podía haber preparado algo».

¿Qué ropa llevaba la última vez que la vi? Bajaba por la escalera con su bolsa y creo que llevaba un impermeable, ¿o era el abrigo de su uniforme? Tal vez la sudadera gris con capucha. Déjenme pensar. Puedo mirar en su armario y decírselo.

«Espero que fuera el impermeable; está lloviendo, te mojarás».

Iba a ponerse un vestido para la… para después… y zapatos nuevos. Eran negros y con tiras, de tacón alto. Diferentes. ¿Es posible que fueran un regalo? Un truco, un cebo. Llevaba una pulsera de dijes. Eso podría ser importante. La bolsa de supermercado que llevaba estaba agujereada. No sé de cuál, ¿de Tesco?, ¿de Waitrose?

«No se te ocurra correr con esos zapatos o te romperás los tobillos. Quítatelos y luego corre».

¿Había problemas en casa? ¿Había desaparecido alguna otra vez? ¿Trató en alguna ocasión de hacerse daño? Las preguntas eran implacables. Estaba agotada. No habían entendido nada. Actuaba en la obra. Estaba cansada, claro que sí, irritable a veces, pero en el fondo estaba bien. Y durante todo ese tiempo yo aguzaba el oído por si oía sus pasos; podía entrar en casa en cualquier momento, con una excusa preparada; estaría alucinada ante tanto jaleo. Todo se quedaría en una pesadilla.

Steve Wareham seguía hablando:

—Antes de hacer nada, primero tenemos que registrar la vivienda.

Me quedé mirándolo, pasmada. ¿No se creía nada de lo que le habíamos dicho?

—¿Cómo? —Había incredulidad en la voz de Ted—. ¿Ahora?

—Se sorprenderían ustedes. —No quería mostrar una actitud de superioridad—. No creerían la cantidad de niños que seguimos encontrándonos en sus casas; chicos que se esconden en el armario. Para llamar la atención.

Miraron en el piso de arriba. Ted les hacía de guía. Entraron en el desván, revisaron los armarios de la cocina, los roperos. Fueron metódicos y tan silenciosos que los chicos pudieron seguir durmiendo tranquilamente. Miraron en el cobertizo del jardín y en los contenedores de basura. Yo esperaba en la cocina, con la mano sobre el teléfono. Al acabar parecían cansados.

—Alguien del cuerpo pasará más tarde. —Sue Dunning se sentía algo avergonzada—. Tendrán que descartarlos a ustedes de la línea de investigación. Pura rutina.

No tenía por qué avergonzarse. Estaban siendo concienzudos y eso significaba que la iban a encontrar.

Ted preguntó qué pasaría ahora y la agente recitó una lista: redactar el informe, contactar con el instituto y el teatro, visitar a Nikita para recoger su testimonio, comprobar Facebook, examinar su ordenador portátil y los móviles de los amigos por si hubiera mensajes, interrogar a los profesores, ir a discotecas, *pubs*, restaurantes, talleres mecánicos, estaciones de tren, puertos y aeropuertos. Avisar a la Interpol. Y, si no ha vuelto dentro de veinticuatro horas, a los medios de comunicación.

¿Aeropuertos? ¿Medios de comunicación? Ted me rodeó con el brazo.

–Una última cosa. Necesitaremos su cepillo de dientes –dijo Steve Wareham con voz tranquila–. Por si acaso.

El cepillo de dientes rosa parecía absurdamente infantil en la taza de plástico amarilla de su cuarto de baño. Sue Dunning lo introdujo en una bolsita de plástico y dejó de ser el cepillo de dientes de Naomi: era el ADN de una persona desaparecida. Por si acaso.

–Gracias por su cooperación.

Steve Wareham se levantó con rigidez, llevándose la mano a la parte baja de la espalda. Las arrugas de su cara parecían más profundas. Me pregunté cómo sería enfrentarse a unos padres como nosotros y, por un breve instante, lo compadecí.

–Informaremos con todo detalle al turno de día, que empieza a las siete de la mañana. Habrá una reunión con el jefe del Departamento de Investigación Criminal, lo que en este momento no significa que haya ningún crimen del que ocuparse. –Recuperó el aliento y continuó–: Mientras tanto, nos ayudaría que buscaran cualquier indicio aquí, en su casa, por si hubieran pasado algo por alto. Repasen todo lo ocurrido en los últimos días y semanas. Cualquier cosa diferente en su hija. Escríbanlo y háganoslo saber. De momento, vamos a llevarnos el portátil.

Nos sonrió mientras lo cogía y la expresión de su rostro se volvió más amable.

–Michael Kopje estará en contacto con ustedes. Es el oficial de enlace con las familias para esta zona. Vendrá dentro de un par de horas.

Un par de horas. ¿Y qué pasaba con los próximos cinco minutos y los cinco minutos que vendrían luego?

Tienen una fotografía. Eso ayudará.

Pero no muestra el modo en que reluce su pelo, con un brillo tan fuerte que parece pan de oro.

Tiene un lunar diminuto justo debajo de la ceja izquierda.

Desprende un sutil aroma a limones.

Se muerde las uñas.

Nunca llora.

Encontradla.

SEGUNDA PARTE

CAPÍTULO 3

Dorset 2010. Un año después

El difuso trajín matinal que fluye desde el pueblo se ha desvanecido. La mañana se hunde en una tarde mortecina y, sin previo aviso, la aflicción estrecha su cerco a mi alrededor. Pasará si me quedo completamente quieta. Cuando hacía las visitas a domicilio, desde la puerta era capaz de adivinar la gravedad de los pacientes por su postura en la cama. Apendicitis, rotura de la aorta abdominal, meningitis: los músculos se ponen rígidos para protegerse del desastre que está teniendo lugar. Durante el verano, me quedaba tumbada inmóvil dejando que las horas se disolvieran, observando cómo el polvo bailaba en columnas centelleantes mientras el sol se colaba ahora por una ventana y luego por otra. Quería morirme, pero sabía tan bien como ahora que un día podía levantar la vista y encontrármela ahí, su figura encuadrada por el marco de la puerta. Y, por supuesto, yo nunca abandonaría a los chicos; además, el perro ahora que duerme en la cocina es de ella.

Como si oyera mis pensamientos, Bertie bosteza, sale de su cesta y mueve la cola. Sus ojos opacos me siguen mientras cruzo la cocina. Siento la calidez de su cuello entre mis dedos cuando le pongo la correa; el espeso pelaje se ha endurecido con la edad. Me meto el cuaderno y un lápiz en el bolsillo. La puerta trasera de la cocina da al jardín, y más allá están los campos.

Mi madre me legó la casa de campo antes de morir. Fue una suerte: me dio un lugar donde esconderme.

Una suerte. Buena suerte, es mi día de suerte, deséame suerte. Una palabra trivial para describir la importancia de esos vaivenes de la fortuna que se abren o cierran ante ti, como grandes puertas que golpean empujadas por el viento. Naomi nunca creyó que necesitaría suerte. Pensaba que había nacido ya con ella. Yo también lo creía, pensaba que todos habíamos nacido con suerte. Hace solo un año, pensaba que lo teníamos todo.

Resulta difícil precisar dónde empezaron a cambiar las cosas. Vuelvo atrás una vez tras otra, a diferentes puntos del pasado, para averiguar dónde pude haber alterado la fortuna. Podría elegir casi cualquier momento de mi vida y modelarlo de otra forma. Si no hubiera decidido convertirme en médica; si hace años, en la biblioteca, Ted no me hubiera cogido los libros que llevaba en los brazos; si no hubiera tenido tanta prisa aquella tarde en la consulta; si hubiera tenido más tiempo. El tiempo se estaba acabando, pero entonces yo no lo sabía.

Subo por la senda del acantilado, esperando mientras Bertie avanza con dificultad sobre los salientes de roca gris. Arriba del todo, el viento me rociaba la boca de gotitas de mar, como si fuera lluvia. Se me filtran entre los labios, saladas, más parecidas a lágrimas que a lluvia.

Mi pensamiento vuelve a aquella tarde de mi vida de doctora, cuando el reloj empezó la cuenta atrás de los últimos días que Naomi pasaría entre nosotros. Por la tarde vi a Jade, el chile de mi ojo.

Sentada en un banco, con el mar y el cielo que se extienden ante mí, saco el cuaderno del bolsillo y empiezo a dibujar una jirafa de juguete, las manchas del pelaje, el borde desgarrado de una oreja. Bertie se acomoda para esperar, la cabeza sobre mis pies, gimiendo levemente de vez en cuando.

El 2 de noviembre de hace un año no podía saber que solo nos quedaban diecisiete días.

Bristol 2009. Diecisiete días antes

Había estado lloviendo todo el día. Los pacientes llegaban con la ropa chorreando y el pelo mojado, y con ellos entraban los zumbidos y el fragor de la calle principal en la que desembocaba nuestro callejón sin salida. Nuestro consultorio estaba cerca de los muelles, un poco apartado, entre una tienda de muebles de pino y un aparcamiento lleno de desperdicios en el que crecían hierbajos altos y finos por entre las placas de asfalto resquebrajado. En las calles aledañas había muchas casitas adosadas de estilo victoriano; cuando conducía hasta el trabajo abriéndome camino por calles cada vez más estrechas, podía ver fugazmente el agua oscura de los muelles entre los viejos almacenes.

Nuestra consulta tenía éxito, o quizá era solo que estaba bien situada. La pequeña sala de espera solía estar abarrotada de pacientes, a pesar de que los pocos minutos que podíamos dedicar a cada uno nunca se antojaban suficientes. En los siete minutos preceptivos, resultaba casi imposible darle a la gente lo que quería. Aun así, pensaba yo, sabían que estábamos de su lado; o al menos estuve convencida de que era así hasta aquella tarde. Recuerdo muchas cosas; sobre todo recuerdo el olor.

Al final de la tarde, mi consulta olía mal. A sudor, sangre y alcohol rancio. La carne adquiría un matiz verdoso bajo la cruda luz del techo. Las persianas se mantenían cerradas para evitar los ruidos de la calle, y dentro era como si el mundo no existiera. Hacía calor. Había juguetes desparramados por el suelo. La pila del rincón estaba llena de instrumental metálico ensangrentado y cubierto con papel desechable azul.

Estaba cansada. El examen de la señora Bartlett había sido difícil: había costado mucho ver el pólipo cervical debido a la sangre, y al día siguiente sería necesario derivarla a una clínica. Consulté la lista en mi pantalla y, mientras limpiaba la pila y luego me lavaba las manos, pensé en el próximo paciente. Un residente temporal. Yoska Jones. ¿Polaco? Bostecé ante el espejo que había encima de la pila; el pelo se había soltado de la pinza y se me rizaba desordenadamente alrededor de la cara. Una vez más, se me había corrido el rímel. Entorné los ojos ante el reflejo de mi imagen, esperando que el problema del paciente no tuviera complicaciones y así poder recuperar tiempo. Lo llamé para que entrara. Veintitantos. Pómulos altos, piel morena. Me llevó un segundo ver que no estaba enfermo. Podía liquidar aquello rápidamente.

–¿En qué puedo ayudarle?

–Dolor de espalda, cosa de familia.

Acento galés. Su mano, fuerte y curtida, descansaba sobre la mesa cerca de la mía. Puse las manos en el regazo.

–¿Qué cree que pudo provocarlo?

–Cargar con mi hermana pequeña de aquí para allá. –Se percibía una nota defensiva en su voz–. Le gusta que la lleve a hombros, pero ya va pesando lo suyo.

–Cargar con niños no es lo mejor.

Pero resulta tentador. Yo solía llevar a Naomi en brazos a todas partes hasta mucho después de que caminara sola. Me gustaba sentir su peso, notar su cara contra la mía.

–Es preferible que la deje caminar sola.

Distinguí un chispazo de ira en sus ojos, pero en siete minutos importaba más dar consejos que mostrarse comprensiva, y aún tenía que examinarle la espalda. Los largos músculos erectores situados a ambos lados de la columna se percibían gruesos y lisos, como un par de serpientes, pero cuando lo hice tumbarse y le levanté las piernas el joven se retorció de dolor. Ciática. Los reflejos y sensaciones eran normales. Cuando le dije los ejercicios que debía hacer y le receté unos analgésicos, me sonrió y me estrechó la mano. La imposición de manos había obrado el milagro: su hostilidad se había evaporado por completo. Se fue con un folleto de consejos y su receta. Al salir, sin querer golpeó con el pie un juguete, y este salió rodando por la habitación hasta chocar contra la pared. Lo recogí en el momento en que la puerta se cerraba. Era el patito de plástico, con su descolorido pico naranja tan mordido que se deshacía en puntas blandas, y con un ala desgajada de la que solo quedaba un borde puntiagudo. Se oyó un tañido amortiguado cuando golpeó el fondo de la papelera de metal. Llamé al siguiente paciente.

Sabía que Jade tenía diez años, aunque aparentaba mucha menos edad. Se quedó parada de pie mientras su madre le quitaba el anorak, el jersey del uniforme escolar, la falda. Tenía moratones en la cara, los brazos y las piernas. Aparte de eso, parecía en perfecto estado, pero su bonito rostro no mostraba expresión alguna. Me observaba mientras agarraba con fuerza una jirafa de terciopelo hecha jirones. Ese año la había visto ya por lo menos cuatro veces; sus síntomas eran fatiga, un impreciso dolor abdominal, falta de apetito y ahora tos. Nada que en principio llamara mi atención, aunque sí me había fijado en la suciedad de la ropa y en el cabello apelmazado que caía en gruesos mechones plateados. Me había limitado a dar algún consejo e intentar tranquilizar a su nerviosa madre. Esta vez era diferente. Los moratones eran nuevos. Sonreí a Jade, pero la habitación parecía oscurecerse a su alrededor.

Su madre, con un grueso abrigo de piel de imitación, hablaba deprisa y fuerte, sin pausa entre las palabras. Las pausas siempre pueden darte alguna pista, pero no era este el caso: sus palabras se vertían en una sucesión ininterrumpida.

—Sigue sin dejarnos dormir con esa dichosa tos.

Los duros ojos verdes de la mujer buscaron los míos.

—Y hay otra cosa.

Acercó su cara encostrada de maquillaje y en las pestañas pude ver pequeños grumos de rímel endurecido que temblaban cada vez que parpadeaba. Sus dedos sujetaron con fuerza los hombros de la hija.

—Llega a casa llena de moratones. Ella dice que muchas veces tropieza y se cae, pero creemos que son los otros chicos, que se meten con ella.

—¿Por qué se meten con ella?

—Y yo qué sé.

Abrí la mano de Jade y le puse el disco de acero del estetoscopio en la pequeña palma, para que la sensación de frío no la sorprendiera al ponérselo en el pecho.

—¿Puedo oír tu barriguita?

La lustrosa cabeza se movió levemente arriba y abajo.

Le puse el estetoscopio por encima de la camiseta interior para ganar su confianza; su pelo cayó en mi mano y vi algo negro que correteaba por un mechón hacia el cuero cabelludo. Cuando dejó de retener el aliento, le levanté la camiseta para escuchar y vi que tenía cardenales en el pequeño y ondulado costillar; había más en la columna. Podía oír la voz de la madre, cada vez más fuerte y rápida mientras me observaba, pero dejé de entender las palabras. Hube de controlar la expresión del rostro mientras palpaba los bultos blandos en una costilla. Se oían pequeños crujidos en el pecho. Examiné todo el cuerpo. Cuando vi los morados en la parte interior de los muslos, una evidente inquietud me revoloteaba ya por la cabeza.

Tecleé una receta de antibióticos mientras la madre vestía de nuevo a Jade. Si mencionaba los piojos, tal vez nunca volviera.

—Esto debería mejorarle el pecho; una cucharada tres veces al día. Tendré que volver a examinarla. ¿Puede traerla dentro de un par de días?

Asintió mientras miraba fijamente la receta que sostenía en la mano y dio media vuelta para irse, arrastrando a Jade tras ella.

Fui a ver a Lynn, nuestra enfermera. Estaba en la sala de enfermería, canturreando mientras reponía una bandeja con frascos y jeringuillas. Cuando le expliqué el caso de Jade, entornó los ojos castaños con expresión preocupada.

—Nunca han traído a Jade para que la vacunemos. Vino a ver a la enfermera suplente el verano pasado. Fue por una mala caída. Tenía rasguños en los brazos.

Las pulcras manos teclearon veloces en el ordenador.

—El padre también estuvo aquí hace unas semanas. Le pusieron unos puntos en la mano. Esa tarde estaba completamente ido por el alcohol. —Me miró frunciendo el ceño—. Parecía que fuera a atacarme en cualquier momento.

En el periodo de prácticas, ya me había topado con borrachos descalabrados que aparecían en urgencias los sábados por la noche. Recuerdo las amenazas obscenas, los puñetazos descoordinados mientras suturaba la piel con dedos temblorosos.

Así que el padre de Jade era de esos.

—¿Y qué te parece la madre, Lynn?

—Pues no lo sé, la verdad —dijo Lynn inclinándose hacia la pantalla—. No viene a hacerse los frotis. Según dice aquí, el año pasado vio a Frank por una depresión y se le recetó citalopram, pero no apareció para la siguiente consulta.

A medida que hablaba, las piezas del rompecabezas empezaban a encajar.

–Gracias, Lynn. ¿Hay posibilidad de que puedas llamar a la madre, digamos, para las vacunas?

–¿Y aprovechar la ocasión para visitarla? Claro que sí.

Telefoneé a los servicios sociales y les dejé un mensaje. Dar con la enfermera del colegio me llevó más tiempo. No era el día en que atendía visitas, pero el centro me dio su número de móvil. Cogió el teléfono al segundo intento.

–¿Jade Price? Claro que conozco a Jade. Una niña muy calladita. No demasiado feliz.

–¿Por qué?

–Porque la excluyen. Los otros niños la tratan como a una leprosa.

La voz rasposa quería cotillear. Zanjé el asunto rápidamente.

–¿Se mete en peleas? Su madre dijo…

–Como he dicho, los niños ni se le acercan; es demasiado callada. Y las liendres tampoco ayudan. A veces su padre la recoge en la escuela, borracho como una cuba, con muy malas pulgas.

Otra pieza del rompecabezas encajó en su sitio. El pediatra de los servicios comunitarios había salido; ya intentaría localizarlo más tarde. Frank, por ser el médico principal del consultorio, tendría que ser informado, pero eso habría de ser ya al día siguiente. Se estaba haciendo tarde. Los pacientes debían estar esperando con mueca de fastidio, mirando el reloj. El revoloteo de inquietud se había evaporado, dejando en su lugar algo que lindaba con el pánico. Cuando mi móvil vibró en el bolsillo, lo cogí y le eché un rápido vistazo. Ed. Tendría que recordarles a los chicos que no me llamaran aquí; nunca había tiempo para hablar con ellos. Hice entrar al siguiente paciente.

Nigel Arkwright, un corredor de seguros de cuarenta años, puso el informe médico de su aseguradora en la mesa y lo empujó hacia mí.

–Me están dando la lata con la presión arterial –dijo sonriendo.

Mientras le ajustaba el brazalete en un brazo blanco como el requesón, sus gruesos dedos tamborileaban sobre la mesa: parecían relucientes salchichas rosadas, de esas baratas con la piel fina que se abren apenas las tocas con el cuchillo. Tenía la presión arterial alta, pero no tanto como para resultar peligrosa. Cogió el folleto de hábitos saludables y los formularios de análisis de sangre y, murmurando para sí, salió para concertar una visita de control.

El aire de mi pequeño cuarto parecía consumido. Lo agradecí de veras cuando Jo, nuestra recepcionista, me trajo una taza de té entre un paciente y otro. Llevaba el cabello rubio peinado en un recogido alto, pero a esta hora del día ya se le habían rebelado algunos mechones. Posó con suavidad la taza de porcelana blanca en la mesa, entre mis notas. Mientras tomaba los primeros sorbos, miré las fotografías enmarcadas de la pared. Hacía mucho que no había cambiado ninguna. Una de ellas era de Naomi a los cinco años, con una sonrisa tan amplia que no se le veían los ojos, abrazando con fuerza a Bertie, que entonces era apenas un cachorro. Los chicos aparecían parcialmente por los lados, inclinados hacia ella y sonriéndole. Había otra imagen de la última fiesta de Nochevieja. Ted nos rodeaba a todos con el brazo. Debía de haber dicho algo gracioso, porque todos reíamos excepto Naomi; ella miraba a la cámara tan fijamente que parecía tener el ceño fruncido. Me obligué a concentrarme de nuevo en el trabajo y llamé al siguiente paciente.

La oscura tarde fue dando paso a la noche. Los pacientes se sucedían a ritmo regular y, por un instante, pensé que estaba saliendo airosa. Entonces Jo asomó la cabeza por la puerta, con ojos muy abiertos y mirada de preocupación: acababan de traer al pequeño Tom con un ataque de asma. Su madre, una guapa adolescente con rastas, era incapaz de hablar de puro miedo. Tom estaba sudando, con la piel hundida entre las costillas y el resuello inquietantemente leve. Actué como en piloto automático y enseguida el niño estaba inhalando Ventolín junto con oxígeno a través de una máscara pediátrica, demasiado cansado para resistirse. Empezó a dar cabezadas y cayó profundamente dormido. La ambulancia llegó poco después para llevarlos a ambos al hospital y que el niño pasara la noche estabilizado.

La habitación quedó en silencio una vez hubieron salido. Mi estetoscopio estaba encima de unos sobres rotos de los que rebosaban las notas. Los formularios de los análisis sanguíneos se mezclaban en un revoltijo de papeles y había un depresor lingual en el suelo. En la superficie beis del té, se había formado un cerco de un blanco lechoso. Efectué las últimas tareas de cada final de jornada, ordené las notas y grabé cartas en el dictáfono para el pediatra y los asistentes sociales.

Se acabaron las visitas. Jo se fue a casa y su despedida resonó en la sala de espera vacía. Preparé una lista de cosas que hacer por la mañana y la pegué en la negra pantalla del ordenador.

La calle estaba vacía. Luces de color naranja destellaban en los charcos aceitosos. La tienda de muebles de pino estaba cerrada y del *pub* salían risotadas y sonidos amortiguados. Mi viejo Peugeot era el único coche que quedaba en el aparcamiento. Dando la espalda a la oscuridad, revolví en el bolso en busca de las llaves mientras empezaba a sentir un breve hormigueo de miedo en la boca. Ya dentro del coche, mi otra vida se hizo al instante presente por el olor a perro, a barro y a trajes de neopreno; me recordó la plenitud de nuestra vida. Lo que teníamos había costado ganarlo, pero la mayor parte del tiempo era consciente de nuestra suerte. Había una hoja rasgada de deberes de matemáticas en el suelo y un par de deportivas embutidas bajo el asiento delantero. Encontré una gominola en una arrugada bolsita de celofán encajada en el compartimento lateral. Me supo azucarada y ácida. Giré la llave en el contacto y avancé lentamente.

CAPÍTULO 4

Dorset 2010. Un año después

En los campos cercanos a la casita de campo, el intenso aroma a tierra, arrancada de cuajo junto con la hierba, me trae un recuerdo de niños que juegan en un jardín hasta la caída de la noche; ¿o es el olor de los funerales? El rostro de Naomi flota en el espacio gris que tengo ante mí, las mejillas en sombra, como si estuviera en una caja. Rápido, piensa en el mar, escucha su rumor que nos acompaña mientras paseamos. Pero el distante refluir y golpear de las olas se convierte en un latido de corazón. A las seis semanas, Naomi era todo corazón. Conseguí bajo mano que le hicieran una ecografía temprana, pero ni siquiera me tranquilicé al ver el traslúcido y palpitante músculo en la pantalla. ¿Cómo era posible que no se agotara? Más tarde la examiné por algún resfriado infantil y, al presionar la oreja contra su piel perfecta, volví a oír aquel rápido latido de pajarillo. ¿Se daría cuenta al final, si había habido un final, de que su corazón se estaba ralentizando? ¿Hay suficiente sangre en un cerebro moribundo para percibir que el corazón se ha detenido? Mis pies tropiezan en una raíz protuberante y me golpeo fuertemente la cabeza contra el rugoso tronco de un árbol. Había olvidado la conmoción del dolor físico. El chile en el ojo del elefante.

En el pasado, yo solía tener una reserva de vendas en el armario de orear la ropa. Los estantes polvorientos están ahora llenos de mantas viejas, pero al fondo mis dedos se cierran sobre la pequeña bolsa de tela. Una vez, ella se cayó del muro del jardín y se abrió la cabeza. Cuando por las tardes cepillaba su sedoso pelo, aún veía la diminuta cicatriz en el cuero cabelludo.

¿La golpearon en la cabeza? Las heridas en el cráneo pueden resultar fatales en muy poco tiempo. Creía que había terminado con esta tortura, pero este es uno de esos días malos en el que los pensamientos se entremezclan con los recuerdos, afilándolos como cuchillos.

Me lavo enseguida el corte, lo seco y cierro los bordes con una sutura adhesiva. Al terminar, Bertie me olisquea la pierna y emite un leve gemido. He olvidado darle de comer, y el tranquilizador ritual de abrir la lata, vaciarla en su cuenco y mezclarla con galletas devuelve la normalidad a las últimas horas de la tarde. Así era también en otra época.

Bristol 2009. Diecisiete días antes

La ropa de plancha colocada sobre la estufa se sentía caliente al tacto; las gruesas flores naranjas de unos crisantemos brillaban frente a la oscuridad reinante tras las ventanas. Inundaba la cocina un aroma a carne sazonada procedente de una cazuela que llevaba todo el día cocinándose. Bertie apretó la cabeza contra mi pierna y el día comenzó a soltar lastre. Le di la comida y salimos fuera. Se peleaba con la hojarasca y bebía de los charcos mientras pasábamos por casas con las ventanas iluminadas. En una de ellas, distinguí el lustroso borde de un mueble librería; en otra, una mesa puesta con vasos relucientes. Costaba imaginar que en algún lugar de esos hogares perfectos había armarios como el que teníamos en casa, atiborrado de piezas de despertadores, llaves viejas, cables de ordenador y tazas con asas rotas. Al pasar por la última casa, alguien cerró desde dentro las altas contraventanas de madera.

Al final de nuestra calle, los Downs desembocaban en una zona herbosa que se elevaba sobre el puente colgante de Clifton. Las vigas de acero habían desaparecido en la oscuridad y los frágiles cables perlados de luz parecían flotar. Un recuerdo irrumpió en mi mente, centelleando como el río que discurría allá abajo: el brillante mar de Corfú titilando con un millón de puntitos de luz solar durante el último verano. Mientras nadaba, había entrevisto la oscuridad que se perdía en las profundidades, y una sensación de terror me había estremecido hasta la raíz del cabello. Si olvidaba cómo efectuar los movimientos automáticos que me mantenían a flote, me hundiría sin remedio en la negrura, fuera de la vista de todos, manoteando para asir tan solo el vacío. Entonces me había vuelto de espaldas y había nadado hasta las rocas. Sentada en la áspera superficie gris, rodeada por el chirrido de las cigarras y el aroma a tomillo, el calor había extinguido el miedo. Tirando de Bertie, me apresuré a volver a casa, mis pasos resonando en la acera. No era posible olvidar los movimientos automáticos, esa era la cuestión. El cuerpo los recordaba.

Los gemelos tocaban sus respectivas guitarras, recostados en el alféizar de la ventana. Ed hizo un breve gesto de saludo con la cabeza, los hombros encorvados, los largos dedos moviéndose rápidamente sobre las cuerdas. Este año había pegado un estirón, se había afinado y ahora tenía los huesos de los pómulos angulosos y las mejillas cada vez más descarnadas. Mientras lo observaba, embebiéndome de esos cambios que todavía me sorprendían, él apartó rápidamente la mirada y entonces recordé que había tratado de llamarme.

—Siento no haber podido responder a tu llamada, cariño. Quería llamarte después, pero hubo una urgencia. Para otra vez, puedes dejar un mensaje en recepción, o esperar a que vuelva a casa.

Ed se encogió de hombros. No sabría decir qué estaba pensando, pero eso ya venía siendo habitual desde hacía un tiempo. Ni siquiera recordaba la última vez que habíamos tenido una conversación. Naomi también había estado más callada. Me detuve mientras me quitaba el abrigo. ¿Era algo inevitable a medida que los niños se hacían mayores? ¿Un proceso tan gradual que, en el futuro, me sería imposible precisar el momento exacto en el que me había convertido en una simple figura periférica, observando desde la distancia? Volví la mirada hacia Theo; con la cabeza hacia atrás y los ojos cerrados, rasgueaba y cantaba con voz fuerte, la corbata aflojada, sus libros de arte desparramados por el suelo entre migas de tostada. De repente levantó la vista y sonrió, la amplia boca como una hendidura en su cara pecosa. Tuve ganas de abrazarlo. Al menos Theo seguía siendo Theo, bromista, nada complicado y feliz. Ed estaba mirando, así que les sonreí a ambos. Siempre habían sido diferentes, pese a haber recibido el mismo amor e idéntica atención. Tal vez era la prueba de que el carácter está predeterminado. Me gustaba esa explicación; me liberaba de responsabilidades.

Ciento diez gramos de mantequilla y ciento diez de azúcar, harina en fina lluvia, yemas de huevo de un amarillo intenso. La blanquísima pulpa de las rodajas de manzana en el molde, la masa vertida por encima y al horno. Otro tipo de automatismo, pleno de color y de aroma.

La puerta trasera se abrió con un golpetazo.

–Hola, perrito. –Naomi, vestida con un abrigo negro ceñido con un cinturón, se inclinó sobre Bertie–. ¿Me has echado de menos?

Su pelo rubio cayó hacia delante como una brillante cortina y rozó el hocico de Bertie, que estornudó ruidosamente. Naomi levantó la vista, pero su alegría se disipó al verme junto a la cocina y no me devolvió la sonrisa. Su voz sonó cortante:

–Sé lo que vas a decir, pero no te molestes. Haré los deberes entre bastidores. No puedo perderme los ensayos. Voy a cambiarme.

–No iba a decir nada de los deberes. –Me habían escocido sus palabras–. Pero si tienes muchos…

Se giró en silencio y subió las escaleras con paso cansino. Se oyó un portazo a lo lejos. Por lo general, subía las escaleras corriendo. Estaba cansada. Corté las puntas de unas judías; seguían siendo su comida favorita, salteadas con mantequilla y espolvoreadas con trocitos de almendra tostada. Cansada y con los nervios de punta. Los ensayos de la obra eran implacables, y además tenía los exámenes para el certificado de secundaria. Los chicos recogieron los libros y empezaron a subir la escalera, hablando. Theo se burlaba discretamente de Ed por algún asunto de chicas, en voz baja para que yo no lo oyera.

Tranquilidad. La seguridad de saber que los niños están en casa y que las puertas cerradas nos protegen de la noche. Escurrí las patatas y las machaqué hasta formar un suave puré; preparé unos sándwiches como tentempié para Naomi y un termo de chocolate caliente. Le guardaría algo de cena. La imagen de Jade Price se cernió sobre la cálida cocina por un instante; su delgadez me había parecido especialmente notoria esa tarde. Me preguntaba si alguien le daría de cenar.

Sonó el timbre de la parte de atrás: los amigos de Naomi pasaban a recogerla para los ensayos. Regresó a la cocina y de inmediato desapareció entre una algarabía de voces juveniles.

En el piso de arriba se abrió la puerta principal. Se oyó el repiqueteo de unas llaves sobre la mesa y unos pasos rápidos bajaron las escaleras hasta la cocina.

—Hueles a hospital —murmuré con la mejilla contra la de Ted, áspera y fría.

Al llegar a casa, siempre llevaba incrustado un olor acre a desinfectante, perceptible bajo el leve aroma a lavanda del jabón del quirófano. Quería quedarme pegada a él, pero se echó hacia atrás y sonrió, mirando por encima de mi hombro.

—Eh, eso tiene buena pinta.

Se inclinó para arrancar un trozo del esponjoso bizcocho, aún caliente, y luego sacó una botella de vino del botellero. Sirvió dos copas y me tendió una.

—¿Qué tal tu día? —preguntó.

Desprendía entusiasmo, así que no le conté nada de la niña con moratones ni del enfado de Naomi, ni tampoco que me había acordado de lo que sentí en el mar, en el momento en que había perdido pie.

—Bien —contesté—. ¿Y el tuyo?

—Fantástico. La niña se ha recuperado por completo. Hay mucho interés internacional, la prensa no ha dejado de telefonear al hospital durante todo el día.

Empezó a caminar, incapaz de mantenerse quieto, pasándose los dedos por el pelo y subiéndose hacia arriba los rubios mechones. Mientras lo miraba, me di cuenta de que el termo seguía en la mesa junto con los sándwiches cuidadosamente envueltos.

—Ha dejado de gritar. Y se acabaron las alucinaciones. —Sus ojos azules brillaban mientras me hablaba—. Una operación que cura síntomas psicóticos: es algo revolucionario.

Durante la cena, la cara pecosa de Theo y la más morena de Ed no dejaban de moverse arriba y abajo, del plato a su padre y viceversa. Ted nos describió la tensión durante el delicado sondeo para destruir las células anormales en lo más profundo del cerebro. La niña presentaba síntomas típicos de psicosis con alucinaciones paranoides. En el hospital, había arrojado agua hirviendo a otros niños y había mordido a las enfermeras. Hoy, tras la operación, estaba dibujando flores.

Sonó el teléfono: el *Daily Mail* quería informarse sobre esta nueva y milagrosa cura. Ted se llevó arriba el teléfono para hablar.

Theo fingía estar taladrando la cabeza de Ed con la parte roma del cuchillo.

—Te voy a curar de una vez por todas.

Antes de que Ed pudiera escaparse, Theo lo había empujado fuera de la silla y forcejeaba con él en el suelo mientras gritaba:

—Las voces de mi cabeza me dicen que te mate.

—Si os vais ya a hacer los deberes, os perdono la tarea de lavar los platos.

Era el tipo de trato que solía funcionar.

—Theo, ¿ya le has enseñado a papá tu proyecto de arte?

—¿Cuál?

—«El lugar del hombre en la naturaleza». Lo verá de todos modos en la exposición.

—No puedo, me va a matar.

—Cariño, más vale quitárselo de encima cuanto antes.

Cuando se fueron, en la ahora silenciosa cocina quedó una sensación de vacío. Empecé a recoger los platos sucios. Ed se había dejado casi toda la comida. Demasiadas tostadas antes de cenar. Aún seguía en la cocina cuando Naomi entró lentamente por la puerta, una hora más tarde de lo que yo esperaba.

—¿Cómo ha ido? —pregunté mirando los oscuros cercos bajo sus ojos.

—Bien.

Insinuó una sonrisa. Me quedé esperando alguna anécdota, quizá que alguien había gastado una broma, o tal vez que al director le había gustado cómo había cantado o interpretado su papel. La miré mientras se quitaba el abrigo, se servía un vaso de leche y se apoyaba en la cocina para bebérselo.

Parecía estar en algún lugar muy lejano. No me miraba directamente a los ojos; solo lo hacía de soslayo.

Cuando fue hacia las escaleras, ya no pude reprimirme:

–Bueno, ¿qué ha pasado?

–Movidas. Estoy cansada.

En otro tiempo, habría venido tras de mí sin dejar de hablar, con una sucesión de preguntas, dudas y bromas. Habría tenido que decirle que necesitaba un rato para poner orden en los correos electrónicos, pero aun así me habría seguido a mi mesa y se habría sentado en el brazo del sofá para continuar hablando. Parecía que hubieran pasado siglos desde entonces.

Al pasar a mi lado, percibí un tenue olor acre. Tabaco.

–¿Naomi?

Se giró con impaciencia.

–No habrás estado fumando, ¿verdad?

Su mirada azul parecía más límpida de lo normal. Negó con la cabeza.

–Izzy estaba fumando en el camerino al acabar. Estaba enfadada porque la señora Mears no dejaba de corregir su interpretación, por eso... –Se encogió de hombros–. ¿Dónde está papá?

La examiné durante un instante. No la creía, pero me habría enterado si estuviera fumando habitualmente: la ropa le olería a tabaco. Tosería. Un cigarrillo no era para tanto. Lo dejaría pasar.

–El gran neurocirujano está en su estudio, respondiendo a la prensa mundial –respondí.

Empezó a subir las escaleras.

–¿No tienes hambre, cariño? Te olvidaste...

Pero ya había desaparecido entre las sombras del final de la escalera.

CAPÍTULO 5

Dorset 2010. Un año después

No recuerdo cuándo fue la última vez que toqué a alguien o que me tocaron. Besé la mano de Naomi en la cocina hace un año. La calidez del brusco abrazo de Theo estas últimas Navidades hace mucho que se disipó. Veo a Ed cada mes, pero evita el más leve roce conmigo. Ted y yo seguimos durmiendo en la misma cama hasta que me fui, pero bien separados y dándonos la espalda. En los hogares de ancianos que solía visitar, los residentes permanecían sentados a lo largo de la pared y, allí varados, me tendían sus viejas manos, ávidos de contacto. Ahora yo soy todo lo contrario. No tocar se ha convertido en una regla que cumplo escrupulosamente. Procuro evitar el roce accidental de los dedos en la tienda cuando el hombre me devuelve el cambio. Si alguien llama a la puerta, yo doy un paso atrás. Por eso, cuando una tarde entro en mi calle y veo a la señora mayor tirada en los escalones de su bungaló, me sorprendo a mí misma yendo hacia ella automáticamente. Está blanca, pero el pulso es fuerte y regular; mi mano sube y baja en su pecho. Debajo de los párpados, las pupilas presentan el mismo tamaño. Parece tan tranquila que dudo de cómo hacer que vuelva en sí sin sobresaltarla. Conozco esa violenta vuelta a la realidad, aunque para mí fuera a veces un alivio sentirla.

Bristol 2009. Dieciséis días antes

Me despierto con un sobresalto. En mi sueño, caía por el espacio entre una confusión de voces roncas y el implacable sonido de una cascada. Se oía entonces un repiqueteo que se acercaba. Jade

51

lloraba en alguna parte. Poco a poco, el bálsamo del amanecer fue filtrándose en mi interior. El llanto se convirtió en risa de gaviotas, empujadas tierra adentro por el viento. Había una urraca al otro lado de nuestra ventana, graznando mientras se balanceaba en un tilo cuyas ramas desnudas golpeteaban en el cristal. Arriba, en algún lugar de la casa, Naomi debía estar tomando su ducha matinal; el agua caería alrededor de su cuerpo en una reluciente columna.

Apretujé los pies contra los de Ted y lo observé mientras salía lentamente del sueño. Sus mejillas se habían aflojado, la luz revelaba motas grises en el rubio cabello, en el suave plumón de la nuca. Me acerqué y amoldé mi forma a la suya. La sensación de nuestros cuerpos juntos era de calidez y seguridad. El espanto del sueño se desvaneció.

Habíamos plantado dos tilos uno junto al otro, dieciocho años antes, cuando supimos que estaba embarazada de gemelos. Competíamos por ver si crecía más el suyo o el mío, pero al final ambos se entrelazaron y formaron un enorme tronco. Hasta las ramas se habían entretejido. En verano, la luz matinal de nuestro cuarto se moteaba de verde, pero en esta época del año las ramas llenaban el espacio de negras líneas que se entrecruzaban.

Ted se desperezó con un alegre gruñido. Siempre se despertaba contento. Puso una mano caliente en mi hombro, fue bajándola despacio por el brazo, la pasó luego por la espalda y me atrajo hacia él. Nuestras caras se tocaron, su boca en mi mejilla.

La radio, programada para las siete, se encendió sola. Martes, 3 de noviembre, me informó la voz. Había que levantarse ya. Necesitaba hablar con el pediatra y, además, tenía guardia. El arrepentimiento y la culpa me envolvieron como un viejo abrigo.

–Perdón –dije apartando de una patada el edredón–. Perdón, perdón.

–En fin, pondré agua a calentar. –Se oyeron sus pasos bajando por la escalera y luego su voz, desde la distancia.

El agua límpida y caliente de la bañera actuó como un bálsamo. Bueno, no ha sido grave, pensé observando el rostro tranquilo de Ted mientras se lavaba los dientes. Sorbí el negro café que me había traído. No ha sido nada.

Hablamos del día que teníamos por delante: mi visita a Jade Price, la consulta de Ted y la clase que daría después a los estudiantes. Tras la ducha, empezó a pasearse hasta el rellano y de vuelta al baño mientras se secaba, pensando, hablando. De pronto, vio los pósteres para el proyecto de arte de Theo apilados en la puerta de su habitación, listos para ser plastificados en el instituto. Se detuvo en seco, se acuclilló y comenzó a hojearlos. De modo que al final Theo no se los había enseñado la noche anterior; seguía sin atreverse a dar la cara. Eran una serie de imágenes de Naomi en los bosques otoñales de las Brecon Beacons, tomadas en diferentes domingos de octubre. Los árboles aparecían cada vez con menos hojas y Naomi cada vez con menos ropa. Al principio eran solo los guantes, después los zapatos, el abrigo y el jersey. Ted silbó de admiración al ver cómo Theo había conseguido captar las formas y los colores del otoño y el pálido rostro de Naomi, resplandeciente contra el fondo arbolado. Después, a medida que pasaba las hojas se fue quedando más callado. Al final, Naomi estaba desnuda, disimulada entre las ramas. Miraba fijamente, desafiando oscuramente al espectador. El silencio de Ted me reveló su consternación.

—Cariño —dije tras él, envuelta en una toalla y con los pies encharcando la madera—, sé lo que estás pensando...

—No sabes lo que estoy pensando —contestó tranquilo.

—Es una metáfora. Si nos abrimos al mundo natural y nos despojamos de nuestro envoltorio de sofisticación, la naturaleza se encargará de protegernos. Conozco a Theo...

—Deja ya de decir que conoces a todo el mundo. No es verdad. —Elevó la voz—. Esto tiene que ver una mierda con el mundo natural. La está explotando, haciendo esta serie de fotos subiditas de tono para llamar la atención. Ella es demasiado joven para darse cuenta, pero tú ya tienes edad para saberlo.

—Ted, es arte.

—No puedo creer que me vengas con ese cliché para justificar la pornografía.

—No es pornografía. —Mi voz también era cada vez más fuerte—. Por Dios, si llevaba puestas las bragas; y no se quitó el abrigo hasta esconderse entre las ramas. Nikita estaba allí. Naomi le fue lanzando la ropa a medida que se la quitaba.

Hice una pausa para recobrar el aliento. ¿Cómo podía pensar que Theo explotaba a su hermana? De los tres niños, él y Naomi eran los que habían estado más unidos, desde pequeños.

—Otra vez te estás apartando de la cuestión —dijo con sequedad.

Eludí la discusión. No había tiempo.

—Ya lo hablaremos esta noche, con Theo.

—No hay nada más que decir —contestó encogiéndose de hombros.

Se me había acabado el tiempo. A menudo, las discusiones quedaban sin terminar y luego parecían evaporarse, como hogueras de las que nadie se ocupaba y que acababan apagándose por sí solas, dejando tan solo un montón de cenizas. Ted, ya vestido, tenía un aire más duro y seguro de sí, caminaba más rápido. Me dio un beso que, por estar yo mirando a otro lado, no llegó a ser en la boca. La puerta se cerró tras él.

Naomi apareció cuando ya cogía mis bolsas para irme. Seguía teniendo aspecto de cansada pese a haber dormido toda la noche, y se movía por la cocina buscando con lentitud las carpetas, la bufanda y las botas de *hockey*. Parecía absorta pensando en el día que tenía por delante y no me miró cuando le propuse tomar algo de desayuno.

—No tengo hambre —dijo escuetamente, mientras se anudaba la bufanda y se miraba en el pequeño espejo colgado en la pared, junto al teléfono.

—Come algo, cariño. ¿Una tostada? ¿Un huevo?

Arrugó la nariz con repulsión, sin contestar, y se inclinó hacia el perro.

—Te quiero, Bertie.

Besó el aire sobre la cabeza de Bertie y salió dando un portazo. Volvió a por su móvil y se marchó de nuevo.

Aparecieron los chicos, adormilados y silenciosos. Ed tenía un aspecto desaliñado, la corbata sin anudar y el pelo peinado a medias. Se sirvió muesli y empezó a masticar con lentitud, leyendo concentrado el lateral del paquete. Theo se apoyaba en la nevera mientras comía el resto del bizcocho de manzana con los ojos cerrados. Luego se marcharon, golpeándose los hombros con el marco de la puerta al salir ambos cargados con la carpeta de arte de Theo.

Yo tenía que irme ya. Los seguí, pero en el umbral me giré atraída por el aire acogedor de aquel desorden. Marcas de dientes en el borde de una tostada, un brillante montoncito de azúcar derramado, paquetes doblados, tarros abiertos. Deseaba quedarme, hacer desaparecer aquel desbarajuste tras los armarios y restaurar el orden de cada superficie.

Era como si mi madre, en su época joven, estuviera observando desde las sombras, tras los abrigos colgados del vestíbulo, tan cerca que podía sentir su aliento en mi nuca, su barbilla en mi hombro. Me estaba diciendo que me quedara, que lo ordenara todo y guardara el fuerte, como ella había hecho. Revolví rápidamente la pila de zapatos y encontré los nuevos, rojos y de tacón. Me los puse y, convertida en la profesional, en la doctora, salí cerrando de un portazo.

Fuera me encontré con Anya, a la que había traído su marido. Bajo el abrigo llevaba el delantal estampado que usaba para limpiar nuestra casa. Trabajaba siempre con calma y sus manos delicadas se aplicaban con esmero a cada tarea. Yo, en cambio, por mucho que me esforzara, terminaba haciéndolo todo bruscamente y a disgusto, pasando de una tarea inacabada a otra. Ella y su marido eran polacos. Siempre que me encontraba con él, me miraba mal. Me hubiera gustado decirle que mi vida era posible gracias a Anya, pero eso lo hubiera enfadado aún más, porque parecía sugerir que mi vida era más valiosa que la de su mujer. Lanzó una fugaz mirada de hostilidad a mi cálido abrigo, a la bolsa de cuero, a la alta vivienda que se elevaba a mi espalda.

Mientras abría el coche, saludé con la mano hacia el otro lado de la calle, a la señora Moore. Estaba sacando sus pequeñas bolsas de basura a los contenedores de reciclaje. Ted había dejado las nuestras sobre la acera la pasada noche: las botellas de Shiraz enjuagadas, los exóticos envases de comida preparada, los ejemplares de *The Telegraph* meticulosamente plegados. La señora Moore se enderezó al tiempo que se llevaba la mano a los riñones. Miró en mi dirección y su boca envejecida se entreabrió brevemente. Distinguí la forma blanda de su hijo Harold, que cabeceaba vacilante tras el amplio ventanal. Rondaba los treinta años y tenía síndrome de Down. El marido de la señora Moore se había ido hacía años. Me pregunté, como cada vez que la veía, de dónde sacaba la fuerza para seguir adelante cada día. Todavía me observaba cuando encendí el motor y pulsé el botón de la radio, y de improviso se me ocurrió que las cosas bien podían ser al revés. Tal vez no había razón para sentirme culpable por, aparentemente, tener mucho más de lo que la señora Moore tenía. Ella me veía llegar y salir siempre corriendo, sabía lo tarde que Ted llegaba del trabajo todos los días. A lo mejor hasta me tenía lástima.

La mañana pasó volando. Tres mujeres, una tras otra, trastornadas por el caos de la biología común y corriente: menstruación, embarazo, menopausia. Mientras escuchaba y examinaba, deseaba explicarles que se trataba tan solo de la vida normal, no de una enfermedad. En otras culturas incluso podría ser motivo de celebración; aquí tal vez era yo la oficiante, la que concedía el reconocimiento en esos ritos de paso. En cambio, el último paciente, el señor Potter, estaba enfermo de verdad. A sus noventa años, se había lustrado los zapatos, había bajado a pie la colina y había esperado su turno para contarme que tenía un dolor atroz en la parte central izquierda del pecho. Observé su rostro sudoroso, el temblor de la sonrisa que trataba de esbozar. No había mucho tiempo.

—Lo siento, doctora, no lo sabía. Pensaba que era indigestión. No quería molestarla. —Le costaba hablar y respiraba con dificultad—. ¿Quién dará de comer a mi gato?

Cogió el teléfono para llamar a los vecinos mientras yo organizaba su ingreso en la unidad de cuidados coronarios. Estaba cambiando de mundo: atrás quedaba su diminuto e impoluto piso municipal, las descoloridas fotos de boda sobre la repisa de ladrillo, las llamas de la estufa de gas con una butaca vacía frente a la suya y la cálida compañía de un pequeño gato. Ante él, un lugar de luces altas y brillantes, de tubos y monitores que emitían pitidos; el personal del mostrador estaría demasiado lejos o demasiado cerca, tirándole el aliento a la cara o hablándole como si fuera un niño sordo. Tenía ganas de decirle que se pusiera sus medallas de guerra.

Frank estaba sentado tras una antigua mesa de despacho con tablero de cuero, haciendo llamadas. Arqueó las cejas, sonrió y me señaló la silla con la cabeza. Ante él tenía dos tazones de café, cuyo aroma inundaba la habitación. Me senté.

Colgó el auricular y suspiró al tiempo que rodeaba uno de los tazones con sus grandes manos. Llevaba las gafas algo torcidas. No quedaba un trocito de mesa visible bajo el fárrago de instrumentos, bolígrafos y formularios.

Al parecer, por una chapuza burocrática de los administradores de atención primaria, ahora las evaluaciones volverían a cambiar. Mientras despotricaba contra las políticas médicas, el café me confortó y me relajé. Empezamos a plantear la mañana.

—He derivado a Jade Price al pediatra de los servicios comunitarios. Posible maltrato infantil. No se lo dije a la madre, así que pasaré más tarde por su casa.

Frank escuchaba la historia con cierto aire de desconfianza.

—Conozco a los Price. Ten cuidado, Jenny, y considera bien todas las posibilidades. A mí no me parecen maltratadores.

—Las posibilidades no son tantas —dije recordando los moratones y la consumida quietud de Jade—. El perfil familiar encaja. Su padre es un matón alcohólico. La madre, depresiva.

—¿Y por qué ir allí? Podrías llamar por teléfono y ya está.

—Será difícil decirle que la familia es sospechosa de maltrato infantil. Creo que sabré elegir mejor el momento cara a cara. —Me detuve al ocurrírseme otra cosa—. Además, en la casa podría haber más indicios.

—¿Quieres que vaya contigo?

—¿Qué? ¿Por qué?

—Podrían embaucarte fácilmente o ponerse desagradables. Pareces un poco… preocupada. Y no solo con esto. Algo te tiene intranquila.

—Ah, bueno, la familia. Ya sabes.

—¿Ted está bien?

–Sí, bastante. Una estrella en ascenso, a decir verdad –dije recordando su brillo de la pasada noche, el entusiasmo que había irradiado.

–¿Y los niños? ¿Mi ahijada favorita?

–Naomi ha cambiado. Está más callada, diría yo. No sabría explicar qué pasa.

Al decirlo, me asaltó una punzada de inquietud. Algo se me estaba escapando y no sabía qué.

–Tramando algo, supongo. –Sonrió–. Las chicas de quince años siempre están tramando algo.

–Normalmente me cuenta las cosas.

Pero no últimamente, desde hace semanas, meses incluso.

–Conociendo a Naomi, lo hará cuando le parezca conveniente. ¿Qué dice Ted?

–Nada. Bueno, no lo he hablado con él. Demasiadas cosas a la vez –dije con sonrisa atribulada–. Nunca tenemos tiempo o uno de nosotros se duerme.

–No sé cómo te las arreglas. Yo solo tengo uno y Cathy siempre está en casa.

No me gustaba cuando la gente decía eso. Como si yo estuviera haciendo trampas. No había nada mágico en ello. Ni siquiera era difícil. Me limitaba a no parar nunca, algo que sabía hacer muy bien. A veces, tenía la impresión de que no hacía más que huir de una vida a la otra. No sabía exactamente de qué quería escapar cada vez, pero parecía funcionarme bien. A mis amigos les decía que así siempre tenía una excusa cuando algo iba mal. Con el tiempo, me había dado cuenta de que, si eso implicaba dejar a los niños solos, por lo general se las arreglaban muy bien. Así que yo era la única culpable si Naomi estaba aprendiendo a ser independiente. Me propuse esperar a que bajara la guardia y estuviera lista para hablar. Pasaría por alto el cigarrillo y, luego, cuando me hubiera dicho qué pasaba, la ayudaría.

Si alguien me hubiera preguntado, habría dicho que Naomi era feliz y que Ted y yo también lo éramos. Diría que todos éramos de lo más felices.

La casa de los Price estaba en una calle cercana a los muelles, a menos de dos kilómetros del consultorio. La zona aledaña al río había sido reconstruida; los viejos almacenes se habían convertido en oficinas de cristal y ladrillo y en un gimnasio. Pero la glamurosa arquitectura no llegaba hasta donde vivían los Price, un par de calles más atrás. Aparqué el coche y caminé buscando el número catorce. Una o dos ventanas tenían los cristales rotos y parcheados con cartón; en un jardín delantero había un televisor tirado en el barro. Ninguna de las puertas parecía tener número. Me detuve cerca de un grupo de chicos congregados alrededor de una motocicleta, una flamante máquina que desentonaba con el entorno. Los jóvenes eran delgados y encogían los hombros para protegerse del viento. Uno de ellos bebía de una lata, levantándola mucho y sin preocuparse del líquido que le caía por la cara. Una amarillenta hoja de periódico voló hasta pegarse a mis piernas. Me la arranqué y la miré mientras volaba y se quedaba aleteando contra una farola. Me acerqué al grupo.

—Hola. Estoy buscando el número catorce.

El más alto de ellos levantó bruscamente la cabeza.

—¿Jeff Price? ¿Para qué?

Otro joven más bajo se adelantó con paso chulesco, un cigarrillo liado entre los dientes, los brazos blancos y desnudos cruzados con fuerza. Sin decir palabra, señaló con la cabeza una casa que tenía una puerta amarilla.

—Gracias por la ayuda —dije sonriéndoles a todos brevemente.

—Esta tía caga alto, ¿eh? —dijo alguien mientras me alejaba y uno de ellos lanzaba una lata a la calle.

Había botellas fuera de la puerta amarilla, algunas de ellas caídas. Mis pies tropezaron con la pila sin querer y varias rodaron hasta la calle y se rompieron. Se oyó una breve ráfaga de risas a mi espalda.

La puerta estaba entornada y el olor a orina y cerveza llegaba hasta fuera. No funcionaba el timbre, así que llamé con la mano; no hubo respuesta. Empujé la puerta, pasé a un vestíbulo estrecho y oscuro y llamé:

—¿Hola? ¿Señora Price? Soy la doctora de ayer.

—¿Quién está ahí?

Un hombre enorme surgió de la oscuridad y se plantó en el vestíbulo. Llevaba una bata manchada que, al entreabrirse, dejaba ver el pelo canoso del pecho y unos calzoncillos demasiado anchos. Mientras se acercaba con paso decidido, noté que mis manos se agarraban con fuerza a mi bolso.

–La doctora. Soy… la doctora.

–Ah, sí. ¿Y qué busca por aquí?

–Su esposa me trajo ayer a Jade.

El cambio fue repentino y absoluto. La boca se abrió en una amplia sonrisa y sus ojos se agrandaron.

–Qué amable por su parte, doctora. Yo también estoy muerto de preocupación. Pase, pase, le presentaré a mi madre.

No tardaría en decírselo. Después de conocer a su madre, le haría saber que me inquietaba la posibilidad de que su hija estuviera sufriendo maltrato, aunque no usaría esa palabra. Le diría que, para mayor seguridad, la había derivado a un especialista. Me hizo gestos para que lo siguiera desde el vestíbulo y cruzara una estrecha puerta situada al fondo.

–Saluda a la doctora, mamá. Viene por nuestra pequeña Jadie.

El olor a amoníaco me llenó los ojos de lágrimas. Una anciana estaba sentada junto a una estufa en la que refulgía una delgada barra de color rojo. Parecía una vieja cacatúa, con los ojos hundidos entre pliegues resecos de piel y unas garras enflaquecidas que se aferraban a los brazos de la butaca. Tenía los miembros retorcidos y sus mejillas se abultaban rítmicamente en una constante masticación. Debajo de su asiento, la alfombra parecía oscurecida y húmeda.

–No puede controlarlo. Prepararé una buena taza de té. Póngase cómoda, como si estuviera en su casa, por favor.

Busqué un sitio donde sentarme, pero todas las superficies estaban atiborradas: pastillas en blísteres de aluminio, bolas de pañuelos de papel con pegotes de un verde oscuro en las arrugas… Había juguetes de plástico desparramados por el suelo, algunos metidos debajo del televisor. Pegado en la pared se veía el dibujo infantil de una casa. El calor y el olor eran muy intensos. Salí al vestíbulo y escuché. Oí el silbido de la tetera, el entrechocar de la vajilla, algo que se rompía y las blasfemias del señor Price. Levanté la vista hacia las estrechas escaleras que giraban y se perdían en la oscuridad. Prestaba atención por si oía a una niña, pero no tuve tiempo de oír nada.

–¿Me buscaba, doctora?

El señor Price apareció con dos tazones humeantes en sendas manos. Me siguió de nuevo a la sala de estar, empujándome hacia delante con la dura barriga.

–Ya estamos aquí, mamá.

Dejó un tazón en equilibrio sobre una pila de periódicos, sopló ruidosamente en el otro e, inclinando la barbilla de la madre, le introdujo una cucharada de té en la boca; unos hilillos pardos le chorrearon por la barbilla y cayeron en el camisón de nailon rosa. Junto a la anciana había una fotografía de familia; desde donde yo estaba pude distinguir la pequeña silueta de una niña, empequeñecida entre sus padres.

–Al respecto de Jade…

–¿Sí?

–Me preocupan… sus moratones.

–Ya me contó Tracey. Esa tos. A veces se pone ardiendo, pero de verdad, de sudar la gota gorda. Y no come, cada vez está más flaca. Y todos esos morados.

–Me pregunto cómo se los hizo –dije mirándolo muy fijamente.

–Esa es la cuestión, que no tenemos ni idea, ni pajolera idea.

–En parte es por eso por lo que quiero enviarla al hospital para que la examinen: por los moratones.

–¿El hospital? ¡Joder! Entonces, ¿cree que es grave?

Arrugó la frente. Su preocupación parecía real y entendí lo que Frank quería decir. Este tío podría embaucarme y yo ni me enteraría.

–Cualquier cosa que no entendamos es importante –dije manteniendo un tono sereno–. Quiero que la examine un pediatra.

–¿Un qué?

–Un médico de niños. Alguien que estudia qué puede estar pasando cuando los niños tienen heridas que no entendemos. Como Jade. Para ser sincera, nos preocupa que alguien le esté haciendo daño.

–Esos enanos sinvergüenzas de la escuela.

Lo había intentado. Lo había intentado más que suficientemente. Si forzaba una confrontación, podría llevársela y desaparecer.

—Le enviarán una cita o le telefonearán con un día o dos de antelación si prevén que puede haber un hueco.

—Gracias, doctora. —Su cara se arrugó en una sonrisa que pareció convincente—. Se lo diré a mi mujer.

Me levanté sin haber probado el té. Su madre se rebulló en la silla sin decir palabra.

—No pasa nada. La doctora se va —le gritó el señor Price en el oído—. Dile adiós a la doctora.

Los ojos de cacatúa se movieron fugazmente en mi dirección. Ella lo sabía. No puedes vivir en una casa en la que hacen daño a un niño y no saberlo. Con toda probabilidad, había adivinado la razón de mi visita.

La banda de chicos seguía allí. Uno de ellos sostenía una bolsa contra su cara, otro estaba recostado en la farola, balanceándose un poco con los ojos cerrados. Otros dos estaban en cuclillas, con la cabeza gacha y las manos colgando. No me vieron pasar. La estrecha calle estaba más oscura; la franja de cielo tenía un color gris verdoso y había empezado a chispear. Miré mi reloj mientras me apresuraba: las cuatro de la tarde. Theo debía de estar en el estudio de arte, preparando las fotos para la exposición. Ed estaría entrenando con el equipo de remo del instituto, la mirada concentrada, los músculos tensos. Ambos tenían más o menos la misma edad que este grupo de chicos. Pero yo no me sentí afortunada: sentí miedo.

En el coche hacía frío y encendí la calefacción y la radio. Estaban dando las noticias locales. Violaciones en el centro de Bristol. Inundaciones. El cierre de una fábrica de chocolate.

De pronto, sentí ganas de hablar con Ted, quería oír su voz. Apagué la radio, saqué el móvil y tecleé su número. Su voz me dijo que no estaba disponible, que dejara un mensaje después de la señal. Era diferente del anterior mensaje del contestador, grabado en casa con un fondo difuso de música, golpes de sartén y voces de niños. Ahora solo se oía su voz, clara y firme. Sonaba muy seguro de sí mismo y muy lejano.

CAPÍTULO 6

Dorset 2010. Un año después

Sujeto entre los dedos la delgada muñeca de la anciana. He tenido su imagen delante otras veces, pero sin verla realmente, como un árbol junto a la carretera por la que suelo pasar en coche. Hasta ahora no ha sido más que una silueta encorvada dentro de un abrigo grueso. Sabía que era vieja por su modo de andar, rígido y tambaleante. En ocasiones, durante las largas y lentas horas de la noche, miraba por la ventana y veía una luz reconfortante en su dormitorio. Ahora está tirada en una extraña postura: el cuello comprimido contra la jamba de la puerta, los brazos caídos sobre el cuerpo, los puños cerrados.

–Señora, ¿puede oírme?

Ninguna respuesta.

–¿Le duele en algún sitio?

Nada.

–Voy a levantarla, espere.

Le paso un brazo por debajo de los hombros y deslizo el otro bajo las rodillas extendidas. De cerca, la piel blanca se ve surcada de finas arrugas; tiene manchas marrones en las mejillas. Los labios son finos y pálidos, y lleva el pelo canoso tan tirante hacia atrás que los huesos de la frente se delinean perfectamente. Parece un gato dormido y no pesa más que una niña. Al abrir la puerta de su casa con los hombros, me encuentro haciendo lo que solía hacer cada día, cuando cuidar de la gente era parte habitual de mi vida.

Bristol 2009. Entre quince y diez días antes

Los días pasaron con rapidez. Días corrientes.

¿Eran corrientes? Lo parecían entonces. En mi memoria siguen siendo solo eso: días gris azulados de rutina y pequeños dramas. Normales, aunque fueran los últimos días de vida familiar; normales, aunque después se viera que casi todo el mundo estaba mintiendo.

Trabajaba en el consultorio, procedimientos prenatales rutinarios y consultas cotidianas. En casa, Ted y yo hablábamos, discutíamos, hacíamos el amor cuando no estábamos demasiado agotados. Ed estuvo un par de días en cama por un fuerte resfriado y lo dejé dormir tranquilo al irme por la mañana, con bebidas y paracetamol en la mesita de noche. Theo recibió una mención honorífica por su serie de fotografías en el bosque y los ensayos de Naomi se hicieron más largos y frecuentes. Ted empezó a pasar más tiempo en el trabajo. Le aceptaron el artículo en *The Lancet*. Lo celebramos ya bien entrada la noche con una botella de vino.

Aunque los días pasaran con una sensación inaprensible, deslizándose cada uno en el siguiente, al menos la vida discurría sin grandes problemas. El truco consistía simplemente en hallar el equilibrio entre las diferentes facetas. Familia. Matrimonio. Carrera profesional. Pintura. Si la balanza se inclinaba en una dirección y el trabajo ocupaba más tiempo, nadie se quejaba. A veces parecía que solo estuviera ensayando para la vida real, de modo que si algo salía mal no importaba demasiado. Llegaría el día en que lo tendría todo organizado. Sería la madre, la esposa, la doctora y la artista perfecta. Solo era cuestión de práctica. Si cometía algún error, lo intentaría de nuevo. En el trabajo tenía siempre la refrescante sensación de empezar de cero. Cada mañana la pila estaba limpia, la camilla tenía papel azul nuevo y debajo estaban los juguetes, bien guardados en su caja.

Jade fue ingresada en el hospital el jueves 5 de noviembre. En su carta, la secretaria del pediatra mencionaba al señor Price. Había arrojado sillas en la sala de espera y había roto una ventana. Habían avisado a la policía y lo habían arrestado. Por haber traspasado la responsabilidad, el asunto ya no me incumbía, y por eso traté de no pensar más en él; pero tenía grabada la cara del señor Price en el momento de decirle que había derivado el caso de Jade. Parecía haberse alegrado de verdad. Decidí que era porque él mismo se había dado cuenta de que estaba fuera de control y le aliviaba saber que alguien le pararía los pies.

El lunes siguiente, llegué temprano al consultorio para tener unos instantes de tranquilidad antes de que llegaran los pacientes. Consulté los resultados mientras sorbía mi primera taza de café. Las pruebas de función hepática de la señora Blacking seguían en la pantalla cuando sonó el teléfono.

—¿Doctora Malcom?

—¿Sí?

Me encajé el teléfono bajo la barbilla mientras movía el cursor hacia abajo. Había puntos rojos junto a todas las enzimas hepáticas que mostraba la pantalla. Mi intuición se había confirmado. La pérdida de cabello, las palmas enrojecidas y las arañas vasculares de las mejillas la habían delatado; los olvidos no se debían tan solo a la menopausia. No me había contado que guardaba una botella de jerez al fondo del armario, probablemente comprada cada día en el supermercado junto con la leche. Envié un correo a Jo para pedirle que concertara una cita con la señora Blacking.

—… del hospital infantil.

—Lo siento, no le he oído bien…

—El doctor Chisholm, pediatra del hospital infantil. Usted me envió a Jade Price.

Dejé la taza sobre la mesa y sostuve el teléfono como Dios manda.

—Así es. Gracias por…

—Me gustaría comentar el caso con usted, doctora Malcom.

Me alegraba que se lo estuviera tomando en serio, pero en ese momento no tenía tiempo.

—¿Le iría bien si lo llamo después, esta misma mañana? Mis visitas empiezan dentro de tres minutos.

—Preferiría que nos viéramos en persona. Estoy libre a la una. He cancelado una reunión.

Me dije a mí misma que necesitaba a aquel hombre y que era mejor ser educada.

—¿A la una de hoy? Tendré que consultar si es posible.

–Por favor. Sería de gran ayuda. Mi despacho está en la quinta planta del hospital infantil.

–Le preguntaré a Frank, al doctor Draycott, mi socio. Quizá él pueda…

–Perfecto. La veo después.

Podía imaginarme claramente a este pediatra. Llevaba su ondulada melena canosa perfectamente cepillada. Sostenía las radiografías en una manaza pecosa, examinándolas a través de unas gafas de montura plateada y asintiendo ante las consabidas fracturas espiroideas, el sello del maltrato infantil. No le importaba en absoluto cómo sería mi día, ni las llamadas telefónicas ni las visitas a pisos recónditos en calles donde era imposible aparcar. No sabía nada de casos derivados a especialistas ni de recetas que debían firmarse, no conocía la sensación de llegar siempre tarde ni la pelea por encajar todas las tareas antes de acabar el día. Quería hablar de Jade conmigo y, como yo podía ayudar, me sentía obligada a ir.

Exactamente a la una, llamé a la puerta en la que podía leerse «Dr. Chisholm» en letras doradas enmarcadas en negro. Se levantó cuando entré. Era delgado y de piel oscura, con unos vivos ojos marrones que miraban con atención a los míos, de modo que no se le escapó el fugaz destello de sorpresa que apareció en ellos en cuanto lo vi.

–No pasa nada. Todo el mundo se confunde. Por desgracia, perdí mi acento ghanés en Oxford. –Su apretón de manos fue firme y breve–. Gracias por venir. Siéntese, por favor.

Me senté en una silla de plástico gris y él tras su mesa. Tenía la sensación de estar en una entrevista de trabajo. Hablé con rapidez:

–Gracias por pedirme que me reuniera con usted. La situación es difícil…

–Jade está enferma, doctora Malcom.

–Sí. Su padre no dejó entrever nada, pero creo que ya lleva un tiempo sucediendo. Y además ella parece muy deprimida.

–Muy enferma.

Me miró con rostro inexpresivo.

–Los asistentes sociales…

–Tiene leucemia –dijo interrumpiéndome con voz suave.

–¿Leucemia?

Estaba confundida, o quizá era él quien lo estaba. Debía de estar hablando de otra niña.

Su voz proseguía:

–… así que estamos seguros de que aquí no hay maltrato. Mala higiene, piojos y todo lo que usted quiera. Negligencia involuntaria de unos padres inadecuados, pero mi intuición es que la quieren. No, lo que tiene es una leucemia linfoblástica aguda.

Dios mío.

–Los análisis de sangre muestran linfocitos atípicos, blastos. No existe capacidad de coagulación. Su grado de anemia es ahora mismo peligroso.

¿Cómo diablos no lo había visto? De pronto, todo resultaba devastadoramente obvio. Su actitud pasiva se debía al agotamiento; no a la depresión, sino a la anemia. La infección del pecho era consecuencia de la disfunción de los glóbulos blancos. La causa de los morados era la mala coagulación. Había venido a la consulta cuatro veces y yo no había escuchado, no había creído a su madre. Me inundó una bochornosa ráfaga de culpabilidad.

El doctor Chisholm adivinó mis pensamientos y se adelantó a ellos:

–La tenemos con antibióticos por vía intravenosa. La IRM está programada para mañana y luego empezaremos con la quimioterapia.

–¿Lo saben los padres?

–Todavía no. Por eso quería verla. La situación es delicada. En la consulta les dije que necesitaba ingresarla para investigar la posibilidad de heridas no accidentales. Me preguntaron si era eso lo que usted creía.

–Fui a su casa para informarles expresamente.

Pero eso había sido un error. Ahora lo sabía. Los había juzgado en parte por su casa, por la calle en la que vivían.

–Intenté decírselo al padre.

–La gente decide oír lo que quiere oír. –Sus ojos relampaguearon antes de desviar la mirada–. No tengo ninguna duda de que usted puso toda su buena voluntad, doctora Malcom, pero me temo que ellos no lo entendieron así. El señor Price se sintió acusado, estaba furioso.

¿Furioso? Querría sangre. Las sospechas habían recaído en él por mi causa. Podía verlo, con su figura de toro, arrojando la silla por la ventana lleno de rabia e impotencia.

–Los análisis han llegado esta mañana. A partir de ahora, ya nos hacemos cargo nosotros. Sabía que para usted sería una sorpresa, así que me pareció que debía decírselo en persona. También me preguntaba si querría informar a los padres. Hablar del diagnóstico con ellos en esta fase podría ser, a largo plazo, lo mejor para usted. Fomentará una relación de confianza.

¿Hablar? ¿Y qué había que decir? ¿Que había cometido un error espantoso por no creer lo que ellos me decían? ¿Que los había juzgado de la peor manera basándome en estereotipos?

Me miró fijamente a los ojos, no sabría decir si con comprensión o con desprecio.

–¿Cuál es el pronóstico?

–Entre un veinte y un setenta y cinco por ciento de posibilidades de supervivencia para los próximos cinco años. Hemos de esperar los resultados del escáner. Jade tiene una cantidad inusualmente grande de leucocitos anormales en la sangre, lo que como usted sabe empeora el pronóstico. –Me observaba con atención al decirlo–. Entonces, como primer contacto médico de la niña, ¿qué desea usted hacer?

Lo que deseaba hacer era salir corriendo, liberarme de la culpabilidad que podía acabar ahogándome. Al final había enviado a Jade a un especialista, pero lo había hecho por las razones equivocadas, y demasiado tarde, varios meses tarde.

–Por supuesto, iré a ver a sus padres. –Lo pensé durante un momento y añadí–: Me gustaría ver a Jade; al menos podré decirles cómo está.

–Sígame.

Moviéndose con agilidad, se levantó, cruzó la puerta y salió al pasillo. Casi tenía que correr para seguir su paso. Jade tenía buen aspecto, les contaría más tarde a sus padres. Parecía haber mejorado. No estaría allí mucho tiempo, les diría. Es una suerte que esté ya en el hospital. Se estaba riendo… No, quizá riendo no. Sonriendo. Yo le dije… Entonces ella me contestó que… Y luego se rio.

Al principio, no sabía por qué nos habíamos parado en la segunda cama. En ella había un niño. Muy flaco, con los ojos cerrados y el pelo claro de punta. Tendría unos seis años. Llevaba una vía en el brazo que asomaba por fuera de la sábana. Entonces vi la jirafa, sucia en contraste con la blancura impoluta de la ropa de cama. Algunos de los morados habían tomado ahora un tono verdoso, pero también había otros de color rojo y malva.

–Le cortamos el pelo para deshacernos más fácilmente de los piojos –dijo el doctor en voz muy baja–. También la ayudará a adaptarse mejor cuando se le caiga. Por supuesto, le pedimos permiso a ella y a sus padres, aunque, como ya le he dicho, no saben el diagnóstico.

Me pregunté cuánto tardaría en quedarse completamente calva por la quimioterapia.

El doctor Chisholm hablaba con suavidad y, como si me hubiera leído el pensamiento, dijo:

–Todavía no sabemos qué combinación de fármacos utilizaremos. Dependerá del escáner.

–¿Jade? –susurré–. Hola, soy la doctora.

El doctor Chisholm me miró. Sus ojos decían: ¿doctora? ¿Qué doctora?

–Jade ha visto a muchos médicos últimamente. –Había un matiz de desaprobación en su voz–. Está dormida.

No le hice caso.

–¿Jade? Voy ahora a ver a tu mamá y a tu papá. Les diré… Bueno, les daré…

¿Qué? ¿Qué iba a decirles? ¿Y había algo que pudiera darles?

Parpadeó y abrió los ojos.

Quizá fuera porque ya había oído mi voz antes o tal vez porque me oyó decir «mamá» y «papá», pero durante un segundo, o menos de un segundo, me miró y sonrió.

Hasta que no estuve en el aparcamiento subterráneo del hospital, maniobrando sobre el cemento grasiento, no se me ocurrió la idea. Pues claro: ella no podía saber que había sido culpa mía ni que podía haber recibido ayuda mucho antes, solo con que yo hubiera escuchado.

CAPÍTULO 7

Dorset 2010. Un año después

De pronto me encuentro en una cálida cocina, ordenada y desbordante de color. Veo fugazmente un linóleo de motivos anaranjados, una mesa de color rojo oscuro, armarios amarillos con tiradores blancos, una cocina azul brillante y un sofá rojo pegado a la pared. En la chimenea arde el fuego, una pantalla de televisor parpadea en el rincón y la funda de *chintz* que cubre el sillón tiene un bordado con varios gatos grandes apelotonados. Bertie nos ha seguido al interior; antes de que pueda frenarlo, se come un aplastado montón de comida para gatos que hay en un cuenco y luego se sienta junto al fuego, suspirando con un gruñido. Dejo a la señora en el sofá, le quito los zapatos y me siento a su lado. Mientras le tomo el pulso, echo una ojeada a la habitación. Hay fotografías en cada superficie: un anciano con una gorra en la cabeza, cavando en el jardín; una joven de cabello oscuro con un bebé; un niño a la orilla del mar, de la mano de otro niño. Familia por todos lados. Me recuerda la cocina de nuestra casa, tan impregnada de vida familiar que a menudo pensaba que si pegaba la oreja a la pared oiría las voces de los niños, porque sin duda se habrían conservado allí dentro. Cuando todo empezó a torcerse, solo podía pensar en una cosa: volver a casa.

Bristol 2009. Diez días antes

Me alejé del hospital conduciendo lo más rápido posible. Adelanté a un conductor novato y luego me lancé a un cruce antes de

70

que cambiara el semáforo. Mientras aceleraba por Park Road, por mi mente cruzaban grupitos de palabras que luego se disipaban.

Creía que los moratones... Nunca hubo tiempo suficiente... Sé que ustedes me dijeron... Lo siento.

Pocas veces regresaba tan temprano. La puerta principal estaba abierta; las zapatillas de Ed, tiradas nada más entrar. Debía de haber vuelto corriendo a por alguna cosa que había olvidado. Las recogí. La verdad es que no era necesario que se descalzara, porque hacía años que habíamos quitado las alfombras. Y las cortinas. Las habitaciones eran espacios vacíos; el sol entraba ahora a raudales por el impoluto cristal de las grandes ventanas de guillotina y, en los oscuros suelos de madera, formaba dibujos que me eran extraños: lo normal era que ya hubiera oscurecido cuando yo volvía a casa. Había allí un piano, paredes tapizadas de libros y una mesa de comedor para que Ted pudiera extender sus papeles cómodamente.

Ahora mis pasos resonaban huecos en las habitaciones vacías. A pesar de su ordenada perfección, apenas las utilizábamos. Ted siempre trabajaba en su estudio; los niños vivían en sus cuartos o en la cocina. Bajé por las escaleras de madera a la cocina, situada en el sótano, y percibí de antemano su calidez. Apretaba con fuerza las zapatillas de Ed contra mi cuerpo; con demasiada fuerza, porque después vi que me habían dejado una mancha irregular de barro en la camisa.

Ed estaba sentado frente al ordenador, en el saloncito anexo a la cocina. Al acercarme a él, se minimizó una pantalla y se abrió otra, llena de cifras. Me alegraba tanto de verlo que me sentía ligeramente mareada. Me senté a su lado, en el brazo del sofá. Quería besarlo en la mejilla, que siempre olía a tostada caliente, y posar la mano en su oscuro y mullido cabello. Al aproximarme, dio un ligero respingo. Cada día había reglas nuevas que yo debía aprender.

—Hola, cariño –dije a su espalda–. Has vuelto pronto.

—Deberes de matemáticas –dijo sin mirarme.

—Ed, solo estoy diciendo...

—Han suspendido las clases. Hay una charla sobre el violador.

71

–Ah, ¿sí?

Siguió sin apartar la vista de la pantalla.

–Preferí pasar. Es para las chicas. No volver a casa solas, no hablar con extraños… Un tostón.

–¿Qué es lo que han dicho del violador? ¿Por qué hoy? –Otro motivo de preocupación–. Actúa en el otro lado de Bristol, ¿no?

–Dios, siempre con las preguntas –dijo con el puño cerrado sobre la mesa–. A un profesor le pareció ver a un tío merodeando por la residencia de las chicas.

Levantó por un breve instante la vista, con los ojos entornados. Ocultaba algo.

–Necesito acabar esto. Ya se me ha pasado la fecha de entrega.

–¿Un chocolate caliente?

–Sí, vale.

Lo preparé rápidamente. Al dejárselo delante le puse la mano en el hombro durante un segundo. De cerca, me sorprendió su olor a rancio. Titubeé y él me miró con el ceño fruncido.

–Creía que a esta hora sueles estar en el trabajo –murmuró.

–Y lo estoy. Normalmente.

–¿Te estás escaqueando? –preguntó arqueando las cejas, con viva curiosidad.

La pregunta me pilló de sorpresa.

–Claro que no. ¿Y tú?

–Ya te lo he dicho. Es una charla solo para chicas. Termino esto y otra vez encarrilado.

–Muy bien.

Quería explicarle lo fácil que era descarrilar; bastaba un solo error y ya te habías salido del camino.

Me permití quedarme sentada junto a él durante unos minutos, impregnándome de su aura, de su alta silueta encorvada en la silla, los grandes pies enfundados en unos calcetines arrugados, la nuca tersa. Se giró y me lanzó una mirada inquisitiva, poco acostumbrado a mi inmovilidad.

Empecé a explicarme:

–En el trabajo, las cosas están un poco… Estoy un poco bloqueada con un asunto.

–Ah, ¿sí? –Hombros encogidos, cautela en los ojos.

–Pero todo va bien. Lo estoy solucionando.

Los anchos hombros se relajaron.

–Yo es que tengo que terminar…

–De acuerdo. –Volví a recoger las zapatillas–. Esto es tuyo, cariño. Habría que lavarlas. Y Ed… no te olvides tampoco de meter la ropa en la lavadora de vez en cuando.

Cogió las zapatillas con un leve gruñido. Volvió a acercar la cara a la pantalla. Le di una palmadita en el hombro y me alejé.

En la cocina, me preparé una taza de té y observé el jardín a través de las espirales de vapor. Los troncos se veían difusos en la creciente oscuridad. Telefoneé a Ted y esta vez lo cogió. Me escuchó.

–Dios. Es duro que te pase algo así –dijo cuando dejé de hablar–. Lo siento, Jen.

–No lo sientas por mí, siéntelo por Jade.

–A mí me pasó lo mismo, o peor. ¿Recuerdas lo que ocurrió con la columna de aquella chica? Paralizada. Horrible.

–Sí, claro, eso fue horrible –admití.

Aquel error casi acabó en los tribunales; el sentimiento de culpabilidad de Ted derivó en una depresión. Durante un segundo, me sentí avergonzada; en aquel entonces no se me ocurrió darle el consuelo que yo necesitaba ahora.

–Pero todo el mundo sabe de los riesgos de la neurocirugía –dije tras una breve pausa–. Firman consentimientos. Les explicas cómo son las cosas. Los Price no se dieron cuenta de que corrían un riesgo al confiar en mí, y a mí nunca se me ocurrió que pudiera ser leucemia. No fui capaz de escuchar nada de lo que me dijeron…

Me detuve, recordando cómo había hecho caso omiso de lo que me habían dicho, cómo había dejado que mis pensamientos se desviaran en otra dirección.

–Me pillas en plena tarea, Jenny –dijo rápidamente–. Ahora no puedo hablar. Intentaré llegar pronto a casa. Compraré una botella de vino.

Al acabar las consultas de la tarde llamé a los Price. No hubo respuesta. Frank y yo habíamos quedado en visitarlos por la mañana, pero de todos modos yo decidí pasarme ya. La calle estaba vacía. No había luz en las ventanas del número catorce. Llamé a la puerta, esperé, volví a llamar. Me imaginé a la madre dentro, escuchando, retorciéndose en su asiento en medio de la oscuridad. Después de un rato, me fui a casa.

Aquella noche los chicos estaban en una charla de orientación profesional y Naomi tenía ensayo. Solo estábamos Ted y yo. Compartimos la botella de vino y nos quedamos mucho tiempo sentados ante los platos vacíos. Ted me cogió la mano y sentí cómo su calidez ascendía hasta mi muñeca.

—¿Qué voy a decirles, Ted?

—Diles la verdad. Actuaste según los indicios que tenías delante; los médicos no podemos hacer más.

—La mujer dijo que no sabía nada de esos moratones. Y lo mismo dijo él. Pero no les creí. Los dos me hablaron de la tos. Esos eran los indicios, pero yo ya había decidido de qué se trataba.

—No somos abogados, Jenny. No siempre hay tiempo para sopesarlo todo, y menos en una primera visita.

—No era la primera visita. Y sí que nos comportamos como abogados. Estamos juzgando sin cesar.

—¿Juzgando?

—Los Price eran culpables de ser pobres. De no ser capaces de expresarse con claridad, o al menos en un lenguaje que yo pudiera entender o creer. Culpables de tener a una niña con hematomas. Ahora están sufriendo su castigo.

—A veces uno solo puede guiarse por el instinto.

Se inclinó hacia mí y me besó apasionadamente. Traté de liberarme, pero sus labios me retuvieron, la lengua insistente abriéndose camino.

Tampoco él escuchaba. El instinto no bastaba. Aparté la cabeza. A causa de mis prejuicios, había tardado demasiado en derivarla al especialista y, cuando por fin lo hice, fue por un diagnóstico equivocado. El instinto me había fallado por completo.

Los chicos y Naomi volvieron a casa. Los gemelos comieron

deprisa y subieron a terminar sus deberes. Naomi se encogió de hombros cuando le pregunté sobre el violador; las chicas se movían en grupo, dijo, y en todas partes se controlaba que estuvieran bien. Se inclinó sobre la mesa y con una cuchara empezó a rebañar las sobras de *gratin dauphinois* pegadas a la fuente que teníamos delante. Nos iba contestando entre una cucharada y otra. Los ensayos iban de maravilla. Los profesores ya le habían mencionado la escuela de arte dramático. Tenía una expresión retraída, secreta. Estaba claro que ante ella empezaban a desplegarse posibilidades. Observé cómo se guardaba sus pensamientos para sí y decidí no presionarla con más preguntas. De todas formas, yo estaba demasiado cansada para concentrarme en sus respuestas. Al cabo de un rato, subió a su cuarto.

Ted y yo fregamos los platos en silencio y recogimos la comida. Puse una última lavadora. Subimos las escaleras, uno junto al otro, nuestras manos tocándose. Mis piernas se movían con lentitud, pesadas por la fatiga. A la mitad de las escaleras, Ted me rodeó con el brazo y me atrajo hacia él. Al llegar arriba, respiraba aceleradamente. Los niños se habían ido a dormir, así que hablábamos en susurros.

Me obligué a desvestirme, a ducharme, a ponerme un camisón nuevo que me confortó con su suavidad y sus encajes. Ted se acercó mientras yo estaba de pie ante el espejo. Dicen que la gente se casa con quien se le parece, pero no es esa mi experiencia. Ted era alto y corpulento, con ojos azules. Yo le llegaba a los hombros, y la mujer que me miraba desde el espejo parecía mi abuela irlandesa, con la cara que tenía en las viejas fotos del álbum familiar: cabello negro y rizado, ojos claros, pecas. Ted me miró en el espejo y cerró la mano alrededor de mi nuca. Sentía sus dedos calientes, completamente extendidos bajo el nacimiento de mi pelo.

En la cama, nos buscamos sin decir palabra. Ahora estaba lista para sus besos y dejé que me abrieran más y más. Su boca sabía a vino. Conocía su olor, el tacto de sus músculos, los hombros, el vientre plano con la espesura en la base, el peso de su cuerpo. Lo conocía de memoria. Pero esa noche era diferente. Esa noche todo fue más brutal y rápido. Me empujó con rudeza bajo su cuerpo y de pronto yo tenía el camisón en el cuello y él ya estaba muy dentro de mí, moviéndose al tiempo que yo me movía hacia atrás, como si el estrés del día y el agotamiento nos hubieran arrojado a un sitio desacostumbrado, dándonos margen para el pillaje de los cuerpos. Sin preliminares. Sin delicadezas. Todo mordiscos y muñecas aprisionadas, bocas abiertas y ojos espantados, empujando y forcejeando como animales. Y de pronto, como una conmoción, el placer.

Luego nos separamos y quedamos con los miembros extendidos y entremezclados. Inmóviles. Sin hablar. Ted se inclinó sobre mí y lamió en mi cara unas lágrimas de las que yo no era consciente. Se durmió casi inmediatamente después, respirando profundamente con la cara vuelta hacia el otro lado.

Yo permanecí un rato despierta, con la mano posada en la concavidad de su espalda.

El sueño, cuando llegó, fue como una manta que me hubieran echado por encima hasta taparme por completo. Absoluto. Sin sueños.

CAPÍTULO 8

Dorset 2010. Un año después

Lo más probable es que se haya desmayado, pero podría tratarse de cualquier otra cosa: un infarto, un coma diabético, un ictus. Quizá haya sufrido algún tipo de ataque o una crisis abdominal, aunque la cara no presenta asimetría y el abdomen está blando. Podría haber alguna pista en cualquier lado –medicación en la mesa o un medidor de glucosa en sangre–, pero la casa no tiene el aspecto desatendido tan típico en una enfermedad crónica. La mujer se agita, los labios se mueven y por fin los ojos se abren, desconcertados más que asustados. Me mira directamente mientras le explico cómo la he encontrado y observo que los ojos, alrededor del iris, tienen los anillos lechosos típicos del colesterol. Le sujeto la mano y le doy tiempo de ordenar las palabras en su cabeza. Las articulaciones hinchadas y la piel frágil me son familiares; así eran exactamente las manos de mi madre cuando era mayor. Siento una punzada de culpabilidad por estar sentada ahora junto a una extraña, cuando lo cierto es que nunca tuve tiempo para mi madre durante el año anterior a su muerte.

Bristol 2009. Nueve días antes

Estaba embutiendo unas notas en mi bolsa cuando sonó el teléfono.

–Hola, cariño.

Ya me había pillado, maldita sea.

–No puedo entretenerme, mamá.

–¿Trabajas hoy?

–Sí, sabes que trabajo todos los días menos los viernes.

–Es solo esa especie de mareo que me da. Una tontería, ¿verdad? Anoche me sentía bastante pachucha, así que pensé…

–¿Pachucha? ¿Y eso qué quiere decir, mamá?

–Eso, pachucha. No sé explicarlo mejor, Jennifer.

El tono era acusatorio y me devolvió a la época en que tenía doce años.

–Hablemos de otra cosa –prosiguió–. ¿Cómo está Jack?

–¿Jack?

–Tu marido, cariño.

–Mamá, Jack es el exmarido de Kate.

–Claro, claro. Qué tonta soy. Y entonces, ¿quién es tu marido, cariño?

Puedo verla con tanta claridad como si estuviéramos en la misma habitación. Seguro que está mirando por la ventana, a los senderos vacíos que rodean su residencia tutelada; suspira y toca sus perlas mientras gira la cabeza hacia el televisor, que tiene la pantalla cubierta por una fina capa de polvo y revistas bien apiladas debajo. La habitación huele a bolas de alcanfor y a limpiamuebles. Le falla la memoria. Por nada del mundo debo perder la paciencia.

–Ted. Mira, mamá…

–No sé qué hacer con la casita de campo. Kate no la quiere.

Ahora la casita de campo no, por favor.

–Iré a verte y hablaremos de ello.

–¿Mañana?

–El viernes. Es mi día libre.

–Eres un encanto, cariño. Lo único es que estoy algo pachucha.

Frank me esperaba en el aparcamiento del consultorio. Entré en el coche y me rodearon los acordes de un concierto para violín. Su aspecto era sombrío.

–Acabemos con esto cuanto antes.

Sacó el coche del aparcamiento.

–Siento que tengas que hacer esto, Frank.

Había cancelado las visitas de la primera parte de la mañana; ni siquiera habíamos tenido tiempo de revisar bien los análisis del día.

—Bueno, como si yo no hubiera cometido nunca ningún error… Pero ahora eres tú quien me preocupa.

—¿Y qué errores has cometido tú?

Lo miré. Estaba concentrado en la carretera.

—Diagnostiqué mal aquel caso de hipertiroidismo y al tío se le fue la cabeza.

—Se recuperó tras el tratamiento —le recordé.

—¿Y aquella fractura de tobillo que creí que era un esguince? —dijo lanzándome una rápida ojeada.

—Vas a tener que encontrar mejores argumentos.

—Pues no te estoy contando los casos peores. Mira las revistas de la Sociedad de Protección Médica. Te harán sentir mejor.

Ya las miraba, y a menudo. Las teníamos apiladas en nuestro dormitorio y yo iba cogiendo las de arriba. No eran fáciles de leer. Niños con pirexia a los que no visitaban y a los que luego, a medianoche, había que llevar corriendo al hospital porque tenían meningitis; las alteraciones en la regularidad intestinal que resultaban ser cáncer y no colon irritable; el dolor de cabeza que se debía a un tumor cerebral y no al estrés… Las leía con el corazón encogido.

—Me hacen sentir mucho peor.

Jeff Price abrió la puerta y se hizo a un lado, con expresión pétrea.

Nos apretamos ridículamente en el estrecho vestíbulo. Su cara estaba tan cerca de la mía que percibía el calor de su piel. Señaló hacia la cocina con un brusco gesto de cabeza.

—Vengan por aquí. No quiero que mi madre oiga esto.

Nos condujo a la cocina y se quedó allí de pie, con los brazos cruzados, esperando.

—Cometí un error —comencé.

La cara me ardía y de pronto sentí que me iba a echar a llorar.

—Mira qué bien. Arreglado.

Resultaba obvio que el señor Price no me iba a perdonar. La vena que le cruzaba la frente empezó a palpitar de forma ostensible.

—Se llevan a mi niña al hospital porque sospechan que hay maltrato, me arrestan y tengo que aceptar una amonestación para que me dejen ir, ¿y usted me dice que ha cometido un error?

En la facultad de medicina me habían enseñado a reconocer los errores propios, pero ahora me preguntaba si era el mejor consejo. Solo parecía estar empeorando las cosas.

–Señor Price –dijo Frank en tono sereno–, la doctora Malcom ha venido porque tiene algo importante que decirle.

–Le pedí a un médico del hospital que la viera por los morados –dije tratando de que no me temblara la voz–. No sabíamos…

–Ya le dije que no sabía nada de esos morados. Se lo dije la vez que vino por aquí a fisgonear, cuando yo creía que quería ayudar.

–Lo siento.

Esas palabras sonaban minúsculas en aquella cocina.

–¿Y? Las cosas no se borran solo porque de repente usted decida sentirse culpable. ¿O es que la niña no sigue en el hospital? Hasta le han cortado el pelo, solo por esos condenados piojos. ¿Cuándo nos la van a devolver?

–Todavía no. Ayer me dijeron, cuando fui al hospital…

Me detuve; esto debía decirse con suavidad, poco a poco, pero ya era demasiado tarde para eso.

–Las noticias no son buenas, señor Price.

–¿Con qué me viene usted ahora? Espere, espere. –Levantó la voz–. Trace. Tracey, haz el favor de venir.

Nos lanzó una mirada siniestra, sacó un cigarrillo de un paquete arrugado que había en la mesa, lo encendió y dio una profunda calada.

Noté que Frank observaba con máxima atención y hube de reprimir las ganas de ponerme tras él.

La señora Price entró en la habitación en camisón. También fumaba y había estado llorando: el rímel le bajaba en negros regueros por las mejillas.

–Hola, señora Price.

Me miró con rostro inexpresivo.

–Lo siento, pero tengo algo muy difícil que comunicarles a los dos.

–¿Difícil para quién, doctora? –dijo el señor Price elevando la voz–. Suéltelo ya, joder.

Su mujer le puso la mano en el brazo. Tenía las uñas diferentes, mordidas hasta la raíz.

—Siento decirles que sufre una enfermedad de la sangre. —Me detuve mirándolos a la cara, en la que de pronto había aparecido una expresión de absoluta incredulidad—. Se llama leucemia.

—Eso es cáncer, ¿verdad? —dijo el señor Price bajando el tono.

—Así es, es un tipo de cáncer, de los que pueden tratarse.

Yo afirmaba con la cabeza mientras hablaba, intentando transmitir una confianza que no sentía.

—Dios de mi vida —susurró el señor Price.

Se dejó caer en la silla sin dejar de mirarme.

—¿Y cómo lo saben? Podrían haberse equivocado, ¿no? Los hospitales se equivocan un día sí y otro también —dijo en tono desafiante.

—Por los análisis de sangre. Los han hecho dos veces. Me temo que no hay duda.

No dijeron nada durante un minuto y vi cómo la cabeza del señor Price se iba hundiendo entre los hombros.

—¿Y qué pasará ahora? —La señora Price se retorcía las manos y me miraba con fijeza.

—De momento, tiene que quedarse en el hospital.

—¿Y después? —preguntó su marido.

—Le darán fármacos muy fuertes que se ha demostrado que ayudan.

—No —habló lentamente—. Quiero decir, ¿va a morir?

Tras tantos años de profesión, debería haber sido capaz de responder a ese tipo de preguntas, pero nunca había una respuesta, o al menos una que fuera sencilla.

—El diagnóstico es grave. Muchos niños sobreviven y llevan una vida normal. Puedo mostrarles estadísticas…

—Vamos al hospital —dijo la señora Price levantándose de la mesa—. Ahora mismo. No puedo seguir aquí escuchándola mientras mi niña se muere.

—Tiene muchas posibilidades de salir adelante. Todavía no podemos saber…

—Si muere, será culpa suya.

La señora Price giró la cabeza al decirlo, como si ya no pudiera soportar mirarme.

—La doctora Malcom se aseguró de que ingresaran a Jade en el hospital —dijo Frank en tono cauteloso—. Sabía que esos hematomas había que tomarlos en serio. Se le hicieron pruebas de inmediato. Todo eso no habría ocurrido de no ser por ella.

Ni siquiera creo que los Price llegaran a oír lo que decía.

El señor Price me miró.

—Mi mujer se la llevó a usted cuatro veces. Cuatro. Podía haber hecho algo y no se tomó la molestia de hacerlo. Pero le juro que usted va a pagar por esto.

Después, nunca fui capaz de recordar si fue eso lo que dijo o si yo creí que lo decía. En cualquier caso, sus ojos me revelaron exactamente lo que pensaba. Ambos me habían mirado con asco.

CAPÍTULO 9

Dorset 2010. Un año después

La anciana no deja de observarme, el desconcierto patente en sus ojos, y luego frunce el ceño mientras pasea la mirada por la habitación.

–Estaba quitando las hierbas del escalón…

Retiro la mano de debajo de las suyas. Siempre he tenido cuidado de no mezclarme con otras vidas, pero esta vez empieza a ser demasiado tarde: todavía no puedo dejarla sola.

–Creo que se ha desmayado. –Sus ojos se vuelven hacia mí mientras continúo hablando–: Vivo enfrente… La he visto…

Asiente y sonríe. También ella me ha visto, por supuesto; ya debe haber notado que mantengo las distancias en el pueblo. Seguramente, sabe también lo de Naomi.

–Soy Mary –dice.

–Yo soy Jenny. ¿Hay alguien a quien pueda llamar? –Echo un vistazo a las fotografías–. ¿A su familia?

–Estaré como una rosa en un par de minutos. –Mira con expresión de descontento la cocina–. Qué desorden.

A mí me parece un lugar lleno de vida.

–Siento haberle causado tanta molestia –murmura–. Le ofrecería una taza de té…

Hay vacilación en su voz.

–Yo la preparo.

La tetera metálica se posa en perfecto equilibrio sobre el fogón. En la nevera hay un cuenco de lechuga tapado con papel film, algunos huevos morenos en un plato esmaltado y una jarrita de leche, de porcelana y con una vaca amarilla pintada. Encima de un estante, junto al azúcar, se ve una pila de cajitas de cartón: furosemida y perindopril. Tal vez la medicación para bajar la presión arterial se la haya bajado tanto que se ha desmayado. Encuentro una pequeña tetera marrón en el estante superior y dos tazas de porcelana.

Acerco un taburete al sofá para posar las tazas, cojo un cojín de la silla y se lo pongo en la nuca. Tiene la piel fría.

–¿Le traigo una manta?

Bebe a sorbos el té y en sus pálidas mejillas empieza a asomar el color. Me señala una puerta con la cabeza.

–Ahí dentro, si no es molestia, querida.

Cuando entro en su habitación, siento que estoy invadiendo todavía más su territorio. La anciana ha podido conservarlo; ha corrido mejor suerte que mi madre, que tuvo que renunciar al suyo. La demencia que ya se cernía sobre ella acabó por imponerse tras la desaparición de Naomi y murió sin saber quién era yo, aunque la cabeza aún le funcionaba bien cuando me legó la casa de campo. Todo funcionaba bien en aquel entonces.

Bristol 2009. Seis días antes

Todavía estaba oscuro cuando, por la mañana temprano, aparqué el coche en el patio delantero del complejo residencial de mi madre. Pequeños globos de luz se sucedían a lo largo de unas sendas idénticas que se ramificaban como dedos hacia las relucientes puertas de entrada. Toda una vida dedicada a marcar y pulir un territorio propio había quedado reducida a una senda y una puerta que eran iguales a las de todo el mundo.

Su fragilidad no dejaba de sorprenderme cada vez que la veía. La piel manchada de las manos se atirantaba sobre las marcadas venas azules, los arrugados párpados caían marchitos sobre los ojos claros. Con paso lento y ayudándose del andador, me condujo a una pequeña e impersonal sala de estar. Mientras le masajeaba los pies nudosos, su charla no tardó en derivar hacia la casita de Dorset. Quería que me la quedara. Pensé en nuestras primeras vacaciones familiares allí con los niños, en los bañadores impregnados de sal puestos a secar en los muros de piedra del jardín, en el graznido de las gaviotas, en las paredes inclinadas del dormitorio, en los amonites que mi padre había encastrado en la parte exterior de los muros. Era tentador, pero yo dudaba.

—Por favor, Jenny. Quédatela. Kate no la quiere. Una preocupación menos para mí. Ya he visto al abogado.

Sí, pero una preocupación más para mí. Los niños habían perdido el interés por la casa desde hacía ya tiempo. Preferían el *windsurf* en Lefkada y los pequeños cafés de Corfú. Y a Ted le encantaba ir a pescar a Gales con sus amigos.

Cuando llegué a casa, Naomi estaba a punto de salir.

—He de irme ya, mamá.

Tenía la cara arrebolada y pasó por delante de mí a toda prisa. Bajo el abrigo abierto, llevaba un vestido rojo escotado con relucientes botones de madreperla en el corpiño. Tenía un aspecto sedoso y no me resultaba familiar.

—¿Qué es eso que llevas puesto? ¿No es un poco demasiado escotado? ¿Y has comido algo?

—Me lo ha dejado Nikita. Me lo estoy probando para la obra. —Se volvió y me lanzó una mirada acusadora—. La nevera está vacía. Ya tomaré cualquier cosa entre bastidores.

Y de inmediato ya estaba en la puerta, abriéndola para salir.

—Debe haber algo en el congelador —dije rápidamente—. Te lo calentaré.

—¿Para qué fuiste a ver a la abuela, mamá? —gritó Theo.

Estaba sentado a la mesa hojeando su portafolios y habló sin levantar la cabeza.

—Espera un mo… Naomi, ¿cuándo…?

La puerta se cerró tras ella.

—Dale un poco de tregua, mamá —dijo Theo en tono aburrido—. Ensayo general esta noche, estreno en un par de días… Tiene un cacao mental que no se aclara.

Volví a poner mi bolsa en el suelo y encendí el hervidor.

—¿Un cacao mental?

–Sí –dijo con aire pensativo–. Está enfadada, de repente se pone a cantar y después está otra vez de morros. Todo nervios.

Por supuesto, tenía razón. Preparé té para los dos y luego me puse a rebuscar en el fondo del congelador. Bajo el pan y los paquetes abiertos por donde se escapaban los guisantes, encontré varios filetes de platija que había comprado hacía meses y medio paquete de patatas fritas.

–Entonces, mamá –insistió Theo–, ¿la abuela bien?

Coloqué los filetes en una fuente y los puse a descongelar en el microondas.

–Quiere darnos la casa de campo.

–¡Genial! –Se le iluminó la cara, tiró atrás la silla y se levantó–. Voy a decírselo a Ed.

–¿Ha vuelto ya?

–Está durmiendo. Voy a buscarlo.

La última vez que habíamos ido a la casa de campo, hacía poco más de un año, se habían quedado casi todo el tiempo dentro, apoltronados. Habían ido a Bridport a ver una película, pero ni siquiera recordaba que hubieran salido al jardín, y desde luego a la playa ni se habían acercado.

Ed bajó a la cocina, con la ropa arrugada y frotándose los ojos. Theo sonreía junto a él.

–Creía que ya no os interesaba la casa de campo –dije, sorprendida.

–Pero si es nuestra, podremos celebrar fiestas allí. –La voz de Ed sonaba diferente, más alegre–. Molaría un montón. Después de los exámenes de bachillerato…

–Ed, es para la familia, no para fiestas.

–Seguro que a la abuela no le importaría.

–Sí le importaría. –Estaban forzando el asunto demasiado–. Aquello se convertiría en un desbarajuste.

–No hagas eso –dijo Ed frunciendo el ceño.

–¿El qué?

–Hacer como que das algo para luego quitarlo enseguida. Me voy arriba. Y ya he comido –añadió antes de salir de la habitación.

Theo se encogió de hombros.

–Sí, hemos comido una *pizza*. Voy a hacer los deberes.

–Es normal que quieran llevar allí a algunos amigos –dijo Ted bastante más tarde, mientras cenábamos–. Déjalos. Tampoco se va a morir nadie porque les permitamos usar la casa.

En ese momento, entró Naomi lentamente, con ojos negros de cansancio. Al pasar a mi lado para colocarse junto a Ted, olí a alcohol.

–Cariño, ¿has estado bebiendo? –pregunté sorprendida.

Nunca le había gustado el sabor del alcohol cuando lo había probado en Navidad o en las celebraciones familiares.

Estaba apoyada en la mesa, comiendo patatas fritas del plato de Ted, y me miró fijamente durante un instante.

–Loción desmaquillante. Vaya peste a alcohol, ¿eh? –dijo con la boca llena.

Tenía la cara más redonda que de costumbre. Gracias a Dios, no se había puesto a dieta como sus amigas, pero tampoco me gustaba la idea de que pudiera haber bebido, y menos aún de que me estuviera mintiendo. De nuevo se negaba a compartir sus cosas conmigo. No me creía la historia de la loción desmaquillante. Tal vez una copa no tuviera demasiada importancia, pero los secretos podían tenerla. La miré. Había vuelto a ponerse el uniforme, su cara estaba limpia y brillante; de nuevo parecía una colegiala. Por lo general, los secretos de las colegialas eran inofensivos. Yo había tenido muchos y ni siquiera era ya capaz de recordarlos.

–¿Qué ha pasado con el vestido que te dejó Nikita? –pregunté sonriéndole.

Tenía que darse cuenta de que podía contarme sus secretos si quería hacerlo. Yo estaba de su lado.

–A la señora Mears no le pareció adecuado para María –contestó encogiéndose de hombros–. Así que se lo devolví. ¿Qué es eso de la casa de campo?

Se lo expliqué y de inmediato se enderezó.

–Exactamente lo que queríamos. Increíble.

–¿Quiénes lo queríamos?

—Tenemos un fin de semana libre antes de que empiecen las representaciones. Podríamos ir a la casa, solo un día. Mañana. Por favor, mamá.

—¿Nosotros?

—La gente de la obra, James y todos los demás. —Hizo una pausa para comprobar mi reacción—. Y Nikita, claro.

—¿Y cómo llegaríais hasta allí?

—James tiene carné. Si le pidiera el coche a su padre, cabríamos todos.

—¿James?

—Está repitiendo curso, es un año mayor que yo. Hace el papel de Chino.

—James —repetí yo.

Recordaba vagamente a un chico pelirrojo que había ayudado a Naomi un año antes, cuando había tenido dificultades con las matemáticas.

—¿No es el que vino a ayudarte con los deberes hace un tiempo?

—También ayudó a Nikita —dijo al tiempo que fruncía el ceño y empezaba a morderse las uñas.

Ese era el momento. Había bajado la guardia y tal vez estuviera lista para decirme lo que le rondaba por la cabeza.

—¿Estás bien, cariño? ¿Te preocupa algo en lo que pueda ayudarte? —Mejor no cargar las tintas.

Sus ojos revelaban fatiga.

—Tener un poco de tregua sería genial. Por favor, mamá. —Parecía a punto de llorar.

Había tratado de abarcar demasiado. Yo era consciente de ello. Los nervios a flor de piel, un poco deprimida… Claro que podía disponer de la casa. Eso la animaría. Tampoco iban a hacer un destrozo en un solo día.

CAPÍTULO 10

Dorset 2010. Un año después

Los colores en el dormitorio de Mary son cálidos: paredes de terracota, círculos rosas en la alfombra y una manta de angora azul brillante bien plegada a los pies de la cama. La cojo y me la paso por la mejilla. Un gato atigrado duerme sobre la colcha, en un trocito iluminado por el sol; las delicadas vetas de los costados suben y bajan casi imperceptiblemente. A través de la ventana, se ven dos pequeños huertos labrados y en un cercado de alambre hay unas gallinas picoteando la tierra. Mientras observo, el sol desaparece. Una nube gris ha atravesado el cielo y la parte tras la que se oculta el sol se perfila con un marcado fulgor anaranjado. Siento la suavidad de la manta. Me quedo allí durante un momento. La paz de esta habitación se percibe con tanta claridad que me entran ganas de tumbarme en la cama junto al gato y cerrar los ojos. No puedo recordar cuándo experimenté una paz así. Quizá un sábado de hace un año, en Bristol. Probablemente, la última vez que Ted y yo estuvimos juntos y felices.

Bristol 2009. Cinco días antes

El sábado, la sensación era de día festivo. Ted estaba en casa. Llamé al hospital por la mañana. Jade seguía estable tras su primera sesión de quimioterapia. Dije que iría a verla después del fin de semana. No sabía lo que iba a hacer o a decir, pero era un comienzo. Ted y yo fuimos a la galería de arte de la ciudad y luego comimos en un *pub*, leyendo los periódicos codo con codo.

No habíamos hecho algo así desde hacía mucho tiempo; hasta las cosas más sencillas quedaban descartadas por el trabajo de Ted. A menudo, más aún en los últimos tiempos, Ted se pasaba los sábados en el hospital, recuperando el trabajo atrasado. Pero en la galería parecía absorto en los cuadros y, a pesar de que el hospital lo llamó un par de veces, y a pesar también de los empujones de la multitud, teníamos la sensación de haber conseguido evadirnos.

La casa estaba en silencio cuando regresamos. Siguiendo un impulso, le cogí a Theo un lápiz 3B y algunas de sus hojas. Empecé a dibujar a Ted, que se había sentado para revisar un artículo que estaba escribiendo para el *British Journal of Neurosurgery*. Tenía el dedo en la ceja derecha y se la acariciaba de un lado al otro mientras leía. También dibujé ese detalle. El lápiz corría por el blanco papel granulado, con una fricción como de gravilla que iba dejando una gruesa estela gris. Ted me miraba de vez en cuando, sonriente. Una honda sensación de paz nos envolvía. Entonces se me ocurrió que algún día las cosas podrían ser así, cuando hubiéramos dejado de trabajar y los niños tuvieran su propia vida.

En ese momento, la puerta se abrió silenciosamente. Pensé que habría sido el viento y me levanté sin prisa para cerrarla, nada dispuesta a permitir que se rompiera el hechizo. Me sorprendió ver a Naomi, que acababa de entrar y estaba allí de pie, inmóvil. Su cara tenía una expresión que no le conocía. Se la veía intensamente preocupada, cabizbaja, y movía los labios. No acertaba a distinguir si sonreía; por un momento, pensé que estaba contando o que quizá trataba de recordar algo.

–¡Naomi! Qué susto me has dado, cariño. Has vuelto pronto.

–James tuvo que devolver el coche.

No me miraba, pero se quitó el abrigo y lo colgó.

–¿Cómo ha ido?

–Genial.

–¿Y qué tal la casa?

–Como siempre.

Parecía cansada.

–¿Había mucha mala hierba?

Me disgustaba pensar en el estado de abandono que debía tener el jardín. De pequeña, a Naomi le encantaba cavar y plantar para luego, cuando llegaran las siguientes vacaciones, descubrir qué cambios se habían producido. Hacía años que no cuidábamos el jardín como era debido.

—No me he dado cuenta —dijo encogiéndose de hombros.

Sentí una súbita decepción.

—El olor de la cocina, ¿bien?

—¿Olor? ¿Tenía que oler de alguna manera? —Parecía desconcertada.

De niña solía entrar corriendo antes que nadie y aspirar profundamente. Decía que en la casa de campo hasta los armarios tenían un olor característico: a hierba y sal mezclado con un leve aroma a pulimento.

—¿Y la parte de arriba?

Miró por encima de mi cabeza hacia donde estaba Ted, que se había colocado a mi espalda.

—Hola, preciosidad. ¿Tienes hambre? —La miró sonriendo cariñosamente.

Ella negó con la cabeza.

—He quedado con Nikita. Iré y…

—Entonces, ¿no fue con vosotros? —pregunté confundida.

—Sí, sí que vino —se apresuró a decir Naomi—. Pero no pudimos hablar demasiado… —Empezó a morderse las uñas.

Ted la abrazó.

—Seguro que lo has pasado bien y tus amigos han disfrutado, ¿verdad?

Asintió y se desasió rápidamente.

—Necesito una ducha.

Le temblaba la voz. La notaba cansada, cansada hasta las lágrimas, así que di un paso hacia ella. Entonces se giró de golpe y, al inclinarse para acariciar a Bertie, que se frotaba contra sus piernas, la luz arrancó un destello plateado en el dedo índice de su mano derecha. Lo intenté otra vez.

—¿Anillo nuevo?

—Me lo dio James. Es un anillo de amigos —replicó con rapidez.

–Es bonito. ¿Significa eso que…? –dije mientras extendía la mano para tocar el anillo.

Apartó la mano con brusquedad.

–Les dio uno a todas las chicas de la obra; los encontró en una caja de vestuario.

–Ah, así que los robó…

Pretendía ser una broma, pero puso los ojos en blanco, impacientándose. Antes de que pudiera responder, la puerta se abrió con violencia y los chicos entraron casi cayéndose. Estaban sin aliento, las caras enrojecidas y sudadas. Llevaban pantalones de deporte y zapatillas embarradas que se quitaron en la puerta, sacudiéndoselas de los pies.

–Dios, qué guarros venís –dijo Ted divertido.

Theo estaba exultante. Llevaba el flequillo pegado a la frente, tenía gotitas de sudor en las mejillas y una mancha de barro que le cruzaba la barbilla.

–He ganado.

Ed estaba pálido. Se dobló hacia delante tratando de tomar aire.

–Has hecho trampa –jadeó.

Naomi corrió escaleras arriba.

–Voy a ducharme antes de que gastéis toda el agua caliente.

–¿Qué le pasa a esta? –preguntó Theo–. Si no puede estar más limpia.

–Comparada contigo, desde luego.

Ted miró las piernas de Ed, surcadas de espaciados chorretones de barro seco.

–Ey, no está nada mal. –Theo estaba inclinado sobre la mesa donde yo había dejado el dibujo de Ted.

–Aparta de ahí. Lo estás poniendo perdido de sudor y barro. –Lo empujé para alejarlo.

Ted rodeó con el brazo a Ed, sin importarle el barro.

–Las enfermeras de la unidad de neurocirugía me preguntaron ayer cuándo volvías para hacer prácticas. Me parece que les gustaste. Me preguntaba…

Ed desvió la mirada.

—Gracias, pero ya he enviado mi solicitud de admisión a la universidad.

Los chicos subieron las escaleras despacio, sin hablar.

—¿Qué le ha pasado a Ed? Está muy gruñón y lo habitual es que sea él quien gane de calle —dijo Ted.

—Parece mentira, Ted —le dije, pensando automáticamente que si llegara antes a casa por las noches sabría lo atareados que estaban los chicos—. Los exámenes finales de ciencias, los deberes, el remo. Está agotado.

—Naomi también parecía estar hasta el gorro.

Señaló con la cabeza hacia las escaleras por las que había desaparecido Naomi.

—También está cansada —dije sin darle importancia.

Ted siempre me decía que mi comportamiento era demasiado neurótico en lo que respectaba a Naomi.

—Un poquito sensible, quizá. La obra le está exigiendo mucho. Además, se hace mayor, así que es natural que esté más…

Busqué la palabra que englobara todos los pequeños cambios que había observado.

—… inquieta.

Cogí el dibujo inacabado, sonriendo para demostrar que no estaba preocupada.

—Las hormonas disparadas, los exámenes a la vista… Pero detrás de todo eso, sigue siendo la misma.

Ted se rio.

—Es una suerte, porque por un momento me pareció que se tomaba a pecho tanta pregunta.

Me quedé mirándolo.

—¿Qué quieres decir con «tanta pregunta»? Me intereso por lo que hace. ¿Cómo si no me voy a enterar?

Ted me rodeó con el brazo.

—Asúmelo, cariño. Eres una madre controladora. —Me dio un beso y prosiguió—: A lo mejor si pasaras más tiempo con ella…

—A mí no me des lecciones. Si pasara más tiempo con ella, aún sería peor. —Me desasí de su abrazo y lo miré. Mi voz sonaba fuerte en la silenciosa cocina—. ¿Cómo te atreves a criticarme?

¿Cuánto tiempo pasas tú con nadie para saber cómo es cada cual? Me voy arriba a terminar el cuadro de Naomi. Procura que nadie me moleste.

Mientras subía el último y estrecho tramo de escalera, oía a Ed gritando una pregunta. Ya se encargaría Ted del asunto. ¿Cómo se atrevía a sugerir que yo debería estar más en casa cuando él no estaba nunca? El corazón me explotaba de rabia. En medio del desván, entre las paredes enjalbegadas, estaba el caballete con el retrato inacabado de Naomi. A medida que lo observaba, mi corazón se fue calmando y la ira de la última hora empezó a desvanecerse. Los ojos azules parecían chispeantes de vida: encontré el pincel y comencé a mitigar su brillo.

Bristol 2009. Tres días antes

El lunes, el ajetreo sin fin de la jornada se alargó hasta el anochecer. Teníamos entradas para ver *West Side Story* esa noche, la del estreno, y también el viernes, para la última representación. La casa estaba limpia y ordenada cuando volví del trabajo. Anya había puesto la mesa para la cena antes de irse, con servilletas junto a cada plato y una pequeña flor. Shan y Nikita iban a venir, y también mi hermana. Empecé a cocinar algo para dejar en el horno; picar y sofreír me relajaba después del trajín del consultorio. Observé cómo las blancas cebollas se doraban y la densa pasta de curri se iba aligerando con el calor hasta volverse anaranjada. La combinación de colores me recordaba la pintura, la mezcla de pigmentos en la paleta, y pensé que ojalá hubiera tenido tiempo de escaparme arriba para continuar con el retrato de Naomi.

Kate llegó temprano, ataviada con un sencillo vestido de *tweed* y unos botines. Colocó las copas de champán en una bandeja. Al sostener las copas de largo fuste, las manos de mi hermana se veían suaves, con las uñas de un rojo brillante y perfectamente ovaladas. Su melena corta y con mechas oscilaba reluciente.

–¿Cómo van las cosas? –pregunté con cautela. Se había divorciado hacía solo unos meses.

–¿Desde que Jack se fue, quieres decir? Una absoluta maravilla –dijo lanzándome una ojeada–. Me levanto cuando quiero. No hay calcetines asquerosos que recoger, ni tengo que cocinar, jamás. Y lo mejor de todo: no tengo que quedarme en vela por la noche, preguntándome a quién se está tirando.

–Kate…

–No me compadezcas. El divorcio es estupendo. Tienes que probarlo. Pareces agotada. –Sonrió con malicia–. ¿Tu marido sigue volviendo a las tantas?

La miré durante un segundo.

–Mal lo pasaría si no tuviera absoluta confianza en Ted. Siempre ha tenido un horario de locos. Si está de guardia, pues me voy a dormir.

No mencioné la discusión que habíamos tenido hacía poco; al fin y al cabo, tampoco era culpa suya si no podía estar demasiado en casa.

–Entonces, ¿por qué estás tan cansada? ¿Es por Naomi? –insistió.

Negué con la cabeza, pero ella continuó:

–¿Te acuerdas de las cosas que maquinábamos a su edad? Y mamá sin ver nada, en la inopia.

–Eso era diferente. Nosotras éramos diferentes. Y mamá nunca veía nada. –Ahora estaba enfadada–. Naomi trabaja muy duramente; no tiene tiempo de maquinar nada.

Kate levantó una ceja.

–Ah, la hija perfecta. ¿Y los chicos?

Serví un poco de vino blanco en una copa y se la pasé.

–No son los chicos. He estado intentando acabar el retrato de Naomi.

–¿No paras nunca? –Kate tomó un sorbo–. A veces me parece que estás en una cinta de correr y te asusta lo que podría pasar si se detuviera.

El curri burbujeó en el fogón, lo probé y añadí un poco más de leche de coco. No respondí y Kate se encogió de hombros. Siempre trataba de provocarme, pero esta vez lo dejé correr. En sus orejas brillaban unas piedras opalescentes y su maquillaje era perfecto. Yo me había cambiado la ropa del trabajo y llevaba una falda oscura y un jersey negro. Me había recogido a toda prisa el pelo desgreñado con una pinza, y la sombra de ojos me la había puesto con el dedo. No era raro que me cortara las uñas con las tijeras de cocina mientras me preparaba para ir a trabajar. Kate no me creería si le dijera que siempre estaba en marcha porque eso era justamente lo que quería. Lo quería todo, a pesar del cansancio y de tirar siempre por el atajo a la hora de hacer las cosas.

Mientras caminábamos hacia el teatro, distinguí a Harold Moore observando desde la ventana de enfrente. Me pregunté si su madre lo llevaría alguna vez a ver una obra. Nunca lo había visto fuera; quizá ella quería evitar las miradas de la gente. Lo saludé con la mano y él desapareció de la vista.

Kate se giró hacia mí mientras esperábamos a Ted en el vestíbulo del teatro.

–No me hagas caso. Cada cual elige sus opciones en la vida –dijo–. Tú elegiste muchas más cosas que yo. Lo que pasa es que a veces parecen demasiadas.

Después, en el teatro, nos sentamos juntos formando una larga fila, Shan, Ted y yo, Kate, Ed y Theo. Observé que la luz del escenario iluminaba con un resplandor dorado sus perfiles. El momento parecía perfecto. Mi ánimo se apaciguó. No había elegido demasiado; las cosas funcionaban bien así. Perfectamente. Me sentí de nuevo afortunada.

Al levantarse el telón, mi corazón empezó a golpear con tanta fuerza que pensé que todos lo oirían. No me esperaba sentir tanto miedo por Naomi. Pero cuando salió a escena, dejé de estar asustada. Apenas podía reconocerla. Su María no era una joven inocente: era una seductora. Había algo cruel y sensual en las escenas en que ejercía su poder sobre Tony. El público estaba hipnotizado. Todo parecía tan natural en ella… Había trabajado muy duramente para ser esa persona. Los ensayos habían sido implacables; noche tras noche volvía tarde a casa con oscuros cercos bajo los ojos, pero lo había conseguido: era María. Su propia e impresionante versión de María. Con razón estaba agotada.

En el descanso, nos vimos rodeados de gente.

–¿De dónde ha salido esa interpretación?

–Es una auténtica estrella.

—Qué voz tan bonita.

Los chicos eludían las felicitaciones con aspecto avergonzado. Ed no hacía más que beber vino; Theo parecía aturdido. Ted sonreía con orgullo.

En la segunda parte, la María de Naomi irradiaba cólera y determinación. No era una Julieta llorosa, ni una víctima que agachaba la cabeza. A mí me parecía sedienta de venganza.

Más tarde, todos aplaudieron cuando entró en la atestada cocina, y me dejó abrazarla. Al poner mi mejilla junto a la suya, percibí un efluvio inconfundible que emanaba de su cálida piel: alcohol. Otra vez había estado bebiendo.

Di un paso atrás y la miré, pero sus ojos ya estaban explorando la habitación y no se cruzaron con los míos. Justo entonces, Theo se abrió camino y la abrazó levantándola del suelo. La boca de Naomi temblaba, pero Nikita le enrolló una larga bufanda de seda naranja y le susurró algo que la hizo reír. Kate me hubiera dicho que, de adolescentes, nosotras bebíamos como esponjas. Lo normal en los adolescentes era experimentar, me dije. Pero en mi mente una voz me susurraba que había algo más aparte del cansancio, el distanciamiento, los silencios y el olor a tabaco. Al verla abrazando a Nikita, decidí que tenía que hablar con ella como era debido, pronto, cuando estuviera menos cansada. De momento, esta era su noche. Convenía aflojar un poco.

Durante la cena, fui sirviendo pan *naan* en cada plato hasta dar la vuelta a la mesa. Naomi se sentaba en una punta, cerca de Nikita, las cabezas tocándose. Rubio brillante y moreno lustroso. Me detuve por un instante, contenta de verlas juntas.

—¿Cuándo?

Fue la nota de asombro en la voz de Nikita lo que llamó mi atención.

—El jueves. Ey, ¿qué quieres tú? —Naomi giró rápidamente la cabeza y me lanzó una mirada acusadora—. Prohibido escuchar.

—Aquí tienes el *naan*, cariño. —Lo dejaría correr. Tenía que hacerlo, esta noche—. Y aquí tienes el tuyo, Nik. Solo he oído no sé qué del jueves.

La cara de Naomi se suavizó.

–Saldremos todos juntos el jueves, después de la función. Para celebrarlo.

–¿El jueves? Pero todavía tenéis función el viernes.

–Exacto. Y habrá una fiesta, pero a algunos nos apetecía salir por ahí juntos y charlar, así que se nos ocurrió que estaría bien una cena la penúltima noche.

Me dirigió una mirada interrogante.

–Me parece buena idea, cariño. Pero no os paséis.

Después de aquello, estuvo ocupada con las representaciones y apenas apareció por casa. Al final no tuve tiempo de hablar con ella, como me había prometido a mí misma que haría. Tres días más tarde, entró en la cocina con su bolsa de plástico y su sonrisa diferente. Luego, desapareció.

CAPÍTULO 11

Dorset 2010. Un año después

La mano de Mary, una pequeña garra retorcida, coge el borde de la manta cuando se la echo por encima en el sofá. Hay una pausa. Sus mejillas enrojecen, parece avergonzada.

Sin pensarlo, digo enseguida:

—No se preocupe. Antes era médica de familia, así que estoy acostumbrada a que la gente se desmaye. He visto las pastillas para la hipertensión. Quizá… convendría que se hiciera una revisión.

—Esas condenadas pastillas. Dan más problemas de los que solucionan. Ha sido usted muy amable, querida.

Se produce otra pequeña pausa. Siento que se le acumulan las preguntas sobre mí, sin formular.

—No ha sido nada.

Bertie me sigue a la puerta. Me giro brevemente.

—Siento que Bertie se haya comido todo el cuenco del gato.

—Ese gato se está poniendo demasiado gordo. —Hay un brillo chispeante en sus pálidos ojos azules—. Vuelva pronto. La próxima vez prepararé un té.

Me despido y cierro la puerta con cuidado. Sin pretenderlo, he hecho una amiga. Y me doy cuenta de que, durante la última hora, el miedo que me persigue desde hace un año se ha alejado un poco.

Bristol 2009. La noche de la desaparición

Después de que la policía saliera de casa, oímos cómo su automóvil se alejaba, el ruido de los neumáticos sobre el asfalto mojado cada vez más débil. Afuera, la pálida grisura del día iba desalojando la oscuridad del jardín. Cuando abrí la ventana, tiré con el codo un pequeño montón de libros que había en el alféizar. Cogí un cuaderno de ejercicios rojo y leí: «Naomi Malcom. Química», escrito en una esmerada cursiva. Había corazones rojos dibujados con bolígrafo por todos lados, algunos ligeramente emborronados por el exceso de tinta. Posé la mano en el suave papel durante un momento.

Ted se fue arriba para dormir durante una hora.

Me quedé en la cocina sola y fue entonces cuando me asaltó. Un miedo crudo, feroz y repentino. Agaché la cabeza para tomar aire, como si estuviera luchando contra el viento. Parecía que las manos fueran a explotarme de puro terror, me hacía daño la cara, el cuero cabelludo se me erizaba dolorosamente. Bruscas pulsaciones de pavor me sacudían desde el fondo de la boca hasta el esternón; cuando puse la mano en ese duro puñal de hueso, parecía estar palpitando. Sentía flojera en los muslos. Me costaba caminar.

Mientras la bilis me subía por la garganta hasta la nariz, se me ocurrió repentinamente que en ese mismo momento ella podía estar muriéndose y que por eso yo me sentía morir también.

Las arcadas se sucedieron una tras otra, y hube de hacer acopio de toda mi fuerza para limpiarme las lágrimas y el vómito de la barbilla con el papel higiénico. Después, cerré el inodoro y, allí arrodillada, extendí el brazo sobre la tapa y descansé en él la cabeza. En el rincón, en la intersección entre el linóleo y la pared, vi una mancha triangular de orina seca y un trozo de papel amarillo del envoltorio de un tampón.

Fui a la cocina. Se estaba haciendo de día. Las siete y media. Pronto los chicos se levantarían para ir al instituto. El papel amarillo podía llevar allí semanas, pero nada podía detener la deriva de mis pensamientos: ¿qué le pasa a un ciclo normal cuando el cuerpo muere? La sangre continuaría fluyendo durante un tiempo, enfriándose a medida que la temperatura corporal bajara. Miré de nuevo el reloj. Habían pasado ocho horas desde que debía haber vuelto a casa. No estaba muerta. No. Estaba en algún café de la autopista, con los labios en el borde de una taza de chocolate caliente, o bien en una ancha playa de arena, húmeda a esa hora tan temprana, jugando con un *frisbee*. Una franja de carne fría le asomaría sobre la cintura del pantalón cada vez que estirase los brazos. Ella había decidido no telefonear, pero yo no estaba enfadada. Ya nunca más estaría enfadada. Lo entendería todo. Prometido. Le prometí a Dios que iría a misa todos los condenados días que me quedaban de vida si ella estaba a salvo.

Subí lentamente las escaleras. Así debía sentirse una cuando era vieja. Cada movimiento lento y dificultoso. Ted dormía sobre la colcha de la cama. Había tirado los zapatos de cualquier manera y había dejado la chaqueta en una silla. Tenía la boca abierta y roncaba con suavidad. Ese leve gruñido que a menudo no me dejaba dormir resultaba ahora reconfortante. Parecía tan inocente... Me tumbé a su lado, sin tocarlo, pero lo suficientemente cerca como para sentir su calor filtrándose en mi cuerpo. Fragmentos disparatados de palabras me golpeaban las paredes del cráneo. El interior de mis párpados estaba enrojecido.

Afuera, los pájaros empezaban a cantar.

CAPÍTULO 12

Dorset 2010. Un año después

El viento ha arreciado durante el rato que he pasado con Mary; se prepara una tormenta. Entre los techados de paja, los distantes acantilados esmeralda surgen recortados contra un cielo oscurecido que ahora es de un gris refulgente. Estoy fascinada y me pregunto cómo podría igualar esa intensidad en una pintura. Mientras observo, de pronto se eclipsa la luz, el cielo adquiere un tono ceniza y el fogonazo de un relámpago rompe la grisura. Al llegar a mi puerta, se oye el chasquido de un trueno. Bertie gime. La lluvia empieza a caer y nos empapa en un instante mientras forcejeo con la cerradura con manos mojadas y resbaladizas. Me doy cuenta de que con el agua mi piel parece bronceada, como de otra persona. Dentro se oye un repiqueteo sordo; arriba, el viento ha abierto una ventana y la golpea contra el muro exterior, dejando entrar el ruido de las olas que rompen sobre los guijarros. Al tratar de alcanzar la manilla, el viento azota mi pelo y una lluvia helada me moja la cara y me hace difícil respirar. La fuerza brutal de la tormenta es aterradora, pero también vigorizante; una clase de miedo diferente del terror frío que me aguarda cada mañana desde hace un año.

Bristol 2009. Un día después

Me desperté y de inmediato me sentí aprisionada por el terror. En la habitación de al lado, oía cómo Theo salía a trompicones de la cama, caminaba hasta la ducha, la abría y empezaba a cantar. Sabía que tendría los ojos casi cerrados. El ruido del agua despertó a Ed, que dormía en la habitación contigua, y hasta mí llegaron sus ruidosos bostezos, que languidecieron hasta convertirse en leves gruñidos y suspiros. Miré el reloj: las ocho y media. Deseé poder alargar ese momento en el que aún no sabían nada.

En el piso de abajo, las luces seguían encendidas. El olor a café me provocó náuseas otra vez.

Puse cereales y cuencos en la mesa. Leche, zumo, cucharas. Los chicos bajaron. Esperé, tratando de encontrar el tono adecuado.

–Naomi no está aquí.

Creía que mi voz había sonado normal, pero los chicos se pararon en seco. Theo estaba inclinado sobre la mesa bebiendo zumo de naranja directamente del brik, y al oírme se lo quitó con brusquedad de la boca. Ed, que se estaba sirviendo cereales, levantó la caja de golpe y apenas pudo contener el flujo de copos de avena. Esperaron.

–Ella… no volvió a casa anoche. No estaba haciendo lo que nos había dicho que haría…

–¿Y? –dijeron ambos a la vez.

Ed se encogió de hombros.

–¿Hay que hacer un drama por eso?

Me agarré al comentario con gratitud. Entonces, ¿era eso lo que parecía? ¿Hacer un drama? Se abrió un resquicio de esperanza.

–Nos había dicho que iría a cenar con el grupo del teatro, pero creemos que se encontró con otra persona… Todavía no sabemos con quién.

–¿Y? –volvió a preguntar Ed.

Theo parecía no entender.

–¿Cómo lo sabes?

–Se lo preguntamos a Nikita.

–¿Obligaste a Nikita a contarte los secretos de Naomi? –dijo Ed con incredulidad.

–Ed, esperamos hasta las dos de la mañana…

–¡Qué fuerte! ¿Quieres decir que hablaste con Nikita en plena noche?

Ed estaba furioso. Abrió el cajón de los cubiertos con tanta violencia que cuchillos y tenedores cayeron con estrépito al suelo.

–Joder.

Se agachó para recogerlos y los fue amontonando ruidosamente en la mesa.

–Es posible que la policía vaya hoy a vuestro instituto a hacer algunas preguntas –les dije a ambos–. A lo mejor también quieren hablar con vosotros.

–Ah, y además la policía. Si lo más seguro es que esté durmiendo la mona con alguna amiga. –Me miró enfadado–. A veces, me cuesta creer lo que eres capaz de hacer.

–¿A vosotros os dijo alguna cosa?

Ed negó escuetamente con la cabeza y salió de la cocina sin esperar a Theo. Su cólera me dejó trastornada. No sabía de dónde provenía, pero me había dado algo a lo que agarrarme. Estábamos haciendo un drama.

–A mí tampoco me dijo nada.

Las cejas rubias de Theo se habían unido hasta dibujar una marcada V y, sobre ella, la delicada piel se arrugaba en estrechos pliegues paralelos.

–Pero tampoco es que hablara conmigo tanto como solía hacer. –Sus palabras brotaban despacio, como si se diera cuenta del hecho por primera vez–. Supongo que es porque ha pasado menos tiempo en casa, con la obra…

Su voz se fue apagando llena de incertidumbre. Luego me miró, preocupado, y preguntó con un hilo de voz:

–¿Dónde está papá? ¿Lo sabe?

–¿Tú qué crees, Theo? Claro que lo sabe. –Lo rodeé con el brazo–. Hemos estado levantados casi toda la noche. Todavía está durmiendo.

–¿Qué va a pasar ahora? –Parecía perdido.

–Cariño, vamos a encontrarla. La policía nos está ayudando.

Intentaba que mi voz sonara como si yo creyera lo que estaba diciendo, como si mi cabeza no estuviera gritando un sinfín de preguntas.

–La policía. Dios. Vale, pues. –Se quedó dudando–. Preguntaré por ahí a la gente. Lo normal será que acabe llamando o enviando algún mensaje.

–Claro. Gracias, cariño.

Se inclinó hacia mí antes de salir y la suave pelusa de su mejilla me rozó fugazmente en la cara.

No sé cuánto tiempo me quedé sentada a la mesa. La cocina empezó a flotar y los bordes ardientes de los párpados se me fueron cerrando poco a poco. Debía de haber estado dando cabezadas porque, cuando el teléfono sonó, me enderecé sobresaltada.

–Detective John Harrison.

–¿Sí?

–Del Departamento de Investigación Criminal. Bien, señora Malcom… Quiero decir, doctora Malcom.

–¿Sí?

–Sin noticias de momento. Hemos comprobado todos los hospitales. Naomi no ha ingresado en ninguno, lo cual es desde luego una buena noticia. Hemos telefoneado al instituto y voy a pasarme por allí en breve para interrogar a algunos de los profesores y de las chicas.

Hablaba con absoluta seriedad. El resquicio de esperanza volvió a cerrarse. Este policía sabía que no estábamos haciendo ningún drama.

–Será mejor que les avise.

–No es necesario. Lo hemos hecho nosotros. Un agente irá a verla de nuevo alrededor del mediodía. Quisiéramos hablar con sus otros hijos lo antes posible.

–¿Con Theo y Ed?

¿Acaso eran sospechosos? ¿Por qué demonios no estaba la policía peinando la campiña en busca de un hombre y una chica asustada en un coche? Un tío, según le había dicho a Nikita. Aunque eso no revelaba gran cosa. Tal vez era alto y atractivo, ancho de hombros y con fuerza de sobra para manejarla a su gusto. Pero también podría ser lo contrario, más joven y bajo, de aspecto vulgar, quizá con una cara de buena persona que la había engatusado. ¿Sería de verdad posible que se hubiera ido con él por voluntad propia, que lo hubieran planeado en secreto? Había algo de esperanza en esa suposición, pero yo sabía que era falsa; no se habría ido de casa sin decírnoslo, después de habernos pasado la vida advirtiéndola sobre desconocidos y coches ajenos.

–En fin, doctora… señora…

A fin de cuentas, puede que yo no fuera una profesional como él; a lo mejor no era más que una madre con una niña desaparecida: el detective estaba hecho un lío.

–Jenny.

–De acuerdo, Jenny. Es solo el procedimiento de rutina. Al final siempre da su fruto.

–¿Un procedimiento de rutina para una desaparición de rutina?

En algún lugar, ella podía estar susurrando mi nombre.

–No es eso lo que quería decir, Jenny. Le sorprendería saber cuántos jóvenes desaparecen por un tiempo y luego vuelven frescos como una rosa. Mientras tanto, nosotros no dejamos piedra sin remover. Seguimos el manual al pie de la letra, por así decirlo.

Debía de tener su cuadernillo atiborrado de esa clase de clichés; me pregunté si los tendría ordenados alfabéticamente. Tal vez estuvieran agrupados por tipo de suceso: desaparición, secuestro, violación, asesinato.

–La verdad es, detective…

Me detuve y tomé aire despacio, como enseñan a hacer en las clases preparto para cuando aparezcan las contracciones. Inspira y cuenta. Suelta el aire lentamente.

–La verdad es que no sé bien cómo llevar esta espera.

Su voz cambió y se hizo más real.

–Tiene que aguantar, Jenny, mantenerse firme.

Sentí escozor en los ojos.

Volví al piso de arriba. Ted seguía exactamente en la misma posición; los pliegues de su camisa no se habían alterado. Me preparé un baño caliente y me metí en el agua durante unos momentos. Después, enrollada en la toalla, con el teléfono en la mano y todavía mojada, me deslicé bajo el edredón. La negrura llegó de inmediato, como si me hubieran noqueado.

Cuando sonó el timbre de la puerta, salté de la cama, me puse unos vaqueros y el jersey de Ted y, al siguiente timbrazo, ya estaba abajo.

El hombre que había en el umbral estaba totalmente inmóvil. Du-

106

rante el momento que siguió, nos estudiamos mutuamente, sin sonrisas. Era bajo y fornido, de pelo cano y rostro curtido, con arrugas marcadas que se desplegaban en abanico desde los ojos grises. Boca triste. Debían de haberle roto la nariz en algún momento. La cara no acababa de ser simétrica; el ojo izquierdo era quizá mayor que el derecho, o bien tenía una forma algo diferente. Miró con atención mi cara sin maquillar, el pelo enmarañado, el holgado jersey, los vaqueros viejos y los pies descalzos, y vio, supongo, a otra víctima.

–Michael Kopje. Oficial de enlace familiar.

Reconocí enseguida su acento sudafricano, que en el acto me hizo recordar mi año sabático en una misión de Sudáfrica y los duros granjeros en sus destartaladas camionetas, combatiendo las sequías y las enfermedades del ganado. Gente capaz ante una situación crítica.

Su apretón de manos fue breve y firme.

–¿Como la colina?

¿De verdad había dicho yo eso, a pesar de todo lo ocurrido?

Las arrugas de los ojos se acentuaron y, por un instante, los labios sonrieron, aunque enseguida las comisuras volvieron a apuntar hacia abajo. No me preguntó cómo lo sabía y me alegré de ello. No quería intercambiar impresiones sobre África, si él conocía mi África o si yo conocía la suya.

–Soy Jenny. Pase usted.

Lo llevé a la cocina, encendí el hervidor y subí para despertar a Ted. Se levantó al instante y bajó conmigo. Seguí la dirección de sus ojos cuando miraron el reloj: mediodía.

–Hace más de doce horas que nuestra hija debería haber vuelto. El único apoyo que necesitamos es información –dijo Ted.

Estaba sentado frente a Michael Kopje, mirándolo desde el otro lado de la mesa.

–Por eso estoy aquí.

–Bien. ¿Qué puede decirnos?

–He tenido ocasión de hablar con la profesora de teatro, la señora Mears, y con todo el elenco de la obra. Una chica llamada… Nikita –dijo sacando rápidamente un cuadernillo del bolsillo de la chaqueta– nos dio información sobre Naomi.

No me gustó cómo dijo su nombre, con naturalidad, como si la conociera. Me senté al lado de Ted y le cogí la mano. Me atravesó un súbito relámpago de ira. Nunca habríamos conocido a este Michael Kopje si Naomi no hubiera desaparecido, pero el destino malévolo había querido que él, un extraño, se adueñara de su nombre. Lancé una mirada de odio a sus ojos grises y él agachó la cabeza. En ese mismo instante, comprendí que sabía cómo me sentía y el furor que me dominaba empezó a disiparse en parte. Hizo una pequeña pausa y luego empezó a hablar de nuevo en tono tranquilo:

—Dejaron a las chicas cambiándose al terminar la representación, pero no estaban solas en el edificio. La señora Mears dijo que había un chico mayor esperando en el vestíbulo, así que ella se fue, sabiendo además que el conserje pasaría más tarde para cerrar.

—¿Qué chico?

Dudó un instante.

—Edward. Su hijo.

—¿Ed?

—Le dijo a la señora Mears que acompañaría a Naomi a casa.

Me quedé de piedra. Así que Ed había estado allí y no nos lo había dicho. Ni tampoco Nikita.

—Por favor, continúe, señor Kopje.

Ted estaba rígido en su silla, con los labios apretados.

—Llámeme Michael. Nikita nos dijo que Naomi había quedado con un hombre. Quería esperarlo con ella, pero Naomi le dijo que no hacía falta, porque ya estaba Ed allí. Cuando la madre de Nikita recogió a su hija, el teatro estaba aparentemente vacío. ¿A qué hora volvió Ed a casa anoche?

—No lo sé. Me dormí.

Creí ver que Michael abría más los ojos al oír aquello. ¿Parecía yo una madre despreocupada que dejaba a sus hijos deambular por ahí, a cualquier hora de la noche y sin ningún tipo de control? No era mi intención quedarme dormida. A veces estaba tan cansada que el sueño me vencía apenas me sentaba. Pero no servía de nada dar ese tipo de explicaciones. ¿Qué importaba eso ahora?

–Al parecer, Ed se fue casi inmediatamente después que Nikita –dijo Michael.

–Y tendría que haberse quedado, el muy imbécil –susurró Ted.

Pulsé el número de Ed en mi teléfono, pero saltó el contestador. Michael prosiguió, como si no hubiera oído a Ted:

–Nikita me dijo que no sabe casi nada de ese hombre. Naomi lo mencionó por primera vez hace unas dos semanas. Según Nikita, podía haber estado allí en una ocasión, al fondo de la sala, pero nunca lo vio acercarse.

–Pero un extraño no pasaría desapercibido, ¿no? Alguien lo vería. –Cambié de posición en el asiento y me incliné hacia delante–. Si pregunta a los profesores…

–A eso iba ahora. La señora Mears nos dijo que una vez vio a un hombre sentado al fondo de la sala, durante un ensayo. Creyó ver a Naomi levantándose del asiento contiguo al suyo. Según parece, le dijo a Naomi que los amigos y los padres no tenían permitido asistir a los ensayos. Ella le dijo que no lo había invitado, pero que él había ido de todos modos.

Cuando Michael dejó de hablar, me pregunté si aquel hombre habría ido a la misma función que nosotros. Rebusqué en mi memoria, tratando de recordar si había visto a un extraño merodeando alrededor de la sala durante el descanso. ¿Había alguien junto a una de las columnas, una figura alta medio escondida, o una cabeza girada en el bar, alguien que mirara de soslayo hacia nuestro grupo? Quizá. Pero también podrían ser figuraciones mías.

–¿Y la señora Mears llegó a ver qué aspecto tenía?

–El fondo de la sala estaba a oscuras y él estaba sentado. Creyó que podría ser algún padre. –Nos miró a los dos–. ¿Les dijo algo Naomi de una relación nueva? ¿O sucedió algo que les pareciera a ustedes inusual?

Ted dijo que no al mismo tiempo que yo decía que sí. Michael se volvió hacia mí.

–No dijo nada, pero había algo diferente –dije despacio.

–¿Diferente en qué sentido?

–Estaba más callada. Solo me di cuenta después de uno de los ensayos. Volvió tarde y parecía muy distante.

–¿Distante?

Se quedó esperando con el bolígrafo sobre una página de su cuadernillo.

Me giré hacia los fogones de la cocina, donde Bertie estaba durmiendo en el suelo. Era el mismo lugar desde el que Naomi me había mirado de soslayo.

–Normalmente, hablaba mucho conmigo –dije–. De cualquier cosa. Esa noche me di cuenta de que había dejado de hacerlo. Creí que se debía al cansancio, con tantos ensayos y deberes, pero…

Me detuve durante un momento, recordando la hostilidad con la que había reaccionado al hablarle de los deberes y el silencio que siguió.

–Ahora que lo pienso, fue como si deliberadamente quisiera dejarme fuera de sus cosas.

Hubo una pausa. Solo se oía el leve rasgueo del bolígrafo, pero entonces Ted levantó de golpe la vista y su voz interrumpió mis recuerdos.

–La casa de campo –dijo.

CAPÍTULO 13

Dorset 2010. Un año después

Cierro la ventana para que no golpee de nuevo, me quito la ropa empapada y la dejo amontonada en el suelo; me pongo el pijama, unos calcetines gruesos y un viejo jersey. El piso de abajo de la casa de campo parece frío y vacío después de la calidez del bungaló de Mary. Deambulo de acá para allá; siento el cuerpo horriblemente vivo. ¿Qué se ha escapado o qué he permitido entrar? Algo ha conseguido abrir el borde de mi mente y ha dejado pasar colores chispeantes donde yo había creado un espacio negro y sosegado. Se está formando una imagen que exige ser plasmada. Detrás del escritorio está el viejo cuaderno de dibujo. Lo saco de inmediato, busco un lienzo en blanco y desparramo los tubos de pintura sobre la mesa. Quiero pintar el color y el ruido de la tormenta.

Algunos de los otros dibujos se escapan; uno cae al suelo. Lo recojo antes de que Bertie lo pise. Es el retrato de Naomi que nunca terminé. Su boca sonríe; hay un aire de triunfo en los ojos que no había notado antes. Dicen que a los más pequeños se les permiten cosas que prohibimos a los mayores. Le había dicho a Ed que no podía celebrar fiestas en la casa de campo, pero se lo permití a Naomi. Conseguía salirse con la suya en casi todo; esa fue su perdición.

Bristol 2009. Un día después

—Fue a la casa de campo la semana pasada —dijo Ted.

Miraba fijamente a Michael, quien había dejado de escribir y a su vez lo miraba con aire interrogativo.

–¿La casa de campo?

–Sí, perdón –dijo Ted rápidamente–. Los padres de Jenny iban a retirarse a una casa de campo que tenían en Dorset desde que se casaron, pero el padre murió. Su madre le regaló la casa hace poco. –Suspiró, impaciente–. Pues bien, dejamos que Naomi fuera allí el fin de semana pasado, antes de que empezara la obra. Dijo que necesitaba un respiro; quería ir con los compañeros del teatro para relajarse. En ese momento, nos pareció bastante razonable.

Recordé que al entrar en casa se había quedado en la puerta, muy callada.

–Estaba muy… preocupada cuando llegó a casa. No nos dijo mucho de cómo había ido el día.

Ted y yo nos miramos.

–¿Con quién fue? –preguntó Michael.

–Amigos del instituto. De la obra –dijo Ted–. O eso es lo que nos dijo. Un chico que es amigo suyo desde hace mucho. Y otros de los que actuaban. Nikita.

–¿Pasaron a buscarla?

Michael estaba de nuevo tomando nota.

–No, había quedado con ellos en otro lado –le dije angustiada. ¿Había sido así de verdad?

Ted y yo nos pusimos de pie al mismo tiempo.

–Necesito la dirección –nos dijo Michael levantando la mirada–. Y una llave.

–No hace falta –respondió Ted–. Voy allí ahora mismo.

Michael se metió el cuadernillo en la chaqueta y se levantó. Sacó el móvil y habló con alguien. Lo oímos pedir un conductor y dos agentes para que acompañaran a Ted a la casa.

–Estaré bien solo. Lo preferiría –dijo Ted con sequedad–. Si está allí, podría asustarse de ver aparecer a una tropa de policías.

Michael interrumpió su conversación telefónica. Dijo con calma:

–Si está allí y hay alguien con ella, es él quien podría dejarse llevar por el pánico.

Nos quedamos mirándolo sin decir palabra; algunas posibilidades imprevistas parecían flotar en el aire de la cocina, cobrando cuerpo. ¿Dejarse llevar por el pánico y hacer qué?

Mientras Michael se alejaba hablando por teléfono, me giré hacia Ted.

–Voy contigo –le dije.

–No has dormido suficiente.

Estudió detenidamente mi rostro.

–Por el amor de Dios, si solo son un par de horas. Puedo dormir en el camino.

–Quédate –dijo–. Por si acaso.

¿Por si acaso oía sus pasos apresurados en la puerta trasera? ¿Su voz anunciando a Bertie que había vuelto y que ya no tenía por qué estar tan mustio? Ahora, esas situaciones tan reconocibles habían adquirido el fulgor de los lujos imposibles.

Cuando sonó el timbre, Ted y Michael subieron y abrieron la puerta al policía que llevaría a Ted a Dorset. Oí voces, un portazo y los pasos de Michael que bajaban de nuevo a la cocina.

Encendí el hervidor y miré el reloj: la una y media de la tarde. Catorce horas. Y serían más cuando hubieran llegado a la casa de campo. Me pregunté si seguirían nuestra ruta habitual, la M5 hasta Taunton y luego atravesando la campiña por Chard, Axminster y Bridport. Después, los últimos cinco kilómetros hasta Burton Bradstock, con el mar a la derecha, entre las colinas. A esas alturas, los niños solían estar impacientes, con ganas ya de estirar las piernas.

–Lo siento, Jenny –dijo Michael con sencillez mientras nos dirigíamos a la mesa.

–¿Cómo van a encontrarla? –Mi tono de voz se elevó, incontrolable–. ¿Qué pasa con el violador? Cada segundo…

–No es el violador –interrumpió Michael–. Lo cogieron hace diez días. Está detenido. Estamos haciendo todo lo que puede hacerse en este momento. Hemos tomado huellas en el camerino, en el teatro, en los asientos y en los vestuarios. Se está interrogando a sus amigos.

Me miró para asegurarse de que lo estaba escuchando.

–Estamos preguntando a los vecinos y en el instituto si vieron algún coche por la zona a esas horas y comprobando las cámaras de videovigilancia de todos los aparcamientos cercanos y de las carreteras que salen de Bristol.

Lo observé mientras seguía desgranando la lista; sus ojos grises estaban serios.

–También estamos haciendo un retrato robot a partir de la descripción de la señora Mears. Aparecerá hoy en televisión, en las noticias de las seis. Nos lo estamos tomando con la máxima seriedad.

Eso hacía que todo fuera mejor y también peor. Me deslizaba por una pendiente hacia un lugar en el que nunca había estado, con las manos extendidas, tratando de aferrarme a lo que fuera.

Michael se acercó al hervidor, encontró la jarrita, luego la leche y preparó dos tazas de café. Me pasó una y nos sentamos de nuevo el uno frente al otro en la mesa de la cocina, todavía llena con los paquetes de cereales, el brik de zumo, los cuencos sucios y las tazas de té frío.

–Estamos dando algunas cosas por supuestas –dijo–. Pero hemos de considerar otras posibilidades, por improbables que sean.

–¿Otras posibilidades?

–Hay varias. En primer lugar, también hay posibilidades buenas.

Levanté rápidamente la vista.

–¿Qué quiere decir con «buenas»?

–Que esté con un amigo o una amiga, que esté durmiendo o simplemente que se haya tomado un respiro.

–Naomi nunca haría eso. Además, todavía le quedaba una representación…

–¿Y no podría ser que la presión…?

–No.

Negué con la cabeza. Deseaba creer lo que decía, pero por mucho que Naomi pudiera haber cambiado, a pesar de todo lo que podía habérsenos escapado, sabía que no habría dejado la obra de esa forma.

–Veamos, pues, otras opciones. Pasó un rato con el hombre desconocido o tal vez ni siquiera se vieron.

Lo que ahora me insinuaba era que podría haber sido secuestrada en el teatro o en el camino a casa por alguien completamente diferente, algún tipo brutal, por un capricho del destino.

Lo observé en silencio. ¿Quién sería peor? ¿Alguien que se hubiera hecho amigo suyo con la intención de hacerle daño o algún extraño que, oculto en las sombras, la hubiera acechado fuera del teatro o quizá ya por la calle? Me puse de pie, pero sentía tal debilidad en las piernas que hube de sentarme de nuevo.

–¿Se le ocurre algún detalle fuera de lo normal? ¿Algo que pudiera haber pasado por alto o que no le pareciera relevante por haberse acostumbrado a ello? ¿Algún enemigo?

Me pasó un cuadernillo y un lápiz. Sostener el lápiz entre los dedos me serenó.

Lo miré; sabía cómo ayudar, pero la expresión triste de su boca, con las comisuras caídas, me revelaba que esa parte de su trabajo no le gustaba.

–Está acostumbrado a esto –dije–. Sabe lo que hay que hacer.

Sonaba a acusación. Me di cuenta de que sopesaba la respuesta con cuidado.

–Sí. Pero cada vez es diferente. Como su trabajo. Seguro que ve a mucha gente con el mismo tipo de enfermedad, pero ningún caso es igual a otro, no hay una rutina invariable.

Tenía razón, por supuesto. Asentí y abrió su cuadernillo.

–¿Quién vive aquí al lado?

–Son pisos. La gente va cambiando. La mayoría son parejas jóvenes. La verdad es que no los conocemos.

–¿Y enfrente?

–La señora Moore y su hijo, que tiene síndrome de Down.

Michael también anotó el dato.

–¿Alguien más?

Enemigos, había dicho. Pensé en el marido de Anya, que torcía el gesto al verme cada vez que traía a su mujer. O en los ojos del señor Price la última vez que lo había visto. Con los amigos era más fácil. Nikita. Y muchos otros compañeros del instituto, aunque el único que me venía ahora a la cabeza era el chico que la había ayudado con las matemáticas, James. El mismo con el que había ido a la casa de campo, según nos había contado Naomi, y el mismo que le había dado el anillo.

Empecé a escribir mi lista lentamente; me costó mucho poner

orden en mis pensamientos. Cuando sonó el teléfono, me sobre-salté y mi corazón empezó a latir con violencia, pero Michael se acercó rápidamente para contestar.

—Sin comentarios —dijo secamente tras una breve pausa. Y luego otra vez—: Sin comentarios.

Al colgar, se volvió hacia mí.

—Los medios no van a dejarles en paz.

Estaba claro que también se había enfrentado con este tipo de situaciones.

—De momento, les prepararé un comunicado pidiendo respeto para su intimidad.

Lo miré fijamente. Lo único que me importaba era Naomi, ver-la, oírla, tocarla, abrazarla. La intimidad parecía por completo irrelevante.

Terminé la lista, se la di y se levantó para irse. Yo no quería que se fuera; todo parecía menos desesperado con él allí. Dijo que vol-vería al cabo de dos o tres horas.

Después de que se marchara, me quedé sentada durante mucho tiempo, mientras un tropel de pensamientos incoherentes cruzaba por mi cabeza. Al final me levanté, entumecida, y miré el reloj. Dieciséis horas ya desde que debía haber vuelto, veintidós desde que había salido por la puerta. Justo entonces, recordé su voz diciendo adiós, pero lo extraño es que no conseguía recordar si yo también le había dicho adiós a ella.

CAPÍTULO 14

Dorset 2010. Un año después

Aplico un lavado verde sobre el papel y luego mezclo verde vejiga con carmesí para obtener un verde grisáceo, pero el color es demasiado frío y yo quiero que sea más brillante, más oscuro, más denso. Pongo entonces una capa de verde viridiana y de tierra de sombra natural. El púrpura y marrón oscuro del mar se eleva hasta la línea del cielo, como si fuera a engullirlo. Punteo espuma blanca a lo largo de la cresta de una ola, pero mi interés principal son las formas oscuras y agitadas del agua. Mientras la pintura cobra forma, siento la cuerda que me ofrece. La imagino áspera de sal y húmeda al tacto. Me detengo de vez en cuando para echar leña al fuego, beber vino, comer un sándwich mientras me paseo de aquí para allá.

Algo después de la medianoche, la pintura me deja ir. El parpadeo de las llamas se debilita y en el cuarto reina una sensación de calidez y seguridad, pese a que afuera la tormenta sigue desatada. El año pasado, nuestras vidas quedaron destruidas en una tormenta furibunda y despiadada. Traté entonces de mantenerme firme porque pensé que la encontraríamos, y también por los chicos. Theo y Ed me hicieron seguir adelante.

Bristol 2009. Un día después

Theo volvió del instituto a última hora de la tarde. Traía *fish and chips* en una bolsa de papel blanco traslúcida por la grasa, y el olor a vinagre me revolvió de nuevo el estómago. Cuando sonó el teléfono, las náuseas me sirvieron de pretexto para subir al piso de arriba y evitar que Theo oyera la conversación.

La voz de Ted sonaba cansada.

—La casa está vacía. Aquí no hay nadie, ni lo ha habido en las últimas veinticuatro horas.

De modo que allí no se la habían llevado. Esperé.

—Pero ella sí estuvo aquí. La semana pasada, como nos dijo. Lo que sucede es…

—¿Sí?

—Ella… Ellos…

—¿Qué? —Me ardía la cabeza de impaciencia.

—Alguien ha dormido en la cama. Hay una mancha. Llega hasta el colchón.

—¿Dormido? Pero si no pasó allí la noche.

Entonces mi cerebro procesó el resto de sus palabras.

—¿Una mancha, dices? ¿A qué te refieres? —pregunté con voz temblorosa—. ¿Qué clase de mancha?

—Sangre.

—Dios mío.

Por un instante, fui incapaz de articular palabra.

—Dicen que tiene varios días. Y también hay manchas en el suelo.

Hablaba con serenidad. Debía de haber alguien cerca, quizá escuchando lo que decía.

—Se puede saber cuánto tiempo tiene por el color. Eso es lo que dice este agente. Es de la policía científica. Y el vino de las copas se ha secado. No hay duda de que lleva allí más de un día y una noche.

—¿Vino? ¿Qué vino?

No sabía a qué se refería.

—Hay una botella al lado de la cama, y dos copas.

¿Copas de vino al lado de la cama? Si ella nunca bebía alcohol. Olía a vino cuando llegó del ensayo general y en la cena que celebramos tras la primera representación, pero entonces pensé que seguramente sería porque todos estaban bebiendo. Creía que ella odiaba el alcohol.

—Debieron de ser los amigos con los que fue. Algunos de los chicos que conoce son mucho más… mayores.

Mientras lo decía, me vinieron a la mente las niñas que venían a la consulta, embarazadas ya a los doce años. Pero Naomi no era así. Nunca había tenido novio. Así se lo había dicho a la policía. No era posible que se hubiera acostado con nadie.

—No vino con amigos. —La voz de Ted sonaba áspera—. Eso fue otra mentira. Solo hay dos tipos de huellas de los pies. Solo estuvieron ella y ese hijo de puta. ¿La notaste preocupada cuando llegó el otro día? No me extraña. ¡Estaba traumatizada!

Hizo un ruido ronco al tomar aire.

—Primero la emborrachó…

Pese a la revulsión que me provocaban aquellas palabras, traté de ver más allá.

—Si es lo que pasó, entonces es positivo. —Me oí decir—. Beber juntos es una buena señal.

—¿Qué? ¿Es bueno que estuviera borracha cuando la violó?

Su fría incredulidad me hizo estremecer.

—No.

Tenía un aire tan callado, allí parada en la puerta.

—La vimos cuando volvió de la casa. Me habría dado cuenta si algo malo hubiera ocurrido. Estaba muy calmada…

Hablé más rápidamente, más convencida de lo que decía:

—Piensa un momento. Si tomas vino cuando estás en la cama con alguien es porque estás relajado, charlando. Disfrutando…

Ted me interrumpió:

—Un equipo local llegó hace una hora. Están tomando muestras, huellas, fotos, ADN.

Seguía pensando en las copas de vino. Él le habría servido una copa, la habría rodeado con el brazo; ella habría tomado un sorbo, sonriéndole, fingiendo que le gustaba.

—El vino significa que a ella le gustaba —proseguí sopesando las palabras—. Hay sangre porque fue… su primera vez. Por tanto, si ahora está con la misma persona, no va a hacerle daño, y no se lo hará porque… hicieron el amor.

Las palabras sonaban ridículas, fuera de lugar. Pero el amor era mejor que la violación, mejor que el asesinato.

—Despierta. Claro que debe estar con la misma persona, pero

eso no la hace menos peligrosa. Todo debe formar parte de un plan y eso no fue más que el comienzo –replicó con un temblor en la voz.

Hubo un silencio y luego Ted me dijo que iban a traer a otro equipo. Interrogarían a todos los vecinos del pueblo, casa por casa. Todo iba a alargarse más de lo que él había supuesto. Pensé entonces que ojalá hubiéramos conocido a más gente del pueblo, pero nunca nos habíamos quedado lo suficiente para hacer amigos. Nuestra prioridad siempre había sido estar en familia y aprovechar al máximo el tiempo que Ted podía pasar con nosotros. Ahora deseaba haberme relacionado más, así habría habido alguien a quien preguntar si había notado algo inusual, o si había visto extraños merodeando por el pueblo.

Regresé a la cocina. Cuando el teléfono empezó a sonar, descolgué el auricular, pero al oír la voz chillona de un periodista que se apresuraba a presentarse colgué de inmediato. El teléfono volvió a sonar enseguida. No hice caso.

Ed entró. Se quedó parado al verme y por un momento pareció asustado. Lo abracé. Tenía los ojos inyectados en sangre. ¿Había estado llorando? Se quedó completamente inmóvil, con los músculos en tensión.

–No pasa nada, Ed. Todo irá bien.

–No hay nada que vaya bien.

Se liberó de mi abrazo y se alejó. Cuando se sentó en el sofá, me senté a su lado. Entonces se levantó y se sentó en la silla. Oí que Theo abría la puerta de la nevera.

–Pasara lo que pasara, estoy de tu parte –le dije con suavidad.

–¿Qué quieres decir?

–Michael Kopje, un policía, vino a vernos. Según parece, le dijiste a la señora Mears…

–¡Joder!

–No tienes por qué contármelo ahora.

–Ah, ¿no?

–Seguramente, te necesitarán para repasar lo que sucedió. Desde luego, quiero saber qué pasó con Naomi…

–¿Lo ves? Nunca puede uno fiarse de lo que dices. Nunca.

Esperé, observando la ira que ardía en su cara.

Bajó la cabeza.

–Le dije a la señora Mears que acompañaría a Nik y Naomi a casa. Mientras estaba en el baño, apareció Shan y se llevó a Nik.

–Sí, ya lo sé.

–Después, mientras Naomi se cambiaba, me gritó a través de la puerta que me podía marchar. Me dijo que iba a venir un amigo y que él la acompañaría. Me obligó a irme.

Me arrodillé frente a él y le cogí los brazos.

–No es culpa tuya, Ed… o es culpa de todos, mía y también de papá. Naomi siempre consigue que la gente haga lo que ella quiere.

Al decirlo, me di cuenta de que era cierto y eso me dio esperanza. Quizá pudiera convencer a quien se la hubiera llevado de que la liberara. Ed desvió la mirada.

Theo se apoyaba contra la pared con aspecto fatigado.

–La señora Mears ha dimitido –dijo.

Me levanté y me volví hacia él.

–¿Por qué?

A mi espalda, Ed se levantó y salió de la habitación.

–Se supone que siempre ha de haber un profesor con los chicos mientras estén en el teatro. Debe de sentirse fatal… –Su voz se fue apagando.

Sentí náuseas otra vez. De modo que la señora Mears era consciente de que si ella hubiera actuado de otra forma Naomi no habría desaparecido. Pero, por muy culpable que se sintiera, nada era comparable al terror que Naomi podía estar experimentando. Ni a la angustia que soportábamos nosotros. Sentí una cólera abrasadora en mi interior, pero sabía que eso no iba a serme de ayuda, porque entonces tendría que enfadarme también con Ed, y esa rabia inútil no haría más que agrandarse hasta no dejar espacio para nada más. Tenía que mantener la cordura.

–Nadie me dice nada. –Theo parecía desconcertado–. Nadie quiere hablar conmigo. Es muy raro.

Intenté explicárselo:

–Creen que deberían decir algo, pero no saben cómo hacerlo, así que se sienten incómodos. Eso no quiere decir que no les importe. A lo mejor deberías dar tú el primer paso.

—Ya lo he intentado, pero dos chicos, por ejemplo, se largaron. Es como si yo tuviera alguna enfermedad y tuvieran miedo de infectarse.

Lo abracé enseguida. Era mejor que seguir hablando. No tenía palabras que le hicieran sentir mejor. No podía decirle aún lo que habían encontrado en la casa de campo. ¿Para qué preocuparlo si todavía no sabíamos qué sentido darle a todo? A las seis vimos las noticias. Aunque yo miraba y escuchaba, solo era capaz de entender fragmentos. «Naomi Malcom… Vista por última vez tras su actuación en una obra del instituto la noche pasada… La policía busca a un hombre de cabello moreno, en la veintena o quizá de treinta y pocos años, para dilucidar si está relacionado con los hechos…». Y luego su fotografía, otra imagen del instituto que yo no había visto nunca. Parecía incluso más joven. La sonrisa amplia, no esa nueva media sonrisa. Los ojos abiertos y confiados. No lo serían ahora. Apagué el televisor. Para el resto del mundo, solo era la hija de otra persona.

No quedaba gran cosa en el armario de la cocina, pero de todos modos nadie tenía hambre. Le preparé a Ed un sándwich y se lo comió en silencio. Cuando los chicos hubieron subido, di vueltas y más vueltas por la cocina, enredándome en una madeja tan apretada que me sentí a punto de romperme, como un sedal muy resistente que se hubiera tensado al límite.

—Ayuda… ayuda —susurraba una y otra vez, cerrando y abriendo las manos, sudorosa, anegada en desesperación.

Todavía estaba en la cocina cuando llegó Ted, mucho más tarde. Fue directo al mueble bar y sacó una botella de *whisky* del fondo. Bebió deprisa, levantando con brusquedad el vaso.

—Ya tienen lo que necesitan; lo están analizando. Debe de ser estúpido. Ha dejado huellas por todos lados. Hasta se veían en la botella de vino.

Bebió de nuevo, dejó el vaso en la mesa y me miró por primera vez. Entornaba los ojos.

—Vamos a cogerlo. Podría haberse largado a cualquier lado con ella, pero ahora vamos a poder cogerlo.

—¿Y la sangre?

—No había demasiada. Casi todo eran manchas.

No demasiada sangre. No le habían hecho daño. Yo lo hubiera sabido. Hacía apenas una semana, se había mostrado muy callada. Escondía un secreto, no una herida. ¿Qué le pasaba por la cabeza? Movía los labios: ¿estaría diciendo el nombre de él?

Había cólera en la voz de Ted.

—He estado pensando en quién podría hacer algo así. Lo normal sería que fuera alguien débil, alguien que desea demostrar al mundo que puede tener lo que le apetezca, como sexo con una jovencita en el territorio de sus padres. Ella debió de sentirse halagada. No se dio cuenta de que todo el tiempo él se estaría diciendo: qué fácil es esto. La primera parte del plan.

—No corras tanto. —Le cogí la mano; estaba temblando, como la mía—. ¿Qué plan?

—Por algo lo llaman «captación de menores». Está claro que lo tenía todo planeado.

Ahora hablaba en susurros y respiraba con cortos jadeos:

—Acostarse con Naomi en la casa solo fue la primera parte. Debió de hacerlo para tener ascendiente sobre ella y que saliera con él tras la función, sin sospechar nada.

Ted debía de haber reflexionado sobre todo aquello durante el largo viaje de regreso. Ahora sus palabras salían de estampida, como si ya no pudiera contenerlas más:

—Cuando ella se diera cuenta de su error, ya sería demasiado tarde. Se la habría llevado a muchos kilómetros de distancia. Podría estar prisionera en cualquier parte. Y, a partir de ahí, él ya puede hacerle daño como más le apetezca. Violarla. Matarla.

Al menos, Ted decía todas aquellas cosas en voz baja. Fui hasta el pie de la escalera y escuché. Todo estaba en silencio. Los chicos dormían. Me pregunté cómo olería la casa de campo vacía cuando llegaron. Quizá las cortinas estaban corridas y el desorden de la habitación se les había revelado de golpe, al descorrerlas Ted. Tal vez hubiera moscas zumbando en los alféizares de las ventanas o muertas en los posos de las copas. El viaje de vuelta debió de parecerles eterno, e insoportable la espera en la cola del puente colgante del río Avon. Ted tenía una mirada atormentada. Lo abracé.

–Quizá sucediera de otro modo –susurré–. Quizá no fuera así en absoluto. ¿Por qué no podría quererla de verdad? Si la quiere, no le hará daño.

Ted no respondió y mis palabras de esperanza se desvanecieron en el silencio como si nunca las hubiera pronunciado.

CAPÍTULO 15

Dorset 2010. Un año después

El viento vuelve a arreciar más tarde. Me despierta de improviso la vibración de la ventana, estremecida como yo en pleno sueño. Unos golpes recios. El sonido del agua. Estoy soñando el recuerdo de otro sueño. Luego un estallido desgarra la noche. Todo tiembla como si fuera a hacerse añicos. Escucho, paralizada. Algo se ha roto ahí fuera. A pesar del ruido y del miedo, floto a la deriva por la superficie del sueño, consciente de que mis manos están abiertas y se mueven por la sábana, buscando.

Hay en la mañana algo diferente: la ausencia de sonido, la luz de un brillo desacostumbrado. Miro por la ventana y el jardín ya no está. Un sol inusitadamente radiante para la estación se derrama sobre el desastre. Todo está lleno de trozos de corteza y de fragmentos desgajados de los troncos. El manzano ha desaparecido, deshecho en pedazos que la tormenta ha diseminado. Han caído grandes astillas de madera sobre los muros del jardín y los groselleros. La puerta se ha hecho trizas.

En el garaje hay una vieja sierra. Pende de un gancho, al lado de un hacha engrasada y con el filo todavía cortante, inmaculada, como a mi padre le gustaba conservar todas sus cosas. Un petirrojo picotea en un destrozado círculo de césped, al pie de un árbol cuyas rugosas y retorcidas raíces apuntan ahora al cielo. Bertie husmea entre las relucientes ramas caídas, levanta la pata junto al muro y se instala al lado de la puerta rota. Tras un rato serrando los fragmentos de tronco más grandes, me quito el abrigo y luego el jersey. Las manos resbalan de sudor mientras manejo la sierra adelante y atrás. El olor a turba de la madera húmeda recién cortada me recuerda al de las hogueras antes de arder, y también cuando de niña me escondía entre los arbustos antes de acostarme. Las ramas oscuras y sinuosas de la copa agitan otro recuerdo que no soy capaz de precisar. La tarea se prolonga bajo la luz cambiante de la mañana. A mis pies, un pajarillo brinca y aletea, mira a su alrededor y sigue picoteando. A mediodía bebo agua y continúo hasta que ya no puedo cerrar los dedos alrededor del mango y me sangra la piel de las palmas.

Tras desprenderme de las botas embarradas en la parte de atrás, frente a la puerta abierta, entro en la casa. Las habitaciones parecen como lavadas por el aire fresco de la tormenta. Se ve una mancha amarilla por el vidrio de la puerta principal. Alguien ha dejado un ramillete de crisantemos en el peldaño de entrada, junto con cuatro huevos encajados en un envase de helado. Debe ser cosa de Mary. Mientras pongo las flores en una botella de leche, las manos me tiemblan de cansancio. Cojo uno de los huevos; hasta su forma transmite calidez. No recuerdo cuándo fue la última vez que me comí un huevo. ¿Hace un año? Tiene motitas, una pluma suave y diminuta pegada a la tersa cáscara y una leve pincelada de barro. Lo hiervo de inmediato y me lo como; luego hiervo otro y después otro más. No tengo mantequilla ni huevera donde servirlos, así que los pelo y los emparedo entre rebanadas de pan trabajosamente untadas con una pasta Marmite endurecida por el tiempo. He encontrado el tarro al fondo de un armario. Tiro las cáscaras de huevo y las migas a la basura, y de pronto surge ante mí, como una quemadura, la carita pecosa de Naomi a los dos años, con sus tiras de pan tostado untadas de Marmite.

Mary está mejor o no habría sido capaz de traer estos obsequios. Salgo rápidamente, para no tener tiempo de cambiar de opinión. La puerta de su casa está abierta y se oyen voces dentro. Retrocedo, pero Mary ya me ha oído.

–No te escapes –grita.

En la mesa, hay coloridos ramos de flores envueltos en papel celofán y una pila de pasteles. Los lugareños se han enterado de que Mary no se encuentra bien. Está sentada a la mesa, lleva delantal y sus mejillas tienen un tono rosado pardo, no como ayer, que estaba blanca como el papel. Un hombre fino como un pájaro está de pie en el centro de la habitación, comiendo pastel y dejando un rastro de migas. En la mesa hay un joven de pelo oscuro fumando un cigarrillo liado mientras con ambos pulgares teclea velozmente un mensaje en su teléfono. Me lo presentan como el nieto de Mary, Dan. Me saluda con la cabeza, mirándome con los ojos entornados para protegerse del humo. El hombre pájaro se acerca y me tiende la mano con entusiasmo.

–Derek Woolley. Un vecino. Abogado retirado y campanero jefe –dice con risa afectada.

–Jenny.

Su apretón es flojo; me mira sin dejar de mover los ojos de un lado a otro, como si quisiera atrapar secretos en fuga. Sé que sus preguntas serán indiscretas. Estoy cansada de la fealdad del fisgoneo.

–Bueno, Jenny, ¿cuánto tiempo lleva aquí? Por supuesto, ya la había visto alguna vez con su familia, en fines de semana…

No recuerdo haber visto a este hombre en aquella época. Y, desde que estoy aquí, giro la cabeza cuando me cruzo con alguien por la calle.

–Unos meses –le contesto mirando a la puerta.

¿Cuándo podré escaparme?

–Fue Jenny quien me ayudó ayer, Derek. Me recogió cuando estaba en el suelo –dice Mary sin dejar que se alargue el silencio.

–Ah, así que usted es la buena samaritana. Siempre he querido preguntarle…

–Llaman al timbre. Ya han empezado. Tienes que darte prisa. –Mary sostiene la puerta abierta–. Diles que yo me pasaré el lunes. Entonces ya estaré mejor.

Derek Woolley se encoge de hombros, vacía su taza y coge otro trozo de pastel mientras se despide de mí con un breve gesto de la cabeza.

–Siéntese, querida –me dice Mary cerrando la puerta.

Dan viene de Bridport, donde está acabando la secundaria, y se ha pasado a ayudar con el jardín. Mary me pregunta si también yo necesito ayuda; anoche oyó cómo se caía el árbol. Cuando me levanto para irme, Dan, que sigue enviando mensajes, me abre la puerta. Hay algo en su cara, inquieta y todavía sin formar, que me recuerda a Ed.

Cuando vuelvo a casa, el juego de luces y sombras ha cambiado; al mirar afuera me doy cuenta de que las curvadas ramas del manzano dibujan un motivo. Entonces, durante un segundo, veo entre ellas el rostro de Naomi. Claro, eso era lo que me recordaban las sinuosas ramas caídas. Naomi medio oculta entre ellas. Desnuda. Las fotografías de Theo.

Bristol 2009. Dos días después

El sábado 21 de noviembre, Michael Kopje y dos colegas estaban ya en nuestra cocina a una hora temprana. Ted estaba sentado, todavía cansado por el viaje del día anterior a la casa de campo. Tenía la piel pálida y los ojos inyectados en sangre. Ninguno de los dos había dormido más de una hora. Yo había preparado el desayuno y había recogido la mesa. Después me había cepillado el pelo. Mi cabeza estaba vacía, lo cual era bueno; necesitaba una página en blanco en la que escribir un plan, una página no contaminada por el miedo. En las urgencias médicas, había una secuencia de actuación que podías recordar por sus iniciales. No dejes que las emociones te hagan perder el tiempo, nos habían enseñado de estudiantes; limítate a seguir la secuencia ABC: A por apertura de las vías respiratorias, B por búsqueda de la respiración, C por circulación. Piensa, no sientas. Cogí unas tazas y preparé el té. Piensa una lista.

Michael nos observaba con atención. Hablaba despacio. Quizá creyera que no estábamos en condiciones de entender lo que decía. Estaban siguiendo todas las pistas de la casa de campo y recabando información de los vecinos. A la anciana que vivía enfrente le había parecido ver un coche aparcado fuera de la casa durante un rato, pero no estaba segura. Nadie había visto a Naomi ni a ninguna otra persona. Se habían tomado muestras de ADN de las sábanas y las toallas y habían conseguido las grabaciones de las cámaras de videovigilancia de los aparcamientos. Michael había venido para revisar la habitación de Naomi y, después, otra vez el resto de las habitaciones de la casa. Quería hablar con Theo y con Ed de forma separada, en la comisaría, y en presencia de una persona de apoyo, como era de rigor. Formaba parte del procedimiento. Nos presentó a sus dos colegas, Ian, un hombre corpulento que andaría por la treintena, y Pete, un joven jamaicano. Iban a ayudar en el registro, que podía durar todo el día.

Ted dijo que tenía que ir al hospital. Hubo un corto silencio tras sus palabras. Para mí eran normales, pues las había pronunciado incontables veces, pero la reacción de Michael fue asentir respetuosamente. Pete pareció impresionado.

Lo seguí afuera y al salir cerré la puerta.

–¿De verdad tienes que irte?

Me miró, pero ya tenía la cabeza en el hospital. Me di cuenta de que esa sería su forma de enfrentarse a lo sucedido.

–Pues claro que sí –replicó–. Estoy de guardia.

–Por Dios, Ted. Que alguien te sustituya –dije aferrando con más fuerza el picaporte de la puerta.

No parpadeó.

–Si voy, solo será una hora. No quiero pedir demasiados favores a los compañeros en esta fase y luego no poder disponer de ellos.

Entendía el argumento, como de costumbre, pero eso no justificaba su actitud.

Desperté a Theo y a Ed, y les expliqué lo que sucedía. Ed volvió a dormirse; Theo se despertó enseguida y se incorporó, la frente arrugada por la preocupación.

Conduje a Michael hasta el cuarto de Naomi. No había tocado nada, tal como me habían pedido, pero tampoco lo habría hecho de todos modos. No soportaba la idea de cambiar las cosas y que no estuvieran como ella las había dejado. Ahora, al verlas con la mirada de Michael, deseaba esconder aquel revoltijo de ropa interior para mí desconocida y el maquillaje desparramado. Podía sentir cómo sus ojos tomaban nota de todo, el pintalabios rojo que sobresalía del tubo de punta redondeada, tumbado de lado sobre el pequeño charco de base de maquillaje, el sujetador de encaje, el tanga, la cama deshecha. Pero esa no era la verdadera

Naomi. La Naomi de verdad, quería explicarle, estaba en el violonchelo apoyado en la pared, en las fotografías de Navidad y de Corfú con marcos de concha que ella misma había tomado, en las pulseras brasileñas que guardaba en el cuenco, en las hojas secas otoñales de detrás del espejo. Le encanta el otoño, quería decirle a Michael. Colecciona hojas, como una niña. Solo es una niña. El sujetador debe de ser de alguna amiga, y también el tanga. No pueden ser suyos. Nunca los había visto.

Pero lo cierto era que tampoco había visto los zapatos, los de tacones altos con tiras. Por no mencionar ese olor a alcohol y cigarrillos, o la manera como se había alejado de mí y me había dejado con la palabra en la boca. ¿Qué se me había escapado? ¿Qué claves debía descifrar antes de que fuera demasiado tarde?

Michael levantó el brazo para rebuscar entre los libros, solicitando mi aprobación con la mirada. Yo asentí. Sacó los libros uno por uno y sacudió las hojas. Tras recorrer un tercio del segundo estante de abajo, extrajo un cuadernito que yo no había visto antes. La brillante cubierta tenía motivos floreados. Cuando Michael lo hojeó, vislumbré la letra redondeada de Naomi en el interior. Parecía un diario. Quería arrancárselo de las manos. Los pensamientos de Naomi, si eso era lo que había allí escrito, no pertenecían a Michael. Eran de ella, míos para custodiarlos en su ausencia. Tendí la mano.

–Tengo que revisarlo –dijo Michael con tranquilidad.

–Yo también.

–Lo siento, pero…

–Por favor, ¿puede dármelo?

Tenía el brazo estirado al máximo, los dedos de la mano temblaban.

–Sé cómo se siente –dijo.

–No, no lo sabe.

No diga eso, continué para mí misma. Usted nunca ha perdido a un hijo. Lo miré. Tal vez ni siquiera tuviera hijos; tenía la mirada indemne del hombre sin hijos.

–Tiene razón. –Parecía arrepentido–. Por supuesto que no sé exactamente cómo se siente, pero aquí podría haber pistas cruciales.

Quizá las cosas de Naomi habían dejado de pertenecerle; quizá estaba bien permitir que unos extraños saquearan sus secretos si eso ayudaba a encontrarla. Por hallarse ausente, había renunciado a su derecho a la intimidad. Piensa. No sientas. ABC.

–Puede echar un vistazo antes, desde luego. –Me pasó el cuaderno–. Pero después tendré que llevármelo. Es una prueba. Lo siento.

¿Acaso pensaba que yo alteraría algo, que rompería páginas? ¿Era yo capaz de algo así?

Me senté en la cama a leer las palabras de Naomi. Empecé a pasar las hojas. La letra era más pequeña y apretada de lo que recordaba. Mis ojos escaneaban las líneas. La primera entrada databa de hacía casi dos años. Enero de 2008. Algo sobre regalos de Navidad. Abrí el cuaderno por otro lado. Agosto de 2009. Hacía tres meses. Vi las palabras *papá* y *hospital*. Fui hasta la última página en busca de algún nombre, algún lugar, cualquier cosa que abriera una vía para investigar. Sus últimas palabras:

Casa de campo mañana. J. 10 semanas.

Debía de haberlo escrito hacía solo una semana. ¿J? ¿Y diez semanas para qué?

Atrás una página. Una colección de corazones dibujados a lápiz que encerraban tres letras: XYZ. La X y la Z estaban escritas en negro, la Y central en rojo, con un pequeño corazón que tocaba apenas la punta de la horquilla. Sin nombres. Sin fechas.

Primer partido de hockey *fuera. Novillos en ciencias, coger cigarrillos liados.*

¿Naomi saltándose la clase de ciencias? Si le encantaban las ciencias. ¿Y fumar? Dejé de leer por un instante, presa del vértigo. Estas anotaciones las podía haber escrito una perfecta desconocida. Eché una ojeada a la habitación y mis ojos se detuvieron en el pequeño espejo. Ella había visto su cara reflejada en él hacía solo dos días. ¿En quién se estaba transformando a medida que se maquillaba?

Más atrás:

Theo recibió una mención honorífica. Gracias a mí.

Sus fotos en el árbol. Esta parte tenía sentido.

XYZ. Despúes de clase. Decírselo a N.

Las mismas letras otra vez. Después de clase… ¿La obra? ¿Podrían ser palabras o escenas de la obra que debía aprenderse? Y la N, ¿sería Nikita? Nikita se había mostrado tan callada, tan rara cuando la habíamos visto la otra noche. ¿Qué más sabía?

Michael buscaba ahora en el ropero, apartaba la ropa colgada, cogía los zapatos y les daba la vuelta. Después cruzó la habitación hasta la cómoda, abrió los cajones uno tras otro y metió la mano bajo la ropa. Tenía que darme prisa. Retrocedí más páginas y vi una lista de fechas y horas que comenzaban a partir del agosto anterior, en las vacaciones del instituto. Las mismas iniciales. Y otra nueva: una K.

XYZ. K casi terminada.

En agosto no podía tratarse de la obra. Había hecho algunas tareas de clase en vacaciones. ¿Era una clave para referirse a alguna de ellas?

Michael se sentó a mi lado en la cama.

—No encuentro nada que pueda entender, aunque la N quizá sea Nikita —le dije—. Lo único claro es que fumaba y que hizo novillos en ciencias.

Michael me miró y luego giró la cabeza. Me compadecía, pero no quería que se le notara. Señalé una página:

—Hay grupos de letras que se repiten. XYZ. ¿Será algún código? Son las últimas letras del alfabeto y podrían tener un significado especial. K casi terminada: ¿alguna tarea de clase casi terminada?

Michael examinó con atención las palabras.

—¿Iniciales de amigos o de lugares?

Negué con la cabeza. No lo sabía. Me cogió con suavidad el cuaderno y lo metió en una funda de plástico.

—Lo fotocopiaré y se lo devolveré. Mientras tanto, piense a ver si se le ocurre algo.

En ese momento, llamaron a la puerta. Ian entró. Parecía emocionado.

—Ven a ver esto —dijo sin aliento.

Lo seguimos al piso de abajo.

Ian había encontrado las fotografías de Naomi desnuda entre el ramaje. Michael las examinó con el ceño ligeramente fruncido.

En ese instante, Theo salió del cuarto de baño. Su cara, mojada aún por la ducha e indefensa tras el sueño, adquirió una sombría expresión de incredulidad al darse cuenta de que sus fotografías lo estaban precipitando a una pesadilla. Explicó el tema de su proyecto y cómo Naomi había querido participar en él. Ian, con ojos entornados, pidió a Theo que repitiera lo que acababa de decir. Se notaba que no le creía.

—Puede preguntarle a Nikita —dije rápidamente, acercándome a Theo—. Ella estaba presente y se lo dirá.

Michael salió para telefonear a Shan. Lo organizó para que nos encontrásemos todos en la comisaría. Dijo que era el mejor lugar para descartar algunas cuestiones. Pero a mí todo aquello solo me provocaba una ardiente impaciencia, porque pensaba que no haría sino retrasar la búsqueda.

En mi imaginación, veía pasar ante mí un coche con Naomi en el interior, con la cara pegada a la ventana. Habría podido detenerlo en el momento en que pasaba por delante, pero se había alejado demasiado y ya era tarde. No, si corría aún podría detenerlo. Demasiado tarde también. Y así, eternamente, era ya demasiado tarde, demasiado tarde, demasiado tarde… El sentimiento de desesperación se repetía en bucle mientras yo conducía hasta la comisaría, y el pequeño coche imaginario que se llevaba a Naomi se perdía más y más en la distancia, hasta convertirse en una manchita y desaparecer.

En la comisaría, Shan y yo nos sentamos la una junto a la otra en el exterior de las dependencias en las que, de forma separada, nuestros hijos estaban siendo interrogados en presencia de un voluntario dedicado a labores de apoyo, tal como marcaba la ley.

Shan miraba fijamente a la puerta cerrada que tenía delante y hablaba con voz serena:

—Sé que estás pasando un horror, Jenny, pero no arrastres a él a Nikita. Ya te ha contado todo lo que sabe.

—Yo no la estoy arrastrando —hablaba jadeando por la sorpresa, por la ira—. Esto es una investigación policial.

Shan no contestó.

—Naomi tenía un diario. —Me temblaba la voz—. Aparece la inicial de Nikita. Naomi podría haberle contado algún secreto y Nik tiene miedo de contárnoslo por si acaso…

–¿Qué secretos? –El tono de Shan se había endurecido–. No es que hayamos visto a Naomi demasiado últimamente. Y no tienen secretos. Ya no son unas crías.

–De eso no puedes estar segura…

–Conozco a mi hija, Jen. Déjala tranquila. Ya está bastante alterada.

Conozco a mi hija. Esas palabras parecían resonar por el estrecho pasillo de reluciente suelo verde, devueltas por las altas paredes llenas de marcas negras. Al final del pasillo se veía a una policía sentada ante un escritorio, con expresión de adusta calma. Probablemente se dijera a sí misma que tenía que ser profesional, lo que en su mundo significaba ser dura.

Después de mucho rato, se abrió una de las puertas. Nikita salió seguida por Michael. Parecía afectada y fue directa hacia Shan, quien la rodeó con el brazo. Nikita descansó la cabeza en el hombro de su madre y yo miré hacia otro lado. Michael abrió las puertas contiguas y salieron los chicos. Theo se puso en cuclillas, con las manos colgando entre las rodillas; Ed se recostó contra la pared y cerró los ojos. Parecía exhausto.

–Gracias –dijo Michael abarcándonos a todos con la mirada–. Ha sido de gran ayuda. Siento haber arrastrado a todo el mundo aquí. Nadie tiene de qué preocuparse. Ahora entiendo lo de las fotos y pido disculpas por haber tenido que hacer todas esas preguntas.

Me miró.

–Lo siento –dijo.

Me llevé a los chicos a casa. No abrieron la boca. No había nada que decir.

CAPÍTULO 16

Dorset 2010. Un año después

El tiempo atípico de noviembre se mantiene tras la tormenta: un tardío veranillo de San Martín con al aroma de las fogatas, cuyo humo serpentea entre ramas iluminadas por el sol de las que aún penden las últimas hojas secas. Hay tejas destrozadas en medio de la calle y un marco de ventana descansa sobre los centelleantes fragmentos de vidrio. El dueño de la tienda se dobla torpemente sobre su panza, las fornidas piernas bien separadas, para recoger las cajas de leche y el cubo de basura desparramados en el suelo. Los mechones pelirrojos le tapan los ojos y él se los recoloca cuidadosamente con sus dedos amorcillados, sin dejar de comentar complacido los destrozos que la tormenta ha provocado en el pueblo.

Luego me dice:

—Ya me ha dicho Mary que el joven Dan le cortará hoy lo que queda de su manzano. Le compraré lo que usted no necesite. En efectivo.

Entro en la tienda y me dirijo a los estantes, sin aliento. ¿Es esto lo que sucede cuando te sales de tu espacio? La gente se acerca y no te deja respirar. Debería haberlo sabido. Meto manzanas en mi cesta, café y un pequeño tarro de Marmite. Tengo las manos tan rígidas por la sierra de ayer que casi se me cae el envase del café. Dan irrumpirá en mi tranquilidad y va a ser embarazoso. He de comprar algo para ofrecerle. Galletas, un bote de alubias con tomate. No es suficiente. En el pequeño congelador hay hamburguesas. Cojo leche, zumo, cerveza. Veo que queda una bolsa pequeña de cebollas en una polvorienta caja de cartón; también

135

me la llevo. Me las arreglaré, es solo un muchacho. Entonces me acuerdo de que tendré que pagarle y pido retirar efectivo en la caja, girando la cabeza para evitar la mirada inquisitiva del hombre.

Oigo el chirrido de una sierra cuando me aproximo a la casa. Por encima del murete veo mi jardín y a Dan: encorva la espalda bajo el peso de la máquina que sostienen sus finos brazos y a su alrededor tiene ya una pila de madera cortada. Bertie se suelta de la correa y se le acerca dando brincos en cuanto abro la cancela del jardín. Me quedo paralizada, pensando que Dan puede soltar la máquina por el susto o provocarse una herida al girar bruscamente, pero enseguida veo que me preocupo en vano. Se endereza, apaga la sierra y se inclina para darle unas palmaditas a Bertie. Se quita el pañuelo con el que se había tapado la nariz y la boca para protegerse del serrín. De cerca, se aprecia su rostro encendido y sudoroso. Tiene mechones de pelo oscuro pegados en la frente, su mirada es indecisa, la sonrisa ladeada. De nuevo pienso en Ed, que mostraba la misma timidez antes de que esta se endureciera y se transformara en insensibilidad. Dan agacha la cabeza y desvía la mirada; me había quedado observándolo, buscando en él a Ed. Señala hacia donde ha dejado la copa del árbol, cerca del muro. Las ramas más grandes, aún sin cortar, conservan su forma de garra.

—¿Puedo quedarme aquellas? —pregunta.

Las fotografías de Naomi, oculta entre ramas.

La expresión de mi cara debe de haber cambiado, porque continúa en voz titubeante:

—Es porque hago esculturas de madera. Digamos que aprovecho formas que ya están ahí. Y me gustan aquellas. —Después añade—: Se parecen un poco a unas manos.

Manos de madera curvada. Las convierto en manos cariñosas, manos que la sostienen con delicadeza.

—Claro que sí, Dan. Lo siento. Llévate lo que quieras. —Me recompongo y le sonrío.

Las fotografías de Theo se disipan y rodeo la casa para entrar por la puerta principal, por si ha llegado el correo. Hay tres cartas en el felpudo. El corazón me da un vuelco.

Una es una fotografía en sepia de los muelles de Bristol, como eran en otra época. La letra pulcra de Anya en el reverso. Es la tercera postal que me envía.

Todo va bien.
Anya

Ella se quedó, como había prometido, incluso después de que yo me fuera, y por un segundo la vi recogiendo los calcetines desperdigados de Ted, fregando la comida incrustada en los platos de sus cenas tardías, quitando con suavidad el polvo de las fotografías de nuestra mesita de noche. Suelo responderle con una postal de la playa, aunque no tengo mucho que decir, salvo que la echo de menos.

Hay otra postal de Ted, esta vez con la imagen de un río. Como de costumbre, no ha escrito nada. Tal vez ni siquiera esté en Bristol; probablemente, asiste a más congresos ahora que nada lo retiene en casa.

Una gruesa franja azul y espuma blanca. Hockney. Es de Theo y, por un instante, siento como si mis recuerdos hubieran convocado su postal:

En California para el finde. *Splash*: ¡me estoy dando un chapuzón de éxito! ¡Mis fotos en la City Art Gallery de San Francisco! Viaje pagado por el premio (serie bosque/naturaleza). Vuelvo a casa por Navidad (¿con Sam?)
Besos, Theo

Navidades con Theo. Estos últimos cuatro meses en Nueva York deben habérsele pasado volando, con todas las nuevas experiencias vividas gracias a la beca. Pero tengo muchas ganas de verlo; las cejas rubias, su larga figura, el barniz pecoso de la piel. Su risa. Ese modo repentino de descansar brevemente la cabeza en mi hombro, como hacía de niño; su costumbre de quedarse hasta tarde en la cocina, el cuerpo recostado en la pared, comiendo cereales y deseoso de conversar conmigo. Sus enérgicos y ocasionales abrazos.

Todavía no sé demasiado de Sam, salvo que está haciendo un doctorado en arquitectura. Theo me envió una foto en la que aparecía rodeándolo con el brazo: la cara alargada y estudiosa, gafas de montura gruesa, sonriente. Algo que yo no había visto venir. ¿O sí? Ed nunca le había pinchado con bromas sobre chicas; más bien ocurría al revés. Yo creía que el arte era su prioridad y que por eso nunca había tenido novia. Nunca fui más allá, ciega ante el subtexto, nada dispuesta a aceptar complicaciones. Ciega también ante los secretos de Naomi, aunque en este caso habían llevado al desastre, no al amor. Dejo la postal en la mesa al notar la llamarada que me provoca este último pensamiento. Al otro lado de la ventana, veo a Dan trabajando junto al árbol, y desde mi posición parece fácil, la madera cae sin esfuerzo aparente, el chirrido amortiguado por el vidrio. Cierro los ojos y en mi imaginación aparece la imagen del árbol partiéndose en la oscuridad, alterando para siempre el paisaje del jardín.

Ted quizá no reciba a Sam con los brazos abiertos. Yo sí quiero hacerlo. Theo ha encontrado a alguien a quien ama y él tiene mucho amor que dar. Al mismo tiempo, tengo miedo. Territorio desconocido. ¿Cómo se sentirá Ed? ¿Cómo me siento yo? Pongo agua en la tetera, guardo la compra. Sé que me importa el hecho de que nunca vaya a tener hijos. Me importa que el mundo se lo ponga difícil. El hombre de la tienda se lo contaría cuchicheando a los clientes si lo supiera; en el pequeño universo del pueblo todos pueden mostrar curiosidad, cotillear.

Le preparo a Dan una taza de té y se la llevo al jardín junto con el paquete de galletas. Cuando se lo dejo todo en los escalones, lo ve y levanta los pulgares. La temperatura en el jardín es agradable, así que cojo mi cuaderno de dibujo e intento reproducir las líneas de las ramas, sus curvas que relucen en el aire luminoso de noviembre, como brazos oscuros que nadan, que cortan el espacio en lugar del agua. El sol brilla fuerte sobre el papel y realza el granulado ennegrecido por los gruesos trazos del carboncillo. Durante todo ese rato, el petirrojo hace sonar súbitos aleteos alrededor de los tocones, picotea el serrín, vuela y se posa en las ramas caídas. Al caminar entre el ramaje en busca de ángulos diferentes, percibo la discreta presencia de Dan a mi espalda. Tumbada en el suelo, sintiendo cómo la humedad se filtra por el jersey, consigo la perspectiva que estaba buscando. Las líneas se curvan hacia arriba y se van alejando por encima de mí, se juntan en las puntas, como si encerrasen un globo de aire. Perfecto.

Cuando en la torre de la iglesia se oyen dos tañidos, entro para cocinar las hamburguesas. Las frío en la sartén y su aroma, intenso y ya desacostumbrado para mí, provoca que se me haga la boca agua. He sobrevivido a base de manzanas, tostadas y café desde hace no sé ya cuánto tiempo. De pronto, siento ansia de carne y las cocino todas, añadiendo a toda prisa unas rodajas de cebolla a la sartén. Luego las apilo entre rebanadas de pan y me las llevo afuera junto con dos latas de cerveza. Nos sentamos uno al lado del otro en el peldaño de piedra de la puerta trasera, bajo el sol. Dan devora un sándwich caliente tras otro. Yo como más despacio, disfrutando del sabor, de la tibia luz del sol en la cara. El momento resulta agradable.

–Gracias. –La sonrisa de Dan deja ver unos dientes separados.

Niego con la cabeza.

–Gracias a ti. Ya llevas mucho adelantado aquí.

–Sí, bueno. Me ayuda a desconectar.

–¿Desconectar de qué? –Lo miro de reojo; sospecho que no le importan este tipo de preguntas.

–Del instituto, de casa. De otras cosas.

–¿Te gusta construir cosas?

–Sí.

–¿Con madera?

Asiente.

–Me gusta encontrar formas en las piezas, encajarlas como un puzle.

El aspecto adormilado e inseguro ha desaparecido. Observa las ramas, mueve las manos, habla con voz más fuerte que antes.

–Tienes suerte de saber lo que quieres hacer –le digo.

–Ah, ¿sí?

–Mucha gente no lo sabe.

Me mira.

–Mi padre no quiere que me gane la vida con nada que tenga que ver con el arte. Dice que eso no sirve para nada. Quiere que me haga policía, como él.

–¿Y lo harás?

–No sé. Supongo.

Parece debatirse y se le vela la mirada. Me levanto y recojo los platos.

–No es fácil elegir.

–Y que lo diga.

Se levanta y se vuelve a poner el pañuelo en la cara.

Salgo de nuevo para terminar el dibujo al carboncillo, pero ahora hace más frío, ya no hay la misma luminosidad, las ramas parecen haberse apagado. Todo ha cambiado en ese breve espacio de tiempo. Dan empieza a apilar los troncos contra el muro. Bertie lo sigue en sus idas y venidas, se sienta entre sus piernas cuando se detiene. Quizá Dan le recuerda a los chicos, que han desaparecido por completo de su mundo.

Dan hace una pausa para el té, que toma acuclillado. Bertie lo empuja, Dan cae hacia atrás y la sorpresa le hace reír. Después, cargamos más troncos juntos y los apilamos bajo el alero del garaje. Dan dice que volverá para partirlos.

Mientras se pone la mochila, repara en la cancela destrozada del jardín. Recoge los trozos de madera con delicadeza y los ordena cuidadosamente, como si fueran huesos. Contempla el hueco del muro.

–Podría construir una nueva. Con estos pedazos y otros nuevos. Si quiere.

–¿De verdad?

Cojo el dinero que había retirado antes en la tienda y se lo pongo en la mano. Cien libras. Sacar tanto dinero me había hecho sentir temeraria. Yo apenas suelo gastar nada. El grueso fajo tiene algo de glamuroso, de irreal, con tantos billetes juntos. Ambos nos quedamos mirándolo.

–No quiero todo eso.

–Bueno, así puedo pedirte que vuelvas.

–De acuerdo.

Lo observo mientras se marcha por la calle hacia la casa de Mary, empujando encorvado la carretilla de troncos que hemos llenado para ella. Dan está en ese punto en el que el futuro no tiene forma definida. Un día, se le vendrá encima y, por aburrimiento o por pánico, o quizá porque algo desvía su atención en ese momento, acabará tomando una decisión.

Esa noche no pinto ni dibujo nada en mi cuaderno. Pienso en la decisión de Dan, que lo conducirá a todas las cosas que le aguardan en el futuro. Lo que yo elegí me condujo a Ted, a Naomi; me trajo hasta aquí. ¿Cómo podía haberlo sabido? Si me remonto lo suficiente en el tiempo, veo que en aquel entonces no tenía la sensación de estar eligiendo, sino más bien tomando lo que se me daba. En mi año sabático, cuando enseñaba en África, había visto pasar una chica que iba al colegio. Cojeaba. Al enseñarme el pie, vi que debajo tenía una úlcera tan grande como una clementina, llena de piedras y gravilla. Al fondo vislumbré las vetas rosadas del músculo. Después de aquello, la decisión me pareció evidente. Sabía lo que quería. En aquel momento, estaba completamente segura.

Cuando eres joven, crees que lo sabes todo. Al mirar el retrato de Naomi, veo determinación, seguridad. En ocasiones, sobre todo a altas horas de la noche, pienso en el terrible momento en el que esa seguridad la abandonara y se diera cuenta de que había cometido un error.

CAPÍTULO 17

Dorset 2010. Un año después

–Hola, cariño.

–Hola, mamá.

La voz de Ed es débil; me esfuerzo por adivinar cómo está entre el chisporroteo que se oye por el auricular. A veces me pregunto si hay gente escuchando.

–¿Cómo estás?

–Bien.

Perdió el móvil hace una semana, así que me lo imagino en un pasillo, recostado contra la pared en la que está el teléfono. La pintura blanca tendrá negros borrones dejados por los dedos que se han apoyado en ella. Ed estará mirando por la ventana. Pasará gente y se fijará en él –es alto y guapo, la gente siempre lo ha mirado–, pero en su cara habrá tanta reserva como en su voz. La pálida mano que sujeta el teléfono es más delgada que hace un año, cuando estaba fuerte y bronceada por el remo. En mi última visita, noté que tenía las uñas llenas de mugre.

–Lo siento, cariño. Sé que te llamo antes de lo que dijimos, pero no podía esperar. He estado pensando en las Navidades.

–¿Ya?

Una palabra escueta, plana. Casi ni es una pregunta. Prosigo rápidamente con una animación en la voz que suena irritante, incluso para mí:

–Bueno, ya estamos en diciembre. Sé que no lo celebramos el año pasado, pero había pensado…

Que ya es hora de que vuelvas a casa. Has estado fuera demasiado tiempo y te echo de menos.

–... que a lo mejor te apetecería comer los platos de casa.

–Es posible que aquí necesiten ayuda extra. Van cortos de personal.

Eso podría ser verdad, no lo sé. Se presentó voluntario para quedarse tras acabar su programa, ayudando en la cocina a cambio de una cama. La señora Chibanda dijo que dar a los otros era parte del proceso. Me alegré cuando me dijo que podría quedarse en el centro; ¿qué habría hecho aquí, conmigo?

–Estará papá. Ha de irse pronto a un encuentro en Johannesburgo, pero estará de vuelta para el día de Navidad. Le pedí que viniera a comer.

Hago una pausa, recordando cómo contestó Ted por teléfono la semana anterior, con sequedad y pocas palabras.

–Te envía todo su cariño.

Silencio al otro lado. Probablemente, no me cree. Nunca pregunta nada de Ted ni de la separación. Sé que lo ve algunas veces, pero se lo guarda para sí.

–¿Y qué es de tu vida últimamente, cariño? –Miro por la ventana mientras espero que responda.

El cielo tiene un tono gris pálido; detrás de la iglesia asoma una apretada masa de nubarrones. Un puñado de gaviotas ascienden en círculo y luego viran y caen en picado como destellos blancos. El jardín ha quedado despejado de troncos; Dan se llevó todas las ramas. Ahora solo hay un trozo de tierra desnuda y resquebrajada donde antes estaba el árbol; pardos tallos cortados de alguna planta olvidada y varios groselleros sin hojas en el espacio que solía cultivar mi padre. La puerta nueva está en su sitio, con sus dos tonos de madera, el de las viejas planchas y el de las nuevas de madera cruda. Un gorrión se posa en equilibrio sobre la plancha superior y, cuando una urraca baja en picado para tomar posesión del lugar, huye aleteando hasta el muro.

Las palabras de Ed fluyen con mayor rapidez cuando me cuenta que está saliendo a correr con Jake.

Recuerdo al chico que nos enseñó el centro y su sonrisa dulce.

–¿Sigue Jake por ahí?

—Creía que te lo había dicho. Compartimos habitación. Su hermana nos trae pasteles y otras cosas.

—Qué bien, Ed.

—Toca el acordeón y vive en un barco.

Amigos. Una chica. No preguntaré más, pero eso me infunde ánimos.

—¿Quieres que te lleve algo la semana que viene?

—Bolígrafos, tal vez un cuaderno.

Se interrumpe y luego continúa más despacio:

—He estado escribiendo un… diario. El doctor Hagan lo sugirió hace unos meses. Le he leído un trozo a Jake y a Soph.

—Ten cuidado. Cuenta solo lo que quieras contar.

—Claro que sí. Pero tiene que ser real. Naomi también tenía un diario, ¿verdad?

Dios mío.

—Sí.

—Creo que pudo serle de ayuda. A ti te ayudó, ¿no?

Tras despedirnos, me siento junto a Bertie en el suelo. Restriega el hocico contra mi cara y le acaricio las orejas calientes. No tengo ni idea de si escribir el diario la ayudó. Lo que allí había no eran sus verdaderos pensamientos. Esos se los guardaba para ella. Supongo que a nosotros sí nos ayudó; nos condujo hasta James. Me levanto para coger el cuaderno de dibujo y un lápiz de la cómoda y, de improviso, me veo estudiando los dibujos como si fueran obra de otra persona y en ellos hubiera algo capaz de sorprenderme.

En la cálida cocina me siento ya como en casa, con la mesa de formica descascarillada, el suelo de ladrillo descolorido y la diminuta y ruidosa nevera en el rincón. Aquí me siento segura. La cocina de Bristol empezaba a parecerme ajena ya al tercer día. Fue allí donde estaba, paseándome de un lado a otro, cuando Michael telefoneó para decirme lo que había averiguado tras releer el diario de Naomi. Aún puedo oír sus palabras mientras me llevo el cuaderno al alféizar y empiezo a dibujar a la urraca pavoneándose en la cancela del jardín. Ya lo dice la canción infantil: una urraca significa tristeza.

—... así que se me ocurrió suponer que la J sería por su amigo James.

—¿Cómo? Perdón, Michael, pero ¿podría repetirlo todo más despacio?

Me pegaba el teléfono a la oreja con tanta fuerza que me hacía daño. Cada vez me resultaba más duro. Era como tener una visión caleidoscópica de Naomi que variaba sin cesar: primero estaba sonriente y reía, luego la imagen cambiaba, abría la boca, gritaba mi nombre. Me paseaba por la casa, apretando la mano contra la boca con tanta fuerza que notaba un sabor a sangre. Ninguno de los espacios familiares parecía ser mi casa.

Ted y yo habíamos pasado el domingo con el oído atento y esperando, mirando el reloj, caminando de aquí para allá en silencio, rogando que llegaran noticias. Las horas vacías, una tras otra, se sucedían implacables; nadie parecía estar haciendo nada para encontrar a Naomi y devolvérnosla. En algunos intervalos de calma extenuada, habíamos hablado sobre lo que debían hacer los chicos. Ambos creíamos que para ellos sería más fácil manejar el asunto si mantenían la rutina de los días normales. Yo deseaba escapar de la tortura de la espera y regresar al trabajo, pero Ted dijo que podría verme sobrepasada y desmoronarme. Frank estuvo de acuerdo. Cuando vino a casa por la noche me dijo que había encontrado a un interino que me sustituiría hasta que todo acabara.

Al menos los chicos dormían. Iban al instituto como siempre. Ted había vuelto a trabajar; según él, no tenía alternativa. Mirándolo desde la ventana de arriba, había visto que su espalda se enderezaba en cuanto salía de casa y se transformaba en su yo profesional, y entonces su rostro cambiaba ante la perspectiva de la jornada que tenía por delante. A la gente le habría costado adivinar que algo iba mal; él caminaba hasta el coche de la forma que siempre solía hacerlo, el traje oscuro perfectamente ajustado a los hombros, el cabello rubio bien cepillado. Lo miraba a través del cristal y era consciente de que mi pelo colgaba en una maraña, de que mis pies estaban descalzos y mi rostro se había demacrado. Dos furgonetas blancas estaban aparcadas más adelante, con antenas parabólicas en el techo. Al ver a dos hombres recostados en uno de los vehículos, con vasos de papel en la mano y cámaras colgadas al cuello, me había apartado rápidamente de la ventana.

La voz de Michael se hizo más fuerte, trayéndome de vuelta a la realidad.

–James era la J del diario de Naomi. Lo he interrogado y he vuelto a hablar con Nikita. Enseguida estoy ahí.

Oí el clic del teléfono y unos segundos después sonó el timbre de la puerta.

Mi percepción del tiempo se había alterado y se dilataba o se encogía, así que no me habría sorprendido ver a Michael de pie en el umbral, pero era un muchacho alto de pelo llameante y vestido de uniforme. Llevaba la corbata aflojada y la camisa por fuera de los pantalones, y en las pecosas mejillas se apreciaban dos rastros granulosos de lágrimas. Tenía los ojos tan hinchados que me costó un poco reconocerlo.

–James.

–Hola, doctora Malcom.

Lo observé durante un instante.

–No está aquí, James. No la hemos visto desde el jueves por la noche.

Cuatro días. Aunque había sufrido cada minuto de ese tiempo, bastaba con mencionar lo ocurrido para que los hechos me golpearan de nuevo con toda su fuerza.

–Lo sé. Cómo no voy a saberlo. –Parecía enfadado–. He estado en la comisaría desde las cuatro de la madrugada.

Me fijé en los ojos enrojecidos, en los cercos oscuros que tenían debajo y en la barba incipiente.

–¿Por qué?

–No podía dormir. Tenía que contárselo a alguien. Ha sido culpa mía.

¿Culpa suya? ¿Qué había sido culpa suya? ¿Qué había hecho? Me leyó la cara.

–No, yo… Mire, no sé dónde está, quiero decir que ojalá… Solo quería verla a usted, para explicarle…

Se tambaleó y lo agarré por el brazo y lo metí en casa. Se sentó o, más bien, se dejó caer en una silla de la cocina y se tapó la cabeza con las manos. Preparé una taza de té con azúcar y se la dejé delante. El timbre volvió a sonar. Michael, esta vez. Su aspecto era serio, pero al verme su boca se relajó en una sonrisa. Cuando retrocedí para dejarlo pasar, me di cuenta de que ya conocía su olor, un apacible aroma masculino a camisas recién planchadas y a dentífrico. Lo sentía cercano, pero no era más que una ilusión; él estaba en un lugar completamente diferente del mío. Su vida discurría con normalidad, como la de cualquier otra persona. Yo podía ver y oler esa vida, pero ya no formaba parte de ella. La piel transparente del desastre me separaba de su mundo. Y ese mundo, yo no podía tocarlo; ni siquiera era ya capaz de recordar cómo era vivir en él.

James miró sorprendido a Michael, que le sonrió y le puso la mano en el hombro durante un segundo.

—James ha venido a decirme… algo —dije, sentándome para ponerme a su altura y no parecer amenazante.

—Bien. Anoche hablamos mucho los dos.

Michael acercó una silla y se sentó al lado de James. Sus movimientos eran lentos y me di cuenta de que seguramente tampoco había dormido demasiado. La cara del joven estaba muy pálida.

—La quiero. —Las palabras de James afloraron de repente—. Y ella me quiere. O creo que me quiere. Bueno… Ella… Nosotros… Hace meses que estamos juntos.

—¿Juntos?

Los dos participaban en la obra. ¿Se refería a eso? Lancé una rápida ojeada a Michael.

—Han estado acostándose durante los últimos seis meses —dijo Michael en tono tranquilo.

Sentí la habitación fría. El radiador debería estar encendido. Las medidas de ahorro de Ted resultaban ridículas en noviembre. No era posible. Lo habría sabido si hubiera estado acostándose con este chico. Naomi me lo habría dicho. Incluso si no lo hubiera hecho, yo lo habría sabido. Era su madre.

Quizá James me leyó el pensamiento. Prosiguió:

–Ella iba a decírselo. Bueno, sabía que usted se enteraría de todas formas.

–¿Cómo pudo ocurrir? Naomi estaba aquí o en el instituto. Yo sabía lo que estaba haciendo…

–Después del instituto. Los fines de semana.

Hablaba casi en susurros; me incliné para oír lo que decía. Continuó más calmado:

–A usted le decía que estaba con Nikita, pero la verdad es que nos íbamos a casa. A mi casa.

–¿Lo sabían tus padres?

Me acordaba de su madre. Solía encontrármela en reuniones médicas, una enfermera pelirroja de insólita belleza. Su padre era pediatra, y mucho mayor.

–Papá trabaja hasta tarde. Mi madre se fue hace un año. En fin, lo que de verdad importa es que…

Ah, así que no me había contado aún lo que importaba de verdad.

–Empezó a tener náuseas algunas veces.

¿De verdad? Yo no había notado nada.

–Por las mañanas.

Si hubiera vomitado en su baño, en el piso de arriba, yo no habría podido oírla desde la cocina, pero entonces recordé que había dejado de desayunar. Había puesto cara de asco cuando yo se lo había mencionado, aunque siempre cenaba, de modo que no me preocupé.

–Se dormía en las clases.

Los ensayos eran agotadores. Ya no iba siempre corriendo a todos lados, de eso me había dado cuenta.

–Así que se hizo un test…

Siguió un silencio. ¿Cómo no había sabido yo sumar dos y dos? Nada de comer por las mañanas, el cansancio, los altibajos emocionales. No podía ser más evidente. Michael me miraba preocupado; me levanté y fui hasta la ventana. Naomi, embarazada. Me parecía tan absolutamente irreal que no podía creerlo. Me volví hacia James.

–¿Estás seguro? –dije con dureza.

–En total se hizo tres test.

–¿De cuántas semanas?

–No lo sabíamos. –Evitó mi mirada–. Ella creía que había tenido dos faltas, pero no estaba segura. ¿Podrían ser diez?

Casa de campo mañana. J. 10 semanas.

–Un momento. ¿Qué pasa con la sangre del colchón? –Miré a Michael y luego otra vez a James–. En la casa de campo, el fin de semana anterior al inicio de la obra. Cuando fue allí con ese tipo. Pensábamos que había sangrado porque era su primera vez, pero eso ya no puede ser; ya estaba embarazada.

–¿Qué tipo? –James parecía desconcertado–. Era yo. Nosotros. Creía que Naomi le había contado que iríamos a la casa. Después de que hiciéramos… después… ella sangró, pero tres días más tarde se hizo otro test, el martes pasado, y seguía embarazada. Sangrando un poco, pero embarazada.

Así que no había sido el hombre quien la había hecho sangrar, el tipo del teatro, aquel hijo de perra que se la había llevado. Eso empeoraba las cosas. Ahora, el hombre que se la había llevado no era quien había comprado el vino; no habían compartido nada. Y amor seguro que no. Ella no le importaba nada. Y Naomi podía estar sangrando ahora, o tener un aborto y sangrar, o… el embarazo podía ser ectópico.

Miré al joven de rostro lloroso sentado a la mesa y sentí una furia abrasadora.

–¿Y tú qué, James? ¿Qué te parecía a ti lo del embarazo? ¿Cuál era exactamente tu plan?

–Yo solo quería lo que ella quisiera. Estaba enamorado de ella. La verdad, no sabía qué hacer.

Tenía ganas de golpearlo; quería matarlo por haber expuesto a Naomi a un peligro mayor.

–Si no sabías qué hacer con el embarazo, ¿por qué coño no usaste un condón?

Se estremeció. Michael se giró hacia mí.

–Ella tomaba la píldora –dijo con serenidad–. Pero a veces se olvidaba.

Más secretos. ¿Cómo demonios podía tomar la píldora? ¿Se la había recetado uno de mis amigos?

–Pues aun así eres imbécil por no haber usado condón –grité–. Deberías haber sido consciente de lo que hacías. Has empeorado mucho las cosas. –Respiré hondo, estremecida–. ¿Y qué pasa con el tipo con el que se estaba viendo? ¿Sabías algo de él?

Bajó la cabeza. Había lágrimas en su voz.

–Sabía que algo había cambiado. Fue poco después de que empezaran los ensayos. Yo solía acompañarla a casa, pero a veces ya no quería que lo hiciera. Decía que quería ensayar por su cuenta en el teatro. Cosas así. Ya no era la misma. Dejó de contármelo todo.

–Sigue.

Apenas reconocía mi voz, que ahora sonaba desprovista de toda emoción. Me imaginé que sería como la que usaba aquella impasible mujer policía, la del final del pasillo, cuando tenía que hablar con los delincuentes.

–Vi a un tipo una vez. Yo salía del camerino del teatro y vi a Naomi hablando con alguien. A él solo lo vi de espaldas. Estaba apoyado en la pared, inclinado hacia ella; tenía el pelo largo y oscuro, revuelto. Me fijé bien porque ella parecía no tener ojos para nada más. Naomi no me vio, aunque grité que la esperaría afuera. Y la esperé durante una eternidad. Todo el mundo se había ido y ella aún no salía. Así que al final me di por vencido.

Se puso a llorar; los sollozos eran tan violentos que le sacudían el cuerpo.

–Debería haber entrado de nuevo. Debería haberle mirado a la cara a aquel tipo.

Michael se levantó.

–Está bien, James. Debes de estar agotado. Te llevaré a casa.

–Espera. –Sentí una punzada de remordimiento y le puse a James la mano en el brazo para impedir que se levantara–. También a mí había dejado de contármelo todo. Mira, James. Fuiste un imprudente. Estúpidamente imprudente. Pero la querías. Me doy cuenta. Vi el anillo que le regalaste y…

–Fue usted quien le dio ese anillo. –Me miró sin comprender–. Ella dijo que había sido de su abuela, que era herencia de familia.

Lo miré petrificada. Así que nos había mentido a los dos. Debió de dárselo el hombre, incluso podría haber sido aquella vez en la que estaba apoyado en la pared junto a ella. Tal vez fuera ese mismo momento el que escogió para deslizarle el anillo en el dedo y por eso Naomi no tenía ojos para nadie más. Pensaría que ella significaba algo para él, pero no era más que un truco.

James se levantó. Iba a pedir disculpas, pero yo no quería oírlas. No quería sentir lástima por ese joven, por ese niño que podía haber decantado la balanza de la vida de Naomi. Dondequiera que estuviese, embarazada, quizá sangrando todavía, corría más peligro del que en principio había pensado.

—Dime…

Se me hacía duro preguntar lo que Naomi pensaba acerca del embarazo, porque yo debería haberlo sabido. Esa es la clase de secreto que una hija le susurra a su madre, solo a su madre.

—¿Qué planes tenía Naomi para el bebé?

Me miró. Aunque tenía los ojos hinchados, saltaba a la vista que la pregunta le había sorprendido.

—Ella, desde luego, no lo quería. —Su risa era forzada—. Quería abortar y había leído en algún sitio que si nosotros… que si hacíamos el amor a lo mejor ocurría. Por eso quería ir a la casa de campo. Estaba muy contenta cuando empezó a sangrar.

Cuando se hubo ido con Michael, me senté con las piernas temblorosas. Se hacía raro que hubiera empleado esas palabras. Hacer el amor. Hacer, no habían hecho nada; al contrario, habían deshecho. ¿Y aquel trocito de papel amarillo, el envoltorio roto de tampón que encontré en el suelo la noche que desapareció? Debía de seguir sangrando por la amenaza de aborto, no por la menstruación. ¿Tendría dolores?

Cuando Michael regresó, la cabeza me daba vueltas de tanto pensar en posibilidades. Se sentó a la mesa, cerca de mí. Mis pensamientos se tradujeron rápidamente en palabras:

—¿Cómo podemos saber que todo lo que dice James es verdad? A lo mejor, sí que fue él quien le dio el anillo, como dijo Naomi. ¿Cómo podemos saber si estaba embarazada de verdad, o incluso si se acostaba con él? Quizá James nunca fue a la casa de campo. Podría estar inventándoselo todo. —Tenía los puños apretados encima de la mesa, frente a nosotros. No podía parar de hablar—:

Tal vez fue el otro tipo quien la llevó a la casa de campo y ahora es James quien la retiene. Piense un poco. Se puso celoso al ver a Naomi hablando con el otro, así que le ha hecho daño o la tiene escondida en algún sitio…

Michael puso durante un segundo su mano sobre la mía; sus dedos tenían las uñas rasas y eran cálidos.

–Ha estado horas en comisaría, Jenny. Dice la verdad. –Sonaba totalmente convencido–. Sí que fueron a la casa de campo el sábado. Un hombre que paseaba al perro vio un Volvo rojo afuera. Y resulta que le pidieron el coche al padre de James.

Cerré los ojos. La voz de Michael continuó con la lista de pruebas. Me obligué a escuchar.

–James dijo que pararon en una gasolinera de la autopista, a las afueras de Taunton, así que estamos revisando las cámaras de videovigilancia. Anoche le tomamos las huellas dactilares para comprobar si coinciden con las de la botella y las copas.

Hizo una pausa. Abrí los ojos y lo miré mientras proseguía con calma:

–También he hablado con Nikita. Sabía que Naomi estaba embarazada.

«Y no tienen secretos. Ya no son unas crías…». La voz de Shan destilaba enfado y certidumbre, pero ¿de verdad creía lo que me había dicho?

–¿Qué más? –Me levanté y caminé de nuevo por la cocina–. ¿Qué más sabe Nikita? ¿Tenía idea de si Naomi planeaba irse? –Las preguntas salían en estampida–. ¿O de lo que iba a hacer con respecto al embarazo?

–Sabía que Naomi había conocido a alguien que le gustaba y que habían quedado en encontrarse la noche que desapareció, pero no le contó nada sobre él. Nikita no cree que tuviera previsto irse para siempre. Cree que le hubiera dicho algo, que se hubiera despedido de alguna manera. –Michael me miró brevemente–. Sabía que Naomi quería poner fin al embarazo, que estaba preocupada. Y, por supuesto, está el diario y la referencia a las diez semanas que hay al final…

Quizá se dijera a sí misma que diez semanas de embarazo no

eran demasiadas y que tenía margen. No debía saber que ya se estaban formando uñas diminutas en los dedos de las manos y los pies; nadie quiere que le den esa clase de información cuando planea hacer lo que ella tenía previsto.

–De acuerdo. –Me llevé las manos a la cabeza, como si quisiera detener el frenesí de mis pensamientos–. Digamos que ocurrió exactamente como dice James y que fueron a la casa de campo. ¿Cómo sabemos que no fue él quien se la llevó esa noche? A lo mejor esperó escondido a que todo el mundo se fuera después de la función y luego se la llevó a alguna parte.

–Su padre estaba allí esa noche para verlo actuar. James era Chino, ¿recuerda? Después fueron a cenar al Hotel du Vin. Lo comprobamos anoche y el personal se acordaba de ellos. Me enseñaron la copia de la cuenta.

Michael había sido concienzudo. Me quedé callada. Había deseado que fuera James, que la hubiera escondido porque estaba celoso, porque la amaba y quería que fuera solo suya, pero sin causarle daño.

–¿Cambiará de algún modo la manera de tratarla, de quienquiera que la tenga? ¿La tratará mejor si sabe que está embarazada?

Michael no respondió, pero yo ya sabía la respuesta. Naomi sería una molestia con sus vómitos y el sangrado. Con el tiempo, si él le daba tiempo y ella no abortaba, su presencia se haría demasiado evidente…

–Ciñámonos a lo que sabemos. –La serena voz de Michael atajó el hilo de mis pensamientos–. Hemos mejorado el retrato robot del principal sospechoso gracias a las indicaciones de la señora Mears, de Nikita y de James, y lo vamos a pegar en cada farola de los alrededores, junto con la fotografía de la cara de Naomi. Seguimos vigilando en puertos y aeropuertos, y hoy empezamos una investigación puerta a puerta.

–¿Por qué? Lo más probable es que él no viva por aquí.

Parecía tan arbitrario, tan inútil. Naomi podría estar a muchos kilómetros de distancia. En una pequeña cabaña de Escocia, en un garaje de Gales. Ni siquiera sabíamos qué aspecto tenía el hombre, aunque mi cabeza no dejaba de aventurar opciones con la nueva información. Era un tipo mayor, tenía el pelo largo y revuelto, no se parecía a los chicos que ella conocía. ¿Sería atractivo precisamente porque era diferente?

–Recuerde, hemos de considerar todas las posibilidades. –Eso ya lo había dicho antes.

–¿Qué clase de posibilidades?

Se puso de pie y hundió las manos en los bolsillos. Lo que venía a continuación debía de ser difícil; se notaba el esfuerzo en sus ojos grises. En los segundos que tardó en contestar, alguna parte autónoma de mi cerebro se preguntó qué aspecto tendría si sonriera, pero con una sonrisa de verdad. ¿Qué le parecería a su esposa que el trabajo se lo robara tantas veces? ¿Le importaba? ¿Se preocuparía? Debía de haberse acostumbrado, como yo con Ted. Se diría a sí misma que él se implicaba al cien por cien en su trabajo.

–Bueno, lo de quedar con ese hombre parece probable, pero tal vez él no se presentara. En ese caso, se habría ido andando a casa…

Ya me lo estaba imaginando. El teatro estaba a pocos minutos de casa y, aunque siempre le habíamos dicho que llamara si se hacía de noche, puede que no quisiera molestarnos. El repiqueteo de sus puntiagudos tacones resonaría en la calle silenciosa, por lo que no habría oído las sordas pisadas que la seguían hasta tenerlas encima…

–Vamos a interrogar al padre de la niña de la que nos habló. Según nos dijo usted, podría querer vengarse…

–No puede ser él. Es padre. –Por algún motivo, se me llenaron los ojos de lágrimas–. Quiere demasiado a su hija como para hacer daño a la hija de otros.

Pero quizá en eso no existían reglas. Me acerqué a la ventana y miré a la calle. Las furgonetas blancas estaban ahora cerradas; los hombres con cámaras debían de estar dentro o quizá escondidos en otro lado, vigilando la casa. Había más gente que iba y venía por las aceras, coches que circulaban en un sentido o en otro.

El hombre que se había llevado a nuestra hija podía ser alguien que yo conocía o que se movía en la periferia de nuestras vidas, alguien en quien nunca me había fijado. Podría ser cualquiera, cualquier persona de este mundo. Quizá aquel hombre de allí, pensé, el que sonríe para sí mismo mientras cruza la calle. Tal vez tenga a Naomi en algún lugar, encerrada e indefensa. ¿Por qué sonríe? Tuve ganas de correr, de gritarle mis preguntas a la cara, de comprobar si parecía culpable. Miré a Michael.

–¿Cómo se supone que tengo que manejar esto?

Alargó de nuevo la mano y me agarró con fuerza de la muñeca.

–Dígame qué tengo que hacer, Michael.

Me quedé inmóvil. Necesitaba esa fuerza que podía sentir en su mano.

–Ir paso a paso. Eso es lo que hay que hacer. –Su mirada recorrió mi rostro–. Tiene que cuidarse, ese es el primer paso. Comer algo. Lavarse el pelo. –Me sonrió–. No se lo he dicho antes, porque no quería que se preocupara por eso, pero la aparición en televisión está prevista para mañana por la mañana. Hemos de preparar un comunicado. ¿Puede decírselo a Ted?

Cuando Ted llegó a casa, yo había tomado un baño. Incluso me había probado un traje para el llamamiento por televisión del día siguiente, aunque había necesitado estrechar el ancho de la falda para que se me sujetara en la cintura. Tenía la cabeza envuelta en una toalla y trataba de comerme un sándwich. Le dije que James y Michael habían venido y luego, sentada a su lado y cogiéndole la mano, le conté que Naomi estaba embarazada. Se liberó de mi mano y se puso de pie, escandalizado e incrédulo. Al principio creyó que James podría estar mintiendo. Le repetí todo lo que el joven había dicho, también lo que Michael me había contado, y le expliqué que ahora algunos fragmentos de su diario cobraban sentido. Ted empezó a pasearse por la cocina; creí que iba a romper algo. Por debajo de la cólera que bullía en él, percibí cierto resentimiento contra mí. Quizá estaba pensando que yo, como madre, debería haber sabido que estaba embarazada, aunque Naomi lo mantuviera en secreto. Y tal vez tenía razón. Cuando volvió a sentarse, con el rostro pálido y hermético, le puse la mano sobre el puño cerrado.

–No permitas que esto nos destruya, Ted.

Me miró con expresión vacía. No creo que oyera siquiera lo que le estaba diciendo.

CAPÍTULO 18

Dorset 2010. Doce meses después

Mediados de diciembre. El año ha ido declinando; cada día se amortigua más la luz. Desde lo alto de Eggardon Hill, se divisan los pequeños campos en descenso hacia la costa; los trocitos de mar visibles en la distancia son blancos como la escarcha. El único ruido en la silenciosa campiña es el de mis pasos y los de Bertie, que hacen crujir la hierba helada.

Bridport se halla en un valle junto al mar; sus amplias calles están muy concurridas en esta época del año. Los viejos edificios de piedra se alzan sobriamente en la calle y, pese a las llamativas luces con que los han decorado, ofrecen el aspecto de siempre, el mismo que deben haber tenido desde hace doscientos años.

La puerta de la librería tintinea al abrirse, pero en lugar de la paz habitual y el aroma de los libros, lo que te encuentras son estrechos pasillos atestados de gente; se percibe un olor a cabello mojado y chicle de plátano. Una mujer corpulenta y de rostro malhumorado me pisa y me fusila con la mirada; no muy lejos, un niño saca libros de un estante y los arroja al suelo. Resultaba fácil elegir libros para Naomi, porque le gustaban muchos autores diferentes: Lawrence, Kerouac, Mark Haddon, Stieg Larsson. En vista de la multitud que hay en la librería, me lleno los brazos de novelas para los chicos y las dejo en una cesta. Mis dedos se detienen en el lomo de otros libros mientras intento recordar qué tenía Ted en su mesita de noche hace un año. Las novelas que elegía para él siempre se quedaban nuevas bajo una fina capa de polvo; quizá nunca supe lo que le gustaba. Compro los libros, salgo de la librería y cruzo la calle a la altura de la torre del reloj, donde en ese momento suenan las once.

En Boots, le compro a Ted un neceser de cuero; cojo un cepillo de dientes, dentífrico, un guante de baño y jabón, y me pongo en la cola para pagar, aguantando los empujones de la gente. Por el rabillo del ojo percibo un destello rosado; giro la cabeza y veo los pequeños botes y tubos de maquillaje y champú que solía meter en los calcetines navideños de Naomi, junto con braguitas a topos, pulseras, mandarinas y falsas galletas de plástico. Nos lo pasábamos bien entonces. Ya no me acordaba. Ese mundo, en el que la diversión era un fin en sí mismo, se había evaporado con ella. Los juegos y las bromas tontas que Naomi gastaba a los chicos, el barullo en los cumpleaños y en Navidad, celebraciones de las que se burlaban pero en las que no dejaban de participar, todo eso desapareció al mismo tiempo que ella. No, no es verdad, porque no hay duda de que ya se había terminado antes. Cuando me asalta ese pensamiento, me quedo parada en la cola y dos chicas chocan contra mi espalda, susurran y se ríen. La diversión había acabado mucho antes. No sabría decir cuándo exactamente; fue algo gradual. Yo estaba trabajando mucho. Pero incluso en las vacaciones de verano, antes de que comenzaran las clases en otoño, Naomi ya se mostraba más reservada.

En la caja, me sereno, pago y recojo torpemente las bolsas acumuladas a mis pies. Al menos este año he comprado regalos. El año pasado lo intenté, pero no pude. Solo hacía algo más de un mes desde la desaparición de Naomi. Por todas partes, había chicas adolescentes con sus madres, eligiendo adornos navideños o pequeños regalos, llamándose las unas a las otras para darse el visto bueno. Recuerdo que había tenido que dejar la cesta llena en el suelo de la tienda y correr a la salida hecha un mar de lágrimas, abriéndome camino entre la apretada multitud. Ahora, mientras me dirijo al aparcamiento, me las arreglo para soportar la visión de las familias entre la muchedumbre. Veo por allí a una madre, por allá a una niña. Ahora soy capaz de mirarlas; antes no podía.

Con la compra ya cargada en el coche, conduzco hasta casa por las estrechas calles, dejo atrás el campo de golf, medio visible a través del seto hecho jirones por el invierno, y luego el llamado «campo del burro», ahora desierto. En el campo contiguo hay hileras de caravanas vacías y una tienda con la puerta tapiada, lúgubre bajo la luz mortecina, y después los primeros bungalós de ladrillo del pueblo. Los conozco tan bien que apenas los veo. Eso mismo ocurrió con Naomi. Dejé de verla porque me la sabía de memoria. Conduzco despacio por delante de la iglesia y subo por la calle de mi casa.

Mientras entro la compra y lo voy dejando todo en el suelo, Bertie husmea entre el montón de bolsas de plástico para él tan poco familiares. En la cocina, la luz se oscurece de pronto: alguien me ha seguido hasta el umbral. Al darme la vuelta, me golpeo la cabeza contra la punta del armario abierto y se me reabre la herida que me hice al chocar contra un árbol. De inmediato, siento las punzadas de dolor y empieza a manar la sangre.

Reconozco sus hombros recortados contra la luz antes de ver su cara.

—¡Michael!

Me sorprende experimentar tanta alegría, pero al acercarme a él me asalta un súbito terror y siento las manos flojas. ¿Qué ha venido a decirme? Se me caen los tomates y el pudin navideño rueda por debajo de la mesa en su envoltura de papel de aluminio. Bertie corre para investigar y lo envía todavía más lejos con la pata.

—¿Qué ha pasado, Michael? Dilo ya.

—Nada, no ha pasado nada.

Abre los brazos y extiende las manos para mostrar que no hay nada en ellas, ningún secreto.

—Solo estaba de paso…

—¿De paso? —Nadie pasa nunca por Burton Bradstock.

—Voy de camino a Devon a ver a la familia. Es Navidad, ¿recuerdas?

Entonces su expresión cambia, las cejas se le juntan.

—Estás sangrando. Te has hecho un corte en la cabeza.

Saca un pañuelo blanco del bolsillo y noto sus manos presionando con delicadeza la herida a través del suave tejido. De cerca, percibo ese olor ya familiar a ropa limpia y a pasta de dientes. Sus labios, a escasos centímetros de mis ojos, son vulnerables. Se me eriza la piel por el inesperado contacto y me quedo completamente inmóvil. Él se ha dado cuenta. Me roza los hombros al bajar las manos y me mira.

–Ya no sangra. –Hace una pausa–. Tienes buen aspecto.

Sus ojos son cálidos al demorarse en mi rostro.

–Me preguntaba… –Trata de buscar las palabras adecuadas. Retrocedo.

–Me alegro de volver a verte. Lamento haberte recibido como si llevaras pegada una señal de peligro con el símbolo de la calavera.

Nos miramos fijamente; mis palabras lo han dejado atónito. Baja los ojos y noto hasta qué punto lo ha alterado el tono animado de mi voz. ¿Qué se había imaginado que ocurriría al encontrarnos? Aquel beso fugaz de hace meses, en la cocina de Bristol, se había producido en un momento de extenuación. Yo había bajado la guardia; un error, eso había sido. Nada más.

–¿Café? –pregunto girando la cabeza y con las manos ya a punto de coger las tazas, esperando a que pase el momento.

–Sí. No. Pensaba que podríamos dar un paseo… Te invito a comer. Al entrar en el pueblo he visto anunciado un restaurante, en la playa.

Recojo la comida que ha caído al suelo, la guardo deprisa en la nevera y le pongo a Bertie la correa. Me echo una rápida ojeada en el espejo. Él ha dicho que tenía buen aspecto. ¿Cómo es posible? Mi pelo es un revoltijo oscuro e indómito, y ya nunca llevo maquillaje, pero el azul de mis ojos contrasta con la piel bronceada por los paseos a la orilla del mar. El aire fresco y la comida sencilla han hecho que mi rostro sea el de antes. El espejo me devuelve una curiosa mirada, como si estuviera viendo a alguien cuya cara reconozco pero que no acabo de ubicar.

Salimos juntos por la cancela del jardín al campo abierto.

–He pensado a menudo en ti, viviendo aquí –dice volviéndose hacia mí con una ligera sonrisa–. Es totalmente diferente a como me lo imaginaba.

¿Pensaba que todavía habría manchas de sangre en el suelo y copas de vino sucias? ¿O moscas secas en el alféizar de la ventana?

–¿Estás bien, así en general?

Sopesa las palabras; quiere saber, pero no está seguro de cómo preguntar.

¿Estoy bien? Mientras caminamos por el campo y cruzamos la

carretera para tomar el sendero de la playa, pienso en las noches pasadas dibujando mis pensamientos frente a la chimenea, en la pila de dibujos que va creciendo detrás de la butaca. A veces Dan se deja caer después del instituto para ayudar con algunas chapuzas. Está pintándome una habitación. Nos hemos hecho amigos, aunque no hablamos demasiado. Espero sus visitas con impaciencia; me recuerda a mis hijos. También tomo alguna taza de té con Mary y ya he ido un par de veces con ella a la biblioteca. Theo llama de vez en cuando y yo voy a visitar a Ed. Ted envía alguna que otra postal o un mensaje cuando se va a algún encuentro fuera del país. Pero no hay un solo momento en que el dolor de fondo desaparezca: su cara está en todas partes. En ocasiones, la necesidad de saber qué sucedió es más fuerte de lo que soy capaz de resistir. La primera vez que vine a la casa de campo, me quedé de pie sobre los guijarros de la playa, con el agua helada espumeando alrededor de las piernas, aferrada a Bertie para no adentrarme en el mar.

—«Bien» no diría yo… No llego a tanto, pero…

—Cuéntame.

Y nos ponemos a hablar, o al menos hablo yo. Él escucha. Yo estoy hablando y llorando. Soy consciente de que es peligroso dejar fluir las palabras sin freno, pero no puedo parar. La desesperación y la soledad de estos últimos cuatro meses se desbordan y Michael me rodea con el brazo. Espera hasta que se lo he contado todo y me siento vacía y he agotado las lágrimas. Vamos y venimos por la orilla del mar mientras el viento deshilacha la cresta del incesante oleaje, le arranca trocitos de espuma y luego nos los arroja.

El café Beach Hut está abierto. Llevo años sin entrar, desde que los niños eran pequeños y veníamos a comer *fish and chips*. Durante el verano, suele haber una multitud ruidosa comiendo bajo el nuevo entoldado, pero hoy está tranquilo. Algunas mesas están ocupadas por hombres mayores que leen el *Dorchester Chronicle* con un perro tumbado a sus pies. Huele a té y a perro mojado. Michael pide *fish and chips* para los dos y a los pocos minutos nos traen unos gruesos platos blancos con tiernos filetes de eglefino fresco y montones de patatas fritas, saladas y muy calientes. Nos lo llevamos todo a una mesa situada junto a la ventana. Paso la mano por el cristal empañado y contemplo las olas que rompen en la playa vacía.

Me escuecen los ojos de tanto llorar, pero me he quitado un peso de encima y ahora me siento mejor. Es agradable estar aquí con Michael. Con el mar ahí afuera, tengo la sensación de estar en un barco. Nadie puede contactar con nosotros; ahora las reglas pueden ser diferentes.

Michael me cuenta en tono tranquilo que lo han ascendido y luego, mirando afuera, dice que su esposa lo dejó hace seis meses.

Me siento culpable por la cantidad de tiempo que ha dedicado a escucharme.

–Nunca dijiste nada. Lo siento.

–¿Debería haberlo hecho? ¿Debería habértelo contado? –Me mira y luego desvía rápidamente la vista.

Un año antes nos habíamos buscado el uno al otro, una noche, en la cocina de Bristol. Ted se había ido a la cama sin decir palabra; Michael había pasado de camino a casa. Yo estaba cansada y llorosa, enfadada con Ted por ser capaz de refugiarse en el sueño. La bondad de Michael me había dado algo a lo que agarrarme.

Vuelve a mirar por la ventana; las nubes se reflejan en el gris de sus ojos. Las palabras brotan lentamente:

–Nos casamos jóvenes. –Se detiene y se encoge de hombros–. No quiero aburrirte con mis problemas.

–Dime qué pasó.

–No suelo hablar de ello. Ahora ya se ha acabado.

–Cuéntame.

Todavía duda durante un momento.

–Nos casamos con dieciocho años en Ciudad del Cabo; ella estaba embarazada. A las pocas semanas sufrió un aborto...

A estas alturas, debería ser capaz de escuchar esas palabras, *embarazada* y *aborto*, sin sentir cada vez esta puñalada de dolor. El bebé de Naomi tendría ahora casi seis meses. Cuento cada mes que pasa. Si el embarazo hubiera continuado normalmente y el bebé hubiera sobrevivido... Si ella... Aprieto los dientes mientras una repentina angustia me invade y luego se mitiga un poco. Michael no se ha dado cuenta; aún sigue contando:

161

–… así que pensé que Inglaterra sería diferente, con menos presión de nuestras familias, mejor atención médica… Pero no volvió a quedarse embarazada. –Se mira las manos y luego levanta de nuevo la vista hacia mí–. Yo tenía que labrarme un futuro, pero trabajaba muchas horas. Para ella, era duro. Se sentía muy sola.

Sé perfectamente cómo debió de ser. A las diez de la noche, acabaría tirando la cena de Michael a la basura. Otras noches habría previsto algún plan, salir juntos al cine o al teatro, y se sentaría ya preparada, esperando en casa con el abrigo puesto incluso hasta después de que la actuación hubiera empezado; luego se limitaría a seguir sentada, con el sobre blanco de las entradas en las manos. Estaría sola durante el día, pero serían peor las noches. Cada mes lloraría cuando le viniera el periodo.

Michael continúa:

–Empezó a trabajar de voluntaria en la Oficina de Atención al Ciudadano, después se quedó embarazada y esta vez no lo perdió.

–Entonces sí que tienes un hijo… –Sus ojos están tan serios que titubeo–. ¿Fue un chico o…?

–Un niño. Pero no mío. El padre es un abogado que conoció en la oficina. Casado, pero ha dejado a su mujer. –Se detiene–. Nunca tendríamos que habernos casado.

¿Cómo iba él a saberlo entonces? ¿Cómo podía saberlo yo? Cuando eres joven, no tienes ni idea de lo que necesitarás más adelante ni de lo fuerte que tendrás que ser.

–No pongas esa cara de preocupación. –Sonríe–. Es agua pasada. Siento haber abusado de tu…

¿Siente haber revelado todas esas cosas? O quizá está pensando en la noche de hace un año, en la cocina; yo también pienso en ella. En la calidez de su mano en mi espalda, en su boca contra la mía. Al fin y al cabo, el momento había tenido esa textura rugosa de lo auténticamente real, cuando nada más la tenía.

Afuera ha oscurecido. La espuma blanca brilla a través de la lluvia; más al fondo, el oleaje se ha fundido en el malva del ocaso y se ha vuelto invisible. Ha refrescado, pero la comida y la charla me han calentado el cuerpo. Atravesamos de nuevo los campos, tan juntos que nuestras manos se entrechocan. Ya en la casa, le pongo a Bertie su comida y Michael se ocupa de la chimenea. Me llega al alma verlo aquí ahora, inclinado plácidamente mientras enciende el fuego para mí, concentrado en la tarea. La leña prende y llamea. Entonces se vuelve hacia mí.

Camino hasta sus brazos y empezamos a besarnos como si nunca hubiésemos dejado de hacerlo. Es como el calor del sol tras mucho tiempo de frío y negrura. Me lleva junto al fuego, me quita el abrigo, se quita el suyo. Nos desnudamos en la oscuridad. Tira de la manta del sofá y nos envuelve con ella. Nos tumbamos juntos, nos acariciamos cada palmo de piel; la suya me parece familiar y desconocida al mismo tiempo. En ella hay seguridad y hay peligro. Ha percibido mi inquietud y, separándose apenas, me acaricia la cara iluminada por el fuego.

—¿Qué tienes? —pregunta con suavidad—. Dime.

—¿Cómo vamos a hacer? ¿Tú puedes hacer esto? Quiero decir…

—No te preocupes. —Puedo oír la risa en su voz—. Es nuestro secreto.

¿Nuestro secreto? ¿Deberíamos tener un secreto? Sus brazos me estrechan con fuerza, me reconfortan, y mi inquietud se diluye. Sus manos me recorren lentamente, mi piel comienza a arder y me vuelvo hacia él, atraída por su calidez, deseando el momento. En mi mente surge la idea de que también Naomi hizo esto; debió de verse arrastrada por algo secreto que luego se convirtió en peligroso. Entonces su boca cubre la mía y empezamos a movernos acompasadamente, como si lleváramos esperando este instante durante mucho tiempo.

Bristol 2009. Cinco días después

—Lo siento.

Michael parecía abatido. Su brazo cayó flojo a un costado.

—No pasa nada.

Me sentía demasiado cansada para esto. Notaba cómo la impaciencia crispaba mi voz.

—Deja ese aire de culpabilidad. No importa.

No quería que esto cambiara nada, porque teníamos que seguir trabajando juntos.

Estábamos en la cocina. Ted, en el piso de arriba.

Esa misma mañana, después de haber hecho un llamamiento por televisión, Ted se había ido directo al trabajo, y allí se había quedado durante todo el día. Decía que le daba un suelo estable que pisar, que lo ayudaba a seguir adelante. Para él funcionaba, pero para mí ya no había suelo: había dejado de existir. Ahora vivía en un espacio negro al final del cual lo veía a él, en la distancia. Sentía pena y enfado desde la lejanía. No podía entender cómo era capaz de continuar, de saludar a los pacientes y a los colegas. Cuando volvía a casa, comía algo a toda prisa, de pie, y luego se iba a la cama, la cara descolorida por el cansancio.

Michael se había pasado tarde. Los chicos estaban ya en la cama.

Le estaba contando cuánto me preocupaban los chicos y de pronto me había puesto a llorar. Él me había rodeado con el brazo, nos habíamos acercado, había inclinado su cabeza hacia la mía y, durante un segundo, nuestras bocas se habían encontrado. Yo había retrocedido; la sensación de que aquello estaba mal había sido instantánea. Estaba exhausta y también él debía estarlo. Un reflejo momentáneo, eso había sido, fruto de la desesperación y la soledad. No era culpa de nadie.

—Hoy he ido otra vez a ver a Jade —dije enseguida, con la esperanza de que eso nos ayudara a retomar las cosas desde donde estaban antes.

Pareció funcionar: mientras hablaba, pude notar que se rehacía, que volvía a tomar las riendas de la situación.

—Había prometido volver. Pensaba que la gente se me quedaría mirando, por lo hinchados que tenía los ojos, pero la verdad es que nadie se fijó.

Al decirlo, caí en la cuenta de que tampoco yo me había fijado en nadie en mi época en el hospital, de que había ignorado a ese ejército de insomnes desconsolados que se sentaban en las salas, invisibles, observando y esperando.

—Su padre estaba con ella. Se levantó cuando entré. El tipo es enorme. Lo había olvidado.

–¿Por qué no me llamaste? –preguntó Michael. Noté que le había molestado–. Habría ido contigo. Podría haber sido de ayuda. Se supone que tengo que darte apoyo. Es mi trabajo, ¿recuerdas?

–No podía pretender que me acompañaras; el error lo cometí yo –le dije–. Me equivoqué en el diagnóstico. Tenía que arreglarlo.

–¿Y cómo fue?

–Le llevé unos viejos libros de Naomi y ella me dio las gracias. Pareció alegrarse de verme. Había engordado. La quimioterapia tiene esteroides, así que es una gordura artificial, pero aun así tenía mejor aspecto. –Notaba que de nuevo se me escapaban las lágrimas–. Pero lo más difícil fue lo que ocurrió con Jeff Price.

–¿Qué hizo?

Michael parecía enfadado.

–Nada. Dijo que lo sentía.

–¿Qué?

En mi mente, retrocedí al momento en que Jade había cogido los libros y había abierto uno de ellos.

–¿De quién es esta letra?

Se había vuelto hacia su padre y le enseñaba las palabras garabateadas a lápiz en una imagen del cielo, en la primera página.

–«Naomi Malcom» –leyó el padre–. «Mi cama. Mi cuarto. Número uno de Clifton Road, Bristol, Inglaterra. El mundo. El universo. El espacio exterior». –Se detuvo y luego añadió–: Es la hija de la doctora, Jadie.

–¿No le importará que los tenga yo? –me preguntó Jade volviéndose hacia mí.

–No –respondí. No me acordaba de que había algo escrito–. Ella… ya es mayor.

Traté de sonreír, pero quizá Jade leyó la expresión de mi rostro.

–Se los devolveré cuando los termine –dijo.

Asentí, incapaz de hablar. Jeff Price recorrió conmigo el pasillo de camas alineadas. Los niños se arrebujaban en la calidez de las sábanas, las caras rojas y entontecidas por el aburrimiento. Tan silenciosos como animales enfermos, agobiados por el montón de familiares que se sentaban a su alrededor, mirando la televisión.

Se detuvo al final del pasillo, frente a los batientes de plástico de la entrada a la sala.

—La he visto hoy en la tele. Siento lo que le ha pasado. No hay derecho a esas cosas. Sé que tuvimos nuestros más y nuestros menos, pero no hay derecho.

—Gracias. —Hice una pausa—. La policía está interrogando a todo el mundo. También a mis pacientes.

—Por mí, bien. Que vengan. Si puedo ayudar, aquí estoy. Y aquí he estado a tiempo completo. Las enfermeras lo pueden decir.

Me tocó en el hombro y se fue, con su corpachón que parecía ocupar todo el pasillo mientras se alejaba, el paso oscilante, los pies enfundados en unas enormes deportivas blancas que rechinaban al tocar el reluciente suelo azul.

Los batientes de plástico se habían cerrado tras él con el sonido de una bofetada.

Michael esperaba pacientemente mi respuesta.

—Jeff Price sentía lo de Naomi —volví a decirle—. A lo mejor, ni siquiera hace falta que lo interrogues.

—Bueno, no debería llevarme mucho tiempo.

No parecía que pudiera detener lo que yo misma había iniciado, aunque estaba segura de que Jeff Price no tenía nada que ver en el asunto.

—Estuviste muy bien en televisión —dijo sonriente Michael, cambiando de tema.

Los focos deslumbraban y daban mucho calor. Me hacían lagrimear, pero no quería que la gente pensara que estaba llorando. No quería que el captor de Naomi supiera lo que nos estaba haciendo sufrir. Nos habían advertido que mostrar aflicción podía empeorar las cosas. Eso convierte a los padres en víctimas fácilmente manipulables. Pero, al mismo tiempo, debíamos transmitir esa aflicción. Teníamos que ser capaces de conmover a la mujer que podría haber visto la cara borrosa de Naomi tras la ventana de un coche, en la ciudad que fuera, que hubiera distinguido su boca abierta pidiendo ayuda. Debíamos captar la atención del tendero de barrio, quien podría haber notado que ese tipo tan callado que solía comprar solo cigarrillos ahora se llevaba más cosas: comida, cinta adhesiva, compresas para el sangrado. Teníamos que persuadir al chaval de la bicicleta para que recogiera la sudadera gris enganchada en un seto al borde de un sendero rural, una prenda que ella había arrojado con la esperanza de que alguien la encontrara. Yo quería que esa mujer del semáforo, el tendero y el chaval de la bicicleta estuvieran de mi parte.

—Estuviste muy bien, de verdad –dijo otra vez Michael al ver que yo no respondía–. Y Ted también. Por cierto, tendremos que volver a hablar con él.

—Me parece que ahora está durmiendo. Es curioso: parece incapaz de mantenerse despierto, pero yo, en cambio, soy incapaz de pegar ojo.

—Solo unas preguntas. Mañana, a ser posible.

—Seguramente, yo podría contestarlas ahora.

—No. Tenemos que hacérselas a él.

Hablaba con mucha seriedad, casi con pesar. Yo no comprendía nada.

—¿Qué preguntas?

—Algunas cosas no acaban de encajar. Necesitamos aclararlas.

Se me vino el mundo encima. ¿De verdad teníamos que pasar otra vez por lo mismo, cada uno por su lado? ¿Significaba eso que la policía no creía lo que estábamos diciendo?

—Michael, por favor. El tiempo corre y cada segundo…

—Por eso tenemos que poner en claro estas cuestiones. ¿Puedes decirle que tiene que venir a la comisaría por la mañana? Pasaremos a recogerlo.

Parecía todo tan ridículo, como si fuera una serie policiaca en la que deben interrogar al marido y a la mujer le entra un ataque de histeria.

—Si yo puedo responder por él, nos ahorraremos mucho tiempo.

Michael suspiró.

—Muy bien. ¿Sabes por casualidad dónde estaba Ted la noche que desapareció Naomi?

Me levanté y empecé a pasearme por la cocina, recogiendo los vasos y las tazas que parecían atiborrar cada superficie. Ya sabían la respuesta a esa pregunta. Yo estaba cansada; quería irme a la cama ya.

–Sé exactamente dónde estaba. En el hospital. Su operación se había retrasado. Tenía un caso difícil. Es algo muy habitual. Si hay alguien que no lo crea, solo tiene que verificarlo con el personal del quirófano.

Michael también se puso de pie. Su cara no mostraba expresión alguna y parecía que no me hubiera escuchado.

–Bien, ya sé dónde está la puerta –dijo adoptando de pronto un tono extrañamente formal–. Por favor, dile que pasarán a recogerlo por la mañana.

Cuando se hubo ido, me senté a la mesa y cerré los ojos. Las palabras de Michael parecían resonar en el silencio. Al cabo de un rato, cogí el teléfono y llamé al hospital. Pedí que me pasaran con los quirófanos de neurocirugía. A pesar de la hora tardía, un auxiliar de quirófano contestó de inmediato. Por la voz, parecía muy joven. Le dije quién era y que Ted me había pedido comprobar a qué hora había empezado la operación del pasado jueves por la noche. Había olvidado anotar la duración de la operación y necesitaba el dato para informar al médico de cabecera. Las palabras salieron con tanta fluidez que parecía haberlas ensayado, pese a que las había improvisado a partir del caos que reinaba en mi cabeza. Se ausentó durante un momento y luego regresó.

–Siento haberla hecho esperar, doctora Malcom. He tenido que comprobarlo dos veces. ¿Está segura de que no se refería al lunes?

–Él me dijo el jueves, seguro… –repliqué con el corazón desbocado.

–Pues el jueves solo figura el señor Patel en los quirófanos de neuro. La operación del doctor Malcom se canceló. Puedo averiguar cuánto duró la del lunes si me llama usted dentro de un rato.

–Ya contactará mi marido si necesita algo.

Colgué el auricular, subí al piso de arriba y me senté en una silla, junto a mi durmiente esposo. Me quedé mirándolo durante tanto rato que su rostro cambió y pareció diluirse, igual que lo hace nuestra identidad cuando nos repetimos nuestro nombre una y otra vez. Al final, podría haber sido cualquier hombre el que estaba allí tumbado, un extraño al que acababa de conocer, por casualidad.

CAPÍTULO 19

Dorset 2010. Trece meses después

Un grupo de niños canta villancicos en la entrada de la estación de Dorchester, apelotonados alrededor de una mujer de cabello cano. Los pequeños se agitan inquietos bajo sus torcidos sombreros de Santa Claus; dos de ellos no hacen más que pisarse el uno al otro, y la niña más pequeña se limpia los mocos de la nariz con la manga. La mujer dirige el canto con decisión, pero con sus tajantes movimientos de manos parece estar dibujando castigos en el aire. La melodía de «Lejos en un pesebre» se eleva en las finas voces infantiles mientras camino hacia las barreras del andén número uno. Hay algo familiar en la forma que tiene esta mujer de interpretar su papel: esa postura tan rígida, y la voz, demasiado entusiasta. Pertenece a un mundo que antes también era el mío y, mientras la observo, recuerdo cuánto me pesaba. He dejado de tener obligaciones que me arrastren a lo largo del día. La vida se ha despojado de vestiduras y ahora interpreto menos papeles: soy madre, no esposa. Si tuviera que poner mi profesión en un formulario, escribiría *pintora*.

El tren de Ed está al llegar. Sophie viene con él. Al final, no han necesitado que se quedara en el centro por Navidad. Se me ocurre ahora, demasiado tarde, que el viaje en tren podría resultarle difícil, con todo ese ruido y con tanta gente, después de la rutina y el orden del centro.

Al cabo de pocos minutos, el tren entra veloz, las puertas se abren y de inmediato debo buscar entre un mar de cabezas en movimiento, así que me sobresalto al notar a mi espalda unos brazos que me rodean con fuerza por la cintura.

–¡Ed!

Se está riendo. ¡Riendo! No lo he visto ni siquiera sonreír desde hace meses. No tendría que haberme preocupado tanto. Va sin afeitar, sus ojos castaños se ven llenos de vida y el pelo largo y oscuro está reluciente. Lleva una mochila y la guitarra colgada en bandolera. Se gira y rodea con el brazo a una chica, casi oculta tras él.

–Mamá, esta es Sophie. Soph, mamá.

El colorido de la chica ilumina la grisura de la estación. Cabello corto de un rojo encendido, ojos verdes enmarcados por el lápiz de ojos gris, un abrigo de punto verde, guantes azules a rayas, sombrero naranja, botas amarillas. Lleva un aro de plata en un orificio de la nariz y un acordeón sujeto a la espalda. Tiene un rostro atento, sereno y muy hermoso. Tomo una de sus manos enguantadas entre las mías.

–Hola, Sophie.

Sonríe.

–Hola.

–Hemos tenido suerte de que haya podido venir –dice Ed, mirándola–. Por poco no puede. Jake quería que se quedara para la comida de Navidad en el barco, pero al final no ha habido problema.

Le sonrío a Sophie.

–Gracias por invitarme a su casa.

Su barbilla se ladea un poco al decirlo. Percibo un suave acento irlandés en la voz.

Al volver a casa en el coche, Sophie se sienta cerca de Ed y él le señala los acantilados y las playas que vamos dejando atrás. Le digo que Theo llegará más tarde con Sam, el compañero al que todavía no conocemos. Entonces me pregunta a qué hora llegará Ted.

–Mañana o pasado mañana. Hoy toma un vuelo desde Johannesburgo.

–Supongo que está de vacaciones –dice Ed encogiéndose de hombros.

Pensaba que Ted había mantenido el contacto con él. Así que nada ha cambiado. Ha estado ocupado durante toda la vida de los chicos, en los cumpleaños, en las reuniones de tutores y padres y, a veces, hasta en las Navidades y las vacaciones. Vuelvo a sentir el peso de la responsabilidad, tan grande como lo era durante todos esos años en que creí que él lo compartía conmigo. De forma irónica, el peso se aligeró cuando se fue, o quizá es que ya había aprendido a lidiar con él. ¿Por qué, entonces, me escuece ahora la decepción?

—No está de vacaciones. Ya te dije que ha ido a un encuentro.

—Típico.

Echo un vistazo por el retrovisor, pero Ed está de nuevo sonriente; incluso se aprecia un leve aire de orgullo cuando le pasa a Sophie el brazo por el hombro. Mi padre, ocupado e importante.

—Qué bien lo de tu padre. Yo siempre he querido trabajar en África —dice.

—Es solo un congreso —le aclaro—. Dura dos semanas. Su trabajo de verdad está en Bristol.

—Sophie trabaja para Amnistía Internacional —dice Ed.

—Vaya, es impresionante.

Miro su cara por el retrovisor; sonríe y se encoge de hombros.

—Solo traduzco. Del francés y el alemán.

—Ella y Jake pueden hablar entre ellos en cualquier lengua, sobre todo cuando hablan de mí y no quieren que me entere de lo que dicen —dice Ed con total naturalidad.

—De todas formas, no entenderías nada sobre ti aunque lo dijéramos en tu lengua materna. Los aspirantes a médicos no se dedican a comprenderse a sí mismos. Están demasiado ocupados siendo los héroes de su película.

Su voz cantarina suena divertida. Ambos se ríen como si se tratara de una vieja broma.

En las semanas que siguieron a su ingreso en el centro, habíamos evitado hablar de lo que haría al salir. Nunca volvió a referirse a la medicina, después de verse obligado a dejar los estudios. Hizo los exámenes preuniversitarios en el centro y, cuando supimos que había obtenido unas notas espectaculares, nuestra pena fue todavía mayor por la sensación de porvenir malogrado. Me dijo entonces que, por el momento, estaba feliz de poder seguir ayudando en el centro. Este no es momento de discutir planes para el futuro. Ed parece tener la alegría de quien ha vuelto de unas vacaciones.

Bertie está esperando en el recibidor cuando abro la puerta. La cara de Ed se descompone; se arrodilla, rodea al perro con los brazos y empieza a llorar. Bertie se queda quieto, parpadeando. Estornuda y luego husmea en el pelo de Ed mientras mueve la cola. Sophie se arrodilla junto a Ed, lo abraza y pega su mejilla a la de él. Preparo té. Debería haber supuesto que ocurriría algo así, haberlo preparado de algún modo para esa forma que tiene el pasado de fundirse con el presente.

Tras unos minutos, Ed se levanta, se suena la nariz y deja escapar una risa temblorosa.

–Lo siento, Bert.

Se inclina y vuelve a poner la mano en la cabeza de Bertie.

–¿Podemos ir a la playa y llevarnos a Bertie? –pregunta Sophie.

Ed asiente, se beben el té y salen al campo por el jardín. Los veo detenerse en la cancela, tocar el poste. Por enésima vez, me pregunto si ya ha sido capaz de asimilar todo lo ocurrido, de guardarlo en algún sitio hasta que pueda pensar en ello y tratar de darle algún sentido.

Los observo mientras cruzan el campo. Luego, debo ocuparme ya del pollo, sacarlo de la nevera, deslizar mantequilla y hierbas bajo la piel y ponerle dentro el limón y el ajo. Tras meterlo en el horno, me sirvo una copa de vino y me la llevo afuera, al cobertizo de madera que despejé hace una semana para convertirlo en estudio, consciente de que en la casa no habría espacio. Después de limpiar las ventanas, la luz entraba a raudales; barrí las hojas viejas, el polvo y los excrementos de ratón. Allí había ya una mesa de caballete, compré un radiador nuevo y colgué algunos de mis cuadros en los clavos de la pared.

Mi pintura al óleo de las manos de Mary está sobre la mesa. Parecen garras, los dedos deformados por el reumatismo, la piel fina e hinchada. Ella las llama sus manos de bruja, pero son las mismas que preparan el té, las que cogen los huevos y manejan las herramientas de jardinería, las que hacen el pan. Las he pintado abiertas y relajadas para transmitir la bondad de su dueña. Si

Mary es una bruja, ha de ser una bruja buena. Las manos de Dan sostienen un trozo de madera. Su aspecto es a la vez cuidadoso y despreocupado; la madera se inclina como si fuera a caérsele de los dedos, pero él la atrapa con el pulgar, de modo que está en perfecto equilibrio, a un tiempo sujeta y suelta. Y hay también un nuevo dibujo a lápiz de la mano de Michael. El fin de semana anterior, estaba aquí sentado en una vieja tumbona, junto a la ventana. Estaba leyendo, con la mano posada sobre la rodilla. El dibujo ha captado la fuerza de los dedos y la amplitud de la mano. Todavía no está terminado. Busco el lápiz y, mientras trabajo, algunos copos de nieve caen al otro lado de la ventana. Sombreo la marcada curva de los músculos en la almohadilla del pulgar y es como si Michael me estuviera tocando. Cierro los ojos, rememoro el tacto de su mano en mi cuerpo. Los ojos de Naomi, tal como aparecen en el retrato, atraviesan con su brillo mis párpados cerrados. Los secretos son peligrosos; Naomi debería haber sido precavida. ¿Debería serlo yo también, con Michael?

Ed y Sophie regresan. Tienen la ropa salpicada de nieve.

—Nunca había visto la playa en invierno —dice Ed mientras se quita el abrigo mojado—. Qué vacía está.

A Sophie le castañetean los dientes.

—Los acantilados son increíbles, con todos esos estratos.

Van a tomar un baño y una ducha, y más tarde, después del pollo, el vino y el café y de haber lavado los platos, se sientan junto al fuego y Sophie toca el acordeón. Ed se suma con la guitarra. Parecen estar a gusto; debe ser algo que hacen a menudo. Los acompaño a cierta distancia, medio oculta en sombras, sentada junto a la puerta en el sillón azul de mi padre.

—¿A quién le vamos a dedicar esta melodía? —pregunta Sophie.

—A papá.

—Háblame de él —dice Sophie en tono soñoliento.

Descansa los brazos en el instrumento y los dedos dejan de tocar.

—Ya te lo dije. Es neurocirujano —contesta Ed—. Le opera la cabeza a la gente. Les arregla el cerebro.

Me entristece el orgullo que se percibe en su voz. ¿Es Ted consciente de ello? ¿Sería importante para él? Hace dos años, habría pensado que sabía la respuesta. No, ni siquiera habría hecho la pregunta.

—Debe haber sido difícil para ti, mientras crecías. Me refiero a que no lo verías demasiado.

—No tan difícil —dice Ed en tono alegre—. Solía estar presente, más o menos. En las vacaciones y en otras ocasiones. Y siempre volvía a casa por la noche.

No, no lo hacía. Ahí Ed se equivocaba. No siempre volvía a casa por la noche.

Bristol 2009. Seis días después

El teléfono sonaba cuando me desperté. Estaba en el lado de la cama de Ted. Me giré para alcanzarlo por encima de él, pero mi mano chocó con la pared. Ah, claro: la habitación de invitados. Oí a Ted que contestaba en el piso de abajo; su cadencia tranquila y regularmente espaciada indicaba que la llamada era del hospital. Lo oí levantarse y bajar a preparar café. Había mantenido su rutina, aunque a su alrededor todo era diferente. Se estaría preguntando por qué no había dormido con él; debía de suponer que me había acostado demasiado tarde y que no quería despertarlo.

No podía saber que yo apenas había dormido y que, cuando lo había hecho, mi mente se había llenado de pesadillas indescriptibles, pesadillas que seguían allí al despertarme, pensamientos tan monstruosos que por un momento creí que me estallaría la cabeza. Ted había mentido. No estaba en el hospital la noche que Naomi había desaparecido. Había sido él quien se la había llevado. Esa noche, había ido directamente desde el quirófano a recogerla y, en secreto, se la había llevado. ¿Por qué haría algo así? La respuesta estaba servida en bandeja. Al verla interpretar a María, se había dado cuenta de que había cambiado, ya no era su pequeña Naomi, sino otra chica del todo diferente, adulta, sexi, desafiante. Quizá eso no le había gustado, de modo que la había… ¿Qué? ¿Violado? ¿Matado? Él sabría cómo hacerlo; sabría exactamente cómo bloquear la arteria carótida o machacarle

174

la tráquea. Me quedé allí tumbada, dejando que los más negros pensamientos me torturaran, hasta que me provocaron vértigo y náuseas. Sabía que no podía haber nada cierto en ellos, pero ¿no era eso lo que la gente siempre decía cuando el asesino resultaba ser alguien a quien querían?

Bajé el tramo de escaleras desde el cuarto de invitados y me senté al borde de la cama doble de nuestro dormitorio. Los pasos de Ted volvían lentamente por las escaleras. Entró en la habitación y me dejó el café en mi mesita de noche.

–¿Estaba roncando otra vez?

Se inclinó para besarme en la cabeza y luego se metió en el cuarto de baño sin esperar la respuesta. Un momento de intercambio conyugal que no era lo que parecía.

Seguro que habría una forma más inteligente de llegar al fondo de la cuestión, algún truco que podía utilizar para desenmascararlo, bolsillos que podía registrar o un diario oculto en alguna parte; pero estaba demasiado cansada, demasiado abatida. Tenía que saberlo de inmediato.

–Michael se pasó anoche.

–¿Sí? –dijo con la boca llena de dentífrico.

–Quiere que vayas a la comisaría esta mañana.

–Pues no podrá ser. ¿Para qué me necesitaba?

Cerró la mampara de la ducha, sin esperar una respuesta. Me puse rápidamente la primera ropa que encontré.

Pareció sorprendido de verme vestida cuando salió de la ducha, secándose con una toalla que luego se ciñó a la cintura. Tenía buen cuerpo para un cuarentón: fuerte, delgado y de músculos firmes. Observé su rostro, suavizado aún por el sueño. Un rostro que llevaba viendo durante tantos años que creía conocerlo mejor que el mío.

–Tenían algunas preguntas.

–Lo siento, Jen. Tendrás que ir tú.

Se encogió levemente de hombros y alargó el brazo para buscar una camisa en el armario.

–No.

–Hoy estoy hasta el cuello. Tengo las consultas encadenadas.

Escogió una corbata roja para combinar con la camisa de rayas azules.

—Ya sé que es un engorro, pero ¿no podrías tú contestar a esas preguntas?

Durante un segundo, me pregunté si debía esperar, pero ya no me veía capaz de resistir la creciente angustia de aquella pesadilla.

—Quieren saber dónde estabas la noche que desapareció Naomi.

No estaba segura de si era la cólera o el miedo los que me hacían hablar como si le estuviera escupiendo esas palabras.

Su rostro apenas se alteró. Incluso pareció volverse más terso. Tal vez la boca adoptara una leve curva descendente, como si tuviera un tic en una comisura.

—Eso ya lo sabes tú.

No quería oír más mentiras ni quería mirarlo mientras las decía. Me levanté y me quedé frente a la ventana, observando los enormes tilos entrelazados.

—¿Dónde estabas?

—Ya te lo dije. Tenía una operación tarde…

Me volví para encararme con él.

—Tu operación se canceló. Lo he comprobado.

Se hizo el silencio. Siguió vistiéndose; sacó el traje del armario, buscó calcetines. Crucé la habitación y le arranqué el traje de las manos.

—¿Dónde coño estabas esa noche? —Me faltaba el aliento—. Tu hija desaparece y tú no estás donde dices que estabas. ¿Qué significa eso? ¿Qué va a pensar la policía?

De súbito, su rostro se tiñó de ira al comprender lo que estaba insinuando.

—¿Qué estás diciendo? —preguntó gritando.

Oí que los chicos empezaban a despertarse y al pensar en ellos, soñolientos y sin sospechar nada, el asunto me pareció aún peor: nos había mentido a todos.

—Cállate —susurré—. Deja que los chicos se vayan al instituto. Tú tienes que ir a la comisaría. Pasarán a recogerte.

Me fusiló con la mirada, la boca apretada hasta no ser más que una línea.

—Pueden arrestarte si te niegas a ir con ellos para responder.

No sabía si eso era verdad; podría serlo.

Se detuvo, cogió el teléfono y se lo llevó fuera de la habitación. Oí cómo cancelaba las consultas. Había optado por ir a trabajar solo dos días después de que Naomi hubiera desaparecido, pero ahora no tenía alternativa.

Ed se fue tras desayunar en silencio y Theo empezó a reunir lentamente las hojas de su portafolios de arte. No quería irse; quizá adivinaba a través del fingimiento. Cuando nos quedamos solos, miré a Ted por encima de los platos del desayuno.

—Está bien —murmuró como si hablara consigo mismo—. Está bien. —Levantó la vista—. Pensaba decírtelo al día siguiente de que ocurriera, pero esa noche Naomi desapareció y no pude hacerlo.

En ese instante, la angustiosa pesadilla se desvaneció. Supe lo que iba a revelar y me dije a mí misma que no importaba en absoluto. Comparado con la tortura de pensar que le había hecho daño a Naomi, el hecho de que me confesara una infidelidad me parecía insignificante.

—Dímelo ahora.

Paseó la mirada por la cocina, como si fuera la primera vez que la veía.

—Sucedió solo una vez, esa noche. Cometí un error estúpido. Es joven. Quiero decir que no está casada.

No me importaba. No me importaba en lo más mínimo. Mientras esperaba a que prosiguiera, comprendí de pronto por qué se había confundido y creía que le tocaba recoger a Naomi; esa noche, los asuntos de casa se habían borrado de su mente.

—Estaba cansado. No había podido comer. Mi operación se canceló y Nitin estaba a cargo de las urgencias. Acababa de terminar una última ronda y Beth salía de la sala al mismo tiempo…

—¿Beth?

La Beth de *Mujercitas* era la más dulce de las hermanas, la más generosa y femenina. Todos la querían.

—La supervisora de enfermeras de neurocirugía. Vio que estaba agotado y dijo que había un restaurante cerca del hospital que era

177

mejor que la cantina, pero cuando llegamos allí estaba cerrado, así que la llevé a su casa.

Me imaginé la casa de Beth como un lugar apacible. No habría botas de *rugby* embarradas junto a la puerta, ni un perro incontrolable dando brincos. Juntos habrían repasado la película compartida de su jornada laboral. No habría preguntas familiares con las que lidiar, preguntas que nunca tenían fácil respuesta, como la cantidad de deberes que deberían hacer los niños o a qué hora tenían que volver a casa. Beth le habría dado una copa de vino, habría puesto algo de música y habría atenuado la luz. Se habría sentado cerca de él, habría escuchado todo lo que decía. No estaría demasiado cansada para el sexo.

–¿Por qué? –pregunté con voz que no parecía la mía.

Hubo una larga pausa y luego se encogió de hombros.

–No sé si es mejor o peor, pero no hay una razón. Ella estaba ahí. Se detuvo. Ante mi silencio, se le notaba que no sabía si continuar. Entonces, evitando mi mirada, prosiguió lentamente:

–Tú y yo, nunca hay tiempo…

–Dilo. ¿Nunca hay tiempo para el sexo?

–Estamos cansados. Nos vamos a dormir…

–¿Por qué no eres capaz de decir lo que piensas de verdad?

Pero yo sabía lo que quería decir: que era culpa mía.

El teléfono sonó. Ted respondió en el acto:

–Hola. Sí, me lo dijo mi esposa. Ya estoy listo. Llame al timbre y saldré.

Colgó el auricular y se volvió hacia mí.

–Michael está aparcando; viene a recogerme. –Enderezó la espalda–. Lo siento, Jenny. Iba a decírtelo.

Me miró y lo vi debatirse, pensando que debía decir algo más:

–Te quiero, ya lo sabes.

Sonó el timbre. Noté todo el peso de la ira, todo el dolor, conteniéndose por un instante. Presentes, pero todavía no reales, como la leve pulsación que anuncia la migraña antes de que el dolor se desencadene. Aún se quedó mirándome durante un rato más. Tenía la piel bronceada de su reciente viaje a California. Cuando nos encontrábamos con viejos amigos de la facultad de medicina, le decían que resultaba casi ofensivo lo poco que había cambiado. A veces, tenía la sensación de que yo envejecía por los dos. Había visto cómo las pequeñas arrugas aparecían y se marcaban cada vez más alrededor de mis ojos, cómo se ramificaban las venillas azules en mis tobillos, pero pensaba que era un precio justo que pagar a cambio de todo lo que tenía. No creía que todos esos cambios importaran.

–Lo siento –repitió, como si diciéndolo dos veces las palabras tuvieran más efecto–. Hablaremos cuando vuelva.

En ese momento, yo ya había decidido que hablar no servía de nada. Las excusas no cambiaban nada. No quería oírlas otra vez. Incluso dejé que me diera un beso de despedida. Cuando se fue, la cara de Naomi regresó a mi mente hasta llenarla por completo; en ella ya no quedaba espacio para nada más.

CAPÍTULO 20

Dorset 2010. Trece meses después

Nochebuena. Por la mañana se oyen pasos, risas amortiguadas, luego otra vez el silencio. Cuando Ted y yo éramos todavía una joven pareja, el amor por las mañanas era cálido y sencillo, sin batallas ni negociaciones. ¿Cuánto tiempo hace de eso? Bajo deprisa las escaleras, sin querer escuchar ni recordar. Bertie sigue acurrucado en su cesto. Me asusto de pronto y tengo que tocarlo para comprobar si su cuerpo despide calor, pero procuro no despertarlo, porque sé que enseguida trataría de levantarse y me miraría desconcertado. En Bristol, le habría enganchado la correa cuando aún dormía y lo habría despertado para salir. Me seguía lealmente mientras yo corría por las calles. Ahora no podría hacerlo. Lo dejo dormir.

Ha caído más nieve durante la noche; las ramas aparecen delicadamente ribeteadas de blanco. Apoyo los codos en el alféizar para observar el nuevo jardín. Naomi siempre anhelaba unas Navidades blancas… No, he de apartar enseguida ese pensamiento de mi mente antes de que se adueñe del día. Tengo una familia de la que cuidar.

En la mesa hay un pequeño envoltorio. El papel tiene un estampado de árboles y estrellas y una etiqueta marrón. Le doy la vuelta y dice: «Para Jenny, de Sophie».

Mis dedos se detienen…

«No, Naomi, espera al día de Navidad. Sé una niña buena. Vete a la cama».

Arranco el celo para abrir el pequeño paquete. Contiene un manojo de carboncillos, grueso y ligeramente abultado, en un envoltorio de papel de seda atado con lana roja. Se percibe el esfuerzo y que ha sido un regalo meditado. Las pinturas enmarcadas de las manos de Dan y Mary descansan contra la pared. Las cojo y salgo de la casa en silencio.

Hay una nueva corona de Navidad colgada en la puerta de Mary, quien responde en cuanto llamo y parece aliviada al verme.

—Creía que ya los tenía aquí a todos.

Pone a calentar la tetera. Su familia va a venir y ella tiene que preparar la comida. Me arrebata los regalos casi con enojo y los coloca bajo el árbol. Los regalos le incomodan; no sabe qué decir. Prefiere dar. Tomamos el té en la mesa de la cocina. Sus manos descansan en el pelaje atigrado del gato que tiene en el regazo.

—No he visto guirnaldas de luces en tu ventana. ¿Dónde está tu árbol?

—No pensé en el árbol —contesto—. Regalos y comida: no he llegado más lejos. Y ya ha sido bastante.

Mary niega con la cabeza.

—Tus niños querrán un árbol.

—¡Niños! Venga, Mary, que ya son mayores.

—Dan pasará más tarde. Él te conseguirá un árbol. Ya te lo llevará.

No me preocupa que Mary se salga con la suya. No estoy de acuerdo con ella, pero eso no importa. Al marcharme, le doy un beso y ella frunce el entrecejo.

Ed y Sophie están en la cocina desayunando.

—¡Preciosos, los carboncillos, Sophie! Muchas gracias.

Parece complacida.

—Tengo un amigo en el barco de al lado que utiliza bidones de petróleo para hacer carbón. Lo deja arder a fuego suave durante dos días. Usa una variedad especial de sauce que consigue en Somerset.

—Son exactamente del tipo que me gusta, muy oscuros y de trazo suave en el papel.

Dejo que corra el agua caliente en el fregadero, echo un chorro de lavavajillas y recojo los platos de la mesa. Las manos de Ed me tienden su taza de café vacía; tiene una mirada adusta.

—Así que el arte sigue siendo lo más importante de tu vida, ¿no, mamá?

–¿Cómo?

Me giro al tiempo que hundo los platos pringosos en el agua llena de espuma, preguntándome si se trata de una broma.

Ed mira a Sophie mientras habla; no hay rastro de risa en su cara.

–Cuando mi madre subía a pintar, sabíamos que no había que molestarla, pasara lo que pasara. ¿No es así, mamá?

La sorpresa me deja sin aliento.

–Sabes que eso no es verdad.

–Ah, venga ya.

Está encorvado sobre la mesa y cruza los brazos con fuerza. Su voz suena hostil; está convencido de que le asiste la razón.

–Y lo mismo pasaba cuando ibas a trabajar. Nunca contestabas al móvil cuando te llamaba. Nunca estabas en casa cuando regresábamos del colegio. Nos volvíamos majaras con eso. –Se vuelve a Sophie de nuevo, gesticulando, fingiendo que le parece divertido–. Y la comida, un desastre, por supuesto.

¿Por qué está haciendo esto?

–Sé que me ponía a pintar, pero casi siempre era cuando estabais en clase…

–¡Joder! –me interrumpe gritando–. ¿Ni siquiera te acuerdas de que nunca estabas? Cuando me ponía enfermo, me dejabas una caja de pastillas junto a la cama y te ibas pitando a trabajar.

–Te dejaba dormir…

–Ya estamos. ¿Y aquel día que nos dijiste lo de la casa de campo? Primero parecía que podríamos venir y luego cambiaste de opinión.

–Lo que no quería era que hubiera fiestas aquí…

–Solías desaparecer en tu «estudio» sin previo aviso –dice–. Con razón nos sentíamos rechazados.

Al subir a pintar, mi intención era encontrar mi propio espacio, no rechazar a los niños. ¿Cómo se le ocurría pensar algo así?

–Ed, el arte nunca fue lo más importante. Nunca.

La cabeza de Sophie no hace más que girar de un lado a otro, entre Ed y yo. Se recoloca un mechón pelirrojo por detrás de la oreja y se mira las manos, que no dejan de retorcer la pequeña tarjeta navideña que yo le he dado.

—Pues claro que era lo más importante —continúa Ed, aún con mirada de hostilidad—. Y lo era porque podías convertir tus pinturas en lo que te diera la gana.

Este no era el Ed de la noche anterior.

—No sé a qué te refieres.

—Eras tú la que pintaba las imágenes, la que controlaba la situación. Un arte amable, bidimensional. No como nosotros, aunque lo hacías lo mejor que podías; te creías que con nosotros también la situación estaba controlada. Nos dabas reglas, millones de reglas.

Está jadeando y los ojos le brillan de cólera.

—No sé de dónde sale todo esto, Ed. Es Nochebuena…

—No «sale» de ningún lado. Es lo que siempre he pensado; venir aquí ha hecho que todo me vuelva a la cabeza.

—No sabía…

Alargo el brazo para tocarle la manga y él la aparta de golpe.

—¿Y cómo ibas a saberlo? Nunca me preguntaste. Nunca estabas allí. Seguramente, creías que yo era como Theo. —Se ríe—. Bueno, quizá no tan perfecto, pero más o menos los gemelos piensan igual, ¿eh?

—Claro que no. Sabía que erais completamente diferentes.

—Tú no tenías ni idea de cómo era yo, igual que no tenías ni idea de cómo era Naomi. —Sus palabras brotan a toda velocidad—. No me extraña que no esté aquí ahora.

Se detiene en seco, como si supiera que ha ido demasiado lejos. Hace ademán de acercarse a mí, pero enseguida se vuelve hacia Sophie.

—Vamos, Soph. Salgamos a pasear.

La coge de la mano y tira de ella para que se levante. Ella se deja llevar fuera de la cocina, pero en el umbral se gira y me dedica una mirada breve, triste.

Las manos me escuecen por el lavavajillas ya casi seco y ahora vuelvo a hundirlas en el fregadero. El agua caliente las cubre y me quedo absorta, mirando las burbujas que se aglomeran en torno a los anillos de los dedos. Se me ocurre entonces que no debería llevarlos más. Otra vez me envuelve el silencio, pero las palabras de Ed todavía resuenan. Tengo ya las yemas de los dedos arrugadas cuando recuerdo que he de ir a la tienda de la granja de Modbury, el pueblo vecino, donde he encargado comida. Me seco las manos y tiro de los anillos, pero el agua me ha hinchado los dedos y he de dejármelos puestos.

Subo a Bertie en el coche y conduzco despacio, con la mente vacía.

La nieve se ha filtrado en los setos y las colinas están espolvoreadas de blanco. En la tienda hay poca gente. Los montones de fruta y verdura del viejo edificio de piedra parecen sacados de una pintura holandesa del siglo XVI. Hay un par de faisanes colgados y chorreando sangre del pico; tienen el suave cuello retorcido, y los vivos colores de la cabeza del macho relucen como alhajas junto al plumaje pardo de la hembra. Las cajas de madera rebosan de coles de Bruselas de un verde oscuro, de pequeñas patatas color crema y de brillantes clementinas, y en un rincón se ve un saco de dátiles. Me llevo bolsas de cada cosa, además de huevos, beicon y un pastel de Navidad glaseado, y lo cargo todo en el coche. En el camino de vuelta, me detengo junto al mar, salgo del coche y respiro el aire gélido y cargado de sal.

Allí, a la intemperie, las palabras que Ed me ha arrojado comienzan a palpitar en el silencio de mi cabeza. Millones de reglas, ha dicho. ¿Era así como lo sentía entonces? Pero él debía saber perfectamente que las reglas eran para proteger. Bertie y yo caminamos por la tierra blanquecina que bordea la franja de guijarros. Nuestros pies dejan huellas traslúcidas en la fina capa de nieve helada; las mías hacen salir a la luz una hierba retorcida y amarillenta.

En la distancia, cerca de la franja blanca de las olas, una joven juega con un perro. Desde donde estoy, distingo su cabello rubio. Cerca de ella hay un hombre, encorvado en su abrigo negro. Espero a que ella se mueva y sigo andando. La chica corre sacando las piernas ligeramente hacia fuera. Naomi corría recta como una flecha.

Si hubiera habido más reglas, o menos, ¿estaría aún aquí? Con más reglas, habría estado más a salvo. Con menos, quizá no habría tenido que romperlas. Pero no se trataba solo de reglas. Ed tenía razón. No había pasado con ellos tiempo suficiente. Naomi no hablaba conmigo durante las semanas anteriores a su desaparición, pero si yo hubiera estado allí, disponible en ese momento, tal vez sí lo habría hecho. Si hubiera centrado mi atención en todos los pequeños cambios que observaba en ella, en lugar de relegarlos al fondo de mi mente, habría podido ayudarla. Le dije a Ted que los niños preferían la libertad de no tenerme allí a toda hora; ¿me había engañado a mí misma para construirme la vida que quería?

La nieve vuelve a caer, copos finos y helados que se posan espaciadamente en la tierra. El alcohol no era algo que encajara con la estudiante aplicada, así que relegué esa idea al fondo de mi mente y di crédito a sus excusas. Incluso las fabriqué yo misma para no ver a la Naomi real, la joven que llevaba un grueso maquillaje y tanga, la que bebía, fumaba y tenía relaciones sexuales. Me ciño más la chaqueta mientras noto la nieve en la cara. Tampoco supe ver a Ed. Estaba demasiado ocupada para responder sus llamadas al consultorio. Me había convencido de que él estaba trabajando duramente, y así dejé que el Ed real cayera en una deriva peligrosa, fuera de mi vista. Kate dijo que nuestra madre nunca había visto lo que maquinábamos, pero yo había sido peor. Yo había visto las señales y las había pasado por alto.

El cielo blanco se ha oscurecido. Hay cúmulos de nieve en el pelaje de Bertie, pero él permanece quieto, sin sacudírselos. No se ve a nadie alrededor; la joven y el hombre se han ido. Es hora de volver a casa.

Cuando entro cargada con las pesadas bolsas, me encuentro en el recibidor un árbol decorado con una hiedra pulverizada con espray plateado. La base se hunde en un cubo y está afianzada con guijarros de la playa. Al lado, en el alféizar de la ventana, hay velas encendidas en vasitos de cristal. Seguramente, ha sido Sophie quien ha comprado el espray, las velas y los vasitos.

Ed ha dejado una nota en la mesa de la cocina:

Alguien llamado Dan ha dejado el árbol. Soph lo ha decorado. Nos hemos ido al *pub*.

E y S

La luz de las velas produce un suave brillo plateado en la hiedra. Todavía sigo allí, de pie, embebiéndome del verdor y el aroma del árbol de Navidad, cuando veo un automóvil que pasa lentamente por delante de la ventana, sobre el asfalto nevado, y luego gira y aparca en el pequeño patio delantero. Se abre la puerta del conductor y aparece Theo, más alto, más corpulento, bronceado. Siento tal alivio que tengo ganas de llorar. Cuando se inclina para abrazarme, desprende un olor diferente, un aroma con un toque amargo y caro. Su calidez disipa parte del dolor de la mañana. Se separa y se hace a un lado.

—Mamá, este es Sam.

Sam parece algunos años mayor que Theo, más alto, más nervudo. Tiene un aspecto diferente al de su fotografía; quizá por la barba. Sus ojos marrones miran con atención desde detrás de las gafas.

—Hola, Sam.

Nos damos un abrazo algo torpe y dos besos, uno en cada mejilla, algo que siempre me pilla desprevenida. Me da un ramo de flores con una ensayada reverencia. Theo habla sobre el viaje, de su reciente exposición, de las sensaciones que le produce volver a la casa. Se percibe un cierto acento estadounidense en su modo de hablar. Me quedo junto a él, escuchando su voz más que sus palabras, y luego consigo recobrar la serenidad.

—Estaréis hambrientos.

Se produce una mínima pausa.

—La verdad es que no. —Theo me da un rápido abrazo—. No te enfades, pero paramos a comer en el Beach Hut.

—Pero si ya estabais casi en casa.

—No queríamos molestarte —contesta Sam con suavidad.

¿Acaso tenía que hacer acopio de valor antes de conocerme? ¿Quiere demostrar su poder, que es capaz de retener a Theo lejos de nosotros durante tanto tiempo como quiera? Esas ideas me pasan fugazmente por la cabeza.

—Bueno, ahora estáis aquí, y es maravilloso. Debéis de estar cansados.

—Me gustaría enseñarle esto a Sam. ¿Cuál es nuestra habitación?

—Ed y Sophie están en su antiguo cuarto, pero el vuestro es diminuto. ¿Qué tal si os quedáis en el de papá y mío?

—No seas tonta. Ya nos arreglamos con el mío. No necesito mucho espacio.

Siento la mirada de Sam, calibrando mi reacción.

—Por mí bien.

—Gracias, mamá. ¿Dónde está Ed?

—Se ha ido al *pub*, con Sophie.

—Sophie. Madre mía, cuántos cambios.

—Cambios para bien —dice Sam.

Aparece Bertie, al que han despertado nuestras voces, y corre hacia Theo moviendo frenéticamente la cola.

—¿Este es Bertie? —Sam parece sorprendido—. Es más viejo de lo que creía.

—¡Bertie! —Theo se arrodilla a abrazarlo y luego mira a Sam—. ¡No es viejo, cómo te atreves!

Pero sí es viejo. También Theo se ha dado cuenta.

—¿Cuándo llega papá?

Saco el móvil del bolsillo y le echo una ojeada. Todavía sin mensajes de Ted.

—Mañana.

Van a deshacer el equipaje y luego se llevan a Bertie para buscar a Ed y Sophie. Me pongo mi viejo delantal azul; hay un pescado que filetear y escalfar esperándome en la nevera, junto con las brillantes cáscaras grises de unos langostinos. Empiezo a picar apio, cebollas y ajo, y me pongo la radio para escuchar villancicos. Las conocidas melodías llenan mi mente y la culpabilidad y los remordimientos se amortiguan un poco.

Llaman a la puerta. Me enjuago las manos rápidamente y voy a abrir, con los ojos lagrimeando por las cebollas. Debe de ser Ted, que habrá perdido la llave. Siento ya el cuerpo revuelto y, al mismo tiempo, me fastidia que me encuentre con los ojos enrojecidos y oliendo a cebolla. Me limpio las manos en el delantal y abro la puerta.

Por un momento, no se ve nada en la oscuridad, pero entonces Dan se adelanta y entra en el semicírculo de luz. Su cara parece más delgada que de costumbre, escultural con la sombra que le hace la capucha. Tiene los ojos profundamente hundidos. Sin pensar, me acerco a él y le doy un beso. Un rubor oscuro aparece en sus mejillas.

–Gracias por el árbol. Es precioso. –Trato de borrar su turbación con mis palabras–. Sophie lo ha decorado… Es la amiga de Ed. Llegaron ayer.

–¿Por qué lloras? –pregunta bruscamente.

–No estoy llorando. Son las cebollas. Estoy preparando la cena. Pasa. Quédate a cenar con nosotros.

–No, yo… Gracias por el dibujo.

Me mira con atención y luego da media vuelta y desaparece. Los hombros encogidos, triste y enfadado al mismo tiempo. Intenta escapar de las Navidades familiares y ha venido aquí buscando algo. Siento que le he fallado.

Remuevo otra vez las cebollas, añado el pescado y luego caldo, azafrán y vino. El teléfono vibra en mi bolsillo; un mensaje. Me lavo las manos y lo miro.

Imposible ir por Navidad. Espero poder en Año Nuevo. T

Ni lo siento. Ni besos. Ni mensajes para Ed o Theo. Me había prometido a mí misma que jamás volvería a permitirle hacerme daño sin estar prevenida. Imposible ir por Navidad. Si han cancelado su vuelo, ¿por qué no lo dice? Dejo el teléfono sin escribir contestación. Durante el último año, me había preparado mentalmente para que no me importara lo que Ted hiciera o dejara de hacer, y creía que por fin lo había conseguido.

Bristol 2009. Seis días después

El problema no era la infidelidad de Ted. De eso podíamos ocuparnos más adelante, cuando tuviéramos tiempo. Para entonces ya no dolería.

Me dije a mí misma que yo era buena en esto. Priorizar es algo que hago todos los días.

Ya más avanzada la mañana, Ted telefoneó desde la comisaría.

–Se lo he contado –dijo escuetamente–. Tampoco ha sido tan difícil, después de todo.

Quizá el ambiente en la comisaría había sido de complicidad. Tal vez se dijeran a sí mismos que esto era cosa de hombres, la infidelidad, y es probable que no le dieran importancia.

Cuando Ted volvió a aparecer por la cocina tenía mejor aspecto. Incluso se percibía en él un atisbo de satisfacción consigo mismo, como la del niño que se ha portado mal y se da cuenta de que puede salirse con la suya. En otra vida, podría haberle sacado de nuevo a colación esa excusa tan bien preparada que me había dado, la de que estaba en el hospital la noche que Naomi había desaparecido, pero tenía la sensación de que nos encontrábamos ya muy lejos de donde yo creía que estábamos en aquella otra época, y me parecía una pérdida de tiempo. Aun así, tenía curiosidad.

–Así que te han creído enseguida.

–Le han pedido a Beth que viniera y…

–¿Y?

–Han telefoneado al restaurante en el que intentamos cenar. Se acordaban de nosotros y de que nos habían dicho que estaban cerrados.

Nosotros. Yo estaba allí de pie, parada, con las palabras de Ted resonando en mi cabeza mientras él me observaba en silencio. No podía permitirme darle importancia, no dejaría que esto interfiriera.

–He hecho una lista de cosas que tenemos que hacer –dije tan solo.

Ted desvió la mirada.

–No tuvo importancia, Jenny. Estaba cansado y bebido. Fue un desliz estúpido. No tuvo la más mínima importancia.

Un desliz. No una traición ni una mentira. Después de veinte años, había mil razones para considerar importante lo ocurrido, pero si me dejaba llevar por ellas, podían engullirme, enterrarme bajo su peso.

–No quiero hablar de eso ahora –repliqué.

–No podemos fingir que no sucedió.

Sus ojos revelaban desconcierto.

—Pues es exactamente lo que por ahora voy a hacer. Cuando encontremos a Naomi, ya nos ocuparemos de esto.

—¿No te importa que te fuera infiel? —preguntó con incredulidad.

—¿Qué quieres, Ted? ¿Una escena?

—Bueno, sería una forma normal de… —No supo cómo acabar.

—No voy a hacértela. No hay tiempo.

Algo relampagueó en el fondo de sus ojos. ¿Decepción? ¿Triunfo? Entonces se encogió de hombros y dijo rápidamente:

—Tienes razón. Estamos perdiendo el tiempo. ¿Cuál es el programa de hoy?

—La señorita Wenham.

—¿La señorita Wenham?

—La directora del instituto. Tenemos una cita a mediodía.

—Mierda. Retrasé mi consulta para que empezara a mediodía, porque tenía que ir a la comisaría.

Hizo un mohín de disgusto y extendió las manos, en actitud de impotencia.

Déjalo. Puedo encargarme yo.

—No es necesario que vayamos los dos —dije—. Quiero enterarme de si a alguien del instituto se le ha ocurrido algo después de hablar con la policía. También he hecho quinientas copias de su fotografía escolar, con información de la última vez que la vieron.

—Creía que eso ya lo había hecho la policía. —Frunció el ceño como si se hubiera perdido alguna cosa—. Hay una en la farola de fuera. Y en el instituto seguro que hay muchas.

—No es para la zona —dije—. Voy a ir por todo Bristol, clubs, *pubs*, estación de tren y de autobús… En cualquier sitio que haya espacio, allí la colgaré.

Iba de aquí para allá mientras hablaba, reuniendo la carpeta de fotografías, la masilla adhesiva, las chinchetas, el martillo, los clavos.

—Puedo echarte una mano esta noche; quizá pueda salir un poco antes.

Me resultaba difícil mirarlo.

—Michael vendrá conmigo.

–¿Qué te parece que deberíamos decirles a los chicos?

–Nada.

Pareció aliviado.

–¿De verdad?

–Ya tienen bastante con lo que tienen. Tú mismo lo has dicho; no ha pasado nada importante.

Ted se fue y yo tomé un baño. Mientras mi cuerpo se relajaba en la calidez del agua, en mi mente empezaron a irrumpir imágenes insoportables. Naomi sucia y ansiosa por disfrutar de un buen baño, su cuerpo desgarrado lleno de costras de tierra o, peor, bajo tierra. Tierra en las orejas y la boca. Si estaba muerta, ¿tendría los ojos abiertos? ¿Y la boca? Salí rápidamente del baño y comencé a secarme casi con saña. Piensa en otra cosa, en lo que sea. Algo esperanzador. Los chicos van saliendo adelante. Jade va mejor. Tienes que sobrevivir, le dije al pálido rostro del espejo. Piensa en la cara sonriente que Naomi tenía tras la obra, cuando Ted la abrazó. No era posible que no la volviera a ver más. «Sobrevive hasta entonces», susurré, sin saber si me dirigía a Naomi o a mí misma.

No me molesté en ponerme un abrigo, pese a que el día de finales de noviembre era frío y gris. Afuera, un hombre de unos cuarenta años y aspecto cansado se separó del murete del jardín, cuaderno en mano, con una ensayada expresión de condolencia en la cara mofletuda. Al hacerse evidente que no iba a contestar a sus preguntas, empezó a tomar fotografías. Me di la vuelta y apreté el paso calle abajo; durante unos instantes, lo oí resoplar a mi espalda. El instituto estaba solo a cinco minutos a pie, un recorrido que Naomi había hecho cientos de veces. ¿La habrían estado vigilando durante las últimas semanas? Además de esa nueva relación que estaba iniciando, ¿habría alguien más siguiéndola, averiguando las veces que iba y venía y los momentos más propicios para encontrarla sola?

La señorita Wenham estaba en su estudio. Era una mujer voluminosa, en la cincuentena. Se levantó para recibirme. Su aspecto jamás cambiaba: ya fuera día de pronunciar discursos o de celebrar acontecimientos deportivos, su cabello gris metálico estaba siempre peinado con una permanente perfecta. Me estrechó la mano.

—Doctora Malcom, no sabe cuánto lo siento. Ni me imagino la angustia que debe estar pasando. En el centro, estamos haciendo todo lo humanamente posible para colaborar con la investigación policial.

Mientras nos sentábamos, su mirada era inquisitiva; no desagradable, solo curiosa.

—Gracias. Solo quería verla por si alguien del profesorado había recordado algún dato o por si…

Pero ya se veía claramente que no tenía nada nuevo que decirme. Sentí un cansancio tan abrumador que apenas fui capaz de terminar la frase.

—… alguno de los chicos le ha contado algo nuevo desde que estuvo aquí la policía, o…

Era una pérdida de tiempo. Negó con la cabeza.

—La policía ha venido ya tres veces. —Y prosiguió—: En cualquier caso, la señora Andrews, la tutora de Naomi, quería hablar con usted.

Señaló hacia una silla. Una mujer joven y pálida en la que yo ni siquiera había reparado se levantó y se acercó a mí.

—Hola, doctora Malcom. Soy Sally Andrews.

Un mechón de pelo se le había escapado de la pinza que debía sujetarlo a un lado de la cabeza y ahora le caía sobre los ojos. Me dio un apretón de manos flojo y sonrió con incomodidad.

—Siento muchísimo… lo que ha pasado. —Se sonrojó—. He tratado de repasarlo todo en mi mente desde que vino la policía. Nos dijeron que contáramos cualquier detalle inusual que nos hubiera llamado la atención. Y anoche me di cuenta de algo. Naomi estaba diferente.

Se sentó a mi lado en el sofá.

—¿A qué se refiere? —le pregunté, con más sequedad de la que hubiera deseado.

—Durante estos últimos dos meses parecía estar en otra parte. Llegué a creer que se sentía algo indispuesta, pero me dijo que estaba bien.

Me quedé callada. Sally Andrews había advertido los síntomas del embarazo, aunque no había adivinado la causa. Continuó hablando:

—No me preocupaba que estuviera así, como ausente, pero me preguntó algo sobre dejar el instituto, y eso sí me pareció raro. —Tragó saliva—. Quería saber si podría irse y después volver para completar los exámenes.

—¿Cómo irse?

—Pensé que se refería a irse antes de los exámenes para el certificado de secundaria. Tal vez quisiera darse un respiro. Algunas chicas lo hacen y luego vuelven para examinarse del preuniversitario. Pero anoche, mientras tomaba un baño, empezaron a hablar otra vez de Naomi en la radio.

Me imaginé su cuerpo esbelto flotando en el agua, el pelo protegido por un gorro de ducha, su marido entrando y saliendo del cuarto de baño.

—Y entonces se me ocurrió que era como si supiera que iba a dejar el instituto antes de los exámenes del verano. Debe ser solo una extraña coincidencia, espero, pero cuando oí que usted vendría hoy pensé que sería mejor decírselo. Por si acaso.

Dejó de hablar. Sus mejillas se habían teñido de rosa.

Después de estrecharle de nuevo la mano y darles las gracias a ambas, me marché. De camino a casa tenía ganas de correr. Quizá lo que sucedía era que Naomi estaba siguiendo un plan previo. Podría haber ahorrado dinero durante semanas y habría decidido lo que haría con respecto a los exámenes que iba a perderse. Si se había ido por voluntad propia, todo cambiaba de forma radical. Ella estaría bien. Y volvería.

Cuando Michael pasó a recogerme, se sorprendió de encontrarme ya preparada en la cocina, maquillada y con el tocho de fotocopias en la mano.

—¿Todo listo? —preguntó.

Asentí y salimos juntos. No había rastro de incomodidad cuando me abrió la puerta del coche; estaba claro que no le había costado mucho olvidar el beso. ¿Podría deberse a que no era la primera vez que hacía algo así y sabía comportarse como si nada hubiera pasado?

Le dije lo que me había contado Sally Andrews y vi que calibraba con sumo cuidado el posible significado de sus palabras.

—Naomi estaba embarazada —dijo—. Trataba de ser previsora. Tener el bebé implicaba dejar los estudios y, posiblemente, perderse los exámenes. Supongo que quería saber si podía examinarse más adelante.

Mis esperanzas empezaron a desvanecerse.

—No parece el tipo de chica que haría sufrir tanto a sus padres. Si todo obedecía a un plan, a estas alturas ya os habría avisado de algún modo.

Volvió un instante la cabeza hacia mí.

—Lo siento, Jenny.

¿De verdad nos habría avisado? Las calles pasaban por la ventana del coche, llenas de personas que no eran Naomi. Al verlas caminar por la acera, vivas y sin trabas, me di cuenta de que yo no acababa de perder a Naomi; tal vez la había perdido mucho antes de que desapareciera y ahora ya no tenía ni idea de quién era realmente.

CAPÍTULO 21

Dorset 2010. Trece meses después

> Porque un niño nos ha nacido,
> un hijo nos ha sido dado...
> *Isaías 9, 6*

Las gozosas voces de la mañana se filtran a través de la piedra gris y de las vidrieras, flotando sobre las tumbas cubiertas de líquenes. Sorprende que todo el mundo se alegre tanto del nacimiento de Jesús, sabiendo cómo acaba la historia. Por fuerza han de ser conscientes de que, si a la joven del establo le hubieran dicho lo que le ocurriría a su bebé, se le habría roto el corazón.

El nacimiento por cesárea de Naomi no había sido nada en comparación con la agonía física de dar a luz a los chicos; casi era como haber hecho trampas. La sacaron y me la dieron, bañada en sangre y ardiente al contacto con mi piel. Me había mirado a la cara, tranquila, los ojos azul oscuro muy serios, como si me reconociera. No quería dejarla ir, pero la envolvieron y se la pasaron a Ted, que la sostuvo en sus brazos en la cálida paz de la sala de partos mientras a mí me cosían. Parecían absortos el uno en el otro.

Bertie husmea en la pared de la iglesia y levanta la pata. Avanza pesadamente por el camino de herradura con la cabeza pegada al suelo. Yo lo sigo despacio. Anoche tenía demasiado sueño para esperar a que los chicos volvieran del *pub*, y aún me siento cansada, a pesar de haberme acostado temprano. El sendero conduce a la playa. Cuentan en el pueblo que esta senda era una antigua ruta de contrabandistas. De noche, dicen algunos lugareños, se oía el crujir de las botas sobre las piedras y el relinchar de los caballos, el eco de los juramentos y el insistente traqueteo de las carretas que transportaban barriles de ron. Esta mañana no hay más que el delicado crujir del hielo cuando pisamos la nieve. Un faisán macho sale espantado de un seto emitiendo su ronco grito de alarma. La música de Händel se va amortiguando a nuestra espalda mientras me alejo siguiendo a Bertie por el camino de herradura.

Llegamos a los guijarros; el mar bulle con una espuma amarilla. No hay nadie más en la playa. El sol asciende y el agua se llena de puntitos de luz que vibran y centellean. Si entorno los ojos, casi puedo imaginarme que son las luces de la ciudad, con ese brillo más intenso que parecían tener en la primera noche de Naomi. El terapeuta me aconsejó que dejara de lado algunos recuerdos, como si los guardara envueltos en papel de seda, para abrirlos cuando me sintiera más fuerte. Ahora me siento con fuerza suficiente. Recuerdo el paisaje de la ciudad, extendiéndose ante mí como un cuadro resplandeciente. Desde la ventana del hospital, incluso a medianoche, las luces eran un espectáculo deslumbrante, mágico y misterioso. Sabía que el tráfico atascaba las calles, que en las aceras habría vómitos, excrementos de paloma y desperdicios arrastrados por el viento. Pero en la distancia, desde el ala de maternidad situada en el cuarto piso, la ciudad parecía inmaculada y festiva. Desde allí, el puente colgante de Clifton brillaba como las velas de un cumpleaños en una habitación a oscuras. La cabecita de Naomi parecía encerada al tacto de mis labios; su pelo, como plumón humedecido. Sentada en una silla, junto a la ventana, me retorcía de dolor cuando los puntos de sutura mordían la carne tierna. Entonces Naomi se agitaba y gemía, y yo guiaba su cabeza con suavidad hasta el pezón. Mientras le daba el pecho, me sentía tan conectada a ella como si todavía estuviera en mi interior. Ted se había ido a casa a dormir. Me lo imaginaba boca abajo, la cabeza hacia mi lado de la cama, el brazo sobre mi almohada. Estaría roncando apaciblemente. Y recuerdo haber sonreído mientras mecía a Naomi sobre mi hombro, su calidez inundándome el corazón.

La nieve ha empezado a caer de nuevo; hora de volver a casa. Miro a mi alrededor, esperando encontrar a Bertie detrás de mí.

No está. Sé que entró en la playa cuando llegamos al final de la calle. Las olas son altas y poderosas. En apenas unos instantes, el mar ha tomado un aspecto siniestro. ¿Dónde está? Lo llamo a gritos una vez tras otra, pero mi voz se pierde en el viento. Corro por la playa, casi cayéndome sobre los guijarros. Me digo que quizá haya emprendido el camino de vuelta a casa, pero entonces lo distingo medio escondido tras una barca. Está tumbado, temblando; una ola debe haberlo alcanzado. Lo agarro fuertemente para tratar de levantarlo. Está empapado; forcejea torpemente hasta que se me escapa de las manos y entonces se queda de pie, moviendo la cola.

—Perro tonto.

Aprieto mi mejilla contra su cabeza sedosa y mojada.

—No vuelvas a hacerlo nunca más.

Cuando llego a la casa, todos están ya en pie. El fuego llamea con fuerza. Inspiro el aroma a café y masa pastelera mientras seco a Bertie con una toalla. Sam lleva mi delantal y, en la mesa, hay una reluciente máquina de gofres coronada con un lazo rojo.

—Tu regalo —dice—. Quería dártelo junto con una muestra de lo que es capaz de hacer.

En el plato hay una pila de gofres dorados, crujientes. La sonrisa de Sam es amistosa y deja ver unos dientes blancos. Los nervios de nuestro encuentro de ayer han desaparecido y siento que ahora lo estoy conociendo como es debido.

Ed entra desde la sala de estar, pero evita mirarme. Seguramente, se alegra de que me fuera pronto a dormir, pues de ese modo no tuvo que estar otra vez conmigo cara a cara. Coge un gofre y se lo come entero. Está más delgado de lo que me había parecido.

—Por fin, ¿cuándo vuelve papá? —pregunta.

—Me envió un mensaje ayer. Parece que al final no vendrá… Dice que le resulta imposible. Problemas con los vuelos, supongo.

—Lo sabía. Ya te dije que estaba de vacaciones.

Se sienta. Sam, que está removiendo más masa de gofre, le pone brevemente una mano en el hombro.

–Es por culpa de esa mujer, ¿no? –dice Ed lanzándome una mirada escrutadora.

–¿Qué mujer?

Lo miro, perpleja. ¿Está culpando a la secretaria de Ted por los vuelos cancelados?

–Por Dios santo, mamá. No tienes por qué fingir conmigo. Ya estoy enterado.

–¿Enterado de qué?

–De Beth, por supuesto. Vinieron a verme para despedirse antes de irse a Sudáfrica. Apuesto a que ha sido cosa de ella. Lo más probable es que quisiera quedarse más tiempo. Ir de safari o cualquier otra cosa.

Ed ha dicho su nombre con tanta familiaridad… Solo una vez, había dicho Ted. Lo había llamado *desliz* y yo había decidido creerle. En la habitación se ha hecho el silencio. Siento cómo Sam me mira fugazmente. Lucho por mantener una expresión serena.

–Está claro que prefiere estar con ella –dice Ed escuetamente.

–Puede que no sea eso. –Cojo una silla y me siento–. Quizá está retenido en algún sitio.

–Deja de protegerlo. –Ed se encoge de hombros–. De todas formas, ¿a quién le importa? ¿De verdad es tan importante?

Se equivoca. No es a Ted a quien protejo, sino a mí misma. Creía que habían cancelado su vuelo. Qué estúpida. Paseo la mirada por la habitación. Mi mente trata de aferrarse a sus principales puntos de referencia. Los chicos. Michael. Bertie. Mis pinturas. La casa de campo. Mary y Dan. Theo entra, me da un beso a mí y luego otro a Sam.

–No te atrevas a besarme –le dice Ed a su hermano, cubriéndose la cabeza con ambas manos.

–No te preocupes. No voy a tocarte esa cabeza piojosa. –Theo coge un gofre–. Tienen una pinta estupenda.

–Papá no va a venir –le dice Ed.

–¿Cómo? –farfulla Theo con la boca llena.

–Está pasándoselo en grande en África, con su novia.

–¿Novia? –Theo deja de masticar–. ¿Qué novia?

Se gira hacia mí.

—A mamá le da igual —contesta Ed—. Así que ¿para qué preocuparse?

—Además, eso significa —tercia Sam colocando dos gofres más en
la pila— que salimos a más gofres por cabeza. —Se ríe.

Qué suerte que esté aquí Sam. En ese momento, me gana el corazón. Theo me ve sonreír y sonríe a su vez, no muy convencido.
Cuando se hace el silencio, aparece Sophie vestida con un jersey
rojo y naranja. Me mira para comprobar si estoy bien.

—Feliz Navidad —dice.

Sam encabeza la comitiva hasta la sala de estar, se detiene frente
al crepitante fuego de la chimenea y abre una de las botellas de
champán que ha traído. El corcho golpea el techo y el líquido
espumoso se le derrama por la manga mientras intenta servirlo
en las copas. Me pasa a mí la primera.

—Por el valor —dice. Sus ojos marrones muestran bondad.

Le devuelvo la sonrisa y levanto mi copa.

—Valor.

—Pues sí, mamá. Hay que ser valiente para tener aquí a esta
pandilla por Navidad —dice Theo.

¿Valiente? Son ellos los que me están rescatando. Echo un rápido vistazo afuera. En el jardín, alguien —¿Theo?, ¿Sophie?— ha
colocado una hilera de migas encima del muro del fondo. Y allí
han acudido los pájaros, semejantes a pequeños triángulos que se
inclinan hacia delante para darse un festín, revoloteando arriba y
abajo, empujándose para hacerse sitio. Una imagen vívida surge en
mi mente. Nuestra luna de miel. Una tienda en el Serengueti. Las aves
volando a nuestro alrededor a la hora de comer, posándose en nuestra
mesa, peleándose por las migajas. Ted abrazándome. Todo el rato
estábamos abrazándonos. Calor y sexo y felicidad. El olor de la lona
recalentada. Siento un hormigueo en la piel. Llevan un año juntos. No
fue, pues, el desliz de una noche. Ahora están de celebración en África.

—Mamá. Estamos esperando para abrir nuestros regalos.

Nunca dejó de verla; mintió una vez tras otra.

—Ed, espera a mamá.

Cómo había podido ser tan estúpidamente confiada. Las señales estaban ahí, pero me había negado a verlas y, ahora, al cerrar los ojos casi podía oler ese leve aroma a lavanda.

—Mira, mamá.

Abro los ojos.

Theo y Sam han traído del coche un enorme paquete plano y lo han dejado apoyado en la pared. Theo va a buscar las tijeras en el cajón de la cocina y me las pasa, pero vuelve a poner una mano encima del paquete.

—Pensándolo mejor, mamá, quizá prefieras esperar a abrir esto.

—¿Esperar? Ni hablar.

Tengo que centrarme en lo que es importante en este momento. El olor a lavanda se diluye en el reconfortante aroma a madera de manzano y a pino navideño. Quizá sea una de las fotografías de Theo de Nueva York, o una de Sam. Theo y Sam contra el perfil urbano de Nueva York.

Empiezo a cortar el papel.

—Es Naomi, mamá —me previene Theo, nervioso.

Rasgo el resto del papel.

Todas las fotografías son de Naomi. Hay una grande en el centro, una foto del instituto para *West Side Story*. Ya debía de estar embarazada. Su piel reluce. Hay al menos un centenar de fotografías más, de diferentes formas y tamaños. Reconozco a Naomi a los tres años, a caballito de Ted; a los cinco, con su flequillo asimétrico cortado por ella misma; a los diez, con el aparato en los dientes, saludando desde las ramas de nuestro árbol; a los doce, con el palo de *hockey* y con Nikita, riéndose.

—Theo…

Soy incapaz de continuar.

—Lo siento, mamá.

Parece muy afectado. Sam dice en voz baja:

—Te avisé. Vamos a llevarnos esto de aquí.

Se agacha para agarrar el pesado marco.

—Espera. Es maravilloso. No te lo lleves. Déjalo aquí, junto a la pared. —Señalo el lugar—. Lo colgaré al lado del sillón del abuelo. Así lo veré cada día cuando me siente aquí. Podré ir impregnándome de él, de cada trocito.

—Encontré todas estas fotografías cuando fui a limpiar el desván con papá. –Theo parece más contento ahora–. Habría querido dártelas antes, pero pensé que sería mejor esperar. Y, a lo mejor, tampoco era este el momento adecuado.

—Es un regalo perfecto.

Ed echa más troncos a la chimenea. Sam ha insistido en cocinar la comida de Navidad. Ha traído de Estados Unidos esa especie de pastel que allí llaman pan de maíz, y se las ha arreglado para encontrar arándanos rojos y otros ingredientes para rellenarlo. Theo y Sophie desaparecen también en la cocina; no me permiten entrar.

—Queremos que descanses –me dice Sophie sonriente antes de cerrarme la puerta.

Ed está tumbado junto al fuego, acodado y con la cabeza en una mano, leyendo uno de sus nuevos libros. Su cuerpo está relajado, como si ya hubiera dicho ayer todo lo que necesitaba decir. Observo cómo sus ojos siguen las letras a un lado y al otro. Tal vez algún día se dará cuenta de que no fue fácil; puede que eso sea lo máximo a lo que puedo aspirar.

Llaman con suavidad a la puerta. Ed se levanta y va al recibidor. Hay entonces una corta pausa, y luego se oye:

—Ey, tu árbol ha quedado estupendo. ¿Quieres verlo?

—No… Yo… solo venía porque mi abuela dice que se nos ha acabado la leña… y a preguntar si podríais darnos…

La voz de Dan suena indecisa, expectante.

Se abre la puerta de la cocina. Desde donde estoy, veo que Sam sale y le pone a Dan una copa de champán en la mano.

—No puedes hacer una visita en Navidad sin pasar a tomar una copa –dice con calidez.

Dan entra y se quita los zapatos. Me lanza una mirada interrogante. Sonrío y levanto mi copa. Lleva otra vez la sudadera con capucha y los tejanos se le han bajado a las caderas. Parece tener frío, como si ya llevara un tiempo fuera.

Dan desaparece con Sam en la cocina. Al cabo de un rato, veo a Theo en el jardín cargando de troncos una carretilla y luego empujándola por la cancela lateral hasta la calle para llevársela a Mary. Ella comprenderá que Dan está huyendo de la comida familiar y lo excusará de algún modo.

Casi no queda sitio en la cocina cuando nos metemos todos allí. En la mesa hay bandas de acebo y hiedra entrelazadas entre las velas. Sophie ha dado de comer a Bertie y este se sienta ahora a sus pies. Sam se acerca con un plato humeante atiborrado de lonchas de pavo, de relleno y de salsa, y lo deja delante de Dan, que parece cohibido.

—Yo no he…

Theo lo interrumpe:

—Teníamos ganas de conocerte. Mamá nos ha contado para qué querías las ramas del viejo manzano. Una vez tomé algunas fotos de mi hermana, y las ramas que la rodeaban eran iguales a las que según mamá utilizas para tus esculturas.

Hermana. Mi hermana. Hace meses que no he oído esas palabras. Lo dicen como si todavía estuviera aquí. Ed me mira. Rodea con un brazo a Sophie y levanta su copa. Sus ojos son cautelosos, pero no como antes.

Bristol 2009. Ocho días después

Los ojos de Ed me daban miedo.

Al levantarme esa mañana, me había asaltado el pensamiento de que hacía ya una semana y un día que Naomi no estaba. Debería haberse notado algún avance, pero lo cierto era que todo parecía haberse ralentizado. Lo único que hacía era esperar. Peor aún, me sentía como clavada al suelo, paralizada por el miedo.

—Basta —dije en el silencio mientras apartaba el edredón de un puntapié—. Basta.

El día de hoy sería diferente.

Ted ya se había ido a trabajar. Theo también había salido temprano. En la mesa había una nota donde decía que había ido a recopilar los materiales para el examen de la beca. Había enviado una solicitud para un curso de fotografía en la Escuela de Cine de Nueva York. Era para el próximo año y esa beca podía ser decisiva, pero me había olvidado de que tenía el examen hoy. En condiciones normales, le habría preparado un buen desayuno antes de que se fuera. Habríamos discutido sobre capturar el instante decisivo y sobre técnicas, y luego le habría deseado buena suerte. Me sentí profundamente culpable; me estaba dejando ir. Ed bajó mientras preparaba café. Se sentó a la mesa y, al pasar a su lado, percibí de nuevo ese olor a rancio.

—Viernes ya —dije tratando de recordar sus horarios—. ¿Te toca remo?

Anya me dijo que su equipo llevaba días tirado en el suelo del baño, completamente mojado.

Apoyó las dos manos en la mesa y tiró la silla hacia atrás con tanta brusquedad que tuve que apartarme. Me miró al levantarse y entonces percibí la furia que desprendían sus ojos.

—No soy un crío, joder —dijo antes de salir y cerrar la puerta.

Anya entró silenciosamente. Había traído un ciclamen rosa pálido, lo puso en una maceta sobre la mesa y me hizo un gesto de asentimiento. Yo sabía que su intención era animarme. Por un momento, mi atención se centró en los cremosos pétalos con sus aguzados bordes de puntilla. Las flores estaban bien para los enfermos, para la muerte y las tumbas, pero estas eran rosas, como las que yo había llevado en mi boda.

—Gracias, Anya. Son preciosas.

Sonrió mientras empezaba a recoger la mesa. La presencia de cualquier otra persona habría sido como una intrusión, pero sus movimientos sosegados eran un bálsamo. Sin ella, la casa se habría precipitado en el caos y la suciedad. Ed estaba sufriendo, como todos nosotros. Para él era peor. Por mucho que le repitiéramos que no era responsable de lo ocurrido, yo sabía que se sentía culpable.

Encontré una cartulina blanca de tamaño A3 encajada detrás de mi escritorio; Theo había comprado más de las que necesitaba para su proyecto del bosque. Escribí «Naomi» en el centro con un rotulador azul y rodeé el nombre con círculos concéntricos cada vez mayores: el primero para la familia, el segundo para el instituto. Escribí el nombre de Nikita y le puse una marca al lado, porque la policía ya había hablado con ella. James, marcado. Las profesoras: Sally Andrews, la señorita Wenham. Marca. Marca. ¿Y los otros profesores? ¿Y la señora Mears, la profesora de teatro que había dimitido? Tenía que preguntarle a Michael.

Tracé un anillo exterior para la gente que Naomi veía a menudo, pero no cada día. ¿Anya? ¿El marido de Anya? La observé mientras fregaba calmosamente el suelo. Ella lo notó y me sonrió. Puse un signo de interrogación junto al marido de Anya, para acordarme de preguntarle a Michael si la policía lo había interrogado.

A los vecinos les correspondía también este círculo. La señora Moore, que vivía enfrente, y Harold, su hijo, esa figura en sombras de la ventana. Seguro que Michael ya se había ocupado de él, pero puse un interrogante junto al nombre por si acaso.

¿Qué más? La obra. Todos los que hubieran trabajado en el teatro. El personal de recepción. ¿Los habría interrogado ya Michael?

Se oyó una súbita exclamación de dolor. La escoba golpeó contra el suelo.

—¿Estás bien, Anya?

—Golpe en dedo del pie. Con bolsa suya. No vi ahí... Sitio nuevo.

—Lo siento. Vuélvela a meter bajo el banco. Alguien debe de haberla sacado de una patada, sin querer.

Mi bolsa de médica. Trabajo. Otro círculo. Colegas y pacientes. Si volviera a trabajar, quizá habría algo que me refrescara la memoria. Frank había dicho que me tomara un descanso hasta que todo terminase, pero eso me parecía demasiado tiempo. Quería hacer algo. Aunque solo fueran cosas como este diagrama.

Le enseñé el papel a Michael cuando llegó, alrededor del mediodía. Me preguntaba cómo sería entrar en esta casa y si la pena se olía ya desde el umbral. Se quitó la chaqueta y se arremangó; tenía los brazos fuertes. Algo en su rostro calmado y en la concentración de sus ojos grises me recordaba a los soldados antes de entrar en batalla.

Lanzó un silbido de admiración.

—Vaya, parece el esquema de una investigación profesional. ¿Qué son los signos de interrogación?

Mientras le pasaba una taza de café, sentía ganas de reír.

—Todo el asunto no es más que un gran signo de interrogación.

Se inclinó para examinar más de cerca mi diagrama.

—Algunos interrogantes ya tienen respuesta, así que podemos tacharlos. Los del instituto, por ejemplo —dijo.

—¿La señora Mears?

—Sí. Ya se ha comprobado su coartada. Las referencias que nos dio eran impecables. Y también las de todos los profesores del instituto.

—¿Y el resto del personal?

—Hecho también. Todo el personal de servicio, jardineros, limpiadores, cocineros y conserjes. Y, en el teatro del instituto, recepcionista y personal del bar. Todos interrogados y con las coartadas comprobadas.

No había estado de brazos cruzados. Eso era bueno, por supuesto, pero a mí el alma se me cayó a los pies. Creía que estaba siendo útil, haciendo algo que podría acercarnos a Naomi. Pero, en realidad, iba por detrás.

—De acuerdo. Nos queda mi trabajo —dije—. ¿Deberíamos investigar en esa dirección?

—Ya hemos interrogado a tus colegas. También nos mencionaron a Jeff Price, pero estaba en el hospital con Jade, como habías dicho.

Bajé el tono de voz:

—¿Y el marido de Anya?

—Interrogado. Coartada comprobada. Nos diste casi toda esta información la primera noche.

Mi optimismo se desintegraba por momentos. ¿Qué le estaba pasando a mi memoria? Solo recordaba haberle pedido a la policía que la encontrara. Y de haber suplicado y llorado.

Volví a mirar mi cartulina.

—¿Qué pasa con los vecinos?

—Acabamos ayer, con la señora Moore —dijo.

—¿Qué dijo Harold?

—No estaba. —Michael tomó un sorbo de su café—. La señora

Moore me dijo que sería inútil volver solo por él. Al parecer, no se comunica demasiado bien.

–Nunca sale de casa y estoy segura de que es capaz de comunicarse. Lo está protegiendo.

Me imaginé a la pequeña mujer, su espalda contra la puerta cerrada tras la cual había escondido a su hijo. Me incliné hacia Michael en actitud apremiante.

–Está siempre mirando por la ventana; podría haber visto algo…

–Entonces habrá que ir a ver lo que nos puede decir.

Michael se levantó.

–¿Quieres venir? –preguntó–. Podría ser de ayuda, pero si tengo que interrogarlo a fondo tendrás que irte.

Cogí algunas fotografías de Naomi del montón apilado junto a mi ordenador. Al cruzar la calle, Michael se detuvo y fue hacia la furgoneta blanca aparcada cerca de nuestra casa. Abrió la puerta y su voz sonó más fuerte, aunque no pude distinguir lo que dijo. No valía la pena que se tomara esa molestia. A mí los periodistas me traían sin cuidado; eran figuras apenas perceptibles en el fragoroso terror que inundaba cada momento. Ted los odiaba.

La señora Moore tardó algunos minutos en acudir a la puerta. Llevaba un delantal fuertemente anudado a la cintura. Su rostro se endureció al vernos a ambos.

–Ya dije todo lo que tenía que decir. –Señaló acusadoramente a Michael con la cabeza–. Hablé con él, ayer.

–¿Y Harold? –dije intentando sonar amable–. Podría ser de ayuda, señora Moore. Él siempre está mirando por la ventana; el teatro se ve fácilmente desde aquí.

–Está comiendo.

–Si pudiéramos hablar solo un poco con él… –dijo Michael en tono suave–. Acabaremos enseguida.

Cruzamos el lúgubre recibidor, donde un espejo destellaba en la penumbra. La señora Moore nos condujo hasta una cocina grande, absolutamente impoluta.

Harold no estaba comiendo, sino dibujando. Había un plato con un sándwich a medio comer apartado a un lado. Llevaba una camisa a rayas de manga corta, muy tensa sobre la espalda encorvada; los brazos desnudos eran rollizos y estaban salpicados de lunares. Respiraba ruidosamente y sacaba un poco la lengua mientras trabajaba. El contenido de una caja de ceras estaba desparramado sobre la mesa, junto a una pila de dibujos. Todas las hojas estaban emborronadas de cera azul. Michael cogió un dibujo y Harold se lo arrebató de inmediato.

Me arrodillé al lado de su silla y le mostré la fotocopia con la imagen de Naomi.

—Esta es una fotografía de Naomi, Harold. Tú conoces a Naomi.

De cerca su rostro mostraba una lisura absoluta, ni sonreía ni fruncía el ceño.

—Se ha ido —dijo.

—Ah.

Michael se volvió a la señora Moore.

—Lo sabe por la televisión —dijo ella con aire sombrío—. Y lo oyó hablar a usted ayer. No quería mezclarlo en esto. Le dije que se quedara sin hacer ruido en la otra habitación la última vez que vino usted. No sabe nada.

—¿Es eso verdad, Harold? —le preguntó Michael en tono amable—. ¿O hay alguna cosa que nos puedas contar?

Harold se volvió a él con la mirada perdida. Empezó a garabatear, apretando con fuerza las ceras azules. Me levanté y esperamos durante un momento, observándolo, reacios a salir de allí.

—Bien, si recuerdas algo, dínoslo, por favor —dijo Michael.

Afuera, la furgoneta blanca había desaparecido. Michael esbozó una sonrisa triste. De nuevo en la cocina, tomó algunas notas mientras yo telefoneaba a Frank. Me sentí aliviada al oír el contestador, pues eso significaba que no tendría que responder preguntas sobre cómo me encontraba. Dejé un breve mensaje: tal vez necesitaran ayuda; en pleno invierno, siempre había mucho trabajo en el consultorio. Seguía al teléfono cuando se oyó un fuerte golpe en la puerta. Michael, que recogía ya sus cosas para irse, fue a abrir.

Afuera estaba Harold, con un fajo de papeles bajo el brazo.

—Naomi —dijo con voz fuerte—. Naomi.

La señora Moore apareció sin aliento por detrás de su hombro.

–Harold no podía esperar. Parece que al final sí tiene algo que decirles.

Harold dejó sus dibujos en la mesa. Había unas veinte hojas, todas con borrones de cera azul, y en todas había una forma más o menos cuadrada y un rectángulo que sobresalía de uno de los lados. Señaló la forma.

–Camión –dijo.

Michael fue pasando las hojas y cogió una en la que la forma azul estaba frente a un cuadrado.

–Eso es el teatro –dijo la señora Moore–. Cuando se fueron empezó a hablar de su hija.

¿Un camión azul en la entrada del teatro? Traté desesperadamente de recordar. ¿Había visto yo un camión azul o un coche azul? ¿Alguna vez? ¿Podría haber habido alguno allí, con chorretones de barro y un perro pequeño que asomaba el hocico por una rendija de la ventana trasera? ¿O había sido un Mercedes grande, azul oscuro…? Podría haber sido cualquiera de los dos, como podría habérmelos inventado ambos, por pura sugestión.

Harold había arrugado una hoja de papel con la mano y la apretaba contra el dibujo del camión azul. Tenía sudor en el contorno del labio superior. La hoja de afeitar había pasado por alto algunos pelos junto a la oreja derecha y en el hoyuelo de la barbilla. Harold se estaba enfadando.

–Gracias, Harold –dijo Michael con calma–. Eres muy amable por ayudarnos a encontrar a Naomi.

Harold se lo quedó mirando. Michael le abrió la mano, le cogió el papel arrugado y lo alisó sobre la mesa. Era el retrato fotocopiado de Naomi.

–Gracias –repitió Michael–. Nos has ayudado mucho. Más que cualquier otra persona.

Cuando se hubieron ido, miré a Michael.

–Esto podría ser importante.

–Podría –replicó.

Volvió a examinar el dibujo.

–La forma rectangular unida al cuadrado parece más bien una camioneta *pick-up*.

Al volverse hacia mí, una expresión de preocupación cruzó por su rostro. Yo sabía que estaba viendo mi cara exhausta, el pelo lacio, los ojos enrojecidos. Y algo nuevo: la delgadez.

–Pareces…

–No me digas lo que parezco. Un adefesio, supongo. Me importa una mierda.

Su cara reveló el estupor que le habían causado mis palabras y eso me hizo reír, reír de verdad.

–Si supieras lo poco que me importa mi aspecto.

–Pero sí les importa a tus hijos –dijo Michael con firmeza–. Y a Ted. Tu aspecto también indica la entereza con que abordas esto.

Sabía que su argumento tenía sentido, pero me resultaba casi imposible pensar en mi apariencia cuando en mi cabeza no había otra cosa que Naomi, el aspecto que tenía la última vez que la vi, el aspecto que tendría ahora.

Toqué a Michael en el brazo.

–¿Crees que nos ayudará en algo, esta camioneta azul?

–Puede ser. –Me sonrió–. Hay por ahí muchas camionetas azules, pero es otro pequeño detalle que sumamos. Otro hilo del que tirar. Así es como hacemos las cosas. Desenredamos los hilos, uno a uno.

Cuando Theo volvió a casa, parecía absolutamente destrozado. Creía que no le había salido bien el examen de la beca. Había cambiado de opinión demasiadas veces y al final había tenido que acabar a toda prisa. Cenamos juntos; Ed llegó un rato después. Últimamente llegaba cada vez más tarde, a menudo porque se quedaba estudiando en la biblioteca hasta que cerraba. No quiso tomar nada; ya había comido en el instituto.

Poco después de la cena, vi de refilón a Theo, tumbado en su cama y hablando por el móvil. Me sonrió con aire alegre. Ed había dejado la puerta de su cuarto abierta; estaba dormido en la cama con la ropa puesta. Le quité los zapatos y le eché una manta por encima. Al dar media vuelta para salir, la luz del rellano iluminó un fajo de billetes en su mesita de noche. Me acerqué para verlos mejor. Eran billetes de diez y veinte libras en un fajo cuidadosamente apilado, quizá unas trescientas libras en total. ¿Qué hacía con ese dinero? ¿De dónde había salido? Ted ingresaba la asignación de los chicos por internet, así que no era probable que el dinero se lo hubiera dado él. ¿Había estado Ed trabajando en secreto en algún sitio? A lo mejor, durante esas noches en las que yo le suponía estudiando en el instituto, él estaba trabajando en un *pub*. ¿Por qué no nos lo había dicho? ¿Ahorraba ese dinero para dárnoslo, como compensación por no haberse quedado con Naomi en el teatro? Esa idea arraigó en mi ánimo. Sentía ganas de despertarlo y preguntarle, pero incluso dormido parecía agotado. Tendría que esperar hasta la mañana siguiente. Salí caminando de puntillas y cerré la puerta.

CAPÍTULO 22

Dorset 2010. Trece meses después

En el cobertizo huele a rancio después de las Navidades. La hoja de papel que dejé en la mesa está llena de excrementos de ratón y en las pinturas de cera se aprecian diminutas marcas de dientes. Mis pies hacen crujir la gravilla que se ha colado por la ranura de debajo de la puerta. Cierro de nuevo el cobertizo y regreso a la casa.

En ese periodo vacío entre Navidad y Año Nuevo, deambulo por la casa por las mañanas, cuando la luz es aún gris. Puedo decir exactamente dónde estoy con los ojos cerrados. La calidad del aire es distinta alrededor del sillón azul, de la satinada madera del escritorio, de la pila de libros. Tocar estos muebles tan reconocibles es como tocar mi propia piel. En el *collage* de Theo, me fijo solo en una fotografía cada vez. Hoy es el turno del bebé en su cochecito, los ojos serios, observando las formas que las flores del cerezo dibujan en el cielo. En la imagen se ve una mano extendida, semejante a una estrella de mar, que intenta tocar la sombra de las hojas en el interior del cochecito.

Echo de menos a los chicos y a Michael. Cuando supimos que Ted podría estar aquí en Navidad, Michael había preferido ser discreto y arreglar las cosas en el trabajo para sustituir a un compañero, aunque sabía que Ted y yo nos habíamos separado. Llama cada noche, nunca durante el día; sus colegas todavía no están al tanto de nuestra relación. No sé qué sucedería si se enteraran. Lo echo de menos, mi cuerpo lo echa de menos. De improviso, me vienen unas ansias repentinas de estar con él. En mis momentos de más negra duda, me pregunto si él es consciente de lo que siento, si con su ausencia pretende aumentar su control sobre mí. ¿Podría estar jugando conmigo? Ha traspasado los límites para hacerme el amor. ¿Debería eso hacerme confiar más en él, o quizá menos?

Ed ha vuelto al centro. Su intención es quedarse unos meses más, pero no dio más detalles de sus planes. Tampoco volvió a hablarme de sus sentimientos, aunque Sophie me dio un abrazo cuando se fueron. Lo que Ed me dijo sigue resonando en mi cabeza y no hago más que darle vueltas y más vueltas hasta casi volverme loca: ¿sacrifiqué la vida de Naomi a cambio de la mía? Ahora que tengo todo el espacio y todo el tiempo que siempre había deseado, lo cambiaría todo por pasar un segundo con ella.

Theo llama por teléfono:

–Qué bien sienta volver a casa.

Será ridículo, pero el comentario me escuece.

–Creo que podría vivir aquí para siempre.

Mientras habla, oigo un tintineo de botellas y la voz de Sam al fondo, cantando *Carmen*. En otra época, habríamos tardado un tiempo en asimilar la relación de Theo con Sam, habría alterado el apacible discurrir de nuestras vidas y las cosas que dábamos por supuestas. Ahora esa relación ha hallado su lugar con facilidad.

Tras la llamada de Theo, hago un nuevo intento en el cobertizo. Saco de su caja los maltrechos tubitos de colores al óleo y los amontono en la mesa de caballetes: ultramarino francés, rojo indio, amarillo Nápoles, toda una geografía de colores. Theo ha dicho «para siempre», que es lo más lejos que podemos ver cuando aún no nos han hecho daño, aunque por supuesto a él sí se lo hayan hecho. Pero no, es más que eso, es el punto más lejano que somos capaces de imaginar y que abarca todos los lugares y personas que creemos imperecederos. Pero nada dura. Ni los lugares, ni la gente, ni el amor, ni las evanescentes vidas de los niños. Solo la pérdida lo hace. Empiezo a trazar gruesas líneas rectas con el carboncillo de Sophie. Al principio, no veía cómo podría soportar el paso de las horas, de los días y las semanas, de todos los meses de mi vida; imposible limar el metal romo de su ausencia, siempre inmutable. Mientras dibujo, las barritas se rompen en negras astillas que aparto de un soplido. Los chicos apenas hablan de Naomi. El espacio que dejan atrás está lleno de ella, pero sus vidas han proseguido más allá de la de su hermana. La mía no. Yo he resistido, nada más.

Trazo barras horizontales sobre las verticales para formar un enrejado, mientras pienso en qué colores utilizar para los espacios entre las líneas, luminiscentes, bordeados de oscuridad pero sin que esta los manche; esos espacios representan las vidas de los chicos. Paseo en estrechos círculos por el cobertizo, tratando de pensar en un color para ellos, un tono en el que vibre una nota de claridad, pero que incluya también otras más oscuras. Resulta difícil pensar en un pigmento que contenga luz y sombra al mismo tiempo, quizá un brillante naranja cinabrio. Necesito más colores. Me imagino una arena desértica de intenso colorido destilada por el viento y el calor. Entonces recuerdo las pinturas bizantinas ocultas en las cuevas de Göreme, en Capadocia. Los frescos de las paredes parecían estar iluminados desde detrás por el sol, incluso en las cuevas más profundas. Tenían un brillo intenso, lleno de esperanza, pero también sombrío. Ensayo algunos trazos de pintura al óleo en el caballete. ¿Amarillo cadmio, un cadmio claro? Falta algo más. ¿Blanco? ¿Rojo? ¿Naranja? Dejo a un lado el pincel a la espera de dar con lo que busco. El crepúsculo o la yema de huevo, quizá.

Al darme la vuelta para salir, mis dedos tropiezan con un ramillete de leña menuda y la hacen caer del banco. En algún momento, he debido pararme a mirar una pintura cuando iba a encender el fuego y la leña se ha quedado aquí olvidada. La recojo, extraigo una larga rama y la hago girar entre los dedos. La madera es de un marrón grisáceo, con pequeños nudos allí donde debían surgir los brotes del próximo año; la corteza tiene diminutas picadas y se pela delicadamente en algunos puntos; el extremo está astillado y parece roído, con el borde abierto en hilachas semejantes a unos dedos finísimos. Hago un bosquejo de la rama; repito el dibujo con más precisión, más grande, y luego más grande aún. Volúmenes y formas, esperando convertirse en algo más; la idea de un cuadro grande empieza a cobrar forma, el ciclo de una vida. Un tríptico. Una emoción desacostumbrada crece en mí, tan tenue y distante que temo malograrla por el mero hecho de pensar en ella; me concentro en los minúsculos brotes, suaves, sin formar.

Una hora después, las manos me tiemblan de frío y no puedo seguir dibujando. Vuelvo a la casa; la emoción ha desaparecido. En las habitaciones vacías, la oscuridad se condensa a mi alrededor; el peso ya conocido de la tristeza me abruma hasta tal punto que no me puedo mover. Cuando suena el timbre, apenas soy capaz de llegar a la puerta. Dan está en el umbral, serio, encorvado dentro del abrigo.

–No te quedes ahí. –Salgo y lo agarro de la manga–. Entra. Esperaba que alguien llamara y, mira por dónde, aquí estás tú.

Pasa por delante de mí, la cabeza gacha, con una timidez repentina.

–Me alegro de verte –le digo cogiendo su anorak–. Esto ha estado demasiado tranquilo desde Navidad.

–¿Estás bien? –pregunta, los ojos verdes y moteados escrutando mi rostro.

–Sí, claro que sí. –Mi sonrisa desfallece ante la insistente mirada–. Bueno, quizá no tan bien…

Supongo que sabe lo de Naomi por Mary, aunque a ella nunca se lo conté. Ahí de pie, Dan parece estar esperando algo más, y parte de mi seguridad se quiebra.

–Quizá sea por la época del año. Esta es ya la segunda Navidad sin mi hija, así que es como si cada vez estuviera más lejos. Me pregunto cómo serán la tercera y la cuarta.

Se sonroja.

–Puedo quedarme si quieres… ¿Quieres que me quede?

–¿Has cenado?

–Pues no, pero…

–Entonces quédate. ¿Qué tal un curri de pavo? Puedes trinchar la carne si quieres ayudar.

Entra y se sienta a la mesa. Le paso una copa de vino. Se quita el jersey y se arremanga mientras yo saco la enorme ave de la nevera. A pesar de ser invierno, tiene los brazos morenos de trabajar en el jardín de Mary.

–Bonito bronceado.

Mientras busco las especias y la pasta de curri en el armario, noto que se ruboriza ligeramente; Ed también solía sonrojarse por nada. A estas alturas tendría que saber estas cosas.

214

—¿Cómo va lo de tomar una decisión?

Trincha con meticulosidad la carne, que se pliega al caer sobre la tabla.

—Estoy pensando en pasar una temporada fuera.

Me giro hacia él, sorprendida.

—Sí —dice bajando la mirada—. Tengo ahorrado algún dinero. Theo me habló de un curso de arte en Nueva York, más barato que aquí, además. He enviado una solicitud para los módulos de escultura.

—Eso es estupendo, Dan. ¿Dónde te quedarás?

—Sam dijo que podría quedarme con ellos, en un colchón.

—Una magnífica idea. Hazlo.

Vuelvo a llenarle la copa y brindo con él.

—¿Qué es lo que te ha hecho decidirte?

El arroz burbujea. Echo las lonchas de pavo en la salsa casi hirviendo. La cocina ha recobrado su cálido ambiente hogareño, como si Theo o Ed estuvieran aquí. Durante la cena, habla de su familia; cuenta que su madre aprueba sus planes y que su padre, indeciso al principio, ahora va a ayudarle con las tasas de acceso. Luego se interesa por lo que estoy haciendo. Su rostro se ilumina cuando le hablo del cuadro con el enrejado.

—Suena increíble, Jenny. Casi como una escultura.

Nunca me ha llamado por mi nombre. Me produce una sensación extraña, no sé por qué. Aunque sería todavía más raro si me llamara señora Malcom. Se inclina hacia delante.

—Me gustaría tomar algunas fotografías de tus cuadros… Tal vez me inspiren.

No se los he enseñado a nadie.

—Quizá —murmuro sin comprometerme. Su rostro se ensombrece, así que enseguida añado—: Nadie los ha visto. Algunos no son demasiado buenos.

De pronto, me siento cansada. Es tarde. Dejo salir a Bertie al jardín y Dan se levanta y se despereza exageradamente.

—Yo friego los platos.

—Gracias, pero siempre lo hago por la mañana.

Le traigo el anorak y siento que mi voluntad se ablanda mientras se lo doy.

–Vuelve antes de irte, Dan. Encontraré algo que puedas fotografiar.

Se gira cuando llega a la puerta, me mira y dice:

–También quiero tomar algunas fotografías de ti. De tu cara.

–¿De mi cara?

La sorpresa me deja sin palabras. Luego me río.

–De mí no, Dan. Mary sí que tiene una cara bonita. Y también podrías fotografiar a algunas de las chicas guapas del pueblo.

–Tengo ya fotos de Mary a montones y no quiero caras de chicas jóvenes. –Me mira casi con enfado–. Y, además, tú también eres guapa. Preciosa, la verdad.

–Déjate de tonterías, Dan –digo intentando reír de nuevo.

Al estirarme para abrir la puerta por detrás de él, me sobresalto cuando extiende la mano y me toca la cara con la punta de los dedos. Luego da media vuelta y desaparece.

Cierro la puerta y me apoyo en ella. Me ha pillado completamente por sorpresa, ¿o no tanto? Empiezo a recoger la mesa. Tiro las sobras a la basura, enjuago los platos y froto las cazuelas, enfadada conmigo misma. ¿Cómo he permitido que esto ocurriera? Dan es aún más joven que mis hijos. Sin embargo, esta noche me he dejado confortar por sus atenciones. O peor: he disfrutado con ellas. He sido imprudente. No volveré a verlo durante un tiempo. Me he alejado más de lo que pensaba de mi antigua vida, de la persona que era antes, de esa buena mujer, feliz y atareada. Subo despacio al piso de arriba. Llega el mensaje de buenas noches de Michael. Suelo responder, pero esta noche me siento en el borde de la cama con el móvil flojo entre los dedos, la mirada perdida en la oscuridad de la calle. Si me remonto en el tiempo, al momento en que Ted y yo nos conocimos, me doy cuenta de lo lejos, lo inmensamente lejos que estoy ahora.

Recordar es como mirar una película con actores que nos interpretan. Puedo verme en la recalentada biblioteca. Recuerdo el floreado minivestido que llevaba ese día y que me había recogido el pelo de cualquier manera para que no me molestase. Estaba absorta en un libro de dermatología. Había ingresado en la facultad de medicina tras disfrutar de un año sabático al acabar la secundaria, y me tomaba la universidad muy en serio, pues estaba convencida de que convertirme en médica colmaba todos mis sueños. Edward Malcom era de mi mismo año, pero se había cambiado a un grupo diferente. Tenía coche cuando nadie más lo tenía; jugaba al críquet en el equipo de la universidad. Todo en él me resultaba irritante, en especial su apostura y su aspecto siempre tan pulido. Dudo que nuestros caminos se hubieran cruzado si no hubiéramos sido ambos tan ambiciosos, y si la biblioteca no hubiera estado tan recalentada y llena de gente aquella tarde. Verano de 1985. Yo había estado preparando un trabajo para presentarlo a un premio dotado con varios miles de libras. Estaba contenta por llevarle ventaja a Ted Malcom; él también se presentaba a todos los premios, pero no necesitaba el dinero como yo. El ambiente en la biblioteca era sofocante. Yo transportaba una pila de libros para llevarme a casa y al salir tropecé con él. Ted cogió con desenvoltura el libro que coronaba la pila. Forcejeé para que me lo devolviera, riendo y enfadada al mismo tiempo. Solo me lo devolvió cuando le prometí que saldría con él. Así empezó todo.

Me quito la ropa y me deslizo bajo el edredón. Pero aquello no era una película; las películas románticas tienen finales felices. En la vida real, solo los principios son felices y nada termina bien. Aunque también es verdad que nada termina realmente.

CAPÍTULO 23

Dorset 2010. Trece meses después

El 30 de diciembre, cansada de echar de menos a Michael, preparo un plan en el que no habrá vacíos que puedan engullirme: un paseo a Golden Cap. Desde ese punto elevado, la costa jurásica se extiende a mucha distancia a cada lado. Durante el verano, se percibe el cálido olor a coco de los tojos, pero en esta época del año el aire será fresco y salado. Podría buscar colores, aunque supongo que tendré que esperar a que haga un poco más de calor. En cualquier caso, podré hacerme con lo que necesito para bosquejar ese gran proyecto sobre el cambio que tengo en mente. Necesito hojas, ramitas y pequeños brotes.

Bertie y yo iniciamos el día a las siete. El pueblo todavía está en silencio y solo hay unas pocas luces aquí y allá, brillando en ventanas donde las parejas se desperezan con los cuerpos acurrucados el uno contra el otro, donde las tazas de té se pasan con cuidado y se depositan en las mesitas de noche. El olor de la noche aún se deja sentir con fuerza en las neblinosas sombras que envuelven las casas de campo. Camino con sigilo para no despertar a quienes todavía duermen. En el silencio, se oyen pasos distantes que se van acercando tras la esquina de la calle. Parecen cansados y desiguales. Quizá sea algún empleado de granja que regresa a por su desayuno tras haber ordeñado a las vacas, o uno de los pescadores que vuelve a casa a acostarse después de descargar las primeras capturas del día.

Un hombre alto dobla la esquina; una silueta delgada y cargada de espaldas. Tardo unos instantes en reconocer a Ted. Camina de modo diferente, despacio y con paso algo vacilante, no con esa zancada decidida que tenía antes. Parece agotado, como si llegara de un largo viaje.

Había olvidado su mensaje y su inesperada presencia me llena de ansiedad. Si me quedo al borde del camino, tal vez pase de largo. Encontrará la casa a oscuras y cerrada, y puede que vuelva a marcharse. Me recuesto contra el muro de un jardín, amparada en la tenue luz del amanecer; siento la piedra en las manos, húmeda y rugosa. No me verá a menos que mire hacia las sombras, pero es posible que oiga los latidos de mi corazón, que parecen llenar el espacio que nos separa. Está a mi altura, me sobrepasa. Contengo la respiración, pero entonces Bertie corre hacia él, moviendo la cola. Ted se agacha y sé que está pensando cuánto se parece este perro a Bertie. De repente, al darse cuenta de que es Bertie, levanta la cabeza y me ve. Dice mi nombre y hay alegría en su voz. Mientras camina hacia mí, yo retrocedo, solo un poco. No lo miro aún directamente a la cara, sino que enfoco la mirada más allá de su cabeza, donde hay una hiedra que está despedazando las piedras de un viejo muro. Me dice que ha dejado el coche en el aparcamiento del *pub*; no quería despertar a todo el mundo, con el motor retumbando en las estrechas callejuelas bajo las ventanas de las casas. Caminamos de vuelta a la casa; Bertie trota entre los dos, mirándolo una y otra vez.

En la cocina, se sienta a la mesa con el abrigo puesto, como una visita que no va a quedarse mucho tiempo. Preparo una taza de café y se la dejo delante. Luego retrocedo, asimilando cuán extraña es su presencia.

—¿Por qué te escondías? —me pregunta.

Incluso su voz suena lenta y cansada. Tiene cercos malva bajo los ojos; el pelo, más gris y ralo. La barba de varios días es tan larga que pienso que se la está dejando crecer.

—Si no te hubiera visto apoyada en el muro, habrías dejado que pasara de largo —prosigue.

—No me escondía. Estaba esperando...

Pronuncio estas palabras con esfuerzo. Habría preferido quedarme callada.

—¿Esperando?

Mi respuesta cobra forma por sí misma, sin necesidad de decirla. Sí, esperando a ver qué ocurría, ansiando que pasara de largo, sin darse cuenta. Todas las semanas y meses posteriores a la desaparición de Naomi, estuve esperándolo. Entonces sí pasó de largo y me dejó en las sombras para ir al encuentro de otra persona.

—De acuerdo, no tienes por qué responder.

Ted se encoge de hombros y abre las manos mientras se ríe brevemente; tiene las palmas enrojecidas del bebedor. Se da cuenta de que estoy mirando y las cierra alrededor de la taza de café. Unas gotas caen en el mantel y se extienden en pequeños círculos.

—Entonces, ¿estás bien? Aquí, quiero decir. Por supuesto, no me refiero…

Se interrumpe.

—Estoy bien.

—Tienes buen aspecto. Muy bueno, de hecho.

Parece sorprendido.

—Gracias.

—Lo que quiero decir es que estás guapa.

Entorna los ojos, en actitud apreciativa.

—Gracias.

Si estoy guapa es por Michael, pero eso no se lo diré, todavía no.

—¿Cómo estaban los chicos? —Cambia de posición en la silla, como si quisiera ponerse cómodo—. Cuando los viste en Navidad.

—Estaban bien.

Mi corazón sigue latiendo sin freno; no puedo componer frases largas. En cambio, Ted rebosa de palabras. Después de todo, la situación no es una sorpresa para él.

—Cuánto los he echado de menos. He visto a Ed, claro.

Se refiere a ver a Ed con Beth, todas las veces que fue con ella a verlo.

—¿Y qué tal Theo? —continúa.

—Está bien.

—Debería haber venido en Navidad. Lo siento.

Lleva la camisa arrugada, como si hubiera dormido con ella. El abrigo le queda demasiado grande. El olor rancio de los cigarrillos

220

inunda la cocina. ¿A qué se refiere exactamente cuando dice que lo siente? ¿A la Navidad? ¿A Beth? ¿A las mentiras?

–¿Piensas mucho en Naomi? –pregunta abruptamente rompiendo el silencio.

Giro la cara hacia la ventana, incapaz de mirarlo.

Continúa hablando, las palabras cada vez más rápidas:

–Yo no dejo de pensar en ella.

Echo un vistazo a su cara. Las lágrimas se derraman por la canosa barba.

–En este momento, en el tacto de sus manos cuando era pequeña. Eran tan suaves… Le gustaba ponérmelas en las mejillas y fingir que mi barba le hacía daño, y luego jugábamos a vendárselas.

Moquea por la nariz; las lágrimas le dejan regueros en la cara sucia de polvo.

No quiero que continúe explayándose. Le paso una hoja de papel de cocina. Se limpia la cara. El papel arrugado se abre solo sobre la mesa, traslúcido de lágrimas y mocos.

–La busco en todos los sitios a los que voy –dice en voz tan baja que me obliga a inclinarme para entender las palabras–. Una vez, en Ciudad del Cabo, cuando iba del hotel al hospital, me pareció verla. Seguí a la chica hasta un parque, porque caminaba igual que Naomi. –Me sonríe–. ¿Recuerdas cómo parecía rebotar cuando caminaba, como si pudiera seguir andando eternamente?

–Sí, pero no lo hizo.

–¿No hizo qué?

Sigue sonriendo, pero está desconcertado.

–Seguir andando eternamente.

–¿De verdad lo crees? –Cierra el puño y da un golpe suave en la mesa–. No te rindas. No te rindas nunca. Yo sigo creyendo que vamos a encontrarla. –Se levanta–. Cuántos errores he cometido…

–No quiero oír eso ahora, Ted. Es demasiado tarde.

Está de pie frente a mí, balanceándose ligeramente, como si estuviera borracho, pero no huele a alcohol. Se le cierran los ojos. Arrastra las palabras.

–Lo siento. Solo necesito dormir un poco. No pude hacerlo en

el avión. He conducido toda la noche y tengo que tumbarme…
¿Puedo quedarme?

Le preparo un baño y lo llevo a la diminuta habitación de invitados. Se queda mirando las paredes color marfil que Dan pintó con tanta minuciosidad, las cortinas de rayas azules y grises, la rejilla de la chimenea llena de piñas blanqueadas con cal. Repara en la rugosa alfombra de algodón azul pálido y luego su mirada se detiene en el pequeño cuenco de vidrio marino de la mesita de noche. Sus hombros se relajan. Se quita el abrigo y lo deja en la butaca de mimbre, junto a la ventana.

–Muy agradable –murmura–. Has cambiado cosas. No sé qué. Es agradable.

Se sienta en la cama y se deja caer de lado con un suspiro. Su respiración cambia casi de inmediato y se vuelve lenta y profunda. Le desanudo los zapatos y se los quito. Emerge del sueño durante un instante.

–¿Te quedas? ¿Quieres dormir a mi lado?

Cierro la puerta y vacío de agua la bañera. Después bajo a la cocina y me voy quitando lentamente las capas de ropa de abrigo que me había puesto. Ahora hay más luz, pero oigo cómo empieza a llover. Parece que, después de todo, no habríamos podido ver gran cosa en Golden Cap. Me desato los cordones de las botas de caminar y tiro de ellas para quitármelas. Bertie descansa la pesada cabeza en mis pies. Le gusta sentir el tacto áspero de la lana en su boca suave.

Bristol 2009. Ocho días después

Ted volvió tarde, como de costumbre. Hacía mucho que habíamos terminado de cenar cuando llegó a casa, con las ojeras muy marcadas y la ropa arrugada, puesta a toda prisa tras acabar en el quirófano. Me alegré de verlo. Me había prometido que el episodio con Beth había sido un error y que debía creerle. Yo lo necesitaba a mi lado. No tenía energía suficiente para enfadarme. De todas formas, lo que Ted había hecho empezaba a difuminarse ante la angustia abrasiva que me provocaba la ausencia de Naomi. Ted se acercó en silencio al fogón, que yo había dejado encendido para mantener su cena caliente. La carne parecía seca. Las patatas estaban arrugadas; las verduras, fibrosas. Imaginé el día que habría tenido y supuse que, mientras conducía de vuelta a casa, estaría pensando en la cena caliente que le esperaba al llegar.

—Eso tiene una pinta asquerosa, Ted. ¿Te hago una tortilla?

—No es necesario.

Sacó una botella de vino de la alacena, la abrió y sirvió dos copas. Después, suspirando, se dejó caer pesadamente en la silla.

—Siento no haber telefoneado —dijo mientras tomaba un sorbo de vino—. La operación duró todo el día. Se me ha hecho más tarde de lo que pensaba. ¿Dónde están los chicos?

—Theo está por ahí, no sé dónde. Ed se ha ido a la cama.

—¿Tan pronto?

—Necesita recuperar el sueño atrasado. Siempre está cansado. Se levanta tan tarde que Anya no puede ni entrar a limpiar en su habitación. Los nervios se lo están comiendo.

Empecé a batir huevos en un bol.

—Ha venido Michael. Harold Moore nos dijo que…

—¿Quién diablos es Harold Moore? —preguntó observando cómo el huevo espumoso se deslizaba en la mantequilla caliente.

Escuchó mientras se lo recordaba y luego le conté lo de la camioneta azul.

Ted ladeó la cabeza.

—Pues lo cierto es que me pareció ver un coche azul, quizá una camioneta, aparcada fuera del teatro. Una o dos veces, diría yo.

Se encogió de hombros. Resultaba obvio que no le parecía un detalle importante.

—Lo más probable es que termine siendo el coche de la profesora de teatro o algo así —continuó sin ningún entusiasmo—. No creo que podamos fiarnos demasiado de un chico con síndrome de Down.

—Pues yo creo que Harold podría ser un buen testigo. Lo observa todo, y estaba muy concentrado en su dibujo.

Ted no respondió. Le puse delante la tortilla y empezó a comer con rapidez.

–Michael está trabajando en ello. –Me senté frente a Ted–. Va a organizar una especie de reconstrucción de los hechos. Ya sabes, una chica sale tarde del teatro, entra en un coche azul…

–Era tarde y estaba oscuro, así que a lo mejor no sirve de mucho. ¿Qué más?

–Ted, mañana es sábado. ¿No podrías faltar al trabajo y quedarte en casa? Si crees que con esto nos estamos desviando del camino correcto, me gustaría saber qué propondrías tú. –Hice una pausa, obligándome a mantener la serenidad–. He dibujado esta especie de esquema en una cartulina. Dime qué te parece.

Ted apartó el plato vacío.

–Enséñamelo.

Nos inclinamos sobre la mesa, mirando los círculos que rodeaban el nombre de Naomi. Familia. Instituto. Vecinos. Teatro.

–Hace falta otro círculo –dijo lentamente–. Enemigos. Alguien que quiera vengarse.

–No tienes enemigos así a los quince años –dije mirándolo, incrédula.

–Enemigos suyos, no. Nuestros –dijo tranquilamente.

–Ya lo había pensado, por el padre de Jade o incluso por el marido de Anya, pero me equivoqué. ¿Crees que alguien podría odiarnos hasta ese punto?

La cara de Ted adquirió un aire pensativo.

–A mi médico residente le pincharon las ruedas una vez. Se preguntaba si alguien le guardaba rencor por algo. Quiero decir que, sin querer, en ocasiones no nos damos cuenta de lo que podemos hacer o dejar de hacer. A veces los médicos juegan a ser Dios.

–¡Por Dios santo!

Fue como si en mi resolución se hubiera alterado alguna cosa, como si se hubiera aflojado alguna pieza. Me eché a llorar.

Ted me rodeó fuertemente con el brazo. Percibí su olor tan familiar, levemente perfumado.

–Me recuerda al verano –murmuré con la cabeza apoyada en su hombro.

–¿Cómo? –Se apartó y me miró.

–Lavanda.

Me quedé cerca de él, reacia a separarme. Llevábamos días sin tocarnos.

–No es una crítica. Me gusta –dije cogiéndole la mano.

Retiró la mano y me dio unas palmaditas en la espalda.

–Son las enfermeras las que eligen el jabón del quirófano, así que tiene perfume, y caro, además.

Se inclinó para observar atentamente la cartulina.

–Hablando de dinero –dije recordando el fajo de billetes en el cuarto de Ed–, ¿les estás dando a los chicos su asignación en metálico en lugar de hacerlo en línea? No sé si es muy buena idea ser tan generoso.

–¿He sido generoso? –No me escuchaba. Se había dado la vuelta y había sacado el móvil.

–Vi el dinero, un fajo de billetes. No tienes por qué darles tanto.

–No sé si te estoy entendiendo, Jen. Hace meses que no les doy dinero en metálico a los chicos. Les hago una transferencia a sus cuentas, ¿recuerdas? Déjame que le envíe solo un mensaje a mi médico residente. Necesita saber dónde están los escáneres para la lista de mañana.

Estaba tan cansada que sentía punzadas en los pies y me escocían los ojos. No tendría que haber perdido el tiempo preguntándole si se quedaría en casa. Evidentemente, él no se perdería una lista de operaciones. ¿De dónde diablos procedería aquel dinero? Esa noche me sentía demasiado agotada para seguir pensando en ello. Tendría que preguntarle a Ed por la mañana. Ted subió a acostarse antes que yo y ya estaba dormido cuando me tumbé a su lado. Intenté acoplarme a su cuerpo, pero estaba boca abajo, con la cabeza hacia el lado opuesto. Apoyé la mía en su hombro. A pesar de la fatiga, permanecí despierta, tratando de pensar en mis posibles enemigos con la esperanza de ahuyentar las imágenes que me asaltaban cuando estaba cansada, las oleadas de total desesperación y de terror que me acechaban por todas partes.

Ed se estaba poniendo los cereales del desayuno en un cuenco y se le derramaron algunos sobre la mesa de la cocina.

–¿Por qué tienes que entrar siempre en mi cuarto?

Su voz era fría.

–Ed, te habías dormido con la ropa puesta. Solo te quité los zapatos y te tapé con una manta.

–No soy un crío.

–Y bien, ¿el dinero?

–Nada que te incumba, mamá. –Hubo una pausa y se encogió de hombros–. En fin, si tienes que saberlo, participo en una demostración de remo benéfica, una especie de gala. Es el lunes. Me encargo de la tesorería. Por eso he estado llegando tan tarde. Estaba entrenando.

Parecía lógico. La fatiga, quedarse hasta tarde en el instituto…

Ted todavía estaba arriba, durmiendo. Los sábados, su lista de operaciones comenzaba más tarde y lo dejé dormir mientras me paseaba inquieta de aquí para allá. El miedo siempre empeoraba por las mañanas. Se me metía de pronto bajo la piel y era tan fuerte que no podía estarme quieta ni concentrarme en nada durante demasiado tiempo.

Telefoneé a Michael. Me dijo que habían interrogado a los actores, estudiantes o no, que solían utilizar el teatro del instituto. Todos tenían coartada.

–¿Y cuál es el siguiente paso, Michael?

–Una posible reconstrucción el jueves por la noche. Te avisaré si se confirma.

Así que otra chica iba a interpretar el papel de mi hija, otra chica se metería en la camioneta azul aparcada fuera del teatro entre las diez y media y las once de la noche, pero cuando la cámara dejara de rodar, volvería a salir y se iría a casa. Yo no estaría allí para verlo.

Frank me llamó para responder al mensaje que le había enviado. Estuvo de acuerdo en que retomara las consultas si yo estaba segura. El trabajo se iba intensificando. Estábamos en la recta final hacia diciembre, con los catarros propios de la estación. ¿Podría empezar pasado mañana?

Bristol 2009. Once días después

Llevaba días sin subir al coche, pero las manos se mostraban seguras al manejar el volante. Mi habitación de la consulta se veía impoluta. Habían puesto orden en la mesa. Dejé la bolsa, saqué el estetoscopio y el otoscopio, y los puse junto al talonario de recetas nuevo.

Lynn entró y me dio un fuerte abrazo.

–No voy a ser blanda. Hoy tienes una prueba que superar. Estaré aquí al lado si me necesitas. –Y salió frotándose los ojos con la mano.

Jo me trajo una taza de té, me besó y dijo:

–Te hemos programado pacientes fáciles para que vuelvas a coger el ritmo.

El primer paciente era un niño. Un chico de seis años, flaco, con un flequillo brillante y unos enormes ojos marrones. Su madre iba vestida con un sari azul y permanecía sentada en la silla sin decir nada. El chico, manejando nuestra lengua cuidadosamente, me explicó cuál era el problema. Tenía pequeñas manchas amarillas en la garganta y la cabeza le ardía de fiebre. Tanto los ojos de la madre como los del niño, profundos y llenos de confianza, resultaban apaciguadores. Cuando se fueron, me di cuenta de que durante los pocos minutos que habían estado allí mi tormento se había mitigado. Bebí un trago del té caliente con azúcar. Luego entró una mujer baja, delgada y de hombros encorvados. Su vida era un gran vacío gris. Con lentitud, me contó que ya no era capaz de ver la televisión, comer o dormir. Le hice algunas preguntas y le programé análisis de sangre, pero luego me limité a cogerle la mano mientras las lágrimas corrían por sus mejillas, hasta que ya tuvo que irse. Vi a quince pacientes en total. El último de la mañana era un joven obrero de la construcción con una secreción en el oído. La luz de mi otoscopio era tenue; necesitaba pilas nuevas. Abrí la cremallera de la bolsa. Guardaba los pequeños viales de morfina y petidina en la parte de arriba, bien protegidos en un compartimento acolchado con gomaespuma, junto con el ibuprofeno líquido y los antieméticos. En el momento de abrir la bolsa, pensé que más tarde debía comprobar si estaban caducados. Pero los viales habían desaparecido.

Me quedé mirando las pequeñas cavidades en las que deberían haber estado. ¿Me había deshecho de ellos y luego lo había olvidado? Sin duda, recordaría el tacto suave del vidrio, el leve choque al caer en el contenedor de objetos cortantes. Abrí más la bolsa mientras la cabeza me zumbaba de pánico. Había menos cosas de las que recordaba. Normalmente, en las pequeñas gomas de uno de los laterales estaban las cajas de medicamentos que utilizaba en las visitas a domicilio. Co-codamol. Temazepam. También habían volado. A lo mejor me había olvidado de volver a meterlas. ¿Me las habría dejado en casa de algún paciente? ¿Y si caían en manos de un niño?

Todo eso pasó por mi cabeza en unos pocos segundos. Encontré por fin las pilas, las encajé, le miré el oído al joven y le extendí la receta, todo ello a la carrera. Quizá las medicinas estaban en casa. Quizá tras vaciar la bolsa no había vuelto a meter las cosas y luego Anya las había guardado en nuestro botiquín. Decidí esperar hasta que llegara a casa. Todavía no quería preocupar a Frank.

De vuelta en casa, entré en la cocina. Once días antes, había regresado del trabajo y me había encontrado a mi hija bailando sola, feliz e indemne. Me apoyé contra la pared en un silencio vacío, con ganas de tirarme al suelo y llorar como una niña.

Me obligué a serenarme. Mi hija necesitaba una madre fuerte. Hoy había ido a la consulta. Lo había hecho. No habían surgido pistas nuevas, pero tarde o temprano alguien cruzaría la puerta y me recordaría algo que había olvidado. Tenía que haber algo que estaba pasando por alto. Algún velo que necesitaba descorrer para ver con mayor claridad. Tal vez solo fuera cuestión de tiempo.

Miré en nuestro botiquín, pero allí no había ningún fármaco de mi bolsa. Empecé a registrar los armarios del cuarto de baño, mi mesita de noche, la cocina. Iba tan deprisa de una habitación a otra que dejaba las puertas moviéndose a mi paso. Miré en el lavadero, junto a la comida del perro, bajo el fregadero. Nada. Estaba temblando, con la mano en la ropa recién planchada que había dejado Anya. Las prendas estaban perfectamente apiladas junto a un montón de calcetines ordenados por parejas. Lo cogí todo y subí lentamente al piso de arriba. Los sucesos de los últimos días debían de haberme afectado la memoria.

Frank lo entendería. Lo más probable es que hubiera tirado los medicamentos y le hubiera pedido más, tras lo cual debí olvidarme de recogerlos. Era probable que él ya los tuviera preparados para dármelos. Cambié las toallas del baño. El equipo de remo de Ed seguía en el suelo. También debía de haberse olvidado. Los despistes eran cada vez más habituales en él, como lo eran en mí, pero lo de hoy era importante; tenía la gala benéfica de remo. Saqué el teléfono y me senté en su cama para llamarlo, pero me saltó el contestador de voz. Debía de estar en clase. Llamé al instituto y pedí que me pasaran con el centro deportivo. Al final, pude hablar con un profesor de educación física y me ofrecí a llevar el equipo, sabedora de que Ed no tendría tiempo de venir a por él a casa.

—¿Una demostración de remo benéfica?

—Sí, esta tarde. —Me sorprendió que el profesor no lo supiera—. He pensado que puedo llevarlo todo ahí.

—Pues yo no me molestaría, señora Malcom.

—En circunstancias normales, no lo haría. —No me había gustado el tono socarrón en su voz—. Pero es que tiene mucho que abarcar últimamente. Es comprensible que se le olviden las cosas.

—Entonces también debe de haber olvidado que este trimestre no hay remo. Ahora toca campo a través, señora Malcom. El remo es el próximo trimestre.

Se oyó una breve risa, como si hubiera hecho un chiste.

—Es doctora, por cierto —dije—. Mi nombre es doctora Malcom, no señora.

—Disculpe usted.

Colgué el teléfono.

Nunca había hecho una cosa así. Supongo que me salió porque todo el rato usaba mi nombre como si me echara una regañina.

Aún tenía en las manos los calcetines de Ed. Me levanté y abrí el cajón de arriba de su cómoda para guardarlos. Tenía que darme prisa por si volvía. Se pondría hecho una furia si me pillaba en su cuarto. ¿Por qué había mentido sobre la gala? ¿Qué había estado haciendo cuando se suponía que estaba remando? El cajón ya estaba atiborrado de calcetines. Seguro que estaba poniendo los sucios otra vez allí dentro. Los saqué para hacer espacio. Mis manos tocaron algo pequeño y duro. Lo saqué de entre los pliegues de la corbata en la que estaba envuelto. Era un pequeño vial de vidrio con unas diminutas letras negras en un lado y un anillo amarillo en el cuello, en el punto donde había que limar para liberar el opiáceo del interior.

CAPÍTULO 24

Dorset 2011. Trece meses después

El día de Nochevieja, la presencia de Ted dormido en la casa perturba la mañana. Bertie se agita inquieto a mi alrededor; cuando lo suelto en el campo, mete el hocico en el seto mojado y estornuda. El grueso pelo rizado de sus orejas de *spaniel* se enreda en las zarzas y debe esperar pacientemente a que lo libere. De vuelta a casa, mientras preparo el primer café del día, se tumba al pie de la escalera y apoya la cabeza en el primer peldaño, gimiendo levemente. Regreso al cobertizo para coger los tallos de lunaria que Mary me dio ayer. La planta me había llamado la atención al verla junto a la entrada de su casa.

–Llévatela entera. Estoy encantada de quitármela de encima. Y toma –había dicho tendiéndome un cubo con maíz–. Ya que estás aquí, hazme el favor de darles de comer a las gallinas.

La lunaria seca que llevo en la mano tiene hojas nervadas y opalescentes, con semillas en forma de flecha en el interior de las vainas. Las ideas sembradas hace poco en mi interior crecen rápidamente. El tríptico tendrá límites fluidos o quizá parecerá pintado en el interior de un globo, y se verán semillas que se convierten en flores que, a su vez, se convierten en frutos y luego otra vez en semillas, en un ciclo incesante. Bosquejo las líneas maestras de mi plan.

Cuando me detengo y vuelvo a la casa ya es mediodía. Ted está en la cocina. Lleva puesta la bata que Sam se dejó; los suaves pliegues negros cuelgan flácidos en torno a su cuerpo. Tiene la cara grasienta de sudor. El pelo le cae hacia delante en mechones separados y húmedos.

–Me siento fatal. –El castañeteo de los dientes hace que le tiemble la voz–. Debo haber cogido un virus en el viaje. Madre mía. Voy a vomitar.

Sale dando tumbos hasta el baño y oigo una sucesión de arcadas. Sube las escaleras temblando y voy tras él. Arriba, se derrumba en la cama. Le doy la vuelta a la almohada y abro la ventana, pero empieza a temblar y se envuelve en el edredón, de modo que vuelvo a cerrar y corro las cortinas.

–¿Dolor de cabeza? ¿Dolor abdominal?

Su pulso es rápido y le arde la piel.

–No es meningitis. Ni apendicitis.

Sus labios esbozan fugazmente una sonrisa. Luego cierra los ojos.

–Tengo sed…

El peso de su cabeza húmeda me es familiar. Tras beber unos sorbos, se deja caer de nuevo en la cama con un suspiro. La oscura tarde discurre lentamente. Le llevo más agua, rodajas de manzana, té con azúcar. Se despierta a ratos. En uno de ellos, me coge la mano y no hay manera de que la suelte durante varios minutos, murmura, luego se queda otra vez dormido. Más tarde oigo voces y doy por supuesto que se encuentra mejor, que está hablando por teléfono. Cuando entro en la habitación, está sentado en la silla, desnudo, la vista fija en las cortinas. Sus ojos tienen un brillo sobrenatural y le tiemblan las manos cuando señala el estampado a rayas.

–Ella está ahí dentro –dice.

Durante un segundo, pienso que debe haber visto a Mary al otro lado de la calle, en la ventana iluminada de su cocina.

–Ella está detrás de esas barras.

Señala las cortinas rayadas y levanta la voz.

–Quiere que la ayudemos. Está en una cárcel.

Le toco la frente: echa fuego. Su mano sudada se aferra a la mía.

–Ayúdala –dice con voz temblorosa–. Es culpa mía.

Está enfermo. No hay razón para asustarse a pesar de la voz descompuesta y las manos ardientes. Le doy paracetamol y agua. Me agarra las manos con fiereza, los ojos como brasas.

–Fue culpa mía. No estaba allí. Me está llamando, escucha.

Una parte de mí, la parte irrazonable que cree en la magia y los fantasmas, quiere preguntarle qué está diciendo Naomi y cómo es su voz. Pero me limito a decir con toda la calma de que soy capaz:

–La fiebre te provoca alucinaciones. No está aquí, Ted.

–No lo entiendes. Fue culpa mía.

Su voz baja de tono hasta convertirse en un susurro. Tengo que inclinarme para oírlo.

–Ella me lo dijo, pero no presté suficiente atención.

–Te dijo, ¿qué? Atención, ¿a qué?

Cierra los ojos y hunde la cabeza en el pecho. Se encoge de hombros, murmurando. Lleno la bañera con agua fría y lo ayudo a entrar. Su cuerpo está demacrado, el pene encogido en su nido de pelo cano. Se le notan las costillas; en la espalda tiene la piel pálida, perlada de sudor a lo largo de las vértebras. Los omóplatos parecen cuchillos. Voy cogiendo agua con el hueco de las manos y la dejo caer por su espalda. «Con mi cuerpo, yo te honro». ¿De verdad dijimos eso en nuestros votos matrimoniales? ¿Prometimos que sería para siempre? Solo recuerdo la calidez de su mano sosteniendo la mía. Las promesas me parecieron irrelevantes.

De nuevo en la cama, murmura algunas palabras. Solo entiendo «Naomi» y «para» y «por favor». No hace más que girar la cabeza de un lado a otro. Cada media hora, trato de hacerle beber agua y le paso la esponja por la frente. Más tarde, le cambio las sábanas empapadas. Él permanece sentado en la silla con la cabeza gacha, levantándola de golpe, dejándola caer de nuevo.

–Lo siento… Lo siento –farfulla.

Lo ayudo a volver a la cama y se tumba con un gruñido de alivio, igual que hacía cuando llegaba a casa y se derrumbaba en su sillón después de una larga jornada. Pero ya no vivo en su casa. Ya no soy su esposa. Las promesas resultaron ser más frágiles de lo que pensaba. Sus párpados se van cerrando y se queda dormido.

En la cocina, veo que Michael me ha enviado un mensaje de Año Nuevo: está solo, echándome de menos. Le contesto que yo también lo echo de menos y le digo que Ted está aquí, enfermo.

La estridente voz del locutor de radio anuncia que es medianoche en Trafalgar Square. Las campanadas del Big Ben suenan lentas sobre un fondo de explosiones y gritos. En el silencio del oscuro jardín, se oye un taponazo y el corcho del champán sale volando y cae en la hierba húmeda con un ligero roce. Brindo con la botella.

—Feliz Año Nuevo, cariño mío.

El frío gollete de la botella me golpea los dientes y el champán me sabe amargo. Ella no puede oírme. Tiro el resto en la hierba. Otro año que empieza.

Por la mañana, la fiebre de Ted ha bajado. Desayuna tostadas con Marmite, bebe una taza de té tras otra y vuelve a dormirse. La pintura cobra forma. Las finas semillas brillan dentro de su envoltorio plateado, su forma futura oculta. ¿Qué secreto esconde Ted? Dijo que era culpa suya, pero ¿a qué se refería? En el banco hay un escaramujo de aspecto coriáceo junto con un haz de ramas. Al cortarlo con la navaja, aparecen las semillas piramidales dispuestas en apretadas hileras, velludas en las puntas, inmaduras.

Cuando oscurece, Ted aún no se ha despertado. Descorro las cortinas de la habitación y abro la ventana. Ha dejado de llover y el aire es fresco. Me imagino semillas negras que caen, capullos de rosa cortados antes de haberse abierto.

La mañana siguiente, cuando vuelvo del cobertizo, la cocina desprende un reconfortante aroma a café y tostadas. En la mesa, la mermelada de ciruelas de Mary rebosa por un lado del tarro en gruesas gotas. Ted parece extrañamente grande allí dentro. Sus piernas estiradas sobresalen por el otro lado de la mesa, con sus tobillos velludos y los enormes pies. Durante un segundo, es un desconocido, y entonces sonríe.

—Me encuentro estupendamente. Ya no tengo fiebre y estoy hambriento.

Señala con un gesto las migas de tostada que hay en la mesa y se ríe.

—No he podido esperar.

Siento tal rigidez en la cara que no puedo sonreír. Mi espacio. Mi cocina. Mi comida. Entonces me avergüenzo.

—Me alegro de que estés mejor.

234

—¿Qué has estado haciendo esta mañana? —pregunta mientras unta una tostada con una gruesa capa de mantequilla y extiende mermelada por encima.

¿De verdad cree que podemos retroceder un año en un instante?

—Trabajando.

—¿Otra vez trabajando? —dice con la boca llena y expresión de sorpresa—. ¿En Bridport?

—Me refería a pintar.

—Ah. Esa clase de trabajo. Parece que estás muy entretenida. ¿Puedo echar un vistazo?

—¿Entretenida?

Puedo ver la esquina del cobertizo desde la ventana de la cocina. Casi todo lo que me trajo de vuelta al mundo está allí dentro.

—De acuerdo. Quizá más tarde.

Se despereza con verdadero placer. Se ha afeitado y su cara no parece tan demacrada.

—Gracias por cuidar de mí. Te invitaré a comer. ¿Sigue abierto ese sitio de la playa, el Beach Hut?

Cruzo con más fuerza los brazos.

—Hace dos noches dijiste que era culpa tuya —le digo—. ¿A qué te referías?

—¿Eso dije?

Se encorva para tomar un sorbo de café, con el ceño ligeramente fruncido.

Yo continúo, aunque el hermetismo de su rostro revela que no quiere que lo haga:

—Creías oír a Naomi llamando desde detrás de las cortinas.

—Dios mío. Sí que estaba mal.

Su risa suena forzada.

En ese instante, sé que está ocultando algo. Tengo ganas de abalanzarme sobre él y arrancarle la verdad a zarpazos. Aunque sea una verdad caducada, aunque llegue demasiado tarde, yo necesito saber.

Siento cómo me examina con la mirada.

—Me parece que ya he conseguido agotarte, Jenny. Tan bien que estabas cuando te vi el otro día. Es culpa mía.

¿Qué exactamente es culpa suya? El corazón me late con violencia.

–Estoy bien.

Tengo que ser cauta. Ted sigue en mi campo de visión cuando miro por la ventana. Si ahora le hago más preguntas, se cerrará como una ostra. Tengo que esperar, elegir el momento oportuno.

–Tomo un baño, me visto y nos vamos. ¿De acuerdo?

De nuevo parece animado.

–De acuerdo.

Más tarde, paseamos por la orilla de la playa, escuchando los guijarros que crujen bajo nuestros pies. Mientras caminamos, Ted se agacha para coger piedras. Las mira con atención y se va guardando algunas, guijarros de colores claros que brillan como gruesas perlas veteadas de oro.

–En Sudáfrica fui a un mercado de piedras.

Mientras habla, agita el pequeño montón que tiene en el hueco de la mano y las piedras entrechocan.

–Al fondo de algunas casetas, había pilas de jaspes grises del Kalahari, en todas sus fases de erosión. Y cada vez las piedras eran más bonitas y brillantes; iban perdiendo toda su aspereza.

Me mira durante un segundo y luego gira la cabeza.

–Como nosotros.

–No voy a tragarme eso.

Le cojo un guijarro blanco y plano de la mano, y lo lanzo con fuerza a ras del agua.

–El sufrimiento no te hace mejor en nada. –La piedra rebota tres veces, blanco contra gris, y luego desaparece en una ola–. Solo te hace estar triste, amargado.

–Has cambiado, Jenny. ¿Qué has aprendido aquí, estando sola?

–He aprendido a sobrevivir.

Las gaviotas giran en círculo por encima de nuestras cabezas, graznando al viento.

El Beach Hut está abarrotado. Sigue habiendo un árbol de Navidad en una esquina. Las luces y los espumillones parecen sórdidos y vulgares bajo la luz gris que entra del exterior, a través de las ventanas que dan al mar. Ted me precede hasta la misma mesa en la que me senté con Michael, y me quedo pensando en los ojos y las manos de Michael mientras observo cómo Ted se acerca al mostrador, pide la comida y vuelve con una botella de vino. Sirve una copa para cada uno y toma un largo trago, como haría una persona sedienta que bebiera agua. Deja salir el aire ruidosamente y me mira.

–Bueno, supongo que cada uno sobrevivió a su manera, ¿no? –dice.

Empieza a hablar de Sudáfrica, del hospital donde ha iniciado una investigación, de la sequía, de los niños malnutridos, de los casos raros de tumor cerebral. No menciona a Beth.

Observo sus hombros flacos y las nuevas arrugas que se le han formado entre la nariz y la boca. Tampoco ha sido fácil para él. Le sirvo otra copa y vuelve a beber. Cuando llega la comida, la sangre de los gruesos filetes empapa las patatas. Soy incapaz de tragar bocado, pero él engulle como si estuviera famélico. Al acabar, rebaña el plato con un poco de pan y se recuesta suspirando en el respaldo. Sonríe y levanta su copa mientras me hace un gesto de asentimiento con la cabeza.

–Necesitaba esto. Salud, Jenny.

–Entonces –empiezo lentamente–, ¿vas a contarme lo que Naomi te dijo?

–¿Sobre qué?

Deja la copa en la mesa y entorna un poco los ojos.

He de obrar con tacto. Pienso en todos los cursos de orientación psicológica y en el lenguaje que nos recomendaban utilizar cuando éramos médicos en prácticas.

–Cuando delirabas, dijiste que Naomi te había contado algo, que no habías prestado suficiente atención y que era culpa tuya –digo con voz desprovista de toda emoción–. Parece evidente que el asunto te ha estado preocupando. ¿Me lo quieres contar ahora?

Ted me mira con expresión tensa y luego su rostro se relaja ligeramente.

–Lo cierto es –dice, y toma un rápido sorbo de vino– que ya te lo conté. Al menos…

–¿Ya me lo contaste?

—Sí, a ti y a la policía.

Ya está a la defensiva y eso me asusta.

—¿De qué estás hablando?

—De que Naomi tomaba drogas.

Tengo ganas de reír. Después de tanta ceremonia, resulta que lo interpretó todo mal.

—Era Ed quien las tomaba.

Debe haber sido ese virus que cogió; quizá todavía esté enfermo. Lo repito más despacio:

—Ed se drogaba. Por eso fue a rehabilitación.

Me replica, hablando todavía más despacio que yo:

—Eso fue más tarde. Naomi ya se drogaba antes.

Me quedo mirándolo fijamente. Él continúa:

—A ver, ¿te acuerdas de que te dije que Naomi había tomado drogas una vez, con amigos? Estábamos solos; creo que los chicos habían salido. Hacía calor…

—¿Eso? Pero aquello no fue nada.

Verano. Dieciocho meses antes. Las ventanas estaban abiertas y el aire cálido traía el olor de las barbacoas y un leve hedor procedente de los contenedores de basura. Los chicos se habían ido de viaje escolar a Marruecos. Naomi estaba jugando al tenis con unos amigos. Habíamos estado bebiendo café helado después de la cena cuando me lo dijo.

—Solo una vez —había dicho—. En la fiesta.

Y entonces había puesto una mano cálida y tranquilizadora sobre la mía.

—Todos los chicos experimentan con sus amigos. Es normal cuando se es joven. No hay que hacer un drama. Ha prometido que nunca lo volverá a hacer. No le digas que lo sabes o no confiará más en mí. No quiere que te preocupes.

—Dijiste que solo era un experimento —le digo ahora a Ted, sin dejar de mirarlo.

Se sonroja y desvía la mirada mientras mi cabeza vuelve rápidamente a aquel momento. Experimentar no era lo mismo que drogarse, había decidido yo entonces. Naomi estaría a salvo, porque era Naomi, mi hija brillante y sensata que solo estaba haciendo una de esas cosas que hacen los jóvenes mientras se convierten en adultos. Casi al principio, Michael ya me había preguntado sobre las drogas, una noche en la que estábamos esperando a que Ted regresara del trabajo, y en ese momento había parecido algo irrelevante. Incluso me había preocupado que creyera que Naomi se drogaba y que perdiera el tiempo buscando donde no correspondía.

«–Jenny, ¿Naomi fumaba?

»–No.

»–¿Bebía?

»–No puede decirse que bebiera.

»–¿Drogas?

»–No. Bueno, una vez.

»–¿Sí?

»–Hace unos meses. Solo fue una vez, con sus amigos, en una fiesta. Se lo contó a Ted. Pero no fue más que eso, unos jóvenes que descubrían la hierba. Y, desde entonces, nada. Yo lo sabría.

»–Necesito los nombres».

Y yo no sabía los nombres. Michael había tenido que preguntar a sus amigos, y después a todos los chicos del instituto. Nadie había admitido nada, y el asunto acabó diluyéndose.

Aparece el camarero. Alarga unos brazos largos y morenos sobre la mesa para recoger platos y cubiertos; aparte de unos pocos granos en el nacimiento del pelo, tiene una piel completamente lisa. Le echo unos dieciséis años. Diría que practica natación en su tiempo libre y que no toca el tabaco. Ted le pide que traiga café. Él asiente con seriedad y se va.

–¿Por qué pensabas en drogas cuando estabas enfermo si tenían tan poca relevancia?

Sonríe brevemente.

–Estaba desvariando.

–¿Por qué, Ted?

Desvía la mirada y aprieta la boca. Comienza a acariciarse la ceja derecha con los dedos, a un lado y al otro.

–No dejaba de pensar en ello en África. Había chicos merodeando por las esquinas en las barriadas donde estaban los dispensarios, o tirados en la acera, totalmente colocados. Niños. Empezó a obsesionarme la idea de que yo la había creído y después me había desentendido.

–Pero si solo fue hierba, y una vez, Ted.

Se le enrojecen de nuevo las mejillas, se rebulle en el asiento y baja la mirada.

–La hierba fue lo primero, Jenny. Luego vino la ketamina.

Oigo muy lejos el tintineo de las copas y el ruido de los cuchillos. Es como si hubieran colocado una mampara entre nosotros y el resto de la gente del restaurante.

Ketamina. La conmoción me enciende la cara.

–Joder. ¿Cómo es posible que no me dijeras una cosa así?

Estoy levantando la voz y la joven pareja de la mesa de al lado tose discretamente sin dejar de mirar hacia delante.

–Se lo conté a la policía. –Me mira apenas y vuelve a desviar la vista–. Cuando fui a verlos yo solo para hablarles de… Beth. –Se sirve más vino, bebe rápidamente–. Fue entonces cuando les conté lo de la ketamina. No les pareció relevante, pero dijeron que lo investigarían.

–¿Dijeron? ¿Ellos?

–Michael me dejó con un par de policías que estaban de servicio. Anotaron los detalles. No recuerdo sus nombres.

–¿Y…?

–Nada. Nadie volvió a decirme nada, así que supuse que no era importante.

–Con esa información pudo pasar cualquier cosa; quizá pensaron que no era relevante, o se olvidaron de incluirla en el expediente o lo hicieron de manera incorrecta…

En mi cabeza solo hay fuego y negrura, una negrura que se expande y me inunda la garganta hasta que casi no puedo hablar.

–Los policías son profesionales --dice.

–Los profesionales cometen errores.

Ante esa afirmación, desvía la mirada y empieza a tamborilear con los dedos sobre la mesa.

Vuelve el joven con el café. Con cuidado, deja delante de mí la bandeja y pone en la mesa las jarritas de leche y de café. Sonríe y se va. Mientras sirvo el café, recuerdo el consejo de Michael: paso a paso; los hilos deben desenredarse uno por uno.

—Vamos a ver: ¿cómo te enteraste? –pregunto.

—Fue cuando hizo las prácticas conmigo en el laboratorio. Durante las vacaciones de verano antes de su último trimestre. ¿Te acuerdas?

Asentí. Claro que me acordaba. Había sido yo quien la había animado.

«Será bueno para tu currículum, cariño. Así verás qué te gusta más, si actuar o la medicina. Podrás hacer las rondas de los pacientes con papá si sales temprano con él. Es lo que hizo Ed».

Se había abalanzado sobre la oportunidad. Estaba orgullosa de trabajar en el hospital de Ted. Cada día se levantaba más temprano y se pasaba una eternidad poniéndose el maquillaje, preparándose, tratando de dar una imagen que estuviera a la altura.

La voz de Ted continúa:

—… y su tarea consistía en anotar los fármacos que utilizábamos en las pruebas de lesión espinal. Registraba las cantidades y así sabíamos cuántos viales de ketamina teníamos que pedir para anestesiar a las ratas. Era rápida y organizada. Estaba orgulloso de ella.

Se detiene, apoya el codo en la mesa y descansa la cabeza en la mano. La postura hace que se le entienda peor cuando habla:

—Nunca lo supo nadie. Era ella quien se encargaba del recuento, así que si se llevaba algunos viales solo tenía que pedir más para reemplazarlos. Un día vi que la hoja de pedidos no coincidía con la cantidad que habíamos usado. Naomi dijo que se le había caído una caja entera.

Baja la cabeza y prosigue en voz aún más tenue:

—Hasta me enseñó los vidrios rotos.

—Muy lista –dije con voz débil–. ¿Cómo lo averiguaste?

—Un día se olvidó la bolsa en el laboratorio. Yo no sabía de quién era, así que miré dentro. Abrí el monedero y encontré su tarjeta de crédito, pero también había seis viales de ketamina, cuidadosamente envueltos en papel.

Hace una breve pausa. Me imagino la angustia de ese momento, el silencio que debía haber en el laboratorio, roto tan solo por los correteos de las ratas en sus jaulas y por la respiración de Ted.

–Cogí la ketamina, me llevé la bolsa a casa esa noche y la dejé en la mesa de la cocina para que ella la encontrara a la mañana siguiente. Yo me fui temprano a trabajar; cuando ella llegó al hospital vino a verme y se puso a llorar. Dijo que se los había llevado para dárselos a unos amigos.

La estoy viendo mientras se lo cuenta a Ted: tapándose los ojos y con el pelo rubio cayéndole por encima de las manos.

–En la fiesta, había fumado hierba con chicos más mayores, y cuando se enteraron de que tenía acceso a la ketamina la convencieron para que robara un poco. Me prometió que ella nunca la había tomado.

–¿Por qué a mí nunca me dijo nada?

Estoy confusa; por entonces creía que Naomi me lo contaba todo, todo lo que fuera importante.

–Le sugerí que lo hiciera, pero dijo que al principio tú no la creerías y que luego te sentirías decepcionada, lo que sería aún peor que si te hubieras enfadado.

Se detiene y me mira, preocupado por el efecto de sus palabras. Trato de no mostrar ninguna emoción.

–Sigue.

–Dijo que tú esperabas la perfección, no solo en ti misma sino también en todo el mundo.

Toma un sorbo de vino y mira por la ventana con expresión triste.

–No permitías a la gente ser como de verdad era. Ella tenía la sensación de que no la conocías.

–Eso no es verdad. –Siento que me falta el aire–. La conocía mejor que nadie.

Se produce un breve silencio. Lo cierto es que no la conocía tan bien. No me había enterado de lo de James ni tampoco del embarazo. Le había contado muchas más cosas a Ted que a mí. ¿Era porque él no trataba de ser perfecto? Lo veo ahora mirando al suelo; distingo las rojeces causadas por el sol en el cuero cabelludo, en las zonas donde ralea más el pelo. La botella de vino casi se ha acabado. Vacío lo que queda en su copa.

–No entiendo por qué no me lo dijiste entonces.

Se bebe el vino con rapidez. Todos los clientes del restaurante se han ido ya. El camarero limpia las mesas, echándonos alguna que otra mirada.

—Voy a pagar el café. Vamos a tener que irnos ya.

Se levanta y saca la cartera de la chaqueta.

Llevamos demasiado tiempo sentados. Estoy temblando y la sombría tarde de enero se cuela por las ventanas del restaurante. En el árbol navideño, las pequeñas bombillas de colores parpadean inútilmente en la luz mortecina.

Bristol 2009. *Once días después*

El pequeño vial de vidrio estaba frío. Lo sostuve con cuidado en una mano. Salí de la habitación de Ed, bajé las escaleras y abrí la puerta trasera para salir al jardín, pero el espacio frío y sin hojas no cambió en absoluto los hechos que se agolpaban en mi cabeza. Me quedé de pie, junto al murete. Ed había estado mintiéndome, no sabía durante cuánto tiempo. Me robaba los fármacos de la bolsa, seguramente para venderlos, lo que explicaría el dinero. Anya se había tropezado con la bolsa porque la habían movido de donde solía estar y no la habían devuelto a su sitio. Robar medicamentos. Me parecía imposible.

Por otro lado, ¿no parecía también imposible que Naomi llevara once días desaparecida? Sabía que era verdad porque había observado el lento discurrir de las manecillas del reloj, hora tras hora; había vigilado el teléfono como si así pudiera hacerlo sonar. Había llevado su fotografía a todos los lados que tenía previsto y a algunos más, a los quioscos, las oficinas de correos, la biblioteca y las urgencias de los hospitales; y hacerlo me había ayudado a desdibujar los contornos del tiempo. Había deambulado por las calles de noche, me había sentado en los muelles y había atravesado con la mirada las negras aguas. Había hablado con Nikita y con James. Había ignorado a los periodistas que seguían pululando en la calle para hablar conmigo o que telefoneaban a casa varias veces al día. Y, durante todo ese tiempo, me había mantenido en pie, como hacía ahora, porque quedarme sentada me parecía mal, demasiado cómodo. Hoy, en el trabajo, había conseguido olvidarme por unos instantes, pero casi me había sentido morir al ver las pulidas uñas de un niño que se agarraba con fuerza al borde de la mesa.

Si perder a una hija era posible, entonces también lo era cualquier otro desastre.

Se oyó un leve crac y noté en las manos un líquido y el filo cortante de los vidrios rotos. Sonó el teléfono. Me lo encajé entre la oreja y el hombro mientras me enjuagaba la mano en el fregadero. Las esquirlas de vidrio y la sangre fueron desapareciendo en remolinos por el desagüe. Era Michael. Habían interrogado a los dueños de todos los clubs de Bristol, pero sin sacar nada en limpio de momento. Volvería a pasar mañana.

Mientras me envolvía la mano con un paño de cocina, oí que Ed entraba en casa. Me quedé al pie de la escalera, oyendo cómo subía a su cuarto y cerraba de un portazo. La puerta volvió a abrirse y entonces me senté en el primer escalón, atenta al sonido de los pasos que descendían lentamente por la escalera hasta detenerse a mi lado. Me levanté y vi que tenía marcas bajo los ojos semejantes a barrotes enrojecidos, el pelo revuelto, manchas en la corbata del uniforme. Los puños de la camisa colgaban desabotonados sobre las finas muñecas. Saltaba a la vista que había adelgazado, aunque no lo había notado hasta ese momento; ¿cómo no me había dado cuenta de algo tan evidente?

–Has vuelto pronto.

No hizo caso del comentario.

–¿Has estado en mi habitación, mamá?

–No es ninguna sorpresa, ¿no? –dije levantando la voz muy a mi pesar–. Porque al final parece que no había remo.

–Sí. Lo han cancelado. Mi habitación, ¿has entrado?

Ahí estaba la mentira. Si no hubiera mentido, tal vez habría esperado a ver si él mismo me lo contaba.

–No es que lo hayan cancelado: es que no había remo este trimestre. ¿Por qué nos has estado mintiendo?

–Joder. –Se estremeció como si lo hubiera abofeteado–. Porque siempre estás con la misma mierda. Sobre lo importante que es participar. Si fingía ir, al menos me darías un poco de tregua.

—Tregua para hacer qué, Ed.

Miró al suelo y se encogió de hombros.

—¿Para robarme medicamentos de la bolsa? ¿Para qué?

Se quedó mirándome sin hablar, más pálido de lo que nunca lo había visto, los ojos lúgubres y llenos de desesperación.

Y entonces lo supe. Me acerqué rápidamente y antes de que pudiera huir ya le había subido las mangas sueltas de la camisa. En la cara interna del brazo izquierdo, había una maraña de cicatrices, rojas y abultadas. Cicatrices antiguas y recientes entrecruzadas en la fosa cubital, causadas por agujas que trataban torpemente de encontrar las venas.

CAPÍTULO 25

Dorset 2011. Trece meses después

Al fondo de la playa, el mar ha excavado los acantilados y ha esculpido en la roca pequeñas cuevas y hendiduras de formas irregulares. Durante el verano, esos lugares apestan a orina rancia, pero las tormentas del invierno han engullido toda esa suciedad. Agachados entre brazos de roca para protegernos del viento, no se percibe más que el frío olor del agua salada y las algas frescas. Ted saca un cigarrillo de un arrugado paquete azul y se encorva para encenderlo. Se vuelve hacia el mar con un suspiro. El aroma de los Gitanes evoca al instante imágenes olvidadas de sábanas revueltas, libros bajo la cama, apuntes esparcidos por el suelo. Hacíamos el amor después de clase. ¿Cuándo había empezado a fumar de nuevo? Tal vez Beth fumaba, aunque no encajaba en la imagen que me había formado de ella. Tal vez fumaran después del sexo, como solíamos hacer nosotros. Esos pensamientos afloran junto con la angustia durante unos segundos antes de quedar sepultados de nuevo en ella.

–Dime, ¿por qué no me lo contaste? –vuelvo a preguntarle.

Le da una calada al cigarrillo y tarda unos instantes en contestar.

–Me pidió que no lo hiciera –responde sencillamente–. Ella confiaba en mí.

–¿Y no se te ocurrió pensar que yo debería saberlo? Me lo podrías haber contado en secreto…

Ted se encoge de hombros.

–Lo más probable es que hubieras querido hablar con ella.

El humo del cigarrillo hace que me piquen los ojos. Giro la cabeza.

Ted continúa:

–Contigo todo es o blanco o negro. Ya sé que nunca se lo habrías contado a la policía…

Antes de que sus palabras me hagan parecer culpable, me levanto. El viento me revuelve el pelo y me lo arroja a los ojos. Agarro los mechones y me los echo bruscamente hacia atrás mientras en mí crece una rabia ciega. En ese momento lo odio, pero me odio más a mí misma. Tengo ganas de arrancarme el pelo a puñados y arrojarlo al viento.

–A ella ni se le habría ocurrido que yo pudiera decírselo a la policía. Nunca la había castigado –digo sin aliento–. No puedo recordar a Naomi haciendo nada malo. Siempre era buena, incluso de niña.

–Precisamente. ¿Cómo atreverse a causarte una decepción? Tantas expectativas hacían que fuera más fácil mentir.

Sus palabras son como una red que me atrapa a cada paso, impidiéndome avanzar. Hiciera lo que hiciera, siempre lo hice mal. El mar ha cambiado; ahora ruge y rompe con fuerza. El viento helado me hace daño en los dientes.

–Me voy a casa.

Siento las piernas rígidas y he de caminar lentamente. Ted me sigue, protegiendo el cigarrillo con las manos, medio a trompicones sobre los guijarros.

–Después de que desapareciera –grito sobre mi hombro, por encima del ruido de las olas–, ya no había nada que perder. ¿Por qué no me lo dijiste entonces?

Me alcanza, se inclina hacia mí sin dejar de caminar y me pone la mano en el hombro para hablarme más cerca del oído.

–Ya lo estabas pasando suficientemente mal –dice resollando ligeramente–. A partir de entonces, no le quité ojo al suministro de ketamina. No volvió a faltar ni un solo vial.

Vuelve a tropezarse y se agarra con más fuerza a mi hombro. Hemos llegado a lo alto de la playa y se detiene, reteniéndome con él.

Dice en voz más baja:

–Creí que había sido algo aislado, excepcional.

Deja de hablar. Tres gaviotas pasan veloces hacia el interior; buscan protegerse de la tormenta que se cuece en el mar, donde los oscuros nubarrones se ciernen ya sobre el horizonte. Se aclara la garganta mientras ascendemos por el camino de herradura que desemboca detrás de la iglesia, con pasos ahora más silenciosos sobre el barro.

¿Qué habría hecho yo de haberlo sabido en aquel momento? Se lo habría contado en el acto a la policía y a cualquiera que pudiera haber ayudado, pero mis pies se frenan al recordar los titulares de la prensa: «Desaparece la hija adolescente de un médico», habían pregonado. La fotografía escolar se veía con más grano en el papel de periódico. Algunos diarios habían utilizado una foto antigua de Naomi recibiendo una copa de natación. Enfundada en el ajustado bañador, era todo piernas, los pechos incipientes comprimidos; tenía catorce años en esa época, pero las imágenes de una jovencita medio desnuda vendían periódicos. Si los medios se hubieran enterado de la historia de la ketamina, los titulares habrían sido más sensacionalistas: «Desaparece una adolescente drogadicta, hija de un médico». Se habría sentido traicionada; no habría regresado, ni aunque hubiera estado en su mano hacerlo. Aun así, si la policía hubiera sabido lo de la ketamina, tal vez a estas alturas ya la habrían encontrado.

Aprieto el paso, como si con ello pudiera recuperar el tiempo perdido. La mano de Ted resbala de mi hombro. Estamos ya junto al camposanto de la iglesia, donde la senda se vuelve más oscura y resbaladiza, cubierta por las ramas bajas de los tejos; sus bayas carmesíes y en forma de lágrima se desprenden en otoño, y entonces el suelo se llena de una pulpa viscosa. Ahora solo hay barro saturado de agua y diminutas agujas de hielo.

Casi hemos llegado a casa cuando empieza a llover. Mary está dando de comer a sus gallinas. Se vuelve hacia mí cuando pasamos junto a su puerta y ambas nos hacemos un gesto con la mano, un breve saludo sin palabras. Comprende, sin duda, que a veces incluso fingir una sonrisa resulta demasiado difícil.

Al llegar a la puerta, Ted me mira. Sus ojos están llenos de culpabilidad y tristeza.

—En la época en que descubrí los viales en la bolsa de Naomi, estaban pasando muchas cosas. Me habían amenazado con emprender acciones legales por la operación de médula de aquella chica, y no hacía más que ir y venir de Suecia por los ensayos con las células madre, que tampoco iban bien. Debería haberle hecho más preguntas.

Dentro de casa, Bertie se acerca soñoliento a saludarnos golpeando el húmedo hocico contra nuestras piernas. Me inclino a acariciarlo y la calidez que emana de su lomo macizo asciende por mis manos, pero no consigo quedarme quieta. Me paseo por la cocina, luego por el salón, y vuelta a empezar. El viento frío arrecia y hace vibrar una ventana; la lluvia repiquetea contra el cristal. Ted se quita el abrigo y enciende el hervidor.

Me vuelvo hacia él mientras abre el armario en busca de tazas.

—¿A qué te refieres con que deberías haberle hecho más preguntas, Ted? ¿Qué más crees que podrías haber descubierto?

—Habría podido pedirle más datos. Me dijo que era para sus amigos. Di por supuesto que se refería a los amigos del instituto, pero podría haber sido alguien de fuera.

Mientras asimilo lo que me dice, me asalta otra idea.

—¿Y qué pasa con Ed? ¿Tiene algo que ver?

—Su problema era diferente. Naomi no usaba las drogas del mismo modo que él. Ella solo… las robaba.

—Y Ed también.

Ted me pasa una taza de té por encima de la mesa.

—Los dos las robaban porque tenían acceso a ellas, pero por razones completamente diferentes. Una desafortunada coincidencia.

En el silencio que sigue a sus palabras, me digo a mí misma que no existen ese tipo de coincidencias.

—Sigo pensando que Naomi me decía la verdad —continúa Ted mientras sorbe su té—. Fue una ocasión excepcional y lo hizo por los amigos.

Pero Naomi había mentido tantas veces…

—¿Llevó alguna vez a alguno de sus amigos al hospital, o a otra persona de fuera que tú no conocieras? —pregunto.

Alguien que la instigara, que se llevara las drogas, tal vez que le pasara dinero bajo mano.

–No. No la perdía de vista, ya estuviera en el laboratorio o en el ala de pacientes.

–No sabía que también fuera allí.

–Pues claro que lo sabías. –Parecía sorprendido–. Fue idea tuya que hiciera las rondas conmigo. Le gustaba el trajín de las rondas. A veces me la encontraba hablando con algún paciente mientras me esperaba. Con la bata del laboratorio, pensarían que era alguna estudiante de medicina.

–¿También ayudaba a dispensar la medicación de los pacientes?

–Por el amor de Dios. –Sabe de inmediato por dónde voy–. Esa medicación se guarda bajo llave. Tienes que ser una enfermera autorizada incluso para llevar el carrito de medicamentos. Lo único que hacía era sentarse con la gente, hacer amigos.

–¿Naomi llegó a conocerla?

Una repentina sospecha cobra forma en mi mente.

–¿A quién?

–A tu amiguita, a Beth.

–Ya no es mi amiguita. Se acabó.

Se levanta y me da la espalda. Mira por la ventana de la cocina hacia el jardín, donde la lluvia cae ahora formando una oscura cortina.

–Y la respuesta a tu pregunta es no.

–¿Cómo puedes saberlo?

Se encoge de hombros.

–Ella nunca estaba cuando yo pasaba a recoger a Naomi; solía hacer los turnos de noche.

Beth podría haber visto a Naomi, a pesar de lo que dice Ted; podría haberse preguntado cómo sería tener un hijo con él, incluso imaginarse que Naomi era hija suya. La idea arraiga en mi interior.

–¿Dónde está ahora?

–¿Quién? –vuelve a preguntar.

–Por el amor de Dios, Ted. Beth. Quizá fuera ella. Podría haberse llevado a Naomi porque era tuya y…

–Basta.

Se eleva un segundo sobre las puntas de los pies y vuelve a bajar, las manos hundidas en los bolsillos. Parece tranquilo, aunque aprieta los puños con tanta fuerza que estira la tela de los pantalones; puedo ver los nudillos a través del grueso algodón.

—Tú ya sabes que estaba conmigo la noche que Naomi desapareció —dice con tranquilidad.

—Sé que eso es lo que me dijiste.

—Ella estaba en su piso. Tiene una coartada excelente.

¿Está hablando de sí mismo? Se vuelve y percibe la duda en mis ojos.

—No, no por mí, sino por la policía. —Sigo notando que esconde algo—. Ella los llamó porque alguien había entrado en su piso esa noche. —Se interrumpe una décima de segundo—. Luego me llamó.

—¿Te llamó?

Mi imaginación se precipita hacia posibilidades que nunca se me habían ocurrido.

—Así que no era la primera vez que ibas allí, no fue un error que cometiste porque estabas cansado y bebido. Ya erais amantes. Por Dios, aún he sido más tonta de lo que pensaba.

—No he tenido tiempo de explicar nada…

¿Cuánto se tarda en decirle a alguien que le has mentido? ¿Minutos? ¿Meses? ¿Años? Dejo la taza de té en la mesa; se ha vuelto desagradablemente insípido.

—Ya sé que el asunto continuó después de que me dijeras que se había acabado. Lo que no sabía era que también me habías mentido sobre cuándo había empezado.

—¿Cómo iba a decírtelo con Naomi desaparecida? —dice encarándose conmigo.

No hago caso de su pregunta; aparto de mi mente las mentiras pasadas y las futuras. Necesito seguir centrada en lo importante.

—Beth llamó a la policía y luego a ti, porque habían entrado a robar en su piso —digo lentamente, como si quisiera explicármelo a mí misma—. La policía debería haberse dado cuenta más tarde de que el amante de Beth era el padre de Naomi y de que habían desvalijado el piso la noche que Naomi había desaparecido. Es un dato importante. ¿Por qué no me lo contó Michael?

—Él no lo sabía.

Ted vuelve a sentarse a la mesa, frente a mí.

–La policía no supo que yo estaba… con Beth hasta después, cuando lo conté en la comisaría. Esa noche yo me quedé esperando en el coche, aparcado en la misma calle de su piso, hasta que la policía se marchó.

¿Qué se le habría pasado por la cabeza mientras estaba allí escondido, en la oscuridad de la calle? ¿Estaría avergonzado? Quizá solo pensara en su investigación o en la operación que había ido mal. No, seguro que pensaba en Beth. En el sexo con Beth, cuando la policía se fuera.

–Por supuesto –dije–. Tonta de mí. Tenía que ser secreto.

–Iba a ponerle fin…

Esa no es la cuestión, me digo a mí misma. Nada de esto importa. Hay algo más, algo que se me escapa.

–¿Qué estabas haciendo cuando ella te telefoneó?

Vuelvo a empezar por el principio. Solo un hilo cada vez.

–Meterme en el coche. Estaba reventado esa noche. –Niega con la cabeza al recordar–. Acababa de saber que el caso contra mí no había prosperado y que no habría proceso judicial. Estaba deshecho. Sentí un inmenso alivio cuando se canceló la operación; solo podía pensar en volver a casa. Hasta me había olvidado de si tenía o no que recoger a Naomi.

Eso parece verosímil y le creo.

–Entonces recibí la llamada de Beth. Estaba muy alterada y tenía miedo. Los ladrones le habían destrozado el piso. Incluso habían quemado la cocina.

Un vago recuerdo cruza por mi memoria: veo a Ted en el recibidor, trece meses atrás, y recuerdo el ligero olor a quemado que desprendía. Entonces había creído que era por la diatermia de la operación, y luego me había olvidado enseguida de ello, dominada por el miedo avasallador de aquella noche.

–¿Los ladrones? ¿Eran más de uno?

–La policía creía que debía tratarse de una banda, tal vez de chicos jóvenes. Incluso cuando supieron de mi relación con Beth, no consideraron que estuviera conectada con la desaparición de Naomi.

–¿Qué se llevaron?

–No parecía que se hubiesen llevado nada.

Ted se encoge de hombros. Ha acabado aceptando el suceso sin pensar ya en lo extraño que resulta.

–Su portátil, el televisor, la cámara, las joyas… Todo seguía allí, en un revoltijo, pero allí.

–¿Y no te parece raro que fuera la misma noche en que desapareció Naomi?

Niega con la cabeza.

–En Bristol hay robos cada noche –dice con voz cansada.

Una niña enflaquecida con moratones y fatiga. Esa combinación tampoco había sido una coincidencia ni el resultado de un maltrato infantil. Era leucemia lo que Jade tenía.

–¿De verdad que Naomi nunca os vio a Beth y a ti juntos?

Se me hace cada vez más difícil quedarme sentada. Me levanto y enjuago las tazas, girando las manos bajo el agua para calentármelas.

–No. Te lo acabo de decir.

Entonces se detiene, como si de pronto hubiera recordado algo.

–Pensándolo bien, eso no es del todo cierto. Beth entró en mi despacho una vez, pero al ver a Naomi se fue enseguida. Naomi ni siquiera se dio cuenta.

Se equivocaba. Seguro que Naomi olió el perfume de lavanda cuando Beth entró; seguro que levantó la cabeza sorprendida al reconocer el aroma y que luego cayó en la cuenta de que lo había olido en la piel de su padre. Debió de fingir que miraba por la ventana, por la más estrecha que está encima del escritorio, con esas cortinas con estampado de pavo real que cosí hace años. Y al mismo tiempo estaría mirando a Beth por el rabillo del ojo, así que no se le habría escapado el cruce de miradas entre Beth y Ted. Seguro que Naomi se había dado cuenta de todo, al instante.

–Tengo que llamar a Michael para decírselo.

–¿Seguís en contacto?

Pienso en sus manos cálidas, en la seriedad de los ojos, en su boca que toca la mía.

–Sí.

Bajo la cabeza y luego miro hacia otra parte. ¿Por qué debería contarle lo de Michael? A Ted no le debo nada.

–Tendrás que quedarte y hablar con él, si es que accede a venir aquí.

–Desde luego. Mira, Jenny…

Entonces sí que lo miro, y más allá de su reconocible silueta veo la novedad de la barba de varios días, las manchas de nicotina en los dedos, el pelo más largo y la sonrisa tranquilizadora; veo a un hombre de mediana edad, envejecido, cansado y amargado, como si fuera consciente de los errores pasados y deseara no haberlos cometido.

–Lo digo de verdad. Lo de Beth se ha terminado.

–En el *pub* dan de comer –le digo–. Vuelve cuando necesites dormir.

Cuando se va, intento llamar a Michael, pero no coge el teléfono. Voy al cobertizo. Dentro hace frío y todo está desordenado; normalmente, ni me doy cuenta del desorden. No tengo ánimos para pintar, así que me limito a poner orden en el revoltijo de semillas y escaramujos. Pero esa noche ya no sueño con ellos. Ahora en mi sueño veo a Naomi, que ríe mientras arroja vidrios rotos a las paredes en la cocina quemada de Beth. Su risa me despierta y se convierte en el grito de una gaviota, que llama desde su atalaya en el tejado. Me quedo tumbada en la oscuridad. El panorama ya no es el mismo de antes. Naomi. La ketamina. El robo en casa de Beth. No dejo de darle mil vueltas a todo. ¿Cómo podían habérseme escapado tantas cosas? Pero sé bien lo fácil que es no enterarse de lo que sucede. Es lo que me había pasado con Ed. También con él podría haberme dado cuenta demasiado tarde.

Renuncio a mi intento de dormir de nuevo; me levanto, bajo las escaleras en la oscuridad y me preparo un té. Tengo el cuaderno de dibujo al lado, pero está boca abajo, abierto. ¿Lo habría ojeado Ted rápidamente o deteniéndose con atención en cada dibujo? Quizá estuviera decepcionado por no encontrar ninguno suyo. En la silla está su abrigo mojado; el agua ha goteado de las mangas y ha formado un pequeño charco en el suelo. No lo he oído llegar del *pub* ni subir al piso de arriba. Abro la puerta que da al jardín y miro hacia el negro silencio. La tormenta procedente del mar ya se ha marchado. Cierro la puerta y me siento en el suelo, recostada en la estufa de leña, con la taza de té a mi lado. Los escalpelos son fáciles de dibujar; resulta más difícil reproducir los dedos que lo sostienen: imposible mostrar cómo tiemblan.

Bristol 2009. Once días después

Ed apartó de un tirón el brazo y lo sacudió para bajarse la manga. Giró la cabeza y en la curva descendente del escuálido cuello pude apreciar lo lejos que había llegado. Lo abracé. Noté que estaba temblando.

–¿Qué te ha pasado, Ed?

Se encogió de hombros y se alejó.

–No estoy enfadada.

No me parecía que escuchara siquiera, pero era verdad.

–Solo quiero ayudar.

Fue a la sala de estar y se sentó en el sofá con la cabeza hacia atrás, mirando al techo. Me senté a su lado.

–¿Puedes decirme qué ha estado pasando?

Me miró de pronto; sus ojos marrones echaban chispas.

–A papá ni una palabra. No se te ocurra joderme.

–¿Cogías los medicamentos de mi bolsa?

Ninguna respuesta.

–No había suficientes para lo que te has hecho.

Al decirlo, le toqué la parte interna del codo. Él dio un grito ahogado y retiró con brusquedad el brazo. Había notado un bulto, caliente incluso a través del algodón de la camisa.

–Voy a preparar un sándwich y una taza de café para los dos.

Quizá era esa la mejor manera de hacer las cosas, fingir tranquilidad y sensatez, por muchas ganas de llorar que tuviera al ver su rostro demudado por el dolor.

–Eso que tienes ahí podría ser un absceso. Te lo puedo mirar después, si quieres.

Comimos en silencio, sin que eso pareciera incomodarle. Tenía la mirada perdida en la ventana mientras masticaba. Después, tomando ya el café, traté de hablarle con tacto:

–¿Cómo te sientes ahora?

Me lanzó una mirada fugaz, despectiva.

–Como una mierda. ¿A ti qué te parece?

–¿Desde cuándo?

–No sé –dijo encogiéndose de hombros.

–¿A menudo?

–Tan a menudo como puedo.

Pero los hombros estaban ahora más caídos, como si al hablar se fuera aflojando algo en su interior.

–¿Qué has estado tomando?

–Un poco de esto, un poco de aquello…

Una pausa y luego un murmullo tan débil que hube de acercar la cabeza para entenderlo.

–Ketamina, más que nada.

El peligro al que se había expuesto me llenó de angustia.

–¿De dónde?

Me miró de reojo y sonrió con desdén.

–Un tío, en una disco.

–¿Y adónde quieres llegar con esto?

–¿Cómo coño voy a saberlo?

–¿Por qué drogas, Ed?

Arrugó los ojos.

–Por toda la otra mierda.

–¿Qué otra mierda?

–Movidas.

–¿Por ejemplo?

–Theo –dijo en voz baja–. Naomi.

–¿Theo?

Las drogas tal vez ayudaran con la culpabilidad que sentía por lo de Naomi, aunque algunas cicatrices parecían antiguas, así que podría haber empezado antes de que ella desapareciera. Pero ¿dónde encajaba Theo?

–Déjalo, mamá.

Comenzó a mover nerviosamente la pierna arriba y abajo.

Miré a mi alrededor, como si las herramientas para resolver el problema estuvieran en la habitación, encima del aparador o en algún otro lugar menos accesible, como un estante alto.

–No fue culpa tuya que se la llevaran. Ya te lo dijimos; aunque hubieras esperado…

–He dicho que lo dejes.

–¿Y el dinero?

Se quedó callado.

–Ed, ¿de dónde salió ese dinero?

El movimiento de la pierna se aceleró más y más. De repente, se levantó y subió las escaleras.

–¿Adónde vas?

–Al polo norte, no te jode.

Esperé hasta que la puerta de su cuarto se cerró. Después me senté y la habitación pareció achatarse a mi alrededor. Había en el aire un zumbido sordo, como el que sigue a las explosiones, pero solo estaba en mi cabeza. Me miré las manos apoyadas en la mesa. Los tendones resaltaban a través de la piel como crestas pálidas. Eran manos ahora más delgadas, pero todavía fuertes. Habían atendido partos, habían insertado catéteres y agujas de goteros, habían cosido pieles desgarradas, habían sujetado la frente de mis hijos mientras vomitaban. Apreté los puños. También podría con esto. Tenía que hacerlo.

Estaba recostado en el cabezal de la cama, con los auriculares puestos. Tenía un libro sobre las rodillas dobladas y, al entrar yo, empezó a pasar las páginas con rapidez.

Me senté en la cama y él apartó las piernas de golpe.

–Algunos padres alertarían al instituto. Otros alertarían al instituto y a la policía.

Las páginas dejaron de pasar, pero siguió sin levantar la cabeza.

–Muchos padres no pararían hasta saber los detalles de lo que está pasando. Lo que te ofrezco es un trato.

Se quitó los auriculares y esperó.

–Si accedes a ir a un centro de rehabilitación, no alertaremos ni al instituto ni a la policía, siempre que hables de esto con alguien y pares ya. Si lo haces, no tienes por qué decirnos de dónde salían las drogas ni el dinero que vi.

Me observó sin decir nada. Luego volvió a mirar al libro que tenía en el regazo, pero sus ojos no se movían.

—¿Solo dejar el instituto?

—Sí, para que puedas ir a un centro de rehabilitación.

Se recostó y cerró los ojos.

Le cogí el brazo con suavidad, subí la manga y examiné las cicatrices. Ahora lo veía con claridad: había una tumefacción del tamaño de una ciruela pequeña que le tensaba la piel.

—Ed, esto hay que drenarlo. Tenemos que ir a urgencias.

—Hazlo tú.

No discutí; temía que se echara atrás en el trato que había conseguido arrancarle. Cogí el kit esterilizado que guardaba en una caja bien cerrada en el coche. Lynn solía gastarme bromas por llevar siempre un set quirúrgico conmigo, pero a lo largo de los años me había sido útil con los pacientes que necesitaban intervenciones poco importantes y no podían acudir al hospital. Eran situaciones a menudo gratificantes, pero esta vez sería diferente. Saqué algunos antibióticos de mi bolsa. Mientras subía de nuevo por la escalera, la idea de rajar la piel de mi propio hijo hacía que me temblaran las piernas. Me lavé las manos en el baño con el agua tan caliente como pude soportar. Sabía que iba a hacerle daño. Tenía que hallar un modo de sujetar las emociones para poder hacer aquello debidamente. Me sequé las manos con la servilleta de papel del kit y me enfundé los guantes quirúrgicos. Al hacerlo, sentí que cruzaba una línea y que la madre se convertía en doctora. Esto era solo un problema que había que resolver. Era sencillo; podía hacerlo. Limpié el brazo con una torunda con yodo, extendí el papel por encima y por debajo del codo, coloqué en posición la bandeja receptora de cartón y pulvericé anestésico refrigerante en toda la zona del absceso.

—El frío mitigará el dolor, pero no lo eliminará. El anestésico sería mejor en el hospital. ¿Seguro que quieres seguir adelante, Ed?

—Adelante.

Doctora, no madre…

Sujeté el escalpelo y practiqué un rápido corte en la piel, en el punto donde era más fina por la hinchazón.

Ed lanzó un grito en el instante en que la piel se abría limpiamente y un chorro espeso y amarillento de pus salía entre los bordes del corte, fluyendo por el codo hasta caer en la bandeja.

—¡Hostia puta!

Tenía la frente perlada de sudor mientras observaba cómo aquella porquería grumosa cuajada con sangre se iba acumulando en la bandeja.

—Cómo duele esto, joder.

—Casi hemos acabado.

Sentía el sudor que me chorreaba de las axilas y, sin poder controlar del todo el temblor de las manos, presioné con cuidado para hacer salir los últimos restos de pus e inyecté un antiséptico. Después, introduje una suave mecha amarilla en la herida, apliqué un vendaje y observé a Ed mientras tragaba una buena dosis de antibióticos: penicilina y metronidazol. Luego paracetamol y té.

Tras acabar, me senté en la cama y apreté con fuerza las manos temblorosas entre las rodillas. Ed tenía los labios blancos.

—No se lo digas a papá —musitó con los dientes apretados.

—Claro que se lo voy a decir. Tendrá que saber por qué dejas el instituto, como mínimo. No le gustará, pero lo entenderá. Hasta él lo pasó mal para dejar de fumar, hace años.

—No sabía que papá había fumado.

—Y más que cigarrillos, a veces.

—No me digas.

Ed levantó la vista, un atisbo de curiosidad en los ojos.

—Todo el mundo se equivoca; todos acabamos fastidiándola tarde o temprano.

—Ah, ¿sí? ¿También el perfecto Theo, el hijo perfecto?

Bajó la cabeza y se quedó mirando a la colcha. No podía verle bien la cara, pero había amargura en sus palabras. Esperaba más, pero no volvió a mencionar a Theo.

—Los vendí —murmuró con voz casi inaudible—. A cambio de ketamina.

Había estado vendiendo los medicamentos de mi bolsa para comprar las drogas. Seguro que siempre había alguien dispuesto a cambiar ketamina por petidina y temazepam. Susurró algo más y me acerqué para oírlo. No pude entender lo que decía. Enseguida se le cerraron los ojos y se quedó dormido.

Cerré la puerta con sigilo y me llevé la bandeja y los guantes abajo. Mi móvil empezó a sonar.

—Saldrá en las noticias.

El tono de alarma en la voz de Michael me puso en guardia. Las drogas de Ed. Alguien debía de haberse enterado y avisado a la prensa. Menos mal que estaba dormido o habría creído que era cosa mía. Michael seguía hablando y tardé unos segundos en entender que lo que me decía no tenía nada que ver con drogas:

—Han encontrado una camioneta *pick-up* azul abandonada en el bosque.

CAPÍTULO 26

Dorset 2011. Trece meses después

Cuando la bañera se vacía de agua, queda un rastro de pequeños guijarros que se me han colado en los zapatos en la playa y me han dejado marcada la piel. Los empujo hacia el desagüe; pequeños residuos de roca afilados por el mar, negros y marrones, con aristas húmedas y relucientes.

Después del baño, salgo de la casa para llamar por teléfono. Mi voz se empequeñece en la blancura del helado jardín. Mantengo el móvil bien pegado a la boca. La ventana de Ted está abierta; podría despertarse y escuchar. Mientras espero a que Michael responda, el cuerpo negro de una araña, suspendida de un hilo que baja desde la albardilla, se balancea como un péndulo diminuto y brillante hacia el murete del jardín. La voz de Michael revela sorpresa cuando me oye.

—Ted sigue aquí.

Empujo la araña hacia el muro y se engancha a la rugosa superficie.

—Ah.

—Se puso enfermo después de llegar, así que…

—Así que lo estás cuidando —termina Michael.

—Lo he dejado quedarse. Me ha contado cosas de Naomi que no sabía. Había robado medicamentos.

Hay un silencio que dura varios segundos.

—Muy bien —dice con calma.

—Fue cuando hacía las prácticas en el laboratorio de animales de Ted. Un día se dejó la bolsa y Ted encontró algunos viales dentro.

Las palabras fluyen con bastante facilidad, pero siento que me falta el aliento al decirlas.

–¿Por qué no se lo contó a nadie?

–Se lo dijo a un policía en comisaría, pero está claro que no se investigó más.

La araña corretea por el muro en busca de algún escondite.

–Pero a ti no te lo dijo –dice afirmando el hecho.

–Él dice que no quería agobiarme con algo que parecía irrelevante.

Se produce una pausa y luego prosigue de nuevo con voz tranquila:

–De acuerdo. ¿Qué medicamentos?

–Ketamina.

Como respondiendo a una señal, el aire se llena de un acompasado repique de campanas; el ensayo matinal de los campaneros se derrama inocentemente por los huecos y rincones vacíos del pueblo, evocando a su paso un mundo de vacaciones, sol, césped cortado a franjas y comidas dominicales.

–Ted la usaba para anestesiar a las ratas de los experimentos. Naomi trabajaba en el laboratorio y tenía acceso a los viales. No es un fármaco controlado y confiaban en ella para el suministro.

La araña ha desaparecido; debo haberme perdido el momento en que se metía en un resquicio entre las piedras.

–Hay mucho tráfico de ketamina –dice Michael lentamente.

–Naomi no se habría mezclado en eso. Ed traficaba, Naomi no.

Michael continúa como si yo no hubiera hablado:

–Puedo conseguir una lista de consumidores.

–¿Una lista de consumidores? Ted dice que solo se llevó unos pocos viales para los amigos…

–Los que consumen ketamina suelen ser mayores que Naomi –me interrumpe–. No es probable que sean chicos de instituto. Tal vez tuviera otros contactos.

Esa palabra entreabre una puerta al mundo que frecuentaba Ed, donde figuras sombrías se mueven en una red ubicada en los márgenes oscuros de la vida, una red organizada y depredadora. Contactos. La palabra que designa a las parejas de los pacientes con clamidia o gonorrea; alguien desconocido, con capacidad para lisiar en secreto.

—Al menos, ahora sabemos lo que significa la K de su diario –dice Michael.

Y yo que había pensado que era la clave de alguna tarea escolar. Qué ingenua había sido; y seguro que Naomi pensaba lo mismo mientras se guardaba celosamente sus secretos.

—Pasaré a verte –dice Michael.

—¿Puedes? –pregunto al borde de las lágrimas.

—Estaré ahí dentro de un par de horas. Sería conveniente hablar con Ted también.

—Gracias.

Desearía encontrar alguna otra palabra que diga algo más, que suene más importante, pero no la encuentro. Sí me acuerdo de advertirle:

—No sabe nada de lo nuestro.

—Y no debe saberlo.

Tal vez lo retiraran del caso si se supiera que estamos juntos, o quizá incluso lo despidieran. Este secreto constituye un lastre para nuestra relación, la estanca, por así decirlo. A veces, cuando estoy sola, tengo la impresión de habérmelo imaginado todo.

Al terminar nuestra conversación, pongo la mano en el muro. La superficie es áspera y fría. Las oscuras grietas deben estar llenas de arañas que nunca vemos, de telarañas e insectos atrapados. Mientras camino hacia la casa, mis pies van dejando huellas endurecidas en la rígida hierba blanca. Hay un aire límpido y frío; será un día de sol en el cielo y de hielo bajo los pies. Dejo salir a Bertie y enseguida se revuelca en la escarcha. Su cuerpo funde el hielo; cuando se levanta y se sacude, hay una gran marca verde en el césped blanco. Está excitado por el cambio que ha experimentado el jardín; parece gustarle la sensación de frío penetrando en su piel. Corre en círculos como un cachorro.

En la cocina, Ted está preparando una taza de café. Se le ve diferente de cuando llegó, algo más gordo quizá, más erguido. Lleva puesto el abrigo y tiene un pequeño maletín a sus pies. Sus ojos evitan los míos, apenas me mira, como si fuera un niño culpable.

—Lo siento –dice.

Me pasa una taza del café que acaba de preparar y echa granos de café soluble en otra. Sigue hablando con rapidez, como si creyera que voy a interrumpirlo antes de que pueda decir lo que tiene pensado:

—Ella te quería.

No hace falta que me lo diga. Pongo las manos alrededor de la taza y me recuesto en el escurridor. Los rayos de sol entran por la ventana y forman bloques brillantes y espaciados sobre el suelo, revelando el polvo y las manchas de las juntas.

—Cometí tantos errores... —prosigue, trastabillándose con las palabras.

—¿Cuáles, exactamente?

Cojo del armario unos copos de avena y echo unos cuantos en una sartén. Sé bien que no hay un *exactamente*. Todos mis errores se produjeron en esa movediza franja situada entre las expectativas demasiado grandes y la cortedad de visión.

—Siempre fuera, siempre ocupado...

¿Cómo puede creer que es así de sencillo? ¿Que si Naomi había desaparecido era porque él estaba ocupado, como si el resto de lo que había hecho o dejado de hacer no contara?

—¿Y qué pasa con las reglas que te saltaste? —digo mientras añado agua a la avena, con las manos temblando de ira—. ¿Hasta el punto de que ella creyó que las reglas no importaban?

Me vuelvo hacia él y lo veo encogerse levemente de hombros, impaciente.

—Si te refieres a Beth, ya te lo he dicho: Naomi no lo sabía. Fui precavido.

Y añade, como si fuera la conclusión de lo anterior:

—Ya sabes que todo ha acabado definitivamente entre nosotros.

Se acerca y mira por encima de mi hombro.

—¿Por qué no le pones algo de leche a eso? Estará mejor.

—Michael viene hacia aquí.

Me alejo un paso y añado otra media taza de agua.

—Tengo lista de operaciones mañana, así que debo volver para ver a mis pacientes. Después, había pensado que tal vez nosotros...

—He hablado con él esta mañana —digo sin mirarlo mientras remuevo la sartén—. Viene a hablarnos de la ketamina.

Vierto las gachas de avena en un cuenco y se lo dejo en la mesa.

–Entonces esperaré.

Habla despacio, observándome.

En la cocina se respira la tensión de las palabras no pronunciadas.

–Voy a trabajar un rato –le digo, y cierro la puerta.

No es la época adecuada para las flores que quería poner en mi círculo, pero quizá haya algo en el seto del campo que pueda servirme. Al abrir la cancela, la manga se me queda enredada. Solo hay un capullo de rosa, congelado en su tallo ennegrecido, en la rama llena de espinas que me ha enganchado. Las capas externas deben haberse muerto antes; las interiores, más tiernas, después. Me desengancho y el capullo y el tallo me caen en la mano; la telaraña extendida entre la cabeza de la flor y el tallo se tensa apenas y se rompe.

Dentro del cobertizo, el capullo resalta sobre el grueso papel blanco. Los pétalos son oscuros y rígidos en los bordes, que se pliegan hacia atrás como si fueran diminutos collares dentados; algunos de los pétalos son de color rosa cerca del cáliz, pero salpicados de manchas y líneas malva y marrón oscuro; siguen estando muy apretados en capas que confluyen en un punto. Si comienzo por el rosa de los pétalos y luego pinto el negro encima, podría conseguir un tono ceniza satinado. No quiero tener en mente el poema de Blake, pero las palabras no dejan de estar ahí mientras trabajo, como si me hubieran estado esperando:

Estás enferma, ¡oh, rosa!
El gusano invisible,
que vuela, por la noche,
en el aullar del viento…

Hace trece meses, su mundo era seguro. Un hogar, el instituto, los amigos. Ahora sé que, más allá de ese círculo iluminado, el mundo estaba lleno de peligros ocultos, aguardando a que alguien se apartara de la luz y se adentrara en las negras sombras. Y para eso bastaría con una sola persona, un solo contacto.

… tu lecho descubrió
de alegría escarlata,
y su amor sombrío y secreto
consume tu vida[1].

Trato de concentrarme con todas mis fuerzas en la pintura y pronto no veo más que colores oscuros y formas curvas. Si alguien la amara, nunca la destruiría. Empiezo a trazar el contorno del capullo, absorta hasta tal punto que cuando oigo crujir la puerta me vuelvo rápidamente, sobresaltada.

–Vaya por Dios, ya lo he vuelto a hacer.

Michael lleva abrigo y bufanda; tiene las llaves del coche en la mano. Ha supuesto que yo estaría aquí y ha venido directamente cruzando el césped. Sus anchos hombros se encorvan un poco, como si se ofreciera a sí mismo como refugio.

Le toco la cara y noto la tibieza de su piel.

–Cuánto me alegro de verte.

Aprieta los labios contra mi mano.

–Pareces cansada. Tendría que haber venido antes, pero creía que tenías a los chicos aquí.

–Se fueron hace unos días. Ven a la casa o aparecerá Ted buscándonos.

Ted ha dejado los cuchillos en el escurridor igual que en un quirófano. Se ven montoncitos de cebolla picada cuidadosamente ordenados, pequeños montículos de especias, rodajas de chirivía. Cuando entramos en la cocina, está sujetando la hoja del cuchillo con una mano mientras con la otra balancea rápidamente el mango para picar ramitas de perejil. El abrigo y el maletín han desaparecido de la vista.

–Quiero que tome una buena comida –le dice a Michael después de haberle estrechado la mano–. Ha estado cuidando de mí y ahora me toca a mí cuidar de ella.

Se diría que ha percibido la intimidad que existe entre nosotros y trata de reclamarme. Remueve el contenido de la sartén.

[1] Blake, William. «La rosa enferma», en: *La poesía inglesa. Románticos y victorianos.* Barcelona: Lauro, 1945. (*N. del T.*)

Michael pasa a la sala de estar.

–¿Por qué no venís los dos y os sentáis?

Ted retira la sartén del fogón y nos sigue, se sienta a mi lado, un poco demasiado cerca, y estira el brazo sobre el respaldo del sofá.

Michael se sienta en la silla de enfrente y se inclina hacia delante, decidido y profesional, mirándonos.

–Cuando Jenny me habló de la ketamina, hice unas comprobaciones. Nuestro *software* nos permite acceder a las listas nacionales de consumidores y traficantes conocidos, y podemos efectuar búsquedas cruzadas para relacionarlos con otros delitos cometidos.

¿Delitos como secuestro o como violación y asesinato? Le echo una ojeada a Ted para ver si está pensando lo mismo, pero está mirando al suelo, tratando de asimilar el alcance de lo que dice Michael.

–Tengo aquí algunas listas. Si empezamos con Bristol, al introducir *ketamina* aparecen un centenar de nombres. Me gustaría que los mirarais por si os suena alguno.

–¿Y por qué habrían de sonarnos?

–Porque podría ser un nombre que Naomi mencionara alguna vez, por ejemplo, o un amigo de un amigo de los chicos.

–Dudo mucho que se mezclara habitualmente con delincuentes que se drogan –dice Ted con sequedad.

–Naomi robaba drogas. Y Ed también.

Me encaro con Ted, levantando cada vez más la voz. ¿Cómo puede seguir creyendo sin reservas en la inocencia de sus hijos?

–Pues claro que estaban en contacto con delincuentes que se drogaban.

Se produce un silencio. Ted retira el brazo del respaldo. Mientras Michael repasa la lista, tiene las mejillas encendidas. Siento una repentina decepción: le ha abochornado que perdiera la calma. Giro la cabeza para no verlos y observo la hierba, el cielo y los árboles a través de la ventana.

Michael nos pasa unos papeles idénticos a ambos.

–Cualquier cosa que se os ocurra, por la razón que sea, no dudéis en contármela –dice.

Tom Abbot, Joseph Ackerman, Silas Ahmed, Jake Austin, Mike Baker... Leo los nombres de la hoja. No me suenan de nada. Es un alivio y, al mismo tiempo, no lo es... Significa que no avanzamos. Ted niega con la cabeza.

–Lo siento. No me dicen nada.

–Tengo una lista más larga que abarca toda la región del sudoeste.

Michael saca más papeles de su bolsa.

Ted comienza a leer la nueva lista; lo hace con rapidez y pasa las páginas antes que yo. Me gustaría que fuera más despacio, que mirara con más atención, pero siempre ha leído más deprisa que yo, extrayendo del texto aquello que le interesa, como si lo recortara. Yo leo y releo, echándole miradas a Michael, deseosa de transmitirle mi gratitud, pero él también revisa la lista, con el ceño ligeramente fruncido. Debe de estar cansado. Me imagino su día: habrá llegado temprano a la oficina, habrá encendido el ordenador para imprimir estas listas y habrá conducido dos horas hasta Dorset para traérnoslas. Sin duda, durante el trayecto sus ojos estarían atentos a la carretera, pero ¿qué le rondaría por la cabeza mientras el paisaje campestre iba pasando velozmente por la ventanilla? Se me hace extraño no tener ni la más mínima idea.

Ted ya ha acabado la nueva lista antes de que yo llegue al final. Baja los papeles.

–No ha habido suerte –dice brevemente.

Va a la cocina y empieza a revolver ruidosamente en los armarios. Yo sigo leyendo. Me detengo en cada nombre, le doy vueltas, pero ninguno me resulta familiar. Michael se me acerca y me pone la mano en el hombro. Una máquina empieza a zumbar en la cocina, se detiene, vuelve a empezar. El calor de la mano de Michael me quema en la piel. Cierro los ojos; tras unos segundos, retrocede hasta su maletín y saca dos fajos de hojas más gruesos.

–Esto es una lista nacional.

–Dios mío –dice Ted reapareciendo con una bandeja de tazas humeantes–. Mucho has abarcado.

Michael coge una taza de sopa y toma un sorbo.

–Gracias. Supongo que tú haces lo mismo cuando alguien está enfermo y no acabas de ver la causa. Consideras todas las posibilidades, con los análisis de sangre y escáneres que hagan falta. Un trabajo de detective.

Ted asiente.

–Tienes razón. A veces es un pequeño dato, un tipo diferente de dolor de cabeza, un ínfimo cambio en los electrolitos o una mancha algo más oscura en el escáner, el que te da la clave del diagnóstico.

La sopa está caliente y picante. Ted ha aprendido a cocinar. Durante un segundo veo a Beth, a mi imagen de Beth, sonrosada por el calor de los fogones, removiendo una cazuela de sopa; y a Ted, que se inclina para mirar y la besa en el cuello. Me duelen los ojos de tanto forzarlos para leer la pequeña letra. Voy al cobertizo a coger las gafas que ahora necesito para pintar de cerca. Cuando regreso, Michael, al ver mis gafas, se levanta y enciende la luz.

Ted me sonríe.

–Así que mi mujer lleva ahora gafas. Te sientan bien.

Me siento frente a él, en la silla que hay junto a la de Michael, quien nos pasa el fajo de papeles.

–La lista nacional. Cuando los consumidores de droga están vinculados a otros delitos, tienen un asterisco al lado del nombre. La lista abarca Escocia, el norte de Inglaterra, las Midlands, East Anglia, Gales y el sur, incluido Londres.

–Serán miles de nombres –dice Ted.

Pero no me hace falta leer miles de nombres. Está ahí, en la parte de abajo de la segunda página, con un asterisco al lado. Yoska. Yoska Jones. Conozco ese extraño nombre de pila, y siento que me falta el aire, como si me hubieran dado un puñetazo en el pecho.

–Tenía acento galés –digo lentamente–. Y eso era raro.

–¿Quién? –Michael se levanta de su silla y se acuclilla junto a la mía–. ¿Qué era raro?

Su voz es apremiante.

–Era raro porque Yoska no es un nombre galés.

Michael examina rápidamente la lista de nombres que tengo en las manos.

–¿Te refieres a Yoska Jones? ¿Lo recuerdas?

–Recuerdo a un hombre que se llamaba Yoska –contesto.

Bajo la cabeza para mirar a Michael y en lugar de los inquisitivos ojos grises veo ahora unas pupilas marrones en una cara estrecha. Manos poderosas, cuerpo delgado y fuerte, pelo oscuro. Pómulos altos. Luego otra imagen sustituye a la anterior y, por un segundo, veo la letra de Naomi: XYZ. La Y escondida entre la X y la Z, en bolígrafo rojo y con un corazoncito pegado a ella. Debió de advertirle que nunca escribiera su nombre en ninguna parte.

–¿Qué le pasaba a este tal Yoska? –pegunta Michael.

–Pues esa es la cuestión, que nunca llegué a saberlo.

–¿Por qué no? ¿No hablaba demasiado? ¿Era una persona difícil?

Las preguntas de Michael son rápidas, como balas que me acribillan.

–Todo lo contrario. Era encantador.

–¿Puedes recordar lo que dijo?

Michael me mira esperanzado. Ted observa desde el otro lado de la habitación, negando con la cabeza: no cree que yo pueda acordarme de algo ocurrido hace tanto tiempo.

–Algunas cosas, quizá –le digo a Michael–. Pero fue hace más de un año.

Me acuerdo de la primera vez que vino; cuando entró y se sentó, no daba la impresión de necesitar ninguna ayuda, y eso ya era raro. Por lo general, la gente que venía a verme parecía enferma, con dolor, preocupada o triste. Yoska tenía buen color y diría que estaba sonriendo, o al menos su boca lo hacía. Puede que tuviera una cicatriz, pequeña, debajo del ojo izquierdo, lo que por contraste daba al resto de su cara un aspecto aún más terso. Una cara delgada, con ojos marrones que me observaban con mucha atención. No parecía en absoluto que tuviera un problema de salud, solo curiosidad.

–Escribe lo que dijo, si te acuerdas.

Michael saca de su maletín una hoja en blanco y me la pasa, ya enganchada con un clip al sujetapapeles. Se mete la mano en el bolsillo para buscar el bolígrafo que siempre lleva encima.

–Podría ser importante. Escríbelo todo tal como ocurrió.

–¿Palabra por palabra?

—Te sorprendería lo que podemos recordar con este método. Inténtalo.

Luego sonríe, como si fuera lo más fácil del mundo recordar una consulta de siete minutos que tuvo lugar hace un año. Era el 2 de noviembre. Estoy segura, porque entró antes que Jade, así que tengo la fecha grabada en la memoria.

Escribo la fecha en la parte de arriba de la hoja y la subrayo. Luego escribo lo que creo que dijimos y, mientras lo hago, trato de recordar cómo fue el encuentro.

2 de noviembre de 2009

—*¿En qué puedo ayudarle?*

Debí de decir alguna cosa por el estilo; creo que fui al grano. Me acuerdo de que tenía prisa, porque había ido acumulando retraso en las consultas. Se había inclinado hacia mí y había puesto las manos en la mesa. De eso sí me acuerdo claramente, porque los pacientes no solían tocar la mesa: era mi territorio. La mano de Yoska estaba demasiado cerca de la mía y yo retiré la mano. Parecía una especie de juego de poder en el que él iba ganando. Respondió enseguida a mi pregunta:

—*Dolor de espalda, cosa de familia.*

El dolor de espalda no suele ser genético, pero noté como si quisiera que yo reaccionara, así que no se lo discutí.

—*¿Qué cree que pudo provocarlo?*

A veces a los pacientes no les gusta esa pregunta. Se creen que el médico ya debería saberlo y no se dan cuenta de que su opinión es útil. A Yoska no le importó. Su respuesta llegó tan rápidamente como si la tuviera preparada.

—*Cargar con mi hermana pequeña de aquí para allá. Le gusta que la lleve a hombros, pero ya va pesando lo suyo.*

Noté que no le gustó cuando le sugerí que dejara a su hermana caminar por sí sola. Lo catalogué como el tipo de hombre al que no le gusta que le digan lo que tiene que hacer, y menos aún si se lo dice una mujer.

No podía levantar bien las piernas cuando las tenía estiradas. Le dije que era ciática y le extendí una receta. Recuerdo que me sonrió y me estrechó la mano. Yo le devolví la sonrisa, aliviada de que hubiera sido más fácil de lo esperado.

Michael revisa rápidamente el diálogo que he escrito y Ted se levanta y lo lee por encima de su hombro.

–¿Ayudará en algo? –le pregunto a Michael.

–Desde luego –contesta asintiendo enérgicamente–. Si es el mismo Yoska de la lista. Aunque es mucho suponer aún, por supuesto.

–La consulta parece bastante normal –interviene Ted–. No veo cómo puede relacionarse con Naomi.

Camina hasta el sofá, se sienta y empieza a acariciarse la ceja derecha a uno y otro lado.

–Lo normal es que haya una fotografía en la base de datos –prosigue Michael–. Si la consigo, os enviaré una copia por correo electrónico.

–¿Y luego qué?

Me quedo mirándolo con la sensación de que nuestra mínima esperanza se está desvaneciendo.

–Aunque el Yoska de la consulta sea también el traficante de ketamina, ¿qué demuestra eso?

La Y roja del diario parece ir borrándose mientras hablo, con sus corazoncitos que se difuminan hasta desaparecer.

–No puedo precisar más ahora, pero esto quizá nos dé algo con lo que trabajar.

Y entonces Michael me sonríe.

–Paso a paso. Así es como funciona esto, ¿te acuerdas?

Más tarde, recuerdo la ocasión en que me dijo esas mismas palabras, cuando me habló de los pequeños pasos que acaban llevándote adonde quieres. Eso había sido once días después de su desaparición, y en ese momento yo tenía la sensación de que no íbamos a ninguna parte.

Bristol 2009. Once días después

Al acercarnos a la curva de la carretera, viniendo desde Thornbury hacia Oldbury-on-Severn, vimos las balizas y el amarillo y azul del coche de policía aparcado, brillando en la oscuridad de la tarde de invierno. Apenas había ya luz y la lluvia caía con fuerza.

Michael aparcó el *jeep* muy pegado al seto, salió y caminó hasta donde había un policía esperando. A través de las gotas de lluvia del parabrisas, observé cómo se acercaban el uno al otro, cruzaban más allá de las balizas y entraban en un campo por la reja abierta, tras lo cual desaparecieron de mi vista por una senda llena de charcos.

Me alegré de que Ted estuviera de guardia y de que me hubiera traído Michael en el *jeep* de la policía. Si Ted hubiera venido, ahora estaríamos solos, esperando a que Michael volviera, con un miedo creciente circulando entre nosotros o emergiendo en palabras hostiles. Pero se había quedado con Ed, que seguía en cama con un brazo vendado, y así, de paso, estaba también disponible para el hospital, en caso de que lo necesitaran para una urgencia. Yo había venido por la necesidad compulsiva de visitar los lugares donde Naomi podría haber estado desde la última vez que la vimos.

Tras unos minutos, Michael regresó al *jeep*, trayendo con él la fría humedad del exterior. Tenía la boca apretada en expresión adusta.

—Han dejado la camioneta un poco más arriba, en un bosquecillo que hay a un lado del campo.

Señaló con la cabeza la reja abierta y el campo que había al otro lado. Sus dedos agarraron con fuerza el volante.

—¿Qué pasa, Michael? —le pregunté. Él siguió con la vista fija delante—. ¿Qué ha pasado?

Retiró una mano del volante y la posó sobre las mías, que yo no dejaba de retorcer en el regazo.

—Está en parte quemada —me dijo.

Noté el calor de sus manos en las mías. Por un instante, tuve ganas de aferrarme a ellas, pero Michael se inclinó hacia delante y volvió a arrancar el *jeep*. Avanzamos lentamente hacia la verja abierta, donde el policía retiró las balizas para dejarnos pasar.

En mi cabeza solo cabía su nombre, repetido como una oración, mientras el *jeep* emprendía dando tumbos la bacheada senda rural y ascendía por la ladera del campo. Observé la zanja que bordeaba el seto, muy espeso y enmarañado, los campos pardos que se ondulaban suavemente. Habían segado la hierba y se veía el interior de la zanja, lleno de un agua amarronada. Pensé en las ratas, en los bichos muertos que habría bajo la superficie. En un promontorio algo apartado, al final del campo, divisé un grupo de árboles. Desde mi posición, no parecía distinto de cualquier otra mancha boscosa del sur de Gloucestershire, parda por el invierno, borrosa en la niebla.

Michael detuvo el *jeep* al pie del promontorio y salió. Lo seguí. Había dejado de llover. El aire era húmedo y frío, con un olor a barro y a hierba mojada. Estaba todo en silencio tras apagar el motor, pero ese silencio se fue llenando con el canto de los estorninos en los árboles y el súbito graznar de los cuervos que nos sobrevolaban en círculos. Podía oír al ganado en la lejanía y, más cerca, el leve gotear de los árboles. Allí arriba el cielo gris se veía inmenso; no me había dado cuenta de lo alto que habíamos subido.

Ascendimos por la empinada ladera hundiendo los pies en un mantillo de hojas de haya marchitas, y luego pasamos por encima de la cinta azul y blanca tendida entre los árboles. Las piernas se me enredaban en los ásperos matorrales y al principio no vi la camioneta. La habían empujado hasta una conífera aislada que tenía las ramas más bajas carbonizadas y sin hojas. No había cristal en las ventanas y el metal del techo estaba ennegrecido. Al llegar junto a ella, me imaginé las llamas que habían provocado lo que estaba viendo, el calor destruyendo la carrocería de la camioneta, el ruido, el olor.

La rodeamos hasta la parte delantera y vimos la capota pegada al tronco del árbol. La pintura azul se había desconchado a trozos y tenía manchas negras. La matrícula estaba arrancada.

—Esta parte no se quemó tanto —explicó Michael—. El depósito de combustible habría explotado enseguida.

—Quiero mirar dentro, Michael.

—Ya me lo imaginaba.

Fue a la parte de atrás de su coche, sacó algo del maletero y volvió con un par de guantes de goma azules. Me los puse, aunque me costó que los dedos mojados entraran en la goma.

La puerta del copiloto había desaparecido; metí la cabeza y vi hierros y muelles, lo único que quedaba de los asientos. Introduje la mano en el hueco donde tendría que estar la radio. La guantera también estaba arrancada. Me giré hacia el asiento de atrás.

Más hierros y muelles. Había entrado el agua de lluvia y bajo el asiento delantero se había formado un gran charco de agua negra. No se veía si podía haber algo en el fondo, aunque no parecía lo bastante profundo para esconder nada. Metí la mano entre los muelles y tanteé el suelo metálico de la camioneta; palpé la chapa del vehículo con tanta minuciosidad como palpaba la piel de mis pacientes. Nada.

–¿Por qué aquí? –le pregunté a Michael–. Está muy lejos de cualquier lugar. No tiene cerca ninguna carretera principal ni una ciudad ni una estación de tren. No hay vía de escape.

–No parece evidente, ¿verdad? –dijo Michael–. Perdona un momento. Tengo que hacer un par de llamadas.

Se alejó entre los árboles, inclinado sobre el móvil, y en pocos instantes lo perdí de vista. Me imaginé lo diferente que sería este sitio en primavera. Habría sol y sombras movedizas en la tierra, entre jacintos de los bosques y ajos de oso; se filtraría una luz verde y dorada por entre las hayas, y tendríamos la sensación de estar en una catedral.

Empezó de nuevo a llover. Oí las gotas cayendo en las hojas antes de notarlas en mi cabeza. Había oscurecido y me pregunté qué sonidos habría en el bosque al llegar la noche.

–Tenemos que irnos –dijo Michael, que ya había vuelto y estaba a mi lado–. Pronto llegarán más de los nuestros. Tendrán que llevarse la camioneta para analizarla.

Me demoré aún un momento. ¿Qué se había conseguido con todo esto? No había nada en el vehículo quemado ni en el bosque que me acercara más a Naomi, nada tampoco que revelara si este había sido el coche al que se había subido. Nada aparte de unos desconchones de pintura azul.

–¿No ha sido esto una pérdida de tiempo, Michael? No hemos avanzado nada en absoluto.

Michael me apretó la mano durante un segundo y luego la soltó.

–Te equivocas, Jenny. No dejamos de avanzar, pero debes tener paciencia. Para mí es más fácil; me he preparado para hacer esto. Recuerda, son pasos como este, uno tras otro, los que nos llevan adonde queremos llegar.

Pero los pasos son muy pequeños, pensé. Tardaremos demasiado. Aun así, el peso de la decepción pareció aligerarse un tanto.

–¿Qué pasará ahora? –le pregunté.

–Llevarán la camioneta al garaje de la policía científica, en Portishead, y la examinarán centímetro a centímetro. Guardarán todo lo que encuentren por si después es útil a la luz de lo que se vaya descubriendo. Así funciona esto –dijo.

Al salir de la arboleda, me encontré frente a las vistas por primera vez; el verde del estuario del Severn se iba diluyendo hacia la amplia boca, a unos tres kilómetros de donde nos hallábamos. El agua se veía marrón entre las altas riberas fangosas, donde el brillante casco de los veleros descansaba de costado por encima de la línea de marea. Más lejos, a la izquierda, las luces del puente nuevo del Severn brillaban en el crepúsculo.

–Por allá está Gales –dijo Michael, y señaló con la cabeza las colinas, tan cercanas que casi parecían al alcance de la mano, justo al otro lado del río.

CAPÍTULO 27

Dorset 2011. Trece meses después

Al volver de la tienda el martes por la mañana, distingo a Mary caminando lentamente por el jardín, cargada con montones de plumas. Me mira por encima del murete.

–Un zorro –dice–. Ha excavado para entrar.

Formas redondeadas cuelgan grotescamente de sus manos; unos tubos se le enredan en los dedos nudosos. Al acercarme, se convierten en los cuellos rotos de dos gallinas. Tras ella, en el gallinero, se ven pilas de plumas teñidas de rojo. No se oye el leve cacareo de las aves, no hay cabezas que se muevan arriba y abajo.

El cobertizo de Mary está en perfecto orden y huele a alquitrán. En la oscuridad, descuelgo dos palas entre las relucientes herramientas que se alinean en la pared. Cavamos un profundo agujero en el rincón de su huerto, donde la tierra es más blanda. Mary arroja en él las seis aves muertas; sus cuerpos rotos se ven brillantes entre las paredes de tierra negra y fría. Después de rellenar el agujero, pisamos la tierra para aplanarla. Vienen las imágenes, como ya sabía que ocurriría; siguen apareciendo, quemando como llamaradas, pero menos a menudo. Ahora es su rostro suave el que yace bajo la tierra; el barro le apelmaza el cabello. Retrocedo enseguida. Mary me sonríe mientras coge mi pala y me pregunto si adivina mis pensamientos.

–Al menos los puerros estarán sabrosos el año que viene –dice–. Malditos zorros.

Dentro, nos sentamos juntas en silencio a cada lado de la mesa de su cocina. Entre nosotras, en una floreada tetera, hay un manojo de salvia y cebollino, y de una bolsa de papel sobresalen los cuadrados rojos, amarillos y verdes de una labor de punto, listos para llevar a los vecinos, que los convertirán en mantas destinadas a asociaciones de caridad. Junto a ellos se apilan las hueveras vacías.

Se lleva la taza de porcelana a los labios y empuja hacia mí una lata de galletas.

—Sandy me las trajo por Navidad. A mí no me gustan.

El amor de Mary por su hija está enterrado a bastante profundidad. Yo trato de desenterrarlo.

—Seguramente las hizo ella misma, Mary.

—Si parecen caseras es porque las compraría baratas en la feria de la escuela. Pero a mí no me da gato por liebre. —Y añade como de pasada—: A Dan le gustó conocer a tus chicos. Tiene previsto quedarse con ellos en Nueva York.

—Ya me lo dijo. —Cojo una hoja de salvia y la froto entre los dedos—. Pasó por casa la otra noche.

Los brillantes ojos de Mary se entornan tras el vapor de su taza.

—Este chico necesita salir de aquí.

La cara de Dan flota entre nosotras.

—Mi marido le dejó algún dinero. —Señala con la cabeza la fotografía que hay sobre el televisor—. Para su educación. Ahora le vendrá bien.

Unos ojos hundidos bajo unas espesas cejas nos miran con severidad desde el marco. Aquel hombre sabía que Dan podría cambiar. Debió de haber observado y escuchado a su nieto como yo no fui capaz de hacerlo con mis hijos. Mi arrepentimiento está justo bajo la superficie, listo para emerger a la más leve insinuación.

Mary lanza una breve carcajada.

—Dan tiene un poco de lío con sus sentimientos —dice mirándome de reojo—. Se cree que está enamorado.

Se inclina hacia mí y me da unos golpecitos en la mano. Siento que me arden las mejillas, como si fuera culpable de algo.

—Mary, por el amor de Dios… Si es un chiquillo aún. Es como si fuera uno de mis hijos.

—Él no te ve como madre, eso es todo. No es culpa tuya.

Se levanta, recoge las hueveras vacías y las echa al cubo de reciclaje.

Más tarde, mientras estoy pintando en el cobertizo, el rostro en sombras de Dan, inseguro y triste, se interpone entre el papel y yo. No lo he vuelto a ver desde que vino a cenar. Él nunca admitiría que está enamorado, ni querría hablar de ello. Giraría la cara, acongojado. ¿O me equivoco también en eso? ¿Quiere hablar de sus sentimientos? Me siento en el banco, los pinceles en la mano, y miro por la ventana la grisura uniforme del cielo. ¿Qué sé yo del espacio que una persona puede necesitar a su alrededor? Creí que Naomi necesitaba espacio, pero quizá fuera yo quien quería que lo necesitara. Todo era más sencillo así. Puedo pensar que eso era verdad con tanta facilidad como lo contrario, es decir, que no lo era en absoluto. Todo ha empezado a tambalearse de nuevo. El tiempo me había llevado a un punto en el que podía manejarme bien, pero ahora me voy deslizando hacia donde estaba antes. Desde lo de las drogas, desde que volví a ver el nombre de Yoska.

Me levanto y observo las semillas esparcidas por el papel; me fuerzo a analizar las rojas bayas ovales del espino, los puntos negros encima. Poco a poco, pasan a ser lo único que existe, pequeñas simientes de vida latente, cerradas, pequeñas, secretas. La vibración del móvil rompe el silencio.

—He encontrado una fotografía de Yoska Jones. —La voz de Michael suena cautelosa—. No es su verdadero apellido. Tiene varios alias.

—¿Qué aspecto tiene?

Me aferro al móvil con tanta fuerza como si fuera la mano de Michael.

—En la veintena, de constitución mediana. —¿Es la descripción telegráfica, policial, la que me provoca un frío repentino?—. Tez aceitunada, ojos marrones, pelo castaño.

Recuerdo los rasgados ojos marrones que habían seguido cada uno de mis movimientos.

—He investigado un poco —prosigue Michael—. Te veo dentro de un par de horas.

Y cuelga el teléfono.

Los pensamientos se me amontonan en la cabeza, como las gallinas de Mary aleteando y atropellándose en la oscuridad para huir del zorro. ¿Qué ha averiguado? Si el Yoska paciente resulta ser el Yoska traficante y está implicado, ¿es mejor que si fuera alguna otra persona que no conozco? Si fue él quien se la llevó, ¿es eso bueno o malo? Malo, contesta una voz en mi interior. Malo, malo.

¿Podría haber dicho yo algo más en la consulta? Si era él y le hubiera pedido que volviera o lo hubiera enviado a un especialista, ¿se habría apaciguado? ¿Y si le hubiera preguntado sobre esa hermana suya, si me hubiera ofrecido a ayudarlo?

En casa, enciendo el fuego para recibir a Michael. El montaje fotográfico de Theo se ilumina con la parpadeante luz. La foto central siempre me atrapa. Su cara parece llena de secretos. Hoy observo su boca por primera vez. Me fijo en los labios, levemente ladeados en una mueca burlona. ¿Y la foto anterior a esa? En una esquina, hay una imagen llena de hojas anaranjadas, la primera en la serie del bosque tomada por Theo, y en ella se está riendo, la boca y los labios acaparan todo el protagonismo, apenas se le ven los ojos. ¿Y la anterior? De perfil, durante las vacaciones. Los ojos enfocados hacia algo que no sale en la foto, levemente entornados. ¿Qué estaría pensando? Se había mostrado más callada que de costumbre, enviaba mensajes, leía o escribía encorvada sobre el cuadernito que se llevaba a todas partes. No se había peleado tanto con los chicos, ni me había acompañado a comprar. Según Ted, estaba malhumorada. Miro más atrás y la veo en la fiesta de Nochevieja del año anterior; parece que Theo fue a mi trabajo para coger las fotos que tenía colgadas en la pared. Ya me había fijado en la intensidad de su mirada en esta imagen, pero ahora me parece más dura, más decidida de lo que había pensado en un principio. Me siento, temblando. ¿Llevaba mucho tiempo esperando para escapar? Y, al presentarse la ocasión, ¿estaba tan ofuscada con la idea de huir que olvidó toda cautela y, sin preocuparse del peligro, aprovechó la primera oportunidad que tuvo?

Michael llama a la puerta. Entra y me da un beso rápido, la mirada de preocupación, los labios fríos. Se quita despacio el abrigo, mientras yo voy contando cada segundo. Pronto me la mostrará, pronto sabré.

Pasamos al salón; abre el maletín, saca la fotografía. Lo reconozco al instante. Los ojos oblicuos, los pómulos altos, apuesto incluso en la foto policial.

No quiero que sea este hombre; era demasiado astuto, sus ojos eran demasiado impenetrables.

—Es él, mi paciente. —Y añado enseguida—: Pero, aunque este hombre viniera a verme y sepamos que es traficante de ketamina, las posibilidades de que esté implicado siguen siendo remotas, ¿no?

—En tu consultorio no pudieron ayudarnos. Era un residente temporal y no rellenó el domicilio, pero existe otra conexión —dice Michael—. Conozco esa cara, la he visto antes.

—¿Cómo puede ser?

Pero, claro, se trata de un camello, y la policía debe toparse con ellos de forma habitual.

—En el hospital.

—¿Qué hospital?

—Frenchay.

El hospital de Ted.

—Era miembro de una gran familia de gitanos que armaron una buena en el verano de 2009.

La voz de Michael es cortante. Lo miro, sorprendida. Muchas veces, los gitanos y otras gentes nómadas suscitan un miedo y un desprecio irracionales. Pero Michael no caería en eso, quiero pensar.

Continúa:

—Montaron un buen alboroto en el hospital. Empezaron a romper muebles, ordenadores… Y luego les dio por asaltar las casas de la zona.

—¿Por qué?

—Estaban enfadados. La operación de una niña de la familia había ido mal.

Se detiene, se sienta en el sofá y me coge de la mano para atraerme hacia él.

—Una operación de neurocirugía.

Mientras lo dice, incluso antes, sé a qué se refiere.

Ted me había hablado entonces con una voz baja, monótona. ¿Había sido en junio, en julio de 2009?

–Algo ha ido mal en el trabajo. Ha sido culpa mía.

No solía decir que algo era culpa suya. Debería haberlo escuchado, pero estaba preparando el equipaje para un viaje de los chicos con el instituto. Se iban a la cordillera del Atlas como parte de su participación en el premio Duque de Edimburgo. Iba tachando cosas de la lista mientras metía la ropa. Hacía calor. Ted había vuelto a casa inusualmente pronto y se había tirado en la cama, arremangado, sin corbata.

–¿Qué ha sido culpa tuya, cariño?

Le eché una ojeada mientras me dirigía a los cajones y sacaba calcetines gruesos, más cómodos para caminar con botas de montaña.

–La operación de una niña. Sufría el síndrome de Hurler... Médula espinal comprimida, joroba...

Hablaba muy despacio. Creí que era por el cansancio de la larga jornada. Últimamente, estaba volviendo tarde y trabajando más intensamente. Comprobé mi lista: crema solar, gorras para el sol, gorros de lana porque en las montañas hace frío por la noche.

–Síndrome de Hurler, eso me suena. –Me volví un segundo hacia él–. ¿Enfermedad de depósito lisosomal? ¿Un déficit enzimático que provoca que metabolitos anormales se depositen por todos lados, como la médula o el hígado?

Estaba sorprendida de poder recordarlo de mis exámenes después de tantos años.

Creo que Ted se levantó entonces y empezó a pasearse por la habitación.

–Dejé a Martin a cargo de la operación. Quería adquirir experiencia. Y la cosa se torció.

Detuve el dedo en el punto de la lista en que me había quedado.

–Vaya.

Añadí un forro polar a cada pila de la cama.

–Ha sido culpa mía. O ellos creen que lo ha sido. Para el caso...

Giró la cara y no pude ver su expresión. La voz era casi inaudible.

–Sucedió durante mi turno.

Se sentó en el borde de la cama y escondió la cara entre las manos.

—El asunto podría acabar en los tribunales.

—Es horrible, cariño. Pobre familia. Pero no ha sido culpa tuya. A ti no te pasará nada, ya lo verás. Se darán cuenta de que no se te puede responsabilizar.

Me senté a su lado, con las prendas en el regazo. No podía verle la cara, así que le cogí la mano.

—Pero soy culpable. Moral y legalmente.

Retiró la mano al cabo de un instante y yo me levanté, reacia a abandonar mi tarea.

—Ya casi he terminado con el equipaje. ¿Puedes esperar hasta la cena? Lo hablamos entonces. Intenta no preocuparte.

Pero mientras yo seguía ordenando la ropa le sonó el teléfono: tenía que volver al hospital. Cené sola. Pensé que volveríamos a hablar de ello, pero el asunto quedó aparcado y casi sin sentir lo perdimos de vista.

—Era el caso de Ted, ¿verdad? —le pregunto temerosa a Michael.

—Sí.

—Mierda. Entonces él tenía razón.

Alguien que quisiera vengarse, había dicho, y que a veces los médicos jugábamos a ser Dios.

—¿Qué quieres decir?

—Hace tiempo, cuando dibujé aquel diagrama de gente a la que interrogar, Ted pensó que debíamos considerar la posibilidad de una venganza. Dijo que nos creamos enemigos fácilmente; basta con cometer un error. —Apenas puedo respirar al pronunciar esas palabras—. Y recuerdo lo que yo dije: que no creía que nadie pudiera odiarnos hasta ese punto.

Me levanto para telefonear a Ted y me contesta casi al instante.

—He acabado la lista y salgo ya para allí. Quiero ver la fotografía.

—De acuerdo.

—Si es él, entonces es culpa mía.

Lo dice rápidamente antes de colgar.

Me vuelvo hacia Michael.

—Tú también habías pensado en esta posibilidad.

Frunce el entrecejo. Me doy cuenta de que está haciendo memoria.

283

–Hace mucho tiempo, me pediste que escribiera una lista de enemigos –continúo–. Solo se me ocurrió el padre de Jade y el marido de Anya.

Afirma con la cabeza, recordando, y siento una punzada de remordimiento. ¿Qué hubiera pasado de haberme acordado entonces de Yoska?

Mis dientes empiezan a castañetear; estoy temblando. Debo haber cogido el virus de Ted. Michael me pone un vaso de *whisky* en la mano y me prepara un baño caliente. El calor del agua hace que deje de temblar y después Michael me abraza con fuerza. Me besa y me atrae hacia él, pero me siento demasiado enferma, demasiado angustiada para hacer el amor. Se queda a mi lado mientras me duermo, pero cuando me despierto estoy sola. Distingo la voz de Ted abajo. Me incorporo, confusa, sin creerme que me pueda haber quedado dormida, pero al levantarme me siento mareada. Me arde la cabeza. Cuando bajo, Ted da un paso hacia mí.

–Dios mío, Jen. Parece que estás fatal.

Michael me rodea con el brazo y me lleva a una silla. La chimenea está otra vez encendida y la habitación, ordenada. Ted se detiene, me mira a mí y luego a Michael. Su mirada se ensombrece al darse cuenta de lo que pasa. Aprieta los labios. Ha decidido no decir nada, al menos de momento.

–¿Dónde está? –le pregunta Ted a Michael abruptamente.

La foto sigue en la mesa, donde yo la había dejado. Michael la coge y se la pasa con cautela a Ted.

–Es uno de ellos, sin duda –dice Ted.

Está a punto de dejarla de nuevo en la mesa, como si no soportara mirarla, pero entonces le echa otro vistazo.

–Pasaba allí más tiempo que nadie.

Lo miro, incapaz de hablar. Siento violentos latidos en la cabeza y pequeñas líneas brillantes aparecen en los bordes de mi campo de visión.

–De hecho, estaba allí siempre.

Se vuelve hacia mí y su voz suena diferente, asustada:

–¿Es el mismo tipo de tu consulta, el que nos dijiste?

Asiento. Al hablar solo me sale un susurro:

–¿Qué le pasó a la niña? Nunca llegué a saberlo.

–Intenté decírtelo. –Me fusila con la mirada–. No te interesaba.

Lo miro tratando de ver si de verdad se cree lo que está diciendo. ¿Es esto algún tipo de excusa o es que esa era realmente la impresión que yo daba? ¿O era yo de verdad así?

Cuando Ted mira a Michael, lo hace con dureza.

–¿No deberíamos telefonear a alguien? ¿No deberíamos estar haciendo algo ya mismo, ahora que lo sabemos?

–Es demasiado pronto para decir que sabemos algo con certeza –dice Michael con voz tranquila y firme–. Tengo a un equipo trabajando en esto ahora mismo, buscando a la familia. Lo mejor que puedes hacer para ayudar es decirnos qué ocurrió exactamente.

Ted echa un chorro de *whisky* en mi vaso vacío y se lo bebe de golpe. Se sienta junto al fuego y lo mira fijamente mientras habla. Sus dedos siguen aferrando la foto.

–Fue hace aproximadamente año y medio. Vi a la niña por primera vez en mi consulta. La sala estaba llena de gente, de pie recostada en la pared, apelotonada en el mostrador. Una familia muy grande. Gitanos, me habían dicho. ¿O eran chatarreros irlandeses? –Se ríe brevemente–. En cualquier caso, recuerdo que pensé en lo afortunada que era la niña.

–¿Afortunada? –le pregunta Michael, los ojos grises llenos de sorpresa–. Pensaba que estaba enferma.

–Tenía una incapacidad grave, sí, pero todos habían ido allí por ella: abuelos, padres, tíos, tías. –Hace una pausa–. Estaba sentada en medio de todos, en el regazo de alguien, tranquila y sonriente. Estaba claro que era una niña querida.

Observo a Ted. ¿Por qué está hablando ahora de familias unidas? ¿Se está castigando a sí mismo o me castiga a mí?

–¿Y qué papel tiene Yoska en esto? –pregunta Michael.

Ted mira de nuevo la fotografía de su mano y permanece callado durante unos instantes.

–Nunca supe bien el papel de cada uno en la familia, pero creo que era un hermano mayor. Tal vez un tío. –Se detiene y mira a Michael–. Era el tipo tranquilo que está al mando; la madre era la que hablaba, pero todo el grupo esperaba sus decisiones.

¿Y usaba ese mando para bien o para mal? Rememoro los minutos pasados con él durante la visita; las manos en la mesa, su sonrisa, la forma en que había dirigido la consulta.

–¿Qué les dijiste sobre la operación?

Michael ha sacado el cuaderno de notas y sus manos se deslizan rápidamente sobre el papel.

–En la consulta les expliqué lo que ocurriría si la dejábamos como estaba. Habría acabado paralítica. Dije que la operación podría curarla, pero que había riesgos –cuenta Ted.

–¿Llegaron de verdad a entenderlo? –pregunto.

Ted asiente.

–Cuando firmaron el consentimiento, seguramente se lo volviste a explicar todo otra vez –trato de averiguar.

–Martin se ocupó del consentimiento. –Ted no me mira al contestar–. Es el pediatra residente –le aclara a Michael–. El equipo de pediatría compartió el caso y Martin se mostró interesado. Un problema poco habitual en la columna; teníamos pensado escribir un artículo sobre ello.

Pero ¿por qué se había enfurecido así la familia si estaba al tanto de los riesgos? ¿Era porque nadie los había escuchado? Si Ted hubiera prestado verdadera atención, se habría dado cuenta de todo lo que no habían entendido y los habría alertado debidamente. La voz de Ted continúa el relato:

–… y por el tipo de deformación de la espalda, se tardó más de lo que Martin había pensado. La presión arterial cayó de forma imprevista durante la operación y se produjo daño isquémico en la médula espinal.

–Ahí me he perdido.

Michael deja de escribir.

–Perdón. –Ted sonríe brevemente–. El suministro de sangre al tejido medular se interrumpió, de modo que parte de la médula espinal quedó muerta. Eso significa que los mensajes no podían llegar a las piernas desde el cerebro o a la inversa. Quedó paralizada en el acto.

Un tronco se mueve en la chimenea y cae. Reina el silencio en la habitación.

Resulta difícil quedarse quieta. Me levanto, pero siento un dolor punzante en la cabeza y todavía me mareo, así que tengo que sentarme de nuevo.

—¿Qué pasó después? —pregunta Michael.

—Oí lo de la operación, pero al día siguiente tenía que madrugar. Me iba a Roma, a un congreso...

—¿Por qué? —interrumpo—. ¿Tan difícil habría sido quedarse y hablar con la familia? ¿Explicarles por qué no la operaste tú, aunque eras el cirujano de más experiencia?

—¿Qué pasó entonces?

Michael, que ha estado escuchando en silencio, le lanza una mirada fugaz a Ted.

—Cuando volví una semana después, el grupo había crecido —responde Ted—. Se respiraba hostilidad. Siempre había gente alrededor de la niña, día y noche, como si estuvieran protegiéndola.

Pues claro que la estaban protegiendo. Tras lo ocurrido, les parecería necesario impedir que le pasara algo más.

—Intenté hablar con ellos, pero era como si les hablara en un idioma extranjero.

La jerga médica es un idioma extranjero, aunque útil para mantener a raya a la gente asustada.

—¿Te disculpaste con ellos?

Ted se remueve molesto en su asiento.

—Por supuesto que no. Eso habría supuesto reconocer que éramos culpables.

—Habría supuesto reconocer su dolor.

Pero la culpa era también mía. Si hubiera escuchado a Yoska, tal vez habría comprendido por qué estaba allí. Si le hubiera preguntado por qué tenía que llevar a su hermana a hombros, quizá me habría contado lo sucedido y le podría haber explicado que las operaciones pueden ir mal de manera fortuita, no por negligencia, y entonces tal vez no habría tenido esa necesidad de vengarse. ¿Me estaba ofreciendo una oportunidad para redimir a Ted? A lo mejor, lo único que quería de mí era que le dedicara mi tiempo, que lo escuchara. Los remordimientos me asaltan como una pesadilla, estrechando más y más su cerco a mi alrededor.

Michael nos observa a ambos y se levanta.

–¿Café?

Va a la cocina.

Ted y yo quedamos cara a cara. La habitación está ahora a oscuras. Solo distingo sus ojos, que arden en llamas mientras me mira. Yo sostengo su mirada.

–Además de ser algo normal y demostrar humanidad, pedir disculpas da a los otros la oportunidad de perdonarte.

–¿En qué mundo vives, Jenny? –Se ríe amargamente–. Pedir disculpas da a los otros la oportunidad de demandarte.

–Pero eso ya lo intentaron de todos modos, ¿no?

Michael regresa con tazas de café. Le pasa una a Ted y me roza la mano con los dedos al darme la otra a mí. Eso me hace recuperar la compostura. Culpar a Ted solo nos retrasará. Veo las fotografías de Naomi iluminadas por las llamas de la chimenea.

Espéranos, le digo en silencio. Estamos tratando de encontrarte, cada vez estamos más cerca. Tomo un sorbo de mi café y le presto atención a Ted mientras me contesta.

–Sí, lo intentaron –responde Ted, suspirando irritado–. Por suerte, se quedó en nada. No pudo demostrarse que hubiera negligencia, así que el asunto nunca llegó a juicio.

–¿Cuándo fue la operación? –pregunta Michael; ha empezado a tomar notas de nuevo y habla con la vista en el cuaderno.

–En el verano –dice Ted tras una breve pausa–. Me acuerdo porque solía hablar de ello con Naomi, en el coche, cuando íbamos juntos al hospital. Ella estaba de prácticas. El caso parecía interesarle mucho. Hablar con ella me ayudaba.

–¿Y cuándo fueron las prácticas? –dice Michael mirándonos primero al uno y luego al otro.

–A principios de julio –contesto inmediatamente.

No tengo dudas, porque recuerdo mi decepción de entonces. Los chicos seguían de viaje; Naomi había terminado los exámenes e iba a estar muy ocupada con las prácticas. Yo estaba deseando que llegara julio para que Ted y yo pudiéramos al fin hacer algo juntos, las pequeñas cosas que hace la gente, ver una película o salir a cenar. Pero esa fue la época en que empezó a llegar a casa muy tarde, casi cada día. Una cantidad bestial de trabajo, había dicho. Los colegas de vacaciones. Yo había aprovechado para poner al día los documentos de evaluación y encontrarme con algunos amigos, pero no era eso lo que había esperado.

—¿Naomi, en sus prácticas, también iba al ala de pacientes? —le pregunta Michael a Ted.

—Su trabajo era sobre todo de laboratorio, pero le gustaba ir a la zona de pacientes —contesta Ted—. Hablaba con ellos y con sus familias.

—Entonces estuvo allí al mismo tiempo que la niña y que Yoska —dice Michael. Y en voz más baja, casi para sí mismo, añade—: Yoska pudo haber adivinado quién era, llegar a conocerla y saber cuál era su trabajo, y así conseguir la ketamina. Una venganza lucrativa.

Naomi debió prenderse de su encanto, de su autoridad. Probablemente, le pareció emocionante conocer a alguien tan distinto de los chicos del instituto. Estaría tan encantada con su nuevo secreto que se maquillaba cada día, no por el trabajo, sino para que ese exótico desconocido no se diera cuenta de lo joven que era en realidad. La relación debió de continuar tras acabar las prácticas. Yoska se iría ganando su confianza poco a poco, aumentando su influencia sobre ella, incluso mientras Naomi todavía salía con James.

—¿Quién era entonces la enfermera jefe del ala? —le pregunta Michael a Ted.

—Beth —contesta Ted con calma.

Evita mi mirada y gira la cabeza hacia la ventana, aunque afuera está demasiado oscuro para ver nada.

—Beth Watson.

—Ah, claro, Beth Watson. Hubo un incendio en su piso la noche del 19 de noviembre.

Michael se detiene por un momento y me mira; sabe que esa fue la última vez que vi a Naomi y que oír la fecha es como remover un puñal en la herida. Prosigue despacio:

—Antes le contaba a Jenny lo del altercado en el hospital. Los jóvenes del clan de Yoska —dice volviendo a mirarme antes de continuar—: Siempre creímos que el fuego en el piso de la señorita Watson había sido una coincidencia.

Observo a Michael mientras se levanta y se queda de espaldas a la ventana. Tras él, el vidrio refleja el resplandor de la chimenea. Desde fuera, debe parecer que somos un grupo feliz al calor del fuego, familia y amigos juntos.

–Sin embargo, ahora creo que Yoska pudo haber averiguado la relación entre Ted y la señorita Watson.

No tenía más que observarlos cuando estaban juntos, como seguro que hizo Naomi. Yoska lo habría notado enseguida, incluso pudo ser Naomi quien se lo contara.

–Creo que es posible que el clan de Yoska prendiera fuego al piso de la señorita Watson, porque sabían que llamaría a Ted –dice Michael con tranquilidad.

Ted había estado en el vestíbulo de Beth aquella noche y había percibido el olor a quemado. Lo miré brevemente; tenía una expresión sombría de culpabilidad.

–A Yoska le habría convenido que Ted llegara más tarde de lo habitual a casa, porque eso le daba más tiempo para huir con Naomi. La intención habría sido retrasar la voz de alarma.

Michael nos mira a ambos.

–El verdadero objetivo aquella noche era Naomi.

Objetivo. ¿Por qué tenía que usar esa palabra? Me hace pensar en balas que impactan en un círculo de papel, un círculo que representa un corazón, su corazón palpitante.

–Hay algo más…

Michael se interrumpe y luego, lentamente, casi a regañadientes, añade:

–Ya sabemos que Ed intercambió los medicamentos del maletín de Jenny por ketamina. Parece ser que, como parte de su venganza contra Ted, fue Yoska también quien se encargó de darle a Ed la ketamina a cambio de esos medicamentos.

Ambos miramos a Michael con incredulidad. ¿Ed también?

Ted se pone de pie.

–Eso no es posible. No pudo haber conocido a Ed…

–Fui a ver a Ed ayer –interrumpe Michael, hablando con rapidez–. Espero que no os importe, pero me pareció que no había tiempo que perder. Le enseñé la fotografía y reconoció a Yoska como el hombre que le proporcionaba la ketamina. Le había parecido muy generoso, porque había seguido suministrándosela a pesar de que hacía mucho que ya no tenía más medicamentos que darle a cambio. Pero a Yoska eso no parecía preocuparle en absoluto.

Percibo el esfuerzo de Ted por asimilar lo que está oyendo. No hace más que pasearse adelante y atrás por la habitación. Entonces se detiene y le dice a Michael:

—No pudo haber sabido quién era Ed. ¿Cómo demonios habría podido dar con él? ¿Dónde?

—No le habría sido difícil, con todo lo que Naomi pudo haberle contado de la familia —responde Michael con calma, seguro de lo que dice—. Le habría bastado con tener el nombre. Cualquier camello sabe dónde encontrar clientes potenciales: la puerta de los institutos, *pubs*, discotecas… Una vez establecido el contacto, habría sabido cómo manipular a Ed para obtener los medicamentos y, a cambio, proporcionarle ketamina. Y para seguir proporcionándosela luego.

«Un tío, en una disco». Las palabras de Ed reaparecen en mi memoria.

Ted continúa paseándose, con los puños apretados dentro de los bolsillos.

—¿Y por qué Ed no nos lo contó? Seguro que estaba al tanto de la relación entre Yoska y Naomi. Así que ¿por qué diantres no dijo nada después de que ella desapareciera?

—Por la sencilla razón de que no lo sabía. —La voz de Michael no admite réplica—. Ed no tenía la más mínima idea de esa relación. Está claro que Naomi la mantuvo en el más absoluto secreto. Y a Yoska jamás se le hubiera ocurrido contarle a Ed que tenía algo que ver con su hermana. No convenía en nada a sus planes.

Sus planes, que por supuesto eran golpear a la familia en su mismo centro, infligir el máximo daño posible para vengar a su hermana.

Michael nos dice que, a partir de ahora, la investigación avanzará rápidamente gracias a todos estos datos nuevos. Poco más tarde, se marcha; ha de trabajar temprano al día siguiente. Me roza la mejilla con los labios al salir por la puerta. Ted espera al pie de las escaleras.

—¿Cómo puedes hacer una cosa así cuando hay tanto en juego?

—¿Hacer qué? —digo tratando de quitarlo de en medio para pasar—. Estoy agotada, Ted, y necesito dormir. Hablaremos después.

—Ten una aventura, si quieres. ¿Quién soy yo para darte lecciones? —Pero su voz va subiendo de tono—. Es un agente de policía. La falta de ética es flagrante, ¿no?

—¿Y cómo puedes tú preocuparte por eso ahora? —Veo su cara encendida, los ojos echando chispas—. Michael ha ayudado más de lo que eres capaz de imaginar...

Ted suelta un bufido de desprecio.

—Pues claro que ha ayudado. Esa clase de hombres van a la caza de mujeres vulnerables. Es probable que ya lo haya hecho antes.

Está celoso. Me doy la vuelta sin contestarle y subo las escaleras lentamente, notando su mirada en mi nuca. Ahora ya sabe qué se siente, pero estoy demasiado cansada, demasiado afligida para que eso me produzca la más mínima satisfacción.

El sueño es esquivo. Yoska nos tendió una trampa y en ella atrapó a Ed y a Naomi. ¿Sabe Beth que la noche que llamó a Ted fue la misma en que Naomi desapareció? Me pregunto si se siente culpable. Si Ted hubiera vuelto a casa a su hora normal, los acontecimientos de la noche podrían haberse desarrollado de otro modo. Yo me habría despertado más temprano; habríamos alertado antes a la policía.

Cierta vez, encontré la bufanda de Beth. Desisto de intentar dormir y voy al piso de abajo para coger mi cuaderno de dibujo. Me preparo una taza de té, me siento a la mesa en la silenciosa cocina y, tras buscar la siguiente página en blanco, dibujo una banda de seda, tan fina y retorcida como las llamas de la chimenea.

Bristol 2009. Doce días después

La desconocida banda carmesí se enroscaba descuidadamente alrededor de los viejos CD, en la guantera. Había abierto el compartimento porque buscaba algunos caramelos para Ed, que se estaba mareando. Al acercar más la cabeza, la bufanda pareció refulgir en aquel espacio negro; roja, advertencia de peligro. Me llegó un leve aroma a lavanda.

—¿Hay caramelos? —preguntó Ted.

La tapa se cerró con un clic metálico. En su coche acogedor y con olor a cuero, todo se cerraba con suavidad, encajando a la perfección. La camioneta que había visto en el bosque dos días antes ni siquiera tenía puertas.

—No.

No me giré hacia él al contestar. Alguien se la había llevado en aquella camioneta. Necesitaba a Ted. Teníamos más probabilidades de encontrarla si permanecíamos juntos. Todo lo demás debía apartarlo de mi mente. Lo ocurrido con Beth había quedado atrás. La bufanda no importaba.

—Podemos parar en la siguiente gasolinera —dijo Ted mirando a Ed por el retrovisor—. ¿Vas bien, Ed?

Volví la cabeza para mirar a Ed. Su cara estaba gris, encajada en el ángulo que había entre el respaldo y la ventana. Tenía los ojos cerrados y no contestó. Estaba fingiendo que dormía, o quizá durmiera de verdad. Bajé la ventanilla. Ted prefería el aire acondicionado, pero a Ed no le vendría mal el aire fresco.

Volví a recostarme en el asiento y observé las manos de Ted en el volante. Llevaba las uñas limpias y cortadas rasas; hasta el espeso vello rubio del dorso de las manos parecía perfectamente cepillado. De perfil, su rostro parecía tranquilo, casi satisfecho. ¿Cómo era posible? Yo necesitaba toda mi fuerza de voluntad para no gritar y arrancarme la piel de la cara y de las manos.

La noche anterior, al llegar a casa, había sido incapaz de quitarme aquel bosquecillo de la cabeza. Era un lugar siniestro. Ahora mi imaginación se hundía en túneles oscuros: veía cómo sacaban a Naomi a rastras de la camioneta, sus ojos despavoridos, unas manos que le tapaban la boca y ahogaban sus gritos pidiéndonos socorro, a mí, a Ted; las repentinas llamaradas, aterrorizándola. Empezaron a temblarme las manos. Me las metí debajo de los muslos.

La tranquila expresión de Ted me calmó muy a mi pesar. Para él solo contaban los hechos, las cosas que tenían sentido. Detectaba todos los detalles. Su presencia me había reconfortado después de que Michael me dejara en casa. Se había encargado de quitarme el impermeable totalmente empapado, de enjuagar las botas llenas de barro, de dar de comer al perro. También me había dicho que, mientras Ed dormía, había concertado una cita en un centro de rehabilitación en Croydon recomendado por un colega. Se había tomado el día libre.

–Hemos de parar esto ahora, Jenny. Necesita ayuda ya. Cuanto antes mejor. Es horrible para él quedarse en casa. Salta a la vista.

Por supuesto, yo sabía perfectamente que Ed necesitaba ayuda. No en vano, había sido yo quien había negociado con él para que cooperara. Aun así, todo se había organizado con tanta rapidez que apenas me había dado tiempo a hacerme a la idea.

–¿Qué quieres que hagamos con el instituto? –preguntó Ted sin apartar la vista de la carretera.

Volví a mirar al asiento trasero. Ed observaba la carretera, moviendo acompasadamente hacia atrás los ojos a medida que iban pasando los postes de telégrafo. No contestó, pero sus mejillas se tiñeron de rosa. Tenía mejor aspecto.

–No nos preocupemos ahora del instituto –dije mirando a Ed–. Lo arreglaremos. Eso no importa.

Los ojos de Ed me miraron apenas y se desviaron de nuevo. No me creía y, sin embargo, era verdad. Habíamos perdido a una hija; teníamos que mantener a Ed a salvo. Nada más importaba.

El paisaje empezó a anunciar la cercanía de Londres: puentes, una central eléctrica, una fábrica de galletas. Ted se detuvo en una gasolinera y compró sándwiches. Yo comprobé la temperatura de Ed; le había subido un poco. El vendaje sobre el pliegue del codo tenía una húmeda mancha amarilla en el centro. Le di los antibióticos que debía tomar a mediodía y más paracetamol. Mientras Ted llenaba el depósito, pensé que debíamos parecer una familia cualquiera en una salida de ocio, o quizá unos padres que llevaban a su hijo a la universidad. Nadie hubiera adivinado que este cuarentón de aspecto tranquilo, fuerte y apuesto con su cabello rubio y sus ojos azules, había perdido a una hija hacía dos semanas, ni que la mujer delgada y de pelo oscuro del asiento del copiloto estaba haciendo un esfuerzo sobrehumano para no perder la cordura. Si hubieran visto a Ed en el asiento de atrás, solo les habría parecido un adolescente como cualquier otro.

El centro de rehabilitación se levantaba frente a un espacio verde, en una tranquila calle de Croydon. Era un antiguo edificio victoriano con amplios ventanales y una puerta principal de aspecto gótico.

Ted aparcó en la gravilla, frente al edificio principal. Un chico descalzo y de sonrisa dulce abrió la puerta. El nudo que me atenazaba el estómago se aflojó un poco.

–¿Qué tal?

La voz tenía una leve entonación irlandesa, cantarina y acogedora, amable.

–Gracias, Jake. Ya me ocupo yo.

Un hombre de mediana edad, bajo y de ojos claros, apareció detrás de Jake y abrió del todo la puerta. Llevaba el pelo canoso recogido en una larga coleta y una camiseta muy ceñida sobre los pecosos bíceps. El chico llamado Jake sonrió a Ed y se alejó despacio, mirando por encima del hombro.

–Pasen. Tú debes ser Ed. Yo soy Finac.

Seguimos a Ed al vestíbulo y nos quedamos allí, indecisos, con la ropa arrugada y el frío metido en el cuerpo. Ed no hacía más que bostezar. Finac nos echó una ojeada rápida, desdeñosa. Los padres, decían sus ojos: ahí está el problema.

Nos estrechó la mano, sin sonreír.

–Síganme.

Nos condujo a una pequeña habitación de mobiliario muy deteriorado donde flotaba un fuerte olor a tabaco. Había sillas cuidadosamente ordenadas en grupos, con la raída tapicería llena de rodales grasientos. Afuera, unos árboles grandes y sin hojas circundaban un área de césped.

–Esperen aquí. Voy a buscar a la señora Chibanda.

Tras unos instantes, entró una mujer vestida con prendas suavemente drapeadas y de vivos colores. Su piel oscura era muy tersa, como si se la hubieran estirado sobre los huesos de la cara. Nos sonrió y nos estrechó la mano; desprendía un leve aroma a rosas. Todo en ella me hacía sentir mejor.

–Soy Gertrude Chibanda, la directora, la culpable de todo.

Se inclinó hacia delante, sonriendo. Tenía unos dientes perfectos.

–Finac será el compañero de Ed si finalmente deciden que es aquí donde debe quedarse.

Finac nos miró brevemente y asintió.

–Si les parece bien, Ed y yo vamos a charlar a solas mientras Finac les enseña esto. Después ya hablamos nosotros y Ed puede ver dónde se instalará, siempre que esté de acuerdo en quedarse aquí…

Seguimos a Finac por estrechos pasillos hasta unas habitaciones silenciosas. Había una cantina de aspecto desolado y un cuarto de música con pósteres de Jimi Hendrix medio despegados, una batería nueva y varias guitarras apoyadas en la pared. En los dormitorios no nos dejaron entrar.

Ed se estaba terminando un gran tazón de café cuando volvimos. Se levantó y desapareció rápidamente con Finac. Gertrude me miró con expresión apenada.

–Siento lo que le está ocurriendo a su familia. Yo perdí a un hijo por una enfermedad hace unos años. –Hubo una breve pausa–. Lo siento –volvió a decir simplemente.

–Y yo siento mucho lo de su hijo. No puedo imaginar cómo debe sentirse usted. Pero Naomi no está muerta. Ella solo… solo…

No pude continuar. Consciente del rostro afligido de Gertrude y de la expresión preocupada de Ted, giré la cabeza hacia la ventana. El paisaje verde se empañó hasta quedar flotando en las lágrimas que se derramaban por mis mejillas. Gertrude, de pie muy cerca de mí, me tendió un pañuelo de batista bien plegado. También olía a rosas.

Dos horas después, ya estaba todo arreglado. Finac nos había hablado del programa en doce pasos para recuperar a los adictos y de cómo se desarrollaría. Ed había decidido quedarse a prueba durante unos días. Hablé con la enfermera del centro sobre sus vendajes. El médico pasaría por la tarde y entonces podrían darle más antibióticos. Podríamos llevarle sus cosas dentro de pocos días y, mientras tanto, yo hablaría con el instituto. Ed estaba callado cuando llegó la hora de irnos. Evitaba mirarnos y lo dejamos sentado en su cama, mirando al vacío.

–Me gusta –dijo Ted en el viaje de vuelta–. Me ha gustado esa mujer, pero no Finac. No entiendo a esa gente para la que todo es culpa de los padres, como si fuéramos el enemigo.

–Es que la culpa sí que es nuestra. –Estaba tan cansada que me costaba hablar–. Sí que somos el enemigo. No estuvimos lo bastante atentos; estábamos demasiado ocupados.

Ted me rodeó como pudo con el brazo de asiento a asiento.

–Lo hemos querido tanto como se puede querer a alguien. Se lo hemos dado todo.

Negué con la cabeza.

–No podíamos estar siempre ahí –dijo–. Los hijos tienen que crecer. Separarse.

–¿Separarse como hizo Naomi?

–Estoy de tu parte, Jen. –Ted miró por la ventana–. Estoy aquí, contigo.

¿Conmigo? ¿Cuánto tiempo había estado conmigo? La bufanda de Beth seguía arrebujada en la guantera, delante de mí. ¿Cuándo había sido la última vez que ella había subido a este coche? ¿Y cómo iba Ted a estar conmigo si ni yo misma tenía idea de dónde me encontraba?

CAPÍTULO 28

Dorset 2011. Trece meses después

Me despierto temprano. Afuera, la primera capa de oscuridad se ha disipado y, bajo el cielo gris, el jardín parece tan plano e inmóvil como el paisaje de un cuadro. En mi sueño, ella estaba allí, bajo el árbol, oscurecida por las ramas, el sol y la sombra jugando en su rostro vuelto hacia el cielo. El uniforme escolar le quedaba ceñido. Yo estaba en esta misma ventana y trataba de gritar, pero mi voz solo salía en susurros. Era incapaz de levantar los pies y, mientras tiraba para despegarlos del suelo, sudando por el esfuerzo, me había despertado.

Los minutos pasan. La punzante conmoción del jardín vacío se convierte en un dolor ya familiar, un dolor asentado en algún lugar debajo de mi corazón y que ha hundido sus raíces en mis huesos, un peso que nunca me abandona. Siento la frialdad del alféizar en las manos; el sueño se me escapa sin que pueda retenerlo.

Tengo la cabeza saturada. Los hechos que ayer se alineaban tan ordenadamente empiezan de nuevo a girar en remolinos. Yoska, el camello de ketamina; Yoska, el hermano; Yoska, el paciente. Ayer estaba segura de que su nombre nos llevaría hasta Naomi, pero las pistas que parecían tan irrebatibles se han disuelto hasta convertirse en meras sospechas, tan precariamente enlazadas que se desligan unas de otras como serpientes que se enroscan y desenroscan en una masa confusa. No hay ninguna prueba. Aunque encuentren a Yoska, no hay nada que lo relacione incuestionablemente con Naomi, aparte de la Y del diario. Figura en la lista de traficantes de Michael, estuvo en el hospital con su hermana, los jóvenes de su familia provocaron el fuego, le proporcionó las drogas a Ed, vino a mi consultorio. Un buen abogado defensor podría argumentar que todo eso no es más que simple coincidencia.

–Necesitamos algo más –susurro para mí misma.

Afuera, las ramas se agitan en el aire de la mañana y, a medida que amanece, el espacio que hay entre ellas se despeja de sombras.

–Tiene que haber algo más sólido.

En el piso de abajo, me bebo una taza de té tras otra. Me tiemblan las manos y siento la garganta irritada, pero el dolor de cabeza ha desaparecido y me encuentro mejor. La cocina está ordenada. Reconozco la huella de Ted en esa forma de doblar el trapo de cocina: perfectamente plegado y planchado con las manos. El fregadero y los escurridores muestran una limpieza clínica. Me había olvidado de ese rasgo de Ted; hasta sus manos están siempre inmaculadas. Me lo imagino frotándoselas antes de una operación, los ojos azules concentrados y al mismo tiempo ausentes por encima de la mascarilla, abstraído en la inminente operación, en una sala de lavado tan fría y reluciente como una morgue.

Mi consultorio, la ketamina, el ala del hospital, el fuego. La corta lista va pasando por mi cabeza como la cinta de un teletipo, borrando las imágenes de Ted. Yoska es el eslabón que conecta todos esos mundos, pero ¿dónde está la prueba que necesitamos?

El móvil de Michael se ha quedado sin batería y me salta el buzón de voz. Así que telefoneo a su despacho y me contesta una mujer. Mientras espero, oigo su voz diciéndole a Michael quién llama. ¿Percibo un cierto retintín en su voz? Una mujer, otra vez… parece decir. Tú y tus mujeres… Entonces Michael contesta. Me escucha con atención antes de contestar:

–Tenemos bastante con lo que hay, Jenny. Es suficiente para que lo busquemos y lo interroguemos. Ya hemos empezado a rastrear a la familia.

Su voz suena neutral. Está en el despacho, debe de haber gente entrando y saliendo y tal vez tenga a esa secretaria cerca, buscando entre los expedientes de un archivador metálico.

–Pero no lo entiendes. Ese tío es inteligente. Muy inteligente.

Hasta su propia familia había recurrido a él cuando la niña estaba en el hospital. Ted había dicho que era el que tomaba las decisiones. Sabría exactamente lo que tenía que decirle a cualquier policía que intentara arrestarlo, o a un abogado que tratara de enviarlo a presidio.

—Primero vamos a encontrarlo y, a partir de ahí, ya se verá.

Michael transmite confianza, pero me doy cuenta de que no escucha. Lo más probable es que esté cansado después del largo viaje de ayer en coche. Seguro que le está haciendo señas a la secretaria para que le traiga un café.

—Tenía un asterisco junto a su nombre —digo lentamente.

La cocina se ha oscurecido; deben haber llegado nubes desde el mar.

Se produce una pausa y se le oye respirar al otro lado del teléfono. Suenan las teclas y el bip del ordenador mientras consulta la lista.

—Es porque robó un coche, hace años —me aclara Michael.

Estoy mirando por la ventana mientras lo escucho. A través de la lluvia que cae, las manchas verdes de North Hill me recuerdan al bosquecillo húmedo y a las hayas de las inmediaciones del Severn, a la camioneta quemada y medio escondida bajo las ramas. En mi mente va cobrando forma un plan.

—¿Qué datos puede haber en el expediente de aquel caso? —le pregunto.

—Debería estar el ADN.

Percibo que está haciendo alguna otra cosa mientras habla, tal vez firmando papeles con el teléfono encajado bajo la barbilla.

—Entonces, si encontramos ADN reciente que lo vincule a Naomi y coincide con el que tenéis, podemos saber con seguridad que el hombre que se la llevó es Yoska, un camello cuyo móvil era la venganza.

Hablo con rapidez, siguiendo el torbellino de mis pensamientos.

—Jenny…

—Y luego, cuando lo atrapen, si ese mismo ADN reciente coincide con las muestras que podéis tomar de él, se le podrá incriminar completamente.

Me detengo para tomar aire. Mi corazón se ha desbocado y la mano que agarra el teléfono está húmeda de sudor.

—Jenny, no hay ningún ADN reciente. En la mayoría de los casos, el ADN que se recupera en una investigación criminal se obtiene del interior de un cadáver.

Se para en seco. Puedo oírlo tragando saliva, como si quisiera retirar sus palabras, pero es demasiado tarde.

–Lo siento. Ha sido una torpeza por mi parte.

Sigue una pausa y me lo imagino tomando un sorbo de café. Al otro lado de la ventana ha arreciado la lluvia; puedo oírla golpeando en el techo de paja. Aparta esas palabras de tu mente, bórralas.

–Voy a volver al bosque donde encontramos la camioneta.

Comienzo a garabatear una lista mientras hablo: linterna, pala, botas, correa de perro.

–La policía ya examinó la zona a fondo, centímetro a centímetro.

En su tono se nota un punto de exasperación. Resulta extraño poder detectarlo a través del teléfono, así, tan claramente. Nunca lo había percibido antes.

–Hay cosas que pueden salir a la superficie, ¿no? –hablo tan deprisa que mi voz brota en jadeos–. Los bosques van cambiando.

La casa de campo está caldeada. Ted ha llenado la estufa de leña antes de irse. Echo un vistazo antes de salir por si queda algo por guardar, pero todo está ordenado. Siempre está ordenado. Hay una pala en el cobertizo, aunque no está tan reluciente como la de Mary cuando la ayudé a cavar la fosa. En el metal hay costras de barro que limpio en el grifo del jardín. Las aves de Mary habían caído rodando por el hoyo embarrado; su plumaje tenía todos los colores favoritos de Naomi, pero no es una tumba lo que voy a buscar ahora. Voy a buscar alguna cosa que él tocara.

El viaje hasta el bosquecillo de Gloucestershire me cuesta tres horas. El tráfico discurre a paso de tortuga entre la lluvia torrencial que cae en la autopista; el coche tiembla cuando los camiones pasan rugiendo a mi lado, salpicando de agua sucia el parabrisas. Bertie duerme acurrucado en el asiento del copiloto; mi mano descansa en su lomo caliente mientras conduzco.

Recuerdo dónde está el lugar, entre la pequeña ciudad de Thornbury y el pueblo de Oldbury-on-Severn. Lo encuentro sin complicaciones; la sensación de familiaridad es instantánea. Debí de interiorizar inconscientemente la curva de la carretera, el hueco en el seto y la zanja. Aparco el coche pegado al seto, tal como hizo Michael. Con Bertie a mi lado, bordeo lentamente el campo en dirección a la colina, sintiendo el viento húmedo en la cara. Cuando el terreno empieza a ponerse cuesta arriba, de pronto tengo ganas de dar media vuelta y regresar a toda prisa; tendría el viento a la espalda, empujándome. Quiero meter a Bertie otra vez en el coche y alejarme. Es mediodía. Podría encontrar un pequeño café en Thornbury, sentarme con un sándwich delante y observar a la gente en su jornada habitual, fingiendo que mi vida es como la suya, que no tengo necesidad de adentrarme en este bosquecillo para buscar indicios que ayuden a encontrar al hombre que se llevó a mi hija hace un año.

Mis pies siguen avanzando hacia los árboles, resbalando de vez en cuando en el barro. Un año entero, pero el campo es ajeno al tiempo transcurrido. Los matorrales son los mismos. Los árboles, ya sin la cinta policial, tienen exactamente el mismo aspecto. Dudo antes de internarme en la oscuridad, bajo las ramas, pero no tardo en encontrar el tronco junto al cual estaba la camioneta, porque todavía está ennegrecido. Bertie corre entre las raíces de los árboles, husmeando en la tierra. Sí se ha producido un cambio, después de todo: hay dos árboles caídos. Uno de ellos se apoya en el que está quemado, y el barro pegado a las raíces parece reciente. El viento de las tormentas invernales debe haberlo derribado. Bertie, excitado por el olor de la tierra fresca, empieza a escarbar.

Yo cavo en el lugar donde creo que estaba la camioneta, levanto paladas llenas de hojas, las aparto con las manos y los pies y luego vuelvo a cavar. La pala apenas consigue entrar en la tierra. Busco una lata de gasolina, un guante empapado. Clavo la pala una y otra vez. Al cabo de un rato, me detengo a recuperar el aliento. La lluvia me pega el pelo a los ojos; me lo aparto y entonces se me llenan del barro de los guantes y empiezan a escocerme.

La pala golpea contra las raíces. Desentierro barro, piedras y fragmentos de vajilla rota. Nada. Bertie gime, pero no le hago caso. Cuando haya cavado este círculo, lo iré ampliando, cavaré otro alrededor de este y luego otro más. Bertie comienza a ladrar.

Me enderezo y me acerco a él. ¿Ha encontrado algo? Bajo las patas que excavan frenéticamente, veo unas pequeñas formas blancas. El bosque empieza a dar vueltas a mi alrededor y caigo de rodillas. Bertie ha conseguido sacar una de las formas; sujeta en la boca un hueso curvo, blanco, con una marcada arista. Me deja que lo coja. No es más que una pequeña costilla de oveja, quizá de un cordero o de un cervatillo. Bertie sigue escarbando. Encuentra un cráneo, una larga forma abombada con los molares intactos de un herbívoro.

Los bosques van cambiando. Salen cosas a la superficie.

Me siento sobre los talones. Michael tenía razón. Aquí no hay nada. Las pistas deben hallarse en otra parte. Estoy buscando en el lugar equivocado. No estoy actuando con suficiente inteligencia. Dejo caer el hueso en el barro. Naomi se reiría de mí si me viera ahora o, peor aún, sentiría lástima. Una cosa o la otra, no sé cuál.

Bristol 2009. Veinte días después

Ted y yo no teníamos ya nada que decirnos. Ed se había ido. Theo pasaba muchas horas en el estudio del instituto y regresaba cansado y silencioso. Me miraba y yo sabía que quería decir algo y no podía. No traté de ayudarlo a hablar; yo tampoco era capaz de decir nada. Estaba empantanada en el silencio. No tenía energía para hablar.

En la consulta era más fácil. Allí podía fingir que estaba bien. Me lavaba el pelo y me planchaba la ropa para que mi aspecto fuera normal. Veía a los pacientes y me ocupaba de sus problemas. Ahora solo trabajaba a tiempo parcial. Eso me iba bien. No sonreía; la verdad es que no podía sonreírle a nadie, pero cumplía con mi labor. Tomaba la tensión, examinaba abdómenes y sarpullidos, observaba, escuchaba, rellenaba formularios y extendía recetas. Naomi nunca se había dejado ver demasiado por la consulta, así que a veces, durante unos pocos minutos, era como si nada hubiera ocurrido. Creí que sería capaz de continuar de ese modo durante mucho tiempo, pero me equivocaba.

Jade no figuraba en mi lista de la tarde, así que la señora Price debía haber convencido a Jo para que les hiciera un hueco entre un paciente y otro. Cruzó el umbral con timidez, sosteniendo ante sí un ramito de flores. Su madre la empujó y ella tropezó. Estaba delgada, pero los moratones habían desaparecido, y llevaba la cabeza tan embutida en un gorro rosa que nadie habría podido adivinar que no tenía pelo. Habían pasado solo cinco semanas desde su ingreso en el hospital.

Conseguí esbozar una media sonrisa.

–Hola, Jade.

La señora Price se sentó y Jade se encaramó a su enorme cuerpo y se metió entre sus rodillas.

–Se me ocurrió que podíamos pasar un momento –dijo la señora Price con el ceño arrugado.

Me quedé mirándola con un nudo en la garganta.

–Bueno, sé lo que se siente –continuó apretando los labios–. Quiero decir cuando es de tu propia sangre.

Se calló y me devolvió la mirada. Ahora era yo quien estaba en el otro lado: era la víctima. La gente no sabía qué decirme.

Se levantó y cogió a Jade de la mano.

–Lo que quiero decir es que… Venga, Jade.

Jade me tendió las flores, me sonrió brevemente y luego enterró la cara en el abrigo de piel de su madre.

Cuando se fueron, cerré la puerta, me apoyé en ella durante un momento y luego fui resbalando hasta caer torpemente de rodillas al suelo. Las flores se escaparon del celofán y se esparcieron por el embaldosado. Mi cabeza se desplomó hasta quedar sobre las rodillas; podía oler la lejía seca en el descolorido linóleo y distinguir las pequeñas grietas que lo surcaban. Entonces mi rostro se contorsionó y del pecho brotaron unos sonidos roncos, como los de un animal herido. Al cabo de un rato, me levanté y abrí los grifos para que nadie me oyera. Agarré el papel azul de la camilla de exploración y me lo aplasté contra la cara. Había sido una insensatez pensar que podría volver tan pronto al trabajo. No era capaz. No era capaz de nada. Solo quería irme a casa y acurrucarme en la cama y quedarme allí, en la oscuridad. Solo quería dejar de respirar.

Me senté tras el escritorio respirando entrecortadamente. Me las arreglé para telefonear a recepción y pedirle a Jo que dijera que me habían requerido para una urgencia. Había una puerta trasera. Los pacientes que esperaban afuera pensarían que había salido apresuradamente por ella.

Me quedé allí sentada. Jo me trajo una taza de té sin hacer ruido y me rodeó con el brazo durante un instante. Se lo había contado a Frank y él se estaba ocupando de los casos más urgentes de mi lista. Luego me dejó sola.

La habitación se fue oscureciendo a mi alrededor. El mundo se redujo a la mano que descansaba sobre el escritorio. Hacía veinte días que Naomi había salido de nuestra cocina. Cada día, cada momento de cada día, había apartado de mi mente las imágenes de ella sufriendo, atada, maltratada, llena de sangre; de su cuerpo sin vida en una bolsa de plástico, tirado al borde de una carretera o mal enterrado en cualquier parte. Cerré los ojos, tratando de recordar algo luminoso y alegre para bloquear el paso a esas imágenes. La fiesta del estreno en la que celebramos su actuación. Cuántas voces alegres se habían oído en nuestra cocina aquella noche. De pronto, su figura apareció en mi mente con tanta claridad como en una fotografía. Naomi junto a la cocina, en calcetines, con un pie sobre el lomo de Bertie; llevaba unos instantes sola. Yo había empezado a acercarme, pero me había detenido. Ella miraba de soslayo con tanta intensidad que hube de seguir sus ojos para ver qué atraía su atención, pero al otro lado de la ventana no había más que la oscuridad de la noche. Al volver a mirarla, vi que su boca se curvaba en una sonrisa, pero no iba dirigida a nadie. Era una sonrisa para sí misma, secreta. Su aspecto en ese momento era muy diferente. Quizá fuera por el vestido negro que llevaba para la escena de la muerte de Tony en *West Side Story*, pero durante un segundo se había transformado en alguien mayor, una persona más dura, de un modo que yo no podía precisar. Un cierto desasosiego se había deslizado sigilosamente en la ruidosa habitación. Theo se había acercado un segundo después y le había dicho algo; Naomi se había reído y había vuelto a ser ella misma. Entonces alguien me había tocado en el hombro, yo me había dado la vuelta y luego esa escena había desaparecido de mi mente. Hasta ese momento. Allí, en mi consultorio, me di cuenta de que su sonrisa me había dicho alguna cosa. Era una pista.

Al salir del consultorio ya había oscurecido y hacía frío, pero la habitación de Naomi estaba caldeada. Había dejado encendido el radiador y la mayoría de las tardes me quedaba allí sentada. A veces, se me ocurría que quizá en el aire seguía habiendo moléculas de su piel o de su pelo y que, si era así, tal vez estuvieran tocándome la cara o las manos. Me imaginaba que, si me quedaba completamente inmóvil, podría llegar a sentirlas.

Aquella noche, se había apoderado de mí una esperanza tal que casi no me dejaba respirar. Deseaba que hubiera planeado escaparse. Deseaba que esa fuera la razón de su sonrisa. No me importaba que supiera perfectamente el daño que nos haría, ni siquiera que deseara hacérnoslo. Eso no tenía importancia, siempre que estuviera a salvo.

Tanto la policía como Michael habían registrado su habitación. Ahora yo volvería a hacerlo. Si tenía un plan, podría haber alguna pista. Su abrigo grueso estaba en el armario, junto con las faldas escolares. Introduje la mano en el bolsillo del abrigo. Nada. Todos sus zapatos estaban perfectamente alineados: las playeras verdes, las Converse, las chanclas. Deslicé una mano por dentro de una de las playeras, toqué el suave hueco dejado por los dedos de los pies en la plantilla de cuero. Abrí los cajones de la cómoda, hundí los brazos por debajo del revoltijo de jerséis. Nada. Los objetos decorativos de la chimenea se habían cambiado de sitio; manos acostumbradas a registrar habían sacado las fotografías de sus marcos para palpar por detrás y luego las habían recolocado algo torcidas. Todo lo demás estaba en su sitio: el caballo de porcelana, las hojas otoñales, el joyero.

Oí que se abría la puerta principal en el piso de abajo y los pasos de Ted cruzando lentamente el recibidor.

Me senté en la cama y, al abrir la tapa blanca del joyero, una pequeña bailarina de plástico vestida con tutú rosa empezó a hacer giros al compás de una musiquilla entrecortada. Cerré los ojos. Cuando Naomi había abierto este joyero, un regalo para su sexto cumpleaños, había encontrado el collar de coral enrollado en el interior. Entonces mis ojos se abrieron de golpe. El collar no estaba allí. Rebusqué dentro de la caja. ¿Dónde estaba? Siempre lo guardaba en el joyero. Debía de haberlo sacado, y recientemente. Los corales habían dejado marcas dentadas en el gastado satén. Miré en la repisa de la chimenea, en el suelo, bajo la alfombra. Luego corrí al piso de abajo.

–Ella lo sabía. Lo tenía planeado.

Ted estaba sentado en la silla, mirando al frente, con un vaso en la mano. Se giró hacia mí con expresión perpleja.

–¿Planeado qué?

–Su collar no está, el de coral que le regaló mi madre. Ha desaparecido. Debió de llevárselo.

Me detuve a tomar aire.

–¿Cómo puedes estar segura de algo así? –La voz de Ted era grave y plana–. Podría haberlo perdido hace muchos años.

–Lo han sacado del joyero hace poco. Aún se ve la marca.

–Entonces es que lo perdió hace poco.

–No. Nunca habría perdido ese collar. Le encantaba. Y eso significa que lo tenía planeado y que se lo debió llevar. Sabía que iba a marcharse. Por eso sonreía para sí misma.

–¿Sonreía para sí misma?

–Sí, en la fiesta.

–¿Qué fiesta?

No hice caso de la pregunta. Mi mente se había disparado. Intenté acordarme de la última vez que la había visto. ¿Llevaba el collar? A lo mejor estaba en la bolsa, con los zapatos. Las preguntas empezaron a surgir en tropel.

–Jenny, estás completamente agotada. –Se levantó y me pasó un brazo por el hombro–. Y diría que has estado llorando.

Su brazo pesaba mucho y el aliento le olía desagradablemente a alcohol. Me desasí con brusquedad.

–Déjame…

Me miró como si no me conociera. Se encogió de hombros y empezó a subir las escaleras.

–Eso quiere decir que no la han secuestrado, ¿no lo ves? –grité a su espalda.

Él continuó subiendo.

–Estoy demasiado cansado para esto –dijo–. No te preocupes por la cena. Ya he comido algo en el hospital. Voy a tumbarme.

Lo observé mientras ascendía por las escaleras impulsándose con la barandilla. Era como si con cada peldaño se alejara más y más de mi vida. No me importaba. Naomi se había llevado el collar. Tenía planeado irse. Estaba a salvo.

CAPÍTULO 29

Dorset 2011. Trece meses después

Naomi baila. Es María que baila con Tony, y salta a la vista que se está enamorando. No es como en el verdadero *West Side Story*, pero eso no importa en mi sueño. El tempo es lento al principio y bailan muy juntos; los pasos del uno reflejan los del otro, como en un espejo. Poco a poco, la música se acelera y tienen que bailar cada vez más rápido, luego suena más y más fuerte hasta convertirse en un ruido horrendo. El público se rebulle en sus asientos. Las luces empiezan a parpadear y hacen que los pasos de baile parezcan espasmódicos y chocantes. Algo va mal. Crecen los murmullos en el patio de butacas. La gente comienza a abandonar el teatro. De pronto, la batería produce un gran estruendo y me despierto sobresaltada, mientras un débil eco resuena todavía en mi cabeza.

Los latidos de mi corazón se calman tras unos minutos. Ahora tengo estos sueños cada noche.

Llevaba meses sin pensar en el teatro. Me aparto el pelo de los ojos para ver en la oscuridad las imágenes que cruzan a ritmo vertiginoso por mi mente. Él era una silueta, una sombra, entrevista al fondo de la sala por la profesora y por Nikita. James lo había visto dentro, apoyado en la pared.

Los pensamientos aparecen y desaparecen en destellos parpadeantes, como las luces de mi sueño. ¿Se habría dejado él alguna cosa en el teatro? ¿Un gorro, tal vez? ¿Podría haber algún cabello en su abrigo oscuro que quedara pegado al asiento? Todo lo que hubiera tocado su piel podría tener ADN. La policía había registrado el teatro, pero quizá se les hubiera escapado algo. Mejor telefonear a Michael y preguntarle lo que hicieron allí. Podría ir yo misma y buscar por mi cuenta. Pensará que me he vuelto loca. Y tal vez tenga razón. A lo mejor tengo que buscar de nuevo en todas partes: ¿cómo si no puedo estar segura de que no hay algo más? En algún lugar de este mundo debe haber algo que demuestre que se la llevó. Solo tengo que encontrarlo.

No vuelvo a dormirme en toda la noche. Me quedo tumbada, dando vueltas a las preguntas en mi cabeza. A las siete llamo a Michael.

En su voz hay prevención, pero también amabilidad:

—Quería ir a verte ayer por la noche, pero se hizo demasiado tarde. Me he sentido muy mal todo este tiempo. No debería haber dicho lo de encontrar el ADN.

—Tenías razón.

—No, no la tenía. Porque aquí no hay ningún cadáver ni nunca lo ha habido. Así que, por supuesto, tampoco hay ADN.

Y ahora me dirá otra vez que el único sitio en el que encuentran ADN cuando buscan a una chica desaparecida es dentro de su cuerpo, pero eso ya lo sé. Sé que miran en la vagina, en el esófago, en la ropa, en el pelo. No quiero oír más palabras. Si él no las pronuncia, no tendré que ver las imágenes que surgen con ellas.

—Me refiero a que tenías razón cuando dijiste que no habría nada en el bosque —aclaro para impedir que diga nada más.

—Así que al final fuiste. Ah, Jenny.

Seguro que ahora se le han curvado las comisuras de la boca hacia abajo. Fue uno de los primeros detalles suyos en los que me fijé. Lo recuerdo porque pensé que era una buena señal que siguiera poniéndose triste por algunas cosas.

—Ya te dije que la policía lo había registrado todo.

—¿Buscaron en el teatro?

—El teatro —repite despacio.

—Sí. Verás, he tenido un sueño.

Pero si cree que me he vuelto loca no me ayudará, así que vuelvo a empezar:

—Naomi actuó en *West Side Story*. ¿Te acuerdas?

Un breve silencio sigue a mis palabras.

–Pues claro que me acuerdo. Hicimos un registro meticuloso, empezando por el camerino.

–¿Y qué significa eso exactamente, un registro meticuloso?

Un pequeño suspiro, luego el sonido de la cremallera mientras saca el portátil de la bolsa.

–Te llamo dentro de un momento con todos los detalles.

De acuerdo, empezaron el registro por el camerino donde Naomi se había transformado en María, pero ahora se me ocurre que ella solo lo usaba para cambiarse. Después, cuando se ponía de nuevo su ropa, solía dejarse el maquillaje. Y siempre se maquillaba en casa antes de salir. ¿Por qué? A lo mejor se encontraba con él de camino al teatro, o a la vuelta. Aparentaba dieciocho años con ese lápiz de ojos y la base de maquillaje. ¿Se habría sentido él autorizado a hacer determinadas cosas?

Cuando suena el teléfono, respondo en el acto.

–Tal como pensaba. Lo registraron todo –afirma con seguridad la tranquila voz de Michael–. Tengo aquí la lista.

–¿Y?

–Tomaron huellas en todas partes: los picaportes, los grifos, los asientos del fondo del teatro, los lavabos. Examinaron cada armario, los cestos de vestuario, los cubos de basura del interior del teatro y los contenedores de la calle. –Se detiene un instante–. Hasta levantaron las tablas del suelo.

Eso no lo sabía. De modo que pensaron que podía estar muerta, ya en ese momento.

–Jenny, esto no puede seguir así. –Se aclara la garganta y eleva la voz–. Vas a volverte loca. –Hace una pausa antes de continuar, más calmado–: Deja que nos ocupemos nosotros. Para estas cosas, puedes soltar un poco la cuerda.

–No voy a soltar ninguna cuerda. Nunca.

Hay silencio al otro lado de la línea.

–Michael, cuando lo cojáis, lo negará todo.

Sí, Yoska negará con la cabeza mientras en sus ojos se adivina una media sonrisa.

–Sabrá que sin pruebas sólidas no se le puede condenar. Necesitamos algo que demuestre que estuvo con ella.

—Pero no puedes buscarlo en el teatro porque hayas tenido un sueño.

Michael se ríe brevemente.

Lo que no puedo hacer es soltar la cuerda, soltar mi sueño; no puedo soltarlo y dejar que Naomi se suelte con él.

Cojo el teléfono y llamo al instituto de Naomi. La directora está en una reunión de personal, pero me devuelve la llamada al cabo de diez minutos. Su tono es amable.

—Me alegra mucho volver a saber de usted. Cuántas veces me habré preguntado cómo estaría.

—Estoy bien, gracias, señorita Wenham.

Creo que eso es lo que pensaría si me viera. Los meses pasados junto al mar han surtido efecto. Tengo mucho mejor aspecto que la última vez que me vio. Jamás adivinaría que las heridas se han reabierto; desde fuera no se ve cómo sangran.

—Me estaba haciendo algunas preguntas sobre el teatro —empiezo con cautela—. Seguro que hubo cosas que se quedaron allí y la policía pasó por alto.

Hablo deprisa, por si me interrumpe y pierdo la serenidad.

—Me gustaría echar un vistazo. Todavía podría haber algo, a pesar del tiempo transcurrido. Sé que puede parecer una tontería, pero a lo mejor hay un gorro, una chaqueta…

Mis palabras salen más atropelladamente de lo que quisiera y, en el silencio que sigue, parecen ridículas.

La señorita Wenham vacila.

—Puede mirar, por supuesto. Pero lo más probable es que no encuentre nada. Ahora está todo muy diferente.

—¿Diferente?

Quizá haya ahora puertas de cierre automático, teclados para introducir un código o un portero. Medidas adoptadas para que no se repita lo de Naomi.

—Bueno, todavía no han acabado —prosigue con comedimiento—, pero estamos ya en la recta final. Un antiguo alumno nos dejó algo de dinero en su testamento, para remodelar el teatro.

Hay una breve pausa, pero yo no contesto y la directora continúa:

—Han cambiado muchas cosas. El escenario es nuevo, por ejemplo…

La voz se diluye en el silencio. Se ha dado cuenta de su falta de tacto.

—De todas formas, podría pasarme y echar una ojeada, por si acaso.

Trato de que mi voz suene optimista, aunque se me cae el alma a los pies. Llego tarde, demasiado tarde.

—Cuando hayan terminado, una de las chicas se lo enseñará todo. Llame de nuevo dentro de una semana o así. Me alegra mucho que…

No espero a saber de qué se alegra. Cuelgo. Cuando hayan acabado será demasiado tarde; iré hoy mismo. Quizá la chaqueta siga colgada en un gancho en el que ya nadie se fija al pasar, o el sombrero fuera arrojado de un puntapié a algún rincón y todavía sigue allí, aplastado en el suelo. Por mirar no pierdo nada, aunque llego casi catorce meses tarde.

Así es como a veces funcionan las cosas en medicina, pienso de repente mientras salgo marcha atrás del garaje. Revisas el caso, o alguien lo hace, y das con el diagnóstico cuando todos habían renunciado ya. En ocasiones, la clave está en un detalle obvio que todos han pasado por alto. La cara de Jade parece flotar en el espejo durante un segundo. Siempre vale la pena volver a mirar.

Bertie está en el asiento del copiloto, con el hocico entre las patas y los ojos cerrados, preparado para el viaje, pero alguien golpea en mi ventanilla cuando estoy girando para encarar la calle. Es Dan, más alto, con un abrigo nuevo, el cuello subido para protegerse del viento. Bajo la ventanilla.

—Bonito abrigo.

—Gracias. Regalo de Navidad de la abuela. En las películas, siempre está nevando en Nueva York.

—Entonces, ¿te vas de verdad?

No me había dado cuenta de que el tiempo también pasa en las vidas de los demás.

—Mañana. Las clases empiezan la semana que viene.

Hay reserva en su cara, pero se le nota la emoción cuando habla.

—Espera. Voy a aparcar otra vez.

—No, no te molestes. Ya me pasaré después.

Sé que no lo hará, y si lo hace, yo no estaré. Apago el motor y salgo rápidamente del coche.

—Mary te echará de menos. Y yo también.

Mira al suelo durante un segundo.

—¿Cuál es el plan? —pregunto enseguida.

—Me quedo con Theo y Sam hasta que encuentre algo.

—¿Vas bien de dinero?

Pero esa pregunta ya va demasiado lejos. Da un paso atrás. Su expresión es ahora hermética.

—Pareces mi madre.

—Es que soy una madre.

—Pero no la mía.

Los moteados ojos verdes miran directamente a los míos. Continúa:

—Ya te iré informando de cómo va todo. —Se detiene—. O lo hará Theo, vaya.

Por un segundo, tengo ganas de tocarlo mientras está allí de pie, con aire perdido. Como si adivinara mis pensamientos, se ruboriza y da media vuelta.

—Te veo luego —dice.

Se aleja ya por la calle y no he tenido tiempo ni de darle las gracias. Lo alcanzo a la altura de la tienda y bajo la ventanilla del coche, pero en ese momento salen dos chicas por la puerta y lo saludan. Lo veo por el espejo, algo encorvado mientras baja de la acera y sigue el coche con la vista. Un segundo después, una de las chicas se le acerca y lo coge del brazo. Doblo la esquina y los pierdo de vista. Se va a Nueva York; comenzará una nueva vida. Tiene todo el futuro ante él. Una vida que vivir, una vida entera, ininterrumpida.

A mediodía ya hemos llegado a Bristol. La última vez que estuve aquí era verano. Los castaños de los Downs están desnudos y nos hemos perdido la caída de la hoja. La época del año favorita de

Naomi. Al policía que registró su cuarto le había sorprendido su colección de hojas secas y el montoncito de castañas arrugadas que había sobre el tocador.

Aparco fuera de nuestra casa. Bertie gime en la entrada, moviendo la cola. Al tocar el poste de la cancela, lo siento áspero: la pintura se está desconchando. Las ventanas parecen sucias, y el jardín delantero está invadido por la maleza. Dentro estará todo en orden gracias a Anya. Ted debe estar trabajando ahora. Levanto la cabeza y miro las altas y oscuras ventanas. Recuerdo que, durante los últimos meses que pasé aquí, las casa había perdido toda su luminosa calidez y, en el negro vacío, incluso mis pasos parecían como salidos de un sueño.

Estuve esperando aquí desde noviembre hasta agosto del año pasado, nueve meses durante los cuales nuestro matrimonio fue desmoronándose al tiempo que la esperanza se diluía y los amigos se distanciaban. Después de aquella tarde en que me sobrevino la crisis nerviosa, Frank comprendió que no podría volver al trabajo. Encontró a otro sustituto, pero el mero hecho de saber que aguardaba mi vuelta agudizaba todavía más mi ansiedad, de modo que acabé diciéndole que no regresaría. Esa pérdida se fue amortiguando en la vacuidad de los meses que siguieron, meses en los que me quedaba tumbada en la cama de Naomi, o en el suelo de su habitación, inmóvil, observando cómo la luz del día cobraba intensidad y volvía a apagarse con el paso de las horas. Deseaba morir. Entonces, un día fui de nuevo a la casa de campo. Ed quería algunos libros que se había dejado allí en una visita anterior. Ya había empezado a estudiar para sus exámenes preuniversitarios mientras continuaba la rehabilitación. La luz de Dorset parecía diferente, más clara, y el aire, más cálido. Podía oír a las gaviotas desde el jardín. Regresé otra vez a Bristol, pero la búsqueda de Naomi iba muy lenta, las semanas se me hacían eternas y cada vez pensaba más en la casa de campo. Al llegar el verano, tenía un plan en mente, y a finales de agosto ya me había ido. He estado subsistiendo con la pequeña herencia que me dejaron mis padres. Ted me habría dado lo que necesitara si se lo hubiera pedido, pero no he precisado su ayuda.

Por un momento, siento la tentación de llamar al timbre. Anya podría estar en casa. Pero este es ahora el territorio de Ted, así que aparto a Bertie de la cancela.

El teatro está cubierto de andamios. Hay escaleras apoyadas contra el muro y un montón de radiadores de hierro fundido tirados en un contenedor. En la calle, se ven un par de furgonetas con las puertas abiertas, y dentro hay hombres en su pausa de mediodía, encorvados sobre tazones humeantes. Las puertas del teatro tienen una cuña para mantenerlas abiertas. Dudo, preguntándome si puedo pasar con Bertie. Su presencia me infunde valor.

Nadie nos detiene cuando entramos. Caminamos sobre las planchas de madera contrachapada que protegen el flamante parqué colocado en la entrada. ¿Acaso dañaron el antiguo cuando lo levantaron para buscar su cuerpo? Han pintado el bar de rojo. Ahora es más grande y tiene un espejo nuevo al fondo. El aire está turbio de polvo y huele a yeso. Bertie estornuda un par de veces. Abro las pesadas puertas de madera del auditorio y de inmediato nos asalta un penetrante olor a pintura y a serrín. La sala es más grande y luminosa que antes. No hay lugar aquí para ninguna sombra de pesadilla bajo esta luz cruda que reverbera en las paredes recién enlucidas. El escenario ha desaparecido. Las planchas astilladas están tiradas en un montón, algunas partidas por la mitad, y hay otras nuevas, largas y relucientes, esperando en una gran pila apoyada contra la pared. Bertie tira de la correa delante de mí y está a punto de caer por el escotillón, que ahora está abierto y deja ver el oscuro foso situado bajo el escenario. Cuando nos asomamos al borde, vemos abajo a un hombre canoso y vestido con mono azul que está midiendo el suelo con un nivel. Hay un par de taburetes de madera, una chimenea que parece de plástico y unas bolsas de lona sucias amontonadas en un rincón. El hombre mira hacia arriba, la frente reluciente de sudor. Me saluda con un breve asentimiento de cabeza y, al ver al perro, su expresión se relaja y se acerca a nosotros para acariciarlo.

—Los perros aquí no tendrían que entrar, aunque este es una preciosidad. El que tengo en casa se le parece bastante. ¿Buscaba a alguien?

—Mi hija actuó aquí en una obra el pasado... Antes... Perdió algunas cosas. ¿Pueden haberlas dejado en algún sitio?

—Ya hace que se llevaron los objetos perdidos. —Niega con la cabeza—. A la basura fueron todos, el pasado verano.

Se me cae el alma a los pies. Qué estúpida he sido al venir.

El hombre vuelve a saludar con la cabeza y da media vuelta, pero en ese instante Bertie salta por el agujero. La correa se tensa al máximo y tengo que soltarla para evitar que se estrangule. El hombre se ríe y se inclina hacia el perro.

—Le he gustado, ¿eh? —dice en tono triunfante mientras le acaricia las orejas a Bertie.

—Perdón.

Me siento en el borde, balanceo las piernas y salto. Hay más distancia de la que creía y, al caer, me tuerzo el tobillo. Siento una punzada de dolor cuando me apoyo en ese lado, hasta el punto de casi no poder mantenerme en pie.

—Perdón —vuelvo a decir.

Me doy cuenta de que ahora estoy siendo una molestia y solo deseo salir de allí.

—Ey, tenga cuidado.

El hombre se acerca y me ayuda a llegar cojeando hasta las abultadas bolsas del rincón.

—Siéntese en una de estas. Vestuario. Está blando, no le hará daño. ¿Una taza de té?

—¿Vestuario?

Me inclino con precaución hacia la lona.

—La policía las dejó aquí. Listas para la próxima vez, supongo.

Se agacha para revolverle el pelo a Bertie, animado ante la perspectiva de chismorrear un poco.

—Pero aquí se acabó el teatro desde lo de aquella chica desaparecida. Un espanto, aquello.

Tengo que alejarme de este hombre antes de que diga nada más, pero al tratar de levantarme me pone una mano en el hombro.

—Tranquila, tranquila —dice sonriendo—. Siéntese, que no está en ninguna de esas bolsas.

Lo miro horrorizada, con el cuerpo revuelto. Soy incapaz de articular palabra.

–Uy, está usted algo paliducha.

Se rasca la cabeza y continúa en tono animado:

–Vamos a hacer una cosa: usted descanse aquí un rato y ahora le traigo un té calentito. Vuelvo ya mismo.

Se encarama por la trampilla y desaparece de la vista.

Hay por lo menos seis bolsas. Bien podrían haber empaquetado aquí algo de Yoska, por error. Me deslizo de la bolsa en la que estoy sentada, me pongo de rodillas y la abro. La posibilidad es remota y tengo apenas unos minutos antes de que vuelva el hombre. Revuelvo en el interior. Toco arpillera áspera, cuerda. Abro otra y saco una gruesa chaqueta de terciopelo negro con ribete dorado y un sombrero de fieltro con el ala doblada y una mugrienta pluma amarilla. Lo vuelvo a meter todo. La tercera tiene uniformes militares cuidadosamente plegados. ¿De qué obra serían? Es probable que Naomi los viera. ¿Me lo dijo alguna vez? Otra cosa de la que no me enteré si lo hizo. La cuarta bolsa contiene prendas suaves. Saco una falda azul y, después, el corazón se me desboca al ver una gorra de policía: el agente Krupke. Vuelco rápidamente la bolsa y lo saco todo con la mano por la estrecha abertura: faldas rojas y azules, blusas de volantes, vestidos de encaje, chales de seda. Le doy por completo la vuelta a la bolsa y caen al suelo tules violeta, un par de botines, pañuelos para el cuello y medias. No hay ropa de hombre. Los chicos debían haber llevado su propia ropa para sus enérgicos bailes en las azoteas. Lo observo todo durante un instante; puedo ver las escenas de baile con el revoleo de las faldas y la música de Bernstein inundando el auditorio. Pero, como los árboles y el barro del bosquecillo, este abigarrado montón de ropa y zapatos no me dice nada. Solo vestuario, como ha dicho el hombre.

Agarro con enfado los botines para volver a meterlos en la bolsa y mis dedos rozan algo sedoso que está enrollado en el interior. ¿Calcetines? ¿Una pañoleta? Lo voy desplegando: es más grande de lo que creía y, extendido por completo en el suelo, se convierte en un vestido de seda, un vestido corto de color rojo y muy escotado. Botones de madreperla. El vestido de Nikita. El que le pidió Naomi para el ensayo general y luego no trajo más a casa. Escondido en una bota; se le debió pasar por alto a la policía. Me lo acerco a la cara. ¿Estoy oliendo un vago aroma a limones? No debo llorar. Lo vuelvo a extender y la parte de mi cerebro que mantiene la sangre fría detecta una mancha de un blanco amarillento en el cuerpo del vestido. Levanto el dobladillo y veo que también hay una mancha en la parte de dentro. Unos pasos se acercan. Enrollo rápidamente la suave tela, la deslizo dentro del bolsillo de mi abrigo y luego meto el resto de las prendas en la bolsa justo cuando el hombre aparece. Se deja caer pesadamente desde el borde de la trampilla y me pasa la taza de té.

—Ya veo que ha echado un vistazo a la ropa —dice divertido—. ¿Ha habido suerte?

Niego con la cabeza. El té es oscuro y muy dulce, bueno para entonar el cuerpo.

—Ya se lo he dicho —dice con aire ecuánime—. Todo fue a la basura.

Mientras vuelvo al coche cojeando lentamente por las calles, siento ganas de enrollarme el vestido en el cuello, por debajo de la ropa, en contacto con mi piel. Pero lo dejo en el bolsillo. Michael se lo enviará a la policía científica.

Las ventanas de la casa siguen a oscuras. Acomodo a Bertie en el coche y me alejo. El corazón me estalla de esperanza y de miedo.

Bristol 2009. Veintiún días después

Apenas podía esperar para contarle a Ed lo del collar desaparecido. Se daría cuenta de que era una buena señal, y lo necesitaba, necesitaba esperanza. Comprendería lo que significaba: que Naomi había planeado marcharse y quería llevarse algún objeto que la conectara con su hogar hasta el momento de volver. Ed sentiría la misma emoción que yo.

Lo llamé al móvil y me saltó directamente el buzón de voz, así que telefoneé al centro. Me contestó la señora Chibanda. Fue a buscarlo y, tras un rato de espera que se me hizo muy largo, oí cómo sus pasos se aproximaban lentamente.

–Hola, mamá.

Parecía cansado, más mayor.

–¿Estás bien, cariño?

–¿Por qué?

–Ha pasado más de una semana. Solo me preguntaba cómo estarías.

Se oyó un leve suspiro al otro lado de la línea, pero Ed no contestó.

–Ya sé que me avisarían si las cosas no fueran bien… –Me oí decir a mí misma, consciente de la metedura de pata.

–Déjalo mamá –me interrumpió–. Déjame en paz.

Cerré los ojos. Desde que Naomi había desaparecido, todo sonaba más fuerte. Los ruidos me hacían daño, como si fuera a ponerme enferma o hubiera perdido una capa de piel. Había olvidado cómo hablarle a Ed. La conversación ya se había decantado hacia el lado malo. Casi deseaba no haberle telefoneado.

–No dejamos de pensar en ti.

Tampoco era eso lo que quería decir; seguro que no le había gustado.

–Típico –susurró.

–¿A qué te refieres?

No debería haberlo preguntado. No había telefoneado para esto.

–Pues a que digas algo así ahora.

Tenía que esforzarme para escuchar lo que decía. Era como si hablara para sí mismo.

–Y a que antes nunca hablabas conmigo.

Está sufriendo por lo de Naomi, desenganchándose de las drogas. Está solo. No siente realmente todo esto que me dice.

–Hablaba contigo siempre, Ed.

–Sí, tú hablabas y yo escuchaba.

Esperé un instante y traté de empezar de nuevo:

–¿Sabes qué ha pasado? ¡El collar de Naomi no está!

–¿Qué collar? –pregunta con voz distante.

–El de palitos de coral naranja.

—¿Y?

—Que debió llevárselo. Y eso significa que sabía que iba a marcharse.

—Por Dios, mamá. Lo más probable es que lo perdiera o lo regalara.

¿Es que pretende dinamitar cada cosa que digo?

—Se lo regaló la abuela hace años.

—Con más razón, entonces. Tú no la conoces, mamá. ¿Cómo vas a conocerla? No verías nada aunque te lo pusieran en las narices.

Tras decirle adiós y esperar a que él colgara primero, empecé a pasearme de acá para allá por la cocina. Quería librarme de sus palabras. No quería pensar en ellas ahora ni en la cólera que hervía por debajo.

Al final telefoneé a Shan. No se me ocurría nadie más, aunque no habíamos estado en contacto desde aquella vez en comisaría, cuando nos sentamos juntas.

—Jen. Iba a llamarte hoy.

No sabía cómo responder a eso, pero tampoco importó demasiado, porque ella prosiguió con voz animada.

—He estado tan ocupada… —dijo lanzando una breve risa—. Una no sabe cómo se pasa tan rápido el tiempo. Supongo que es culpa de las Navidades.

¿Navidades? ¿Estábamos en Navidad? Miré por la ventana, pero la calle estaba como siempre. Y llevaba semanas sin pisar una tienda. De todos modos, no habría tenido fuerzas para comprar regalos.

—¿Cómo estás?

Tras mi silencio, su voz vaciló y empezó a sonar más como ella misma.

—Aguanto. Aunque ha pasado algo bueno. Se me había ocurrido que podría pasarme por ahí.

Tenía ganas de verla sonreír; cuando le contara lo del collar de coral, me abrazaría y diría que ella siempre había sabido que todo saldría bien.

—¿No prefieres que me acerque yo?

—No, necesito salir.

Tomé una ducha y me puse unos vaqueros limpios y una blusa nueva. Incluso me maquillé con esmero. Sentía la piel reseca por la base de maquillaje y el pintalabios me parecía demasiado chillón en contraste con mi palidez, así que me lo quité todo de nuevo. Mientras conducía, en la radio estaban dando las noticias. No era más que ruido de fondo, hasta que de pronto oí su nombre: «… desaparecida desde hace veintiún días». La voz autocomplaciente continuó: «Prosiguen las labores de búsqueda; todos los aeropuertos…». Apagué la radio, trastornada. Ya me había dicho Michael que no escuchara las noticias.

Shan abrió la puerta y de inmediato me abrazó.

–Siento haber sido tan desagradable cuando estuvimos en la comisaría. He sido una amiga espantosa.

Me hizo pasar a la sala de estar y nos sentamos la una junto a la otra.

–Estás un poco flaca, Jen –dijo con voz preocupada. Me cogió la mano y sonrió cálidamente–. Cuánto me alegro de verte.

–Naomi tenía un collar –empecé sin preámbulos–. Ayer estaba buscando en su cuarto, en el joyero…

Me interrumpí al oír ruidos en la cocina: el hervidor que se ponía en marcha, alguien que revolvía en un armario buscando tazas. Shan volvió la cabeza y gritó hacia la puerta abierta:

–Si estás haciendo café, Nik, Jenny tomará una taza. Y yo también. Café fuerte, por favor.

–Ya va –contestó Nikita.

Shan se giró de nuevo hacia mí.

–Está pasándolo mal –susurró.

–¿Pasándolo mal? –repetí.

La imagen de Naomi, forcejeando para liberarse de un hombre que la sujetaba, hizo que me detuviera en seco. Eso era pasarlo mal. Nikita estaba en la habitación de al lado, preparando café tranquilamente. Su vida continuaba. A Naomi la habían secuestrado. Pero no debería haberme enfadado; no era culpa de Shan.

–Sí –siguió Shan en voz baja–. Se siente culpable. Debería habernos contado antes que a Naomi le gustaba ese chico.

Empecé a sentirme mal otra vez. No tendría que haber ido. En el corto silencio que siguió, Shan enrojeció y se apresuró a sonreír.

—Perdona. Soy idiota. Olvida lo que he dicho. Me estabas contando lo del collar en el joyero.

Me puso una mano en el brazo; su calor me atravesó la manga hasta la piel. No había que culparla si sus palabras parecían fuera de lugar; palabras oportunas, no las había. Le devolví la sonrisa.

—Era de coral. Ya sabes, con esas diminutas cuentas alargadas de color naranja. No lo encuentro por ningún lado.

Los ruidos de la cocina habían cesado por completo. Oí los leves pasos de Nikita mientras subía rápidamente las escaleras que conducían de la cocina a los dormitorios. En el silencio, podía oír la esperanza que dejaba traslucir mi voz.

—Fue un regalo que le hizo mi madre cuando Naomi era niña. Siempre lo guardaba en una cajita de música. Pero ya no está allí. He buscado en todos lados.

Shan no dejaba de mirarme; resultaba evidente que mi sonrisa la tenía desconcertada. Cuando estaba a punto de explicarme, entró Nikita, un poco jadeante, con dos tazas de café dispuestas con todo cuidado en una bandeja. Se inclinó sobre la mesa para hacer sitio al café y el pelo le tapó la cara como una cortina oscura y reluciente.

—Gracias, Nikita.

Le sonreí. Al fin y al cabo, era la mejor amiga de Naomi.

—De nada.

Al enderezarse, vi que tenía la cara encendida.

Tendió una mano hacia mí. Enrollado en la palma, había un collar de cuentas anaranjadas, frágil y precioso.

—Te he oído cuando hablabas. No se ha perdido —dijo apresuradamente—. Naomi me lo dio, pero no te preocupes, que tampoco es que tuviera valor ni nada. Me dijo que nunca le había gustado. Iba a tirarlo.

Un minuto, solo un minuto y sería capaz de levantarme e irme.

—Dios mío, Jen. Te has puesto pálida. Quédate con el collar. A ti no te importa, ¿no, Nik?

Shan parecía preocupada.

—No. Quédatelo tú.

Si hablaba despacio, no me temblaría la voz:

—¿Cuándo te lo dio, Nikita?

—Antes de la última función. Me lo tiró, riéndose.

Me quedé mirándola. Intentaba recordar cuándo había sido la última vez que había oído reír a Naomi.

—Bien, creo que va siendo hora de irme.

Unos instantes después, me levanté y me fui.

Cuando llegué a casa hacía frío y empezaba a oscurecer. El día había pasado y no sabía cómo.

«Tú no la conoces, mamá».

Me acosté y me cubrí hasta la cabeza con el edredón. De algún lugar lejano, me llegaron los ladridos de Bertie pidiendo su cena. Después cesaron. Debí de dormirme, porque me desperté y vi que Ted estaba durmiendo a mi lado. Desprendía sudorosas oleadas de calor y me aparté de él tanto como pude. Me quedé acurrucada en el borde de la cama, esperando a que pasaran las horas y se hiciera de día.

«No verías nada aunque te lo pusieran en las narices».

CAPÍTULO 30

Dorset 2011. Catorce meses después

Los más recientes capullos de campanilla de invierno se recortan contra el barro, tan afilados como dientes. Otros ya son flores, con contornos más suaves, las inclinadas cabezas veteadas de verde y vulnerables. Al inclinarme para empaparme de ellas, los sonidos de la mañana se filtran en el silencio: un petirrojo corretea por el seto, las gaviotas graznan a lo lejos, el mar va y viene con rumor apenas audible. Es una paz frágil que se prolonga durante un minuto y luego otro, hasta que un movimiento se insinúa a mi espalda. Michael. Sus pasos son silenciosos en la hierba mojada. Parece pequeño en el espacio verde del jardín, irreal con su traje oscuro y sus relucientes zapatos. Su mirada capta el encogido pijama de Theo, las botas de agua de Ted. Durante un segundo, nos miramos como extraños.

—¿Qué haces aquí? —le pregunto enseguida—. ¿Qué has encontrado?

Me quedo completamente inmóvil, esperando su respuesta. Los pequeños ruidos se desvanecen a nuestro alrededor.

—¿Estás bien? Pareces algo... —se interrumpe.

¿Iba a decir *rara*? ¿Loca? ¿Acaso importa ahora mi aspecto?

—Vi las campanillas de invierno desde la ventana, así que... Por el amor de Dios, Michael. Dime ya qué ha ocurrido.

—Buenas noticias. Estamos casi seguros de que Yoska se llevó a Naomi y creemos que ella se fue por voluntad propia.

Tiendo hacia él los brazos, cegada por las lágrimas.

—¿Cómo los sabéis?

—Te lo cuento dentro —dice tomándome de la mano—. Estás congelada. Tienes los labios azules.

Está serio, casi enfadado. Seguramente, lo he asustado.

–¿Estás seguro de que fue él?

–Lo han visto. Te cuento más cuando te hayas calentado un poco. Necesitas ponerte ropa como es debido.

Su tono es desagradable y el brazo con el que me rodea mientras caminamos hacia la puerta trasera me resulta irritante. No podría haber llegado tan lejos sin él, pero he de ser cauta; esto aún no ha acabado. Me visto en la fría habitación, abotonándome con torpeza, rasgando la lana de los leotardos. Michael me espera al pie de la escalera con una humeante taza de chocolate caliente en cada mano.

–He comprado leche y chocolate. Sabía que tendrías la nevera vacía.

También él está irritado. Pese al tiempo transcurrido, ni siquiera es capaz de cuidar de sí misma, está pensando. Señala con la cabeza la sala de estar.

–He encendido la chimenea. Sentémonos allí. Se estará más caliente.

Espera a que me acomode junto al fuego, deja con cuidado la taza en la mesa, cerca de mí, y él acerca una silla. Se inclina hacia delante, con sus rodillas casi tocando las mías.

–Ahora ya lo tenemos.

–¿Lo tenéis? ¿Está en un furgón de la policía? ¿O encerrado en una celda?

–Bueno, no es que lo tengamos físicamente, pero como si lo tuviéramos, y gracias a ti. Los resultados han tardado unos días, pero el ADN coincide plenamente con el de su anterior delito.

–¿Que fue…?

¿Qué me está contando? Parece que el corazón se me vaya a salir por la boca.

Me mira y entorna los ojos, indeciso: se está preguntando cómo contarme lo que ha averiguado. Dice lentamente:

–Su semen estaba en el vestido que encontraste.

Me descompongo al oír sus palabras. Me muevo para levantarme, pero me pone la mano en el brazo.

–Espera. –Se aclara la garganta–. Al analizar el tejido, encontraron también sangre, de Naomi.

Qué ingenua he sido. Debería habérmelo imaginado cuando le di el vestido. Esperaba que fuera de ayuda, pero mis pensamientos no llegaron a más. Me he vuelto una experta en bloquearlos. Sangre y semen. ¿La violó y luego escondió el vestido en la bota? Apenas esa idea empieza a afirmarse, otra hace su aparición. Esa noche volvió de uniforme, no trajo el vestido; estaba hambrienta y cansada, y sonreía. No la habían violado, como tampoco la habían violado la otra vez, en la casa de campo, con James. Debió de hacer el amor con Yoska con el vestido puesto y luego enrollarlo y esconderlo, para que nadie lo encontrara, y lo hizo en un par de botas que sabía que nadie usaba. No habría actuado con tanto cálculo y deliberación después de ser violada. Debía de desear a Yoska, desear tener una relación sexual con él.

La idea hace que salte de mi asiento. Los ojos preocupados de Michael me siguen por encima de la taza mientras camino por la habitación. No habría sido su primera vez, por supuesto. Ya estaba embarazada. Pero a James lo conocía desde hacía años. Eran de la misma edad, niños que jugaban a ser adultos, inocentes en cierto modo. El sexo con Yoska habría sido otra cosa. Ahí sí que estaba rompiendo las normas. Recordé su sonrisa secreta. Era por Yoska. Debía de estar preocupada por el embarazo, pero él la había hecho feliz.

Miro por la ventana. No veo el jardín ni el cielo, solo la imagen vívida de Naomi recostada contra la pared en la oscuridad, la sofocante habitación bajo el escenario, el suave vestido rojo levantado, las bragas en un tobillo, una pierna enlazada en la cadera de él, atrayéndolo. La oscura cabeza de Yoska enterrada en su cuello mientras empuja contra el cuerpo de ella. Naomi tiene los ojos cerrados; el espeso maquillaje de las mejillas, emborronado de sudor y saliva. Sacudo la cabeza para apartar esa imagen, pero los pensamientos se disparan. Luego, Yoska le dice que debería volver a casa para que sus padres no sospechen. Ella se apoya en él, se quita el vestido y lo usa para limpiarse entre las piernas. Se pone el uniforme escolar y embute el vestido rápidamente en una de las botas que ha encontrado en la bolsa de lona con las prendas de vestuario. Después mete las botas al fondo de la bolsa, con la intención quizá de recuperar más adelante el vestido, aunque se olvidará de hacerlo.

Y la sangre…

—¿Cuánta sangre?

Me siento de nuevo, lo miro y luego giro la cabeza.

—No mucha. No más de lo normal.

Mis manos se cierran con fuerza alrededor de la taza. Me obligo a preguntarme: «¿Normal para una pareja que ha hecho el amor o normal para una violación?».

—Tras el sexo consentido suele haber sangre, en pequeñas cantidades, pero se puede detectar en el microscopio.

¿Por eso ha dicho que se fue por voluntad propia? Michael ha seguido el mismo razonamiento que yo; ha deducido que hicieron el amor y que luego ella quiso estar con él.

—El cuello uterino tiene más flujo sanguíneo durante el embarazo —digo casi para mí misma—. Sería más fácil sangrar.

Al día siguiente se había acostado con James para tratar de provocar un aborto, pero no había funcionado.

Las infecciones son otra posible causa para sangrar más fácilmente. A lo mejor se había acostado con alguien más y había cogido una infección antes de quedarse embarazada.

«Ya debía hacer tiempo que estabas cambiando, convirtiéndote silenciosamente en alguien por completo diferente. ¿Cómo iba yo a saberlo si te ocultabas tan bien tras la niña que creíamos que eras? ¿Cómo iba yo a poder protegerte así?».

—No tardaremos mucho en cogerlo.

Los ojos de Michael miran a lo lejos por la ventana; centellean con el reflejo del pálido cielo de enero.

—Hemos dado con la familia en un campamento gitano del centro de Gales.

Baja la voz instintivamente, como si alguien pudiera oírnos y prevenirles:

—Es un asentamiento ilegal en un campo de una granja abandonada.

Al decírmelo, recuerdo las colinas galesas elevándose sobre el río Severn. Desde el bosquecillo de la camioneta, parecía que estuvieran casi al alcance de la mano. Había barcas varadas en la orilla. Después de quemar la camioneta, llevaría tan solo un par de horas cruzar el río con la marea favorable. Él seguro que sabía manejar una barca. Tenía manos hábiles y fuertes. No me costaba imaginarlas guiando el bote y arrastrándolo por encima de la línea de marea, ya en la otra orilla; las veía ayudando a Naomi a salir con cuidado de la barca, protegiéndola.

—Vamos a entrar en el campamento por la noche —prosigue Michael.

—¿Cuándo? ¿Cómo sabéis que están allí?

Baja la cabeza: no va a decirme cuándo tienen previsto hacerlo. ¿Piensa acaso que pretendo adelantarme, que voy a irrumpir en el campamento gritando su nombre? ¿Haría yo una cosa así?

—Hemos estado vigilando el lugar —dice tras una corta pausa—. Lo han visto allí, como te he dicho. —Me mira durante un segundo—. No quiero darte falsas esperanzas, Jenny, pero ayer vieron a una adolescente de pelo rubio que salía de una caravana y entraba en otra. Estaba lejos; sin más elementos de juicio, no podemos pensar que fuera Naomi. Ni siquiera tendría que habértelo dicho…

Me doy cuenta de que me he puesto de pie. No puedo respirar ni moverme. Son las palabras que llevo catorce meses esperando. Quizá no sea ella, no tiene por qué serlo necesariamente, pero mi corazón late tan fuerte que casi no deja oír la voz de Michael.

—Podría haber dificultades —dice apretando los labios—. Llevaremos perros. Armas de fuego.

Al observar la determinación que revela su rostro, empiezo a asustarme.

—Tal vez esté escondido, pero registraremos cada caravana, cada tráiler y remolque de caballos; miraremos hasta en los montones de basura —dice casi como si hablara consigo mismo.

Ella y él están juntos. En este mismo momento.

—Quizá tengamos que arrestarlos a todos.

—¿A todos?

En la oscuridad, los niños empezarán a llorar. Surgirán figuras en pijama o camisón, desconcertadas, guiñando los ojos frente a la deslumbrante luz de las linternas. Entre los ladridos de los perros policía, que pugnan por escapar de sus correas, tal vez se oiga, desgarrador, el gemido de un bebé. Todos estos pensamientos dan vueltas en mi cabeza como las bobinas en blanco y negro de esas viejas películas en las que la Gestapo acorrala a sus víctimas por la noche.

Michael se vuelve hacia mí y sus pupilas se empequeñecen rápidamente. Eso hace que parezca enfadado.

—Sí —dice con voz dura—. A todo el grupo.

El sol que entra por la ventana acentúa el gris de sus cabellos. Las arrugas del entrecejo se le marcan con fuerza, como si se las hubieran hecho con un cuchillo. Nunca me había dado cuenta. La luz de la mañana es implacable.

Naomi está allí, ella y el bebé serán ahora parte de su familia. Los gitanos dan mucha importancia a la familia. Ella estaba embarazada; su relación con Yoska le habría permitido tener al bebé, en un entorno en el que la gente sacaba tiempo para ocuparse de los niños. Todos habían acudido al hospital policlínico de Ted para estar con la niña. Y allí se habían quedado, cuando a otros niños los habrían dejado solos, otros niños con madres que trabajaban tanto como sus padres, ambos tan ocupados que no hablaban de lo que realmente importaba, ni se daban cuenta de que sus hijos estaban cambiando.

—Las mujeres la debieron ayudar a dar a luz.

Intento hablar con serenidad, pero siento ganas de gritar y cantar y bailar. Está viva. Viva. No la mató. Son amantes. Puede que al principio la buscara deliberadamente por venganza, pero luego debió de suceder algo inesperado y se enamoró a pesar de su plan inicial. Durante los meses de encuentros secretos, tal vez cruzó una línea invisible y pasó de querer vengarse a amarla; incluso pudo ocurrir después de venir a mi consulta. Y entonces le ofreció un mundo diferente, la hizo sonreír, y ella habría correspondido a ese amor. No la secuestró; ella se fue con él porque quiso. Él le dio aquel anillo, la ama, ella está bien. Las lágrimas caen por mis mejillas. Voy y vengo con paso nervioso por la habitación, sonriente, tapándome la boca con las manos para no reír; ya lo haré después. De momento, hay que hacer comprender a Michael que Yoska es importante.

—Naomi, el bebé y Yoska. Podrían ser ahora una familia.

Ahora le toca a Michael levantarse. Deja la taza en la mesa.

—Ha cometido delitos. Sexo con una menor, secuestro, retención ilegal. Y cualquiera que estuviera al tanto es cómplice.

—Tal vez no supiera su edad. Maquillada parece mayor. Puede que ella le mintiera.

Tiendo la mano hacia él y hago que se siente de nuevo, a mi lado.

—Si ella está allí, a lo mejor es porque quiere estar.

Michael guarda silencio, observándome.

—No… conviertas esto en una historia romántica, Jenny —dice después de un momento—. Es un delincuente. Su lugar es la cárcel.

Busco palabras que le hagan comprender:

—Lo conoció en el hospital en julio, hace dos veranos. Ella se fue en noviembre. Cuatro meses. Tiempo suficiente para tener claro lo que quería hacer. Dejó a James durante ese periodo y eligió estar con un hombre, no con un niño. Michael, Naomi quizá pensara que al irse con él podría tener el bebé.

Michael lanza un breve suspiro de impaciencia.

—Mira, aunque hubiera podido tener al bebé, las circunstancias no serían exactamente las mejores. La gente que vive de esa forma, en fin, no es como nosotros.

¿Es eso lo que pensaba cuando se dedicaba a patrullar por las barriadas de Sudáfrica? Nunca lo había oído hablar así.

—¿Y eso qué significa?

—Que viven de modo diferente.

Ese era el quid de la cuestión, pensaba yo. Observé los libros y las pinturas que tenía a mi alrededor, las viejas alfombras que tanto le gustaban a mi padre. Ecos de una vida, no la vida en sí.

—Le regaló el collar a Nikita. A lo mejor, era eso lo que quería, algo diferente.

Y mientras hablo mi corazón no deja de acelerarse; ahora ya puedo pensar en su cara, ya puedo pensar en la cara de su hijo.

La voz de Michael es más fuerte, más lenta, como si así pudiera hacerme entender mejor.

—Viven en la miseria, en tierras que no les pertenecen. Roban lo que se les ponga por delante.

Examino su rostro ya familiar; después de todo, tal vez no lo conozca apenas.

En mi interior, le estoy hablando a ella.

«Seguro que has tenido una niña. Tendrá ahora seis meses. Pronto me dirás cómo se llama».

—Si ella está allí, debe ser porque les resulta útil de un modo u otro. Recuerda que trafica con drogas, que Naomi robaba ketamina para él. Hay bandas de narcotraficantes en Cardiff con las que tiene relación, por no mencionar otros chanchullos.

No menciona la prostitución, pero la palabra parece flotar entre nosotros.

Al sonreírme en la consulta, Yoska no me había parecido un peligroso delincuente. Es posible que la gente peligrosa sea aquella que te parece de fiar, como Michael. Hombres que juzgan, que necesitan poder. ¿Tendría Ted razón con respecto a él? ¿Sería verdad que se había liado conmigo aprovechándose de mi vulnerabilidad? No me importa si ha sacado partido de la situación ni si quería tener poder sobre mí. Lo único que importa es que me la devuelva sana y salva.

—Tengo que irme.

Apura la taza y se levanta.

—No hace falta decir que todo esto es absolutamente confidencial, pero aun así tal vez podría filtrarse a la prensa. Por eso quería que lo supieras ya, antes de que eso pueda ocurrir.

Se encoge de hombros dentro del grueso abrigo negro y dice con calma:

—Ted debería saberlo. Lo llamaré.

—Deja que lo haga yo —digo enseguida—. Es mejor.

Su expresión se suaviza y toma mi cara entre sus manos.

—Claro que sí, Jenny. Pero hazlo pronto. Es su padre y tiene derecho a saberlo.

—Gracias —me acuerdo de decir—. Por venir a contármelo. Cuida de… ella.

—Te tendré al corriente, Jenny. No hagas…

—¿Qué?

—No hagas nada.

Me siento y me quedo mirándome las manos mientras el sonido de su coche se aleja por la calle. No hacer nada; llevo mucho tiempo sin hacer nada. Aún no voy a decírselo a Ted. Esperaré hasta que ella esté aquí, a salvo. Michael la traerá. Abro la ventana para que entre aire fresco en la caldeada habitación. Ella vendrá corriendo hacia mí. De nuevo caen las lágrimas por mis mejillas, ahora frías por el viento que me golpea en la cara. Yo la abrazaré. Pegaré mi cara a la suya. ¿Olerá igual su piel? Puede que lleve el pelo más largo. Será más alta. Traerá con ella a su pequeña.

He esperado durante catorce meses. Puedo esperar unos días más.

Pero no son unos días. Son solo unas pocas horas.

Me despierto ante las insistentes llamadas a la puerta, todavía confusa por el frío y la oscuridad, con el cuello dolorido por haberme dormido en mala postura en el sofá. El fuego de la chimenea se ha apagado; la rejilla está llena de cenizas. La luz del porche se ha encendido automáticamente y veo a Michael a través del vidrio. Se habrá olvidado algo y ha tenido que recorrer otra vez todo el camino de vuelta. Abro la puerta. Me mira y, aunque siempre había pensado que lo sabría de inmediato, no es así. Parece exhausto. Sus labios se mueven y he de poner toda mi atención en ellos, porque las palabras que Michael pronuncia no tienen sentido. No deja de repetir lo mismo una y otra vez; las palabras se van acercando más y más hasta que por fin las entiendo.

–Lo siento, lo siento.

Me sujeta mientras la habitación parece zozobrar y me sienta con delicadeza al pie de las escaleras.

–… hace meses –está diciendo.

Si no lo escucho, ella todavía podría seguir allí, en la oscuridad, al otro lado de la puerta. Podría estar allí de pie, indecisa porque no sabe cómo será recibida, esperando con su bebé en brazos. Me levanto y lo empujo para tratar de pasar, pero él me retiene con firmeza.

–Fue después de tener al bebé.

Su figura se ve oscura a contraluz y no distingo su cara.

–Tuvo una infección.

–Pero dijiste que estaba allí –le grito a la cara–. Una chica de pelo rubio, dijiste…

–No debería habértelo dicho. Resultó ser una joven de veintipocos años, madre de dos niños. Hablé con ella. Lo siento, Jenny.

–Atrápalo. Seguro que ha escapado. Tienes que encontrarlo. La culpa fue de Yoska. Dejó que ella muriera.

–Yoska está muerto, Jenny. Recibió un disparo. Murió poco después de medianoche.

Michael me abraza y empieza a hablar. Las palabras giran en mi cabeza como cuervos negros.

–Salió de una furgoneta disparando, no sabemos por qué. Quizá pensara que una banda de narcotraficantes estaba atacando el campamento. Allí ya ha habido antes algún tiroteo por asuntos de drogas. No hubo opción de negociar. Siguió disparándonos, pese a las advertencias. –Niega con la cabeza–. Empezó a acercarse a nosotros sin dejar de disparar, como si quisiera que lo mataran. No tuvimos alternativa. –Hace una pausa–. Recibió un impacto en el pecho y murió al instante.

Yoska muerto. Naomi muerta desde hace meses.

Michael me levanta cuando se me doblan las piernas y me lleva al sofá de la sala de estar. Está oscuro, pero no importa.

–El bebé, Michael –digo agarrándolo por la chaqueta–. ¿Dónde está el bebé?

Me abraza tan fuerte que me estruja contra su pecho. Su voz vibra en los huesos de mi cara:

–El bebé murió con Naomi. Sufrieron la misma infección.

Las palabras ya no causan ningún efecto, ni siquiera tienen demasiado sentido. Su voz me recuerda el modo en que nos hablaba en la cocina de Bristol, cuando lo conocimos. Despacio y con cautela, haciendo frecuentes pausas.

–La hermana de Yoska, Saskia, nos contó lo ocurrido. Sus padres están ahora bajo arresto.

Los botones de su chaqueta me hacen daño en la mejilla, pero me quedo totalmente inmóvil.

–El bebé nació en la caravana. Tenías razón; las mujeres de la familia la ayudaron.

Naomi debió de tomar el cuerpecito pegajoso en sus delgadas manos infantiles, el dolor ya amortiguado, inundada de amor. ¿Habría pensado en mí? ¿Habría llegado a comprender en ese momento lo que yo sentía por ella?

–Era una niña, ¿verdad?

–Sí –contesta sorprendido–. Sí, una niña.

El mundo de Naomi habría quedado reducido a la carita dormida, a la pequeña boca que succionaba, a los diminutos, perfectos dedos de los pies que se abrían y cerraban en sus manos.

Michael sigue hablando:

–… y a los cinco días se sintió mal, inquieta, lloraba por cualquier cosa. Pensaron que sería algo psicológico.

–Ella nunca llora.

Suena como un eco de otra época, muy lejana.

–El bebé empezó a tener fiebre –continúa–. Y entonces se dieron cuenta de que también Naomi estaba ardiendo.

Yo siempre sabía cuándo tenía fiebre con solo ponerle los labios en la frente. Y no me equivocaba en más de medio grado. Tal vez sufriera una fiebre puerperal, estreptocócica, mortal si no se trata enseguida.

Michael se remueve en el sofá.

–¿De verdad quieres que te cuente esto ahora?

Afuera ya asoman algunos rayos de luz. Me levanto y me aferro al brazo del sofá.

–Por supuesto que quiero.

–Entonces se puso a vomitar y Yoska llamó al médico. Lo esperaron durante tres horas y en ese tiempo perdió la consciencia.

La caravana debía de estar llena de gente; habría un ambiente sofocante. El ventilador que usaban en las noches de verano giraría con un golpeteo de pesadilla. Naomi estaría allí tumbada, inmóvil en la cama empapada de sudor, el bebé pegado a su cuerpo con la piel salpicada de manchas.

–Yoska estaba fuera de sí. Decidió llevarlos al hospital él mismo. Cuando su tío dijo que alguien podría reconocerlos en urgencias, le dio un puñetazo en la nariz. Justo en el momento en que la levantaba, Naomi dejó de respirar. El bebé murió minutos después. Era demasiado tarde.

Demasiado tarde. Esas palabras caen entre nosotros como el clic de una puerta al cerrarse.

Michael se levanta para acercarse a mí y me rodea con el brazo.

–Saskia dice que Yoska los envolvió en la sábana y los metió con cuidado en el asiento trasero del coche.

Se interrumpe un instante.

–Luego lo sacó todo de la caravana, todas las cosas de Naomi y del bebé, la cama, la mesa, todo. Lo amontonó fuera, lo roció de gasolina y se marchó.

Una pira funeraria. Las rugientes llamas debieron llegar muy alto. Seguramente, nadie pudo acercarse. Y después no quedaría nada. Ni un cepillo con largos cabellos dorados enredados en él, ni pulseras ni gomas para el pelo. Entre todas esas cosas quemadas, es posible que hubiera un diario o el comienzo de una carta dirigida a mí. Quizá había vuelto a recoger hojas otoñales y las había colocado detrás de un espejo. No quedará ninguna fotografía del bebé, ni tampoco ropita.

–¿Dónde se los llevó? –le pregunto a Michael.

–Entre ellos, es tradición enterrar en secreto a los suyos. Todos aseguran que no saben dónde se los llevó.

¿Los suyos? Naomi era mía.

Todavía está muy oscuro en la habitación, pero mientras observo cómo se agrandan las franjas de luz, una pequeña llama de esperanza surge en el silencio de mi cabeza.

–¿Cómo sabes que todo eso es verdad? ¿Por qué crees todo lo que dijo su hermana? A lo mejor ella ni siquiera estaba allí...

No contesta, solo se echa mano al bolsillo y saca un objeto. Me lo pone en la mano y me cierra los dedos alrededor de la curvada superficie.

–Saskia dijo que deberías tener esto.

Toco las asas y, aunque en la oscuridad no lo veo, sé que el borde del vaso tiene un dibujo de ranas saltando y que, en el fondo, hay una rana en relieve, coloreada y sonriente.

«–Bebe, cariño. –Qué azules eran los ojos de Naomi mientras me miraba por encima del borde del vaso–. La ranita está esperando...».

Su vaso de bebé para su propia niña. Ni siquiera me había dado cuenta de que había desaparecido. Me pregunto qué hizo con los botones que yo guardaba dentro.

Michael me rodea ahora firmemente con el brazo. Cuando habla, su aliento me mueve el pelo:

—Incluso los niños nos dijeron cómo había muerto. Todos dijeron lo mismo. Nos enseñaron la hierba quemada y la caravana vacía…

Su voz continúa, pero la oigo cada vez más lejos, diciendo algo de huellas dactilares y de recogida de muestras, de continuar investigando cualquier indicio sospechoso, de que mañana empezarán a excavar en el lugar. Las caravanas ya han sido registradas. Ya se ha detenido a los miembros más importantes del clan; a otros se los ha dejado en libertad con la prohibición de abandonar la localidad. La investigación debe proseguir.

Hay una pausa y luego Michael dice:

—Necesitamos encontrar el cuerpo. Tarde o temprano, alguien nos revelará dónde la enterraron.

Me niego a escuchar esas palabras.

Así que era allí donde vivía. Donde vivían. Su hogar, que ahora es solo una caja vacía. Oblicuos rayos de luna entrarán por las ventanas e iluminarán el suelo desnudo. Quizá brillen sobre un pequeño juguete que fue rodando hasta un rincón y quedó allí olvidado.

Michael habla ahora más fuerte:

—Yoska estuvo fuera dos semanas y cuando regresó no dijo nada. Cada día se quedaba sentado en la caravana de su hermana durante horas, con la mirada perdida…

Lo interrumpo bruscamente:

—Quiero ir al campamento, Michael.

La hermana de Yoska le dijo a la policía que no estaba segura de dónde los había enterrado, pero a mí podría decírmelo.

—Te llevaré tan pronto acabemos la investigación. Te lo prometo. Hemos de interrogar a todos los testigos, excavar en el lugar y registrar de nuevo cada vehículo.

Michael entra en la cocina y se saca una petaca del bolsillo. Oigo el burbujeo del hervidor, el entrechocar metálico de los cubiertos. Regresa y me observa mientras me tomo el café al que ha añadido un chorrito de *whisky*. Esta mañana, cuando me ha preparado el chocolate caliente, ella todavía estaba viva. ¿O era ayer? No, seré estúpida. Murió hace meses.

En la creciente luz del día, la cara de Michael se ve blanca de fatiga. Al cabo de un rato, sube a acostarse. Oigo cómo caen sus zapatos al suelo, los pequeños gruñidos cuando se esfuerza en quitarse la ropa y, por fin, el crujido de la cama. Después, todo queda en silencio, un silencio tan profundo como si alguna débil melodía de fondo hubiera dejado de pronto de sonar.

Ed dijo que yo no veía nada aunque me lo pusieran en las narices.

El caso es que me lo habían puesto. Había tenido muchas cosas en las narices, y durante mucho tiempo. Cierro los ojos y recuerdo la última vez que estuve en su habitación. Incluso entonces podría haber comprendido lo que tenía ante mí.

Bristol 2010. Nueve meses después

Ted salió a dar un paseo por la mañana. Me dijo que no quería estar en casa cuando me fuera definitivamente. Era domingo. Lo recuerdo bien porque, durante muchos años, lo había visto marcharse cada día excepto los domingos. Cuando me quedé sola, subí a la habitación de Naomi. Los de las mudanzas llegarían a mediodía. Había empaquetado lo que necesitaba para la casa de campo. El resto se quedaría allí, para Ted.

Hacía ya calor. El sol brillaba con fuerza en un cielo sin nubes, como en uno de esos días perfectos de verano que los niños se supone que recordarán durante toda su vida. La habitación estaba vacía, salvo por la cama y las cortinas, que estaban cerradas. El ambiente era sofocante allí dentro. Abrí la ventana y descorrí un poco la cortina. Abajo, la calle estaba vacía. Hacía mucho tiempo que los periodistas se habían ido, desperdigándose en busca de otras tragedias más provechosas. Allí de pie, sintiendo la calidez del aire en mi piel, vi aparecer por la esquina a una mujer que llevaba un vestido veraniego; empujaba un cochecito de bebé con una mano mientras hablaba con el móvil pegado a la oreja y asentía con la cabeza. Desde donde yo estaba, se parecía a una muñeca que tenía de niña, una muñeca que decía que sí con la cabeza y que a mí me encantaba, aunque la había perdido hacía ya muchos años. El cochecito estaba protegido por un grueso acolchado que no me dejaba ver al niño. Me quedé mirando hasta que la mujer desapareció de la vista, sin dejar de mover la cabeza arriba y abajo.

Notaba la cortina en la mano como cubierta de polvo, pesada y suave. La tela tenía un estampado de rayas doradas y escarlata. La habíamos elegido juntas, Naomi y yo, en los almacenes John Lewis, cuatro años antes. Aunque no había sido juntas, exactamente. Yo había cogido un rollo de tela de algodón con un estampado de hojas en tonos gris, blanco y amarillo limón, imaginando cómo la luz tamizada teñiría la habitación de colores frescos. Había otra de flores diminutas que también me gustaba. Me había girado para pedirle a Naomi que escogiera, pero vi que ya iba camino de la caja con un rollo de tela exótica más alto que ella. Era de vivos colores, con brillantes franjas doradas y rojas. Parecía algo chabacana con aquellas rayas tan grandes. Le dije que no dejaría pasar la luz y que su habitación tendría un aire muy diferente al del resto de la casa. Estaría oscura y cerrada, como una cueva escondida, sin luz, llena de secretos. Ella había sonreído de un modo que anticipaba su posterior media sonrisa.

—Eso es justamente lo que quiero —había dicho.

CAPÍTULO 31

Dorset 2011. Catorce meses después

Al despuntar el día, el silencio de la cocina se rompe de pronto con un ruido similar a una rasgadura o una deflagración. En un segundo, el sonido se convierte en el de la lluvia torrencial cayendo con violencia en el tejado de paja. El agua que golpea en las ventanas tiene el mismo tono gris del cielo. Debo darme prisa con las cartas. Quiero salir pronto y el trayecto me costará más con la lluvia. Al arrancar las páginas blancas de mi cuaderno para tener papel donde escribir, la frágil encuadernación se suelta y los dibujos caen y quedan desparramados en el suelo. La imagen de sus zapatos, la sudadera con capucha, una jirafa de juguete, una urraca. Otras páginas vuelan y tapan a las primeras, y yo las dejo allí, donde han caído.

Ted:

En el momento de escribirte esta carta, debes estar durmiendo, pero cuando la recibas ya habré hablado contigo y tú se lo habrás contado a los chicos. He pensado que, si además escribía cartas, todo podría ser más fácil. Antes me preguntaba qué sería mejor, si saber o mantener la esperanza. No tengo respuesta. Lo sucedido sigue sin parecerme real.

No fue culpa tuya o, en todo caso, fue tan tuya como mía. Debería haberle dedicado verdadera atención a Yoska cuando vino a verme. Tal vez entonces nos hubiera perdonado; él era parte de una familia y sabía cuánto sufriríamos. Al final, creo que se la llevó porque se querían, y eso no hubiéramos podido cambiarlo.

Me voy a Gales. Mi esperanza es que alguien del campamento me diga dónde los enterró Yoska.

Por favor, díselo a Anya.

Iré a Bristol tan pronto como pueda.

Jenny

El roce de la pluma es apenas audible en el fragor incesante de la lluvia. En la cocina se está caliente y protegido, pero ¿dónde le pillará a él esta carta? Los chicos estarán a su lado; quizá tenga a Anya moviéndose a su espalda en silencio: veo su cara, arrasada en lágrimas.

Querido Ed:
Cuando leas esto, papá ya te habrá contado lo que le sucedió a nuestra queridísima Naomi.
Al menos, ella encontró lo que deseaba; mucha gente nunca lo hace.
Si no hubiera caído enferma, antes o después nos habría traído a su bebé para que lo conociéramos.
Me alegro mucho de que tú tengas a Sophie.
Te veré luego, hoy mismo o quizá mañana. No dejo de pensar en ti.
Mamá

Espero que Sophie lo esté abrazando. Espero que ella vaya vestida con sus brillantes colores. Lo escuchará, hará que todo sea menos duro.

Enciendo el hervidor. Bertie se mueve al oír el ruido y luego vuelve a dormirse. El café es negro y está hirviendo.

Me resulta difícil escribirle a Theo; es como si cubriera su luminosidad con una gruesa capa de pintura negra.

Theo, cariño:
Debes estar de camino a casa, así que envío esto a Bristol. Espero que Sam esté ahí, sentado a tu lado.
Dijiste que ella no hablaba demasiado contigo antes de irse. Conmigo tampoco. Creo que era su manera de decirnos adiós.
Se llevó su vaso de bebé, el que tenía la rana en el fondo. Ahora lo tengo yo.
Cuando la encontremos a ella y también al bebé, mi intención es llevarlos a casa. Los enterraremos aquí, en el cementerio de la iglesia, así sabremos dónde está.
Mamá

La lluvia es ahora más suave; la luz, más fuerte. Las últimas dos cartas.

Nikita:

Voy a telefonear a tu madre hoy, así que cuando leas esto ya te habrá contado lo sucedido.

Michael me dijo que tú sabías que estaba embarazada. A ella le alegraría saber que le guardaste el secreto. Tuvo una niña. No sé su nombre.

Creo que el collar de coral fue su regalo de despedida para ti, aunque no supieras que iba a marcharse. Me alegro de que lo tengas tú.

Jenny

La carta a Michael es la más difícil. Lo conozco tan bien y al mismo tiempo tan poco… Es como escribirle a un extraño. Ensayo frases en mi mente mientras me paseo por la cocina, pero me parecen artificiosas sobre el papel. Hay tanto que decir que soy incapaz de encontrar las palabras y al final no digo prácticamente nada.

Querido Michael:

Me voy ahora y no sé cuándo volveré.

Bertie estará feliz aquí. ¿Puedes dejarlo salir y darle de comer antes de irte? Queda media lata en la nevera. Mary se ocupará de él hasta que yo regrese. La llamaré por teléfono. Ya pasará ella a recogerlo.

Necesito estar con mi familia. Sé que lo comprenderás.

Jenny

Dejo el sobre para Michael en la mesa, apoyado en el tarro de café, y en los otros escribo la dirección de la casa de Bristol, también en el de Nikita, pues no recuerdo su dirección. No tengo sellos, pero ya pararé en algún sitio a comprarlos.

Los dedos de Michael descansan relajados sobre el edredón. Cuando deslizo mi mano en la suya, me la aprieta un poco, pero sigue con los ojos cerrados. Le pregunto en un susurro dónde se han llevado a los padres de Yoska, para tener un punto de partida. Murmura soñoliento el lugar y luego vuelve a relajar la mano y su respiración se hace profunda y regular.

Newtown. Una pequeña ciudad a orillas del Severn, en Powys, en el Gales central. Encuentro el código postal en la web turística y lo introduzco en el GPS del coche. Debo conducir despacio; no he dormido. Han transcurrido cuatro horas desde que Michael me despertó y el tiempo ha pasado en un suspiro, como volatilizado. La conmoción resuena todavía en mi cabeza; sigo esperando el dolor.

Dejo caer el coche por la suave pendiente hasta la carretera y solo arranco cuando ya no me pueden oír desde la casa.

El ondulado paisaje de Dorset se aplana en Somerset; dejo atrás Bristol, tan solo un rótulo en la autopista que desaparece a mi espalda. Al detenerme en una gasolinera, a las afueras de Newport, los sobres resbalan del salpicadero y caen al suelo. Mary descuelga al cabo de un instante. De inmediato acepta cuidar de Bertie sin más preguntas. Luego llamo a Ted. Cuando contesta, oigo la radio de fondo. Me lo imagino en la ventana del dormitorio, ajustándose el nudo de la corbata mientras planea el día.

Cuando lo prevengo de que se trata de malas noticias, apaga la radio y se sienta. Entonces le cuento lo ocurrido. En el silencio que sigue, me oigo a mí misma explicando que Naomi había formado parte de otra familia, que había dado a luz a una niña, que no la habían violado ni herido, sino que la habían amado. Empieza a llorar y trato de hablarle un poco más. Le cuento que le voy a enviar una carta, pero no contesta. Tras unos instantes, cuelga el teléfono.

Me compro un café, pero tiene un sabor tan amargo que lo tiro al suelo y reanudo la marcha. Las carreteras se van llenando de automóviles y camiones. Conduzco más deprisa. Michael había dicho que estaban esperando el momento oportuno para irse; podrían estar empaquetando sus cosas en este mismo momento.

Tomo la salida de Cardiff y luego la carretera hacia Pontypridd y Merthyr Tydfil. Las Montañas Negras. Empieza a llover y conduzco con precaución por las pendientes y revueltas de las Brecon Beacons. Theo debió de traerla por aquí para su proyecto; cuánta vida tenían sus ojos en aquellas fotografías. Yo también había estado antes aquí; Naomi y yo vinimos una vez solas. Tendría entonces unos nueve años, quizá diez. Llevaba las rubias coletas embutidas en un gorro de lana rosa y las piernas protegidas por unos pantalones impermeables, y ascendía por las pardas laderas siempre delante de mí, siempre. Se encaramaba a las altas crestas, demasiado altas, y se inclinaba contra el viento. Yo no podía mirar.

Llego a Newtown a mediodía y encuentro aparcamiento en un pequeño *pub* situado junto a la carretera. He tardado cuatro horas en llegar aquí. Se está caliente dentro del *pub*, donde nada más entrar te asalta un penetrante olor a cerveza rancia y a perro. La música suena en una gramola adosada a la pared, y se ve a un grupo de hombres sentados junto a la ventana, leyendo el periódico y bebiendo. Tumbado bajo la mesa, hay un viejo *collie* que me observa con ojos soñolientos. La mujer que atiende la barra pone los ojos en blanco cuando le pregunto si hay un campamento gitano en los alrededores; no contesta.

Detrás de mí, intervienen unas voces masculinas, la entonación alegre y cantarina en contraste con sus palabras:

—Hace meses que hay un campamento por Llanidloes, la vieja granja de Hugh.

Me repasan de arriba abajo, dejando salir las palabras con una colilla en los labios y los ojos entornados por el humo. Creía que ya habían prohibido fumar en los *pubs*, pero no digo nada.

—Han estado mangando cosas por aquí, jodiendo al personal del pueblo.

—La policía no hace nada.

—Siempre igual con los gitanos. ¿Habéis leído lo de las drogas en el periódico?

—Ladrones de mierda.

Salgo de allí inmediatamente sin despedirme.

Llanidloes es un bonito lugar que puede presumir de su antiguo mercado con armazón de madera. En una tienda de comestibles situada en un cruce, un hombre con delantal marrón se ocupa de rellenar los estantes con tarros de mantequilla de cacahuete. Se endereza y me mira.

—No creo que le guste ir a ese sitio —dice.

Cuando insisto, se encoge de hombros, me coge el mapa y lo extiende en el estante vacío.

—Está más allá de Bwlch-y-sarnau —dice señalando con un dedo tintado de naranja—. Tome la B4518 al salir de la ciudad. Cuando a su derecha vea el buzón de un chalé gris, coja la siguiente a la izquierda y luego otra vez a la izquierda. Está en una hondonada. Verá una pista pedregosa que lleva al campo. Y cuidado que hay perros.

Aún quiere decir algo más, a lo mejor que hubo jaleo la pasada noche y que intervino la policía. A buena hora, supongo que diría. No me quita ojo mientras me marcho.

Circulo por un revirado descenso cuando veo un Toyota Land Cruiser que viene hacia mí. Echo marcha atrás y me aparto aprovechando el espacio ante una puerta. Tras el todoterreno aparece un coche con un remolque para caballos. Espero mientras pasa lentamente a mi lado. Cuando reemprendo despacio la marcha, se acerca un minibús, así que de nuevo echo marcha atrás. Pasa junto a mí. Hay niños en la ventanilla, observando. Bolsas, paquetes y maletas presionan contra el vidrio. En ese momento, caigo en la cuenta: algunos miembros del clan se están marchando ya, como había anunciado Michael, al menos aquellos que no están bajo arresto.

Si avanzo un poco más, llegaré a la pista de la que me habló el hombre de la tienda. Podré llegar a tiempo si conduzco rápido. Al tomar la curva aparecen la pista y el campo. Hay un grupo de caravanas que bordean la extensión de hierba, cerca de unos árboles, a unos cien metros de donde aparco. La mayoría de las caravanas se hallan más allá de una cinta a rayas que separa esa parte del terreno. Al fondo, una hilera de policías y hombres con chubasquero, una decena en total, se encorvan sobre la tierra: están cavando.

Delante de la cinta se ve una caravana y a un hombre que está fijando el gancho a la parte trasera de un embarrado Land Rover. Debe de ser la última familia a la que la policía permite salir. Ahora que ha dejado de llover, un niño de pelo negro, de unos seis años, se recuesta contra la caravana en una franja de sol, observando con el pulgar en la boca la tarea del hombre. Cuando salgo del coche y abro la verja, el movimiento capta la atención del niño, pero no de la policía, que está a mayor distancia. Si me vieran, probablemente no me dejarían pasar. El chico se me queda mirando y el hombre del remolque se endereza. Su cara, bordeada por una corta barba gris y enrojecida por el esfuerzo, parece más vieja de lo que indica su cuerpo. ¿Sesenta años? ¿Setenta? Me observa un instante, saluda con la cabeza y vuelve a su tarea. Al cabo de un momento, grita algo que no entiendo y una mujer de mediana edad baja con paso rígido los escalones de la caravana. Lleva un vestido negro y se sujeta el largo y oscuro cabello con un pañuelo también negro. De su hombro cuelga una gran bolsa de lona. Coge al niño de la mano y, sin mirarme, abre la puerta del Land Rover y mete al niño dentro. Antes de entrar también ella, vuelve la cabeza hacia la puerta abierta de la caravana.

—Carys —grita con la típica entonación galesa.

Paseo la mirada por todo el lugar. Junto a las caravanas, se ven cuadrados de hierba más clara en los lugares donde debía haber otras caravanas aparcadas. No hay ni perros ni cadenas; varias bolsas de basura se han atado con esmero y se han dejado allí amontonadas. En el centro se observa un área de hierba carbonizada. Uno de los policías grita algo desde la distancia y con la mano me hace señas de que retroceda. Vuelvo atrás, al otro lado de la verja.

—¡Carys! —vuelve a gritar la mujer antes de agacharse y desaparecer en el Land Rover.

La puerta de la caravana se abre de par en par y sale una mujer joven. Al mirarla se me corta la respiración y he de aferrarme a la verja. Se ha rapado la cabeza y eso hace que parezca más pequeña. El pelo incipiente está teñido de rojo, a juego con su larga falda. Tiene la piel muy pálida. Un tatuaje le rodea todo el cuello; desde donde yo estoy parece un dibujo de hojas. Lleva en brazos a una niña de unos seis meses, también con el pelo rojo; soy capaz de distinguir los mechones encendidos. El bebé está envuelto en una manta a rayas rojas y amarillas y todo indica que está dormido. Al pie de los escalones, la joven mujer se gira un poco hasta quedar de frente a la verja, con el bebé delante de su cuerpo como un escudo.

Los dedos que sujetan la manta con el bebé son largos, aunque en la distancia resulta imposible apreciar las pecas como granitos de azúcar moreno que llegan hasta el segundo nudillo, ni ver si las uñas todavía están mordidas. Y también está demasiado lejos para distinguir el pequeño lunar bajo la ceja izquierda. Nuestras miradas se cruzan; hay tranquilidad en sus ojos, aunque tienen marcas rojas debajo, como si hubiera estado llorando. Nos miramos. Pensaré en este momento durante lo que me quede de vida, pero hay algo en su mirada a lo que nunca sabré poner nombre. Reconocimiento. Sí. Venganza, velada. Ella hizo a su María vengativa cuando Tony murió. ¿Había sido una advertencia? Y algo más, del todo diferente, más suave… ¿Pena o perdón? No sabría decirlo. Ella está ahí. Eso es todo. Está ahí. El mundo desaparece a su alrededor. Las mentiras que debe haber contado a la policía, incluso las mentiras que obligaron a decir a los niños, todo se disipa. No lloro ni río ni sonrío. No hay lugar para eso. No hay tiempo.

—Carys. Nos vamos.

Entonces arranco a correr hacia ella, pero mis pies resbalan en el barro húmedo que hay al pie de la verja. Trato por todos los medios de no perder su rostro de vista, incluso mientras me desequilibro y caigo torpemente de costado, pero ella se da la vuelta. Sujeta con firmeza la cabeza del bebé contra su cuello esbelto, se agacha para entrar en el coche y desaparece de mi vista.

Me levanto cubierta de barro y echo a correr a trompicones. El coche ya ha arrancado y las ruedas patinan sobre la hierba húmeda. Corro más deprisa y por un momento parece que los alcanzaré a tiempo, pero el coche da una sacudida hacia delante y avanza hacia la verja. Si me pongo delante, va a tener que parar, pero a medida que se acerca más y más, me aparto a pesar mío. Su perfil, tapado en parte por el bebé, está tan cerca que si la ventana se abriera podría tocarlo. Entonces, de repente, ella levanta la mano y la pega al cristal, con los dedos completamente extendidos. En esa mínima fracción de tiempo, veo la línea de la vida en su palma, una curva roja y bien definida como la línea de un mapa. Después el coche se aleja; no se detiene al incorporarse a la carretera, sino que acelera colina arriba y desaparece rápidamente de la vista.

Quince meses después

Carys. Es un nombre galés. Lo he buscado. Significa *amor*.

Agradecimientos

Me gustaría aquí dar las gracias a mis agentes: Eve White, Jack Ramm y Rebecca Winfield.

Todo mi agradecimiento también al equipo de Penguin, en especial a Maxine Hitchcock, Samantha Humphreys, Celine Kelly, Clare Parkinson, Beatrix McIntyre, Elizabeth Smith y Joe Yule.

Gracias, asimismo, al equipo de HarperCollins en Estados Unidos, especialmente a Rachel Kahan, Kim Lewis, Lorie Young y Mumtaz Mustafa.

Toda mi gratitud a mis mentores, entre ellos a Patricia Ferguson, Chris Wakling, Tessa Hadley, Mimi Thebo y Tricia Wastvedt, mi consejera personal. Y no me olvido de Rowena Pelling.

Gracias a los miembros de mi grupo de escritura: Tanya Atapattu, Hadiza Isma El-Rufai, Victoria Finlay, Emma Geen, Susan Jordan, Sophie McGovern, Peter Reason, Mimi Thebo y Vanessa Vaughan.

Le estoy muy agradecida al agente de policía Nick Shaw por los detalles policiales y su generosa ayuda con el manuscrito, y también a mi hermana, Katie Shemilt, por sus habilidades fotográficas.

Nada de esto habría sido posible sin mi familia. Todo comenzó con los ánimos de Martha, y Henry y Tommy demostraron gran generosidad al compartir conmigo sus conocimientos técnicos. Steve, Mary y Johny fueron el indispensable equipo de apoyo.

A mi padre y a mi madre, a quienes echo de menos cada día: gracias.

Índice